문학의
아토포스

문학의 아토포스

초판 1쇄 발행 2014년 8월 5일
초판 2쇄 발행 2015년 4월 15일

지은이 진은영
펴낸곳 (주)그린비출판사 • **펴낸이** 임성안 • **등록번호** 제313-1990-32호
주소 서울 마포구 동교로17길 7, 4층(서교동, 은혜빌딩) • **전화** 02-702-2717 • **이메일** editor@greenbee.co.kr

ISBN 978-89-7682-233-8 93800
이 도서의 국립중앙도서관 출판시도서목록(CIP)은 서지정보유통지원시스템 홈페이지(http://seoji.nl.go.kr)와
국가자료공동목록시스템(http://www.nl.go.kr/kolisnet)에서 이용하실 수 있습니다.(CIP제어번호: CIP2014021586)

나를 바꾸는 책, 세상을 바꾸는 책 www.greenbee.co.kr

 '2012년 예술연구서적발간지원사업' 선정
서울문화재단의 지원을 받아 발간하는 Color Book 시리즈 – 예술연구 / Silver Book
후원: 서울문화재단, 한국문화예술위원회

Atopos

문학의
아토포스

Atopos of Literature

진은영 지음

of

Literature

0B
그린비

저자의 말

작년 가을 운 좋게도 다정하고 명랑한 철학자 알랭 바디우를 만날 기회가 있었다. 나는 그의 미학에 대해 몇 가지 의문과 이견을 갖고 있었지만 논쟁적 질문을 던지기보다는 다른 것들에 대해 이야기를 나누고 싶었다. 물론 이 노장 철학자는 논쟁을 벌이기엔 사유나 인품, 체구 등 모든 면에서 내가 감당할 수 없을 만큼 거인이었지만, 더 근본적으로는 다른 궁금증이 내 안에 있었기 때문이다. 나는 이견을 확인하고 비판하는 일보다는 다른 사람이 자기 견해를 지닌 채 그만의 독특한 방식으로 수행하는 새로운 실험들에 대해 듣고 싶었다.

바디우는 베케트에 대해 쓰면서 이런 문장을 인용하고 있다. "내가 갈 수 있다면 어디로 갈 것인가? 내가 만약 존재할 수 있다면 나는 무엇일 것인가? 내가 만약 목소리를 가지고 있다면 무엇을 말할 것인가?"[1] 베케트의 이 말들에는 어떤 시적 사건이 예견되어 있는 듯하다. 거기에는 일상의 앎, 혹은 지식의 체계로는 식별 불가능한 어떤 장소, 어떤 존재, 어떤 말이

---

[1] 사뮈엘 베케트, 「아무것도 아닌 텍스트들」, 알랭 바디우, 『베케트에 대하여』, 서용순·임수현 옮김, 민음사, 2013, 11쪽에서 재인용.

도래할 것임을 선포하는 예술가가 있다. 머지않아 비가시적인 소음에 적합한 이름을 명명하는 '소음-사건'이 발생할 것이다. 이러한 시적 사건은 흔히 말라르메, 랭보, 말레비치, 뒤샹과 같은 아방가르드를 통해 드러난다. 이 예술적 실험들 앞에서 우리는 '예술가 그들'이 어떤 새로움을 창안할지 기대하며 예술의 가능성이 미래를 향해 잘 반죽된 빵처럼 부풀어 오르며 견고한 현실을 파열하는 것을 기쁘게 바라본다.

베케트의 문장에는 또 하나의 흥미로운 점이 존재한다. 이 문장은 가야 하는 곳에 가 있고, 있어야 하는 곳에 있고, 해야 하는 말을 하는 안정성을 근본적으로 회의하게 만든다. '내가 만약 갈 수 있다면, 내가 만약 존재할 수 있다면, 내가 만약 목소리를 가지고 있다면'이라는 표현은 지금 가지 못하고 존재하지 못하고 말하지 못하는 나의 현실을 전면에 드러낸다. 이 문장을 읽으며 우리는 곤혹스러움이 섞인 수치심을 느낀다. 우리가 어디로든 가지 않고 무언가 말하지 않는다면 그 자체로 우리는 능력이 부재한 자라는 느낌을 지울 수 없다. 이 문장을 통해 우리는 어디로든 가고 무엇이든 되고 무언가를 말함으로써 우리가 가고 존재하고 말할 수 있는 존재임을 계시해야 하는 용기를 요구받는다. 이 문장의 조건절은 주절을 제한하지 않는다. 즉 우리가 갈 수 있다면 어디든 가겠지만 갈 수 없기에 어디로 간다는 것은 불가능하다는 사실을 의미하지 않는다. 오히려 조건절을 위해 주절이 실현되어야만 하는 사태에 우리는 직면한다. 이러한 실현은 그 자체로 하나의 사건이다. '우리가 갈 수 있다면'을 그저 하나의 불가능으로 남겨 두는 현실들, 즉 우리가 가고 존재하고 말하는 주체일지는 분명하지 않고 사실은 불가능할지도 모른다는 이 현실의 틈새를 벌려서 '가고 존재하고 말할 수 있는' 주체를 등록하고 명명하는 예술의 작업은 또 다른 방식의 시적 사건이 된다. 그리고 그 순간 예술에 대한 시민사회의 통념doxa

은 지워진다. 시 쓰기에 적합한 장소와 그렇지 않은 장소, 시에 어울리는 주제와 그렇지 않은 주제, 시 쓸 수 있는 능력을 가진 자와 갖지 못한 자를 구분하는 통념을 지우는 일은 시 쓰기에 부적합하다고 간주된 사람들이 잘못된 장소에서 시를 잘못 쓰는 것을 통해 가능해진다. 즉 '예술가 그들'에 대한 평범한 또는 비범한 감상자로서가 아니라 '예술가 자신'으로서 쓰고 말하고 존재하는 '우리'를 발명함으로써 우리는 근대 예술 안에 각인된 예술적 위계를 파기하며 예술적 능력의 평등이라는 공리를 실현하게 될 것이다.

나는 두 가지 흐름을 모두 사유하고 실험해야 한다고 생각한다. '잘 말하는 것', 즉 확립된 의미의 질서를 '잘못 말해진 것'으로 가져오기 위해서는 두 흐름이 섞이고 갈라지는 시간들이 필요하다. 그리고 바디우가 말한 '나르시스적 필치'가 허용된다면, 나는 나의 시적 작업 속에서 두 흐름을 오가고 그 흐름들이 서로 범람하기를 원했다. 바디우는 이렇게 말한다. "철학은 필연적으로 학교, 수련, 전수와 교수들에 속해 있는 교과목이 아니다. 그것은 누군가가 누군가 다른 사람에게 자유롭게 건네는 것이다. 아테네 거리에서 젊은이들에게 말했던 소크라테스처럼, […] 나 자신의 연극과 소설 작업처럼."[2] 이 아름다운 문장을 읽으며 나는 문득 이견을 확인하는 일보다 바디우의 연극과 소설 작업이 궁금해졌다. 당신이 거쳐 온 그 오랜 세월, 당신이 다양한 장소에서 실험해 본 특별하고 자유로운 예술적 건넴의 방식에는 어떤 것들이 있습니까? 바디우에게, 그리고 모든 이들에게 이렇게 묻고 배우고, 그것들을 가져다가 잘못 써먹고 싶었다. 여기에 모은 글은 그 자유로운 건넴들이 지금-여기에서 어떻게 가능할지에 대한 일

---

2 알랭 바디우, 『투사를 위한 철학』, 서용순 옮김, 오월의봄, 2013, 42쪽.

종의 궁리이다.

이 글들은 다른 이들이 논쟁이라고 부르는 일련의 과정에서 쓰여졌다. 하나의 주제에 관해 사람들이 서로 상이한 의견들을 주고받는 모습을 나는 진지하게 지켜보았고 때때로 내 의견을 조금씩 덧붙이기도 했다. 나는 이론이 분수처럼 뿜어내는 사유의 어지러운 갈래 길들과 미로를 사랑한다. 출구를 찾을 수 없을 때에는 헤매는 기쁨을 누리면 된다. 그러나 나는 논쟁을 잘하는 편도 좋아하는 편도 아니다. 논쟁이 필요하고 생산적인 결과를 가져오는 상황들이 있다는 것은 잘 알고 있다. 그러나 그것은 내게 어쩐지 지나치게 좁은 복도에서 누군가와 마주치는 것 같은 느낌을 준다. 양보하지 않으면 아무도 지나갈 수 없는 복도에서 사람을 만나면 그가 어떤 사람인가에 관심을 갖기는 어렵다. 어깨를 세차게 밀치면서 뚫고 나가야 할 뿐. 내 어깨가 부실한 편이기는 하지만 승리할 때도 나는 그 한없는 피로감을 잘 못 견딘다. 논쟁의 승리는 우리에게 안도감을 주기는 하지만 다른 사람을 변화시키지는 못한다는 점에서 허탈한 것이다. 지난 몇 년간 논쟁의 소중함을 배울 수 있었지만 그것이 얼마나 쉽게 서로에 대한 훈계로 변질되는 위험에 빠질 수 있는지에 대해서도 배웠다. 글을 쓰는 내내 설득과 논쟁보다는 무언가 실제로 해보면서 우왕좌왕하는 일의 즐거움을 알게 해준 이들의 얼굴이 떠올랐다. 무섭도록 서글픈 이 세계가 우리에게 남겨 놓은 짙은 얼룩을 함께하는 놀이와 싸움의 기쁨으로 지워 준 1월11일 동인과 작가선언69의 모든 친구들, 그리고 책 만드는 사람 박태하 씨에게 고마움과 우정을 담아 아름다운 시 한 편을 전한다.

"칠 조심" —
내 마음이 조심하지 않는 바람에

내 기억은 종아리와 뺨과

팔과, 입술과, 눈에 온통 얼룩져 버렸다.

내가 너를

그 모든 성공과 실패보다 더 사랑한 것은,

너와 함께 있으면

누르스름한 흰 빛이 하얗게 되기 때문이었다.

그러니 내 어둠 또한

친구야, 맹세하건대, 어떻게든 하얗게 되리,

헛소리보다 전등갓보다도

이마에 감은 흰 붕대보다도 더 하얗게!

_ 보리스 파스테르나크, 「칠 조심」 전문[3]

2014년 7월

진은영

---

3 김진영 편역, 『땅 위의 돌들』, 정우사, 1996, 185쪽.

차례

저자의 말 5

─────────────────────────────── 1부 문학의 비윤리

1장 감각적인 것의 분배 14
'새로운 노래, 더 나은 노래' 14 | 감각적인 것의 분배 19 | 새로운 정치 시를 위하여 31

2장 한국 문학의 미학적 정치성 36
한 시인의 고뇌에 대하여 36 | 김수영의 '시 무용론' 39 | '온몸으로' 쓰는 두 방식: 지게꾼의 시와 지게꾼-되기의 시 48 | 아름답고 정치적인 것의 야릇한 시작 53

3장 선행 없는 문학 57
언어 속에서 모두 탕진하기 57 | 사라지는 것과 드러나는 것 58 | 언제나 누구와 함께 62 | 너무나 서정적인 상실 66 | 너의 가벼운 손 69

─────────────────────────────── 2부 문학의 비장소

4장 숭고의 윤리에서 미학의 정치로 74
정치와 미학: 한없이 낯선 것들의 만남 74 | 미의 미학과 숭고의 미학 79 | 정치의 윤리화에 대한 비판 101

5장 미학적 아방가르드의 모럴 128
미학·정치·윤리의 관계 설정 128 | 문학의 '윤리'와 '모럴' 132 | 문학적 실험과 현실참여의 '시인적' 모럴 140 | 시인과 침입자: 탈방언화에 대하여 144 | 문학적 연역주의를 넘어서 152

6장 문학의 아토포스: 문학, 정치, 장소 158
문학의 천사들 158 | 문학의 우편배달부들 164 | 문학의 아토포스, 공간의 연인들 171

7장 시, 숭고, 아레테: 예술의 공공성에 대하여 181

아방가르드와 미학적 스노비즘 사이에서 181 | 숭고의 탈근대적 역전 185 | 숭고한 예술의 가능성: 아이러니스트와 카산드라적 예언자 190 | 아침과 저녁 '사이'에서 숭고해지기 195 | 숭고: 탈경계의 움직임 201 | 숭고와 익명적 탁월성 203 | 예술적 공공성의 이중적 계기 206

3부 문학의 비시간

8장 니체와 문학적 코뮤니즘 212

공동체라는 질병 212 | '작품'으로서의 공동체와 예술가-형이상학 215 | 예술가-형이상학의 가상적 구제와 탈공동체적 실존 221 | 죽음 공동체의 한 경우 225 | 죽음과 예술가적 주권 229 | 문학적 코뮤니즘을 위하여 239

9장 문학의 아나크로니즘: 작은 문학과 소수 문학 244

예술의 동시대성 대 예술의 반시대성? 244 | 작은 문학의 동시대성 247 | 카프카 문학의 동시대성 251 | 카프카 문학의 아나크로니즘 256 | 아나크로닉한 거울 속의 이방인을 위하여 265

10장 소통, 그 불가능성의 가능성 271

소통과 공동 식사 271 | 소통의 규범성과 환상: 아렌트와 하버마스의 소통 이론 273 | 소통의 텅 빔과 메움: 한 몸 이미지의 의미와 한계들 282 | 소통의 윤리와 권리의 구별: 타자의 윤리와 타자의 말할 권리 290 | 소통 이론의 이중화: 소통의 과학과 소통의 시학 294 | 소통의 인문학: 환대에서 연대로 302

발문 어떤 가능성에 대한 끈질긴 사랑: 2008년 이래의 진은영 **신형철** 307

참고문헌 323 | 찾아보기 332

| 일러두기 |

1 본문 중 각주로 표기된 출처의 서지사항은 권말의 참고문헌에 모아 두었다. 각 장의 초본이 된
글의 목록 역시 참고문헌 끝에 모아서 붙여 두었다.

2 인용문에 쓰인 괄호와 대괄호([ ])는 인용 원서의 것을 그대로 살린 것이고, 직각으로 굽지 않은
대괄호(〔 〕)는 인용자가 추가한 것이다. 한편 가독성을 높이기 위해 혹은 본문과 용어를 통일하
기 위해 인용문을 수정한 경우 각주에 이 사실을 밝혀 주었다.

3 단행본, 정기간행물 등은 겹낫표(『 』)로, 논문, 그림, 사진, 영화 등은 낫표(「 」)로 표기했다.

4 외국 인명과 지명 등은 2002년에 국립국어원에서 펴낸 외래어표기법을 따르는 것을 원칙으로
하되, 관례가 굳어져 쓰이는 것들은 관례를 따랐다. (예: 발터 벤야민, 슬라보예 지젝 등)

1부

문학의 비윤리

1장

감각적인 것의 분배

1. '새로운 노래, 더 나은 노래'

> 하프 켜는 소녀가 노래 불렀다.
> 진실된 감정과 잘못된 음조로,
> 하지만 난 그녀의 연주에
> 무척 감동받았다.

하인리히 하이네Heinrich Heine의 『독일. 겨울동화』Deutschland: Ein Wintermärchen
의 한 연을 읽으며 나는 웃었다. '그래, 그런 시들이 있었지. 소박하지만 진
실된 감정으로 나를 울리고 웃게 했던 시들이······.' 내가 혼잣말을 하면서
떠올린 것은 대단한 스타일 실험은 없었으나 삶의 생생한 진상으로 스무
살 무렵의 나를 흔들어 놓았던 시들이었다. 박노해나 백무산 또는 그들을
열심히 흉내 내던 문청들의 어설프지만 열정에 가득 찬 시들. 그러나 다음
연으로 넘어가자 이런 상념이 엉뚱한 것임이 밝혀졌다.

> 사랑과 사랑의 아픔,

희생과 모든 고통이 사라지는

저 위, 보다 나은 저세상에서의

다시 만남을 노래했다.

〔……〕

그녀는 오래된 체념의 노래를,

거대한 패거리인 민중이

울고 보챌 때 얼러 잠재우는

하늘의 자장가를 불렀다.

나는 그런 방식, 그런 텍스트를 알고 있어,

지은이들도 알고 있어.

그들이 몰래 술 마시며 남 앞에선

물을 마시라고 설교한 것을 알고 있어.

새로운 노래, 더 나은 노래를,

오, 벗들이여, 그대들에게 지어 주겠노라!

우리는 여기 지상에서

하늘나라를 벌써 세우려고 한다.

우린 지상에서 행복을 희구하며,

더 이상 궁핍함을 원치 않는다.

부지런한 손이 번 것을

게으른 배가 탕진해서는 안 된다.

_하이네, 『독일. 겨울동화』, 1장 부분[1]

왜 나는 엉뚱하게도 하프 켜는 소녀의 노래로 80년대 민중시들을 떠올렸던 것일까? 나는 그 시들에 깊이 공감했고 그 시대에 그 시들의 존재 자체를 사랑했지만, 아무리 노력해도 그렇게 쓸 수가 없었다. 지상에서 하늘나라를 세우는 일에 이의가 없을뿐더러, 그 일을 위해 새로운 노래, 더 나은 노래를 짓는 것이야말로 진심으로 희망하는 일이지만, 막상 펜을 들면 지금도 이 일만큼 힘들게 느껴지는 것이 없다. 이주노동자와 비정규직 노동자 들의 투쟁을 지지하며 성명서에 이름을 올리거나 지지 방문을 하고 정치적 이슈를 다루는 논문을 쓸 수도 있지만, 이상하게도 그것을 시로 표현하는 것은 쉽지가 않다. 사회참여와 참여시 사이에서의 분열, 이것은 창작 과정에서 늘 나를 괴롭히던 문제이다. 나는 이 난감함이 많은 시인들이 진실된 감정과 자신의 독특한 음조로 새로운 노래를 찾아가려고 할 때 겪는 필연적 과정일 거라고 믿고 싶다.

많은 이들이 입을 모아 2000년대 들어서 낯선 감각과 새로운 어법으로 무장한 젊은 시인들이 '집단적'으로 출현했다고 말한다. 이들의 출현에 대한 반응, 이 집단에 대한 정의는 다양하다. 소통 불능의 자폐적이고 이기적인 문학이라는 신랄한 비판이나 조금만 더 자아 밖으로 나오라는 애정 어린 충고에서부터, 여러분이야말로 '도래'할 문학적 민중이 될 거라는 뜨거운 격려에 이르기까지, 상이한 반응들의 폭발에 정작 시인들은 당황했다. 새로운 시들을 둘러싼 이 논의들은 여러 맥락에서 이해될 수 있겠지만, 적어도 내게는 나를 난감하게 만드는 문제, 즉 문학과 윤리 또는 미학과 정치의 관계에 대해 영원회귀하는 질문들 그리고 그 대답들로 느껴진다.

그래서인지 서점에서 뒤적이고 있던 서적들 가운데에서 '미학과 정

1　하인리히 하이네, 『독일. 겨울동화』, 홍성광 옮김, 창비, 1994, 12~14쪽.

치'Esthétique et politique라는 부제가 붙은 자크 랑시에르Jacques Rancière[2]의 『감성의 분할』Le Partage du sensible을 발견했을 때 나는 먼 친척 아저씨가 보내온 달콤한 과자 상자를 받아든 아이처럼 설레었다. 혹시 이 상자 속에는 우리의 오랜 허기와 미각을 동시에 만족시켜 줄 것이 들어 있지 않을까? 선물 상자를 열어 보기 전에 과자의 모양과 맛에 대해 상상해 보는 아이만큼이나 우리는 미학이라는 단어에 대해 다양한 상상과 추측을 할 수 있다. 결국 '아름다움에 대해 사유하는 학문'으로 정의하는 정도에서 많은 사람들이 고개를 끄덕이게 되겠지만 말이다.

그러나 미학으로 번역되는 독일어 'Ästhetik'는 우리의 상식적 관념보다는 넓은 의미를 가진다. 칸트의 철학에서 미학은 인간이 지닌 '감각의 수용 능력을 다루는 학'이며 감성론이다. 이와 달리 우리는 일반적으로 '미학'이라는 용어를 훨씬 더 좁은 의미로 받아들인다. 우리에게 미학은 주로 미적 판단과 미적 감수성의 문제를 다룸으로써 예술을 독자적인 성찰과 연구의 대상으로 삼는 학문 활동이다. 그러나 이러한 이해에는 이미 예술이나 문학에 대한 특수한 관념이 전제되어 있다. 우리는 예술이나 미학을 인간의 시간과 공간 능력과 관련된 '감각의 수용 능력'을 다루는 분야로 보지 않는다. 그렇기에 미학이 '주관적 정서나 감정적 변양modification'을 다루는 자율적이고 독립적인 영역으로 규정될 수 있는 것이다. 여기에는 예술은 다른 인간 활동들에서 분리시켜 다루는 것이 가능한 단독적 활동이라는 견해가 숨겨져 있다.

랑시에르의 작업은 우리의 통념에 문제를 제기하는 것에서 출발한다. 그는 문학을 비롯해 예술 전반을 독립적이고 자율적인 영역으로 상정

---

2 랑시에르에 대해서는 진태원, 「평등의 원리에 대한 옹호」, 『대학신문』, 2007.11.10 참고.

하는 것, 즉 예술을 단독적인 것으로 간주하는 것을 지난 "두 세기 동안에만 존재했던" 근대적 현상에 불과할 뿐이라고 생각한다. 그래서 그는 근대 예술에 대한 성찰을 통해 예술에 대한 고정관념을 밝히고 그로부터 발생하는 문제들을 검토하려고 시도한다. 국내의 몇몇 연구자들은 랑시에르의 이 같은 문제의식을 정확하게 반영해야 한다는 견해에서 책 제목에 대한 새로운 번역을 제안하기도 한다. 책의 부제 'Esthétique et politique'는 '미학과 정치'보다는 '감성론과 정치'로 번역되어야 하며, 제목의 'le sensible'은 감수성을 의미하는 것으로 보일 수 있는 '감성'보다는 좀더 넓은 의미를 담을 수 있는 '감각적인 것'으로 번역되어야 한다는 것이다.[3] 랑시에르의 결론을 말하자면, 문학을 비롯한 예술 전반의 문제는 '감각적인 것을 분배하는' 문제이며 그런 한에서 예술은 필연적으로 '정치'와 관계한다는 것이다. 따라서 책 제목을 '감각적인 것의 분배: 감성론과 정치'로 번역해야 그의 문제의식과 결론을 분명하게 드러내 줄 수 있다. 그러나 또 다른 연구자들은 이미 칸트 철학에서 감성이라는 철학 용어가 단순히 우리의 감정적 반응이나 느낌을 뜻하는 것이 아니라 시간이라는 내적 감각 능력과 공간이라는 외적 감각 능력을 아우르는 말이므로 '감성'으로 충분하다고 생각한다. 그러므로 많은 연구자들이 랑시에르에 대한 이어지는 번역과 연구 들에서 감성이라는 용어를 그대로 사용하기도 한다.

번역어를 '감각적인 것'이라고 쓰든 '감성'이라고 쓰든 중요한 것은 우리가 세계에 대해 갖는 시간과 공간의 표상이 미학의 핵심 문제라는 점이다. 앞서 말했던 문제의식을 살려 표현하자면 시간과 공간의 표상은 감성론의 핵심 문제이다. 랑시에르는 이 표상의 체계가 역사적으로 세 번 바뀌

---

3 양창렬, 「민주주의에 대한 증오에 맞서라」, 『교수신문』, 2008.3.10.

었다고 본다. 즉 예술은 시간과 공간을 표상하는 방식에서 세 가지 주요 체제들을 거쳐 왔다. 제일 먼저 등장하는 것은 윤리적 체제이며 그다음으로 시학적/재현적 체제가 나타났다. 근대적 예술은 세번째 체제인 미학적/감성적 예술 체제의 시작이다. 예술의 이 세 가지 주요 체제들은 역사적으로 등장한 것이다. 그러나 이 세 체제들이 공존하기 어려운 것은 아니다. "새로운 체계의 가능성이 앞선 체계의 불가능성과 일치하는 그러한 방식으로 하나의 체계에서 다른 하나의 체계로〔……〕도약한다는 것을 뜻하는 것은 아니다.〔……〕어떤 일정한 시점에, 여러 체제들이 작품들 그 자체 내에서 공존하고 혼합된다."[4] 랑시에르의 체제 구분에서 드러나는 예술에 대한 상이한 관점들이 한 시대의 비평적 시선들과 시인들의 다양한 자의식 속에서 동시에 나타나는 것이다. 따라서 2000년대의 새로운 시인들이 지닌 자의식과 그들의 시에 대한 비평적 관점들을 랑시에르의 구분법에 따라 살펴보는 것은, 다소는 단순화의 위험이 있기는 하지만 우리 시대에 울려 퍼지는 새로운 시적 노래들의 미래를 전망하는 데 기여할 수 있다.

2. 감각적인 것의 분배

1) 윤리적 예술 체제

랑시에르는 예술의 체제들을 세 가지로 구분한다. 윤리적 체제, 시학적/재현적 체제, 미학적/감성적 체제가 그것이다. 윤리적 체제는 가장 오랜 전

---

4 자크 랑시에르, 『감성의 분할: 미학과 정치』, 오윤성 옮김, 도서출판b, 2008, 67~68쪽. 이하 이 책에서의 인용은 영문판인 Jacques Rancière, *The Politics of Aesthetics*, trans. Gabriel Rockhill, London: Continuum, 2004를 참조하여 수정한 곳도 있다.

작자 미상, 「잠자는 헤르마프로디토스」, 기원전 2세기경(침대는 베르니니의 1620년 작품).

통을 가진 예술 체제이다. "이 체제에서는 이미지들의 존재 양태가 개인들과 공동체들의 존재 양태, 즉 에토스$_{ethos}$에 어떤 식으로 영향을 미치는지 아는 것이 관건이다."[5] 랑시에르는 이 체제가 고대 그리스의 철학자 플라톤의 사유에서 명료하게 표명되었다고 본다.

플라톤에게 예술작품은 이미지, 즉 모상이다. 그것은 모방 활동의 산물이기 때문이다. 플라톤은 존재하는 것들을 여러 등급으로 구분한다. 절대적이고 영원한 관념인 이데아는 완전한 존재로서 최상의 위치를 차지한다. 우리가 일상적으로 사용하기 위해 기술자들이 제작하는 인공적 사물들은 이데아의 모방물이다. 그리고 화가나 조각가, 그리고 시인의 작품들은 이 모방물들을 다시 모방하여 만든 것이므로 존재의 가장 낮은 위치에 있다.

---

5 랑시에르, 『감성의 분할』, 27쪽.

루브르박물관의 유명한 조각상 「잠자는 헤르마프로디토스」에서 아름다운 헤르마프로디토스가 누워 있는 침대는 대리석으로 침대의 포근함을 기가 막히게 표현한 작품이다. 원래 고대 대리석 조각상은 엎드려 있는 헤르마프로디토스의 아름다운 나신만으로 이루어진 작품이라고 한다. 헤르마프로디토스는 헤르메스와 아프로디테 사이에서 태어난 아들로 여성의 아름다운 가슴과 남성의 성기를 모두 가진 양성의 인물이다. 이 신화 속의 소년에게 가장 달콤하고 편안한 잠을 선물하기 위해 17세기 이탈리아의 위대한 조각가 베르니니Gian Lorenzo Bernini가 대리석 침대를 만들어 고대의 소년을 거기에 눕혔다. 이 대리석 침대는 정말 부드럽고 폭신해 보인다. 대리석으로 만들어졌다는 것이 믿기지 않을 정도의 사실성을 지녔다. 그러나 보는 이의 감탄에도 불구하고 이 대리석 침대는 플라톤의 세계에서는 존재하는 것들 중 가장 낮은 등급에 속한다. 그것은 현실의 한 소년이 엎드려 있었을 실제의 침대를 모방한 것에 불과하기 때문이다. 대리석으로 아무리 부드러운 곡선을 표현했더라도 그 기술은 가구장이가 만든 침대 위의 매트를 흉내 낸 것일 뿐이다. 베르니니가 아무리 위대한 조각가라고 할지라도 그의 대리석 침대는 동네 가구장이의 솜씨 없는 가죽 침대보다 존재론적으로는 열등한 것이다. 물론 실제의 가죽 침대 역시 원본은 아니라고 할 수 있다. 그것은 침대의 이데아의 모방물이기 때문이다. 최상의 존재는 모방되기 이전에 존재하는 이데아로서의 침대이다.

　　이런 식으로 사유하는 체제에서 예술의 가치는 그 자체로 식별될 수 없다. 예술은 자신만의 자율적 영역도 갖지 않는다. 존재론적 모방물의 모방물인 침대 조각은 사실상 존재한다고 말할 수조차 없는 환영, 일종의 시뮬라크라simulacra이다. 랑시에르는 다음을 강조한다. "흔히 말해지는 바와 같이, 플라톤은 예술을 정치에 종속시키지 않는다. 이러한 구별 자체가 그에게는 의미가 없다. 그에게 있어서 예술이란 존재하지 않고, 단지 행동과 제작 방식들로서의 기술들만이 존재한다."[6] 모방적 기술로서의 예술은 독자적인 존재 의의를 가질 수 없다. 따라서 정치에 종속된다고 말할 만큼의 고유한 실체를 확보하지 못한다. 예술은 일종의 기술로서 그저 제작된 목적에 따라서 구별되고 위계를 가질 뿐이다. 진정하고 훌륭한 기술이란 아이들과 시민을 교육하는 데 기여하고 폴리스의 업무를 분배하는 데 적합한 것이다. 그렇지 못할 경우 그 기술은 이상理想국가에서 사라져야만 한다. 이 점은 플라톤의 『법률』에 분명하게 나타난다. "오르페우스의 노래보다 더 고운 목소리를 내는 사람이 있더라도 법률 수호관의 심사에서 인정을 받지 못한 시가는 누구를 막론하고 노래할 수가 없으며, 오직 신성한 심사를 거쳐 (……) 정당하다고 인정되는 가요만을 노래할 수 있게 할 일입니다"(829d~e).[7]

이러한 플라톤의 엄포는 우리에게도 낯설지 않다. 신성한 심사, 즉 편집자의 검열과 금지라는 방식으로 문학에 대한 제재가 가해지는 가장 극단적 경우가 존재한다. 그러나 플라톤의 윤리적 체제가 작동하는 것은 정치적으로 비민주적인 상황에서 출판의 자유가 제한당하는 때뿐만은 아니다. 문학의 본질을 에토스, 즉 일종의 윤리성과 교육성에서 찾고 그 기초로서 공동체 내에서의 소통 가능성에 호소하면서 작품들을 평가하고 비평할 때 사실상 그것은 플라톤주의적 음색을 띠게 된다. 이러한 비평적 관점들은 "아이들의 마음씨를, 법도에 거역하여 기쁨과 슬픔을 느끼는 폐단이

---

6 랑시에르, 『감성의 분할』, 26쪽. 영어와 프랑스어 'art'의 어원은 '기술'에 해당되는 라틴어 '아르스'(ars)이며, 아르스는 그리스어 '테크네'(τέχνη)를 직역한 것이다. 그리스어 테크네는 예술이라는 의미와 함께 기술이라는 이중의 의미를 갖는다.
7 플라톤, 『법률』, 최민홍 옮김, 상서각, 1973, 240쪽.

없이, 법도에 따라서 동일한 일에 성인들과 함께 나누도록 습관을 붙이도록 하기 위해, 가곡歌曲이 제정되어, 우리가 말하는 조화를 이루도록 유도해야 합니다"(659d~e)[8]라는 플라톤의 관점과 유사하다. 한 사회의 공통감각common sense에 의거해서 진정성 있는 것으로 판명될 수 있는 정서들에 기여하는 한에서만 쾌와 불쾌의 유통을 허용하려고 하려는 관점 말이다. 이러한 예술적 관점에 입각해서 플라톤이 2000년대의 새로운 시인들에게 선고를 내린다면? 우리의 공동체 밖으로 '나가 주시오!'

2) 시학적/재현적 예술 체제

플라톤의 윤리적 체제에서 벗어나 예술의 새로운 식별 체제를 확립하려는 시도는 아리스토텔레스의 『시학』으로 나타났다. 플라톤과 마찬가지로 아리스토텔레스에게도 문학은 미메시스mimesis, 즉 모방이다. 그러나 『시학』에 나타나는 미메시스의 원리는 실재를 진실하게 복제해야 한다는 규범적 원리로부터는 자유롭다. 예술적인 모방물들은 더 이상 목적이나 용도에 따라 평가되지 않는다. 적어도 시학적 체제는 "모방물들이 어떤 예술에 고유하게 속하는 것으로서 인정될 수 있고 그 틀 속에서 좋거나 나쁜, 적합하거나 부적합한 모방물로서 평가될 수 있게 하는 조건들〔……〕을 정의하는 규범성의 형태들"을 담보한다.[9] 다시 말해 이 체제에서 예술은 현실로부터는 자유로운 예술적 재현의 고유한 법칙을 갖는다. 플라톤에게서 예술은 기술들에 종속됨으로써 독자적 영역을 갖지 않았고, 그런 의미에서 삶과

---

8 같은 책, 63쪽.
9 랑시에르, 『감성의 분할』, 28쪽.

예술이 일치했지만, 아리스토텔레스에게서 예술은 삶으로부터 분리되어 자율성을 갖기 시작한다.

그러나 재현적 체제의 이 자율성은 행동과 제작의 방식 및 업무들의 일반 질서와 연결되어 있다. 아리스토텔레스는 『시학』 9장에서 시인의 임무를 실제로 일어난 일을 이야기(모방)하는 것이 아니라 개연성과 필연성의 법칙에 따라 일어날 수 있는 가능적 사건을 이야기하는 것으로 설명한다. 그는 이러한 점에서 시가 경험적 사실들을 탐구하는 역사보다 훨씬 '보편적'임을 강조했다. 예술의 자율성은 세계의 일반 질서를 유비하는 것이다. 이 유비를 가장 훌륭하게 수행하는 예술인 비극은 잘 짜여진 통일적인 플롯을 통해 사람들에게 카타르시스를 제공하는 긍정적 효과를 낳는다. 예술은 실제로 존재하는 경험적이고 개별적인 사건에 종속되지는 않지만, 여전히 가능적 세계의 정확한 모방과 유비라는 실용적 원리 아래서 관리되어야 한다.

이러한 실용적 원리에 입각해 본다면 폴리스 시민들 대다수에게 카타르시스를 제공하지 못하는 2000년대 젊은 시인들의 시는 위대한 예술의 전범인 비극의 성격을 조금도 갖지 못한다고 할 수 있다. 무릇 "비극은 진지하고 일정한 크기를 가진 완결된 행동을 모방하며, 쾌적한 장식을 한 언어를 사용하되 각종의 장식은 작품의 상이한 재부분에 따로따로 삽입"되는 것이다.[10] 새로운 시들은 진지하다고 말하기 힘들고, 일정한 길이도 없이 장황하며, 도무지 쾌적한 장식의 언어를 찾아볼 수 없다. 그러므로 시학적/재현적 체제의 예술적 판관에게도 세계의 본질적 질서를 표현하지 못하고 있다는 판결을 받는다. 윤리적 체제뿐 아니라 시학적/재현적 체제 아

---

10 아리스토텔레스, 『시학』, 천병희 옮김, 문예출판사, 2002, 49쪽.

래서도 새로운 시들은 시민권을 얻을 수 없다. 그렇다면 이들이 예술적 시민권을 획득할 가능성은 어디에 있을까?

3) 미학적/감성적 예술 체제

미학적/감성적 체제의 출현과 더불어 예술은 고유한 감각적 존재 양태의 유무에 따라 식별된다. 어떤 것이 예술이려면 예술에 속하는 특수한 존재 양태를 가져야 한다는 뜻이다. 감성적 체제는 "예술의 절대적 특이성을 주장하는 동시에, 이 특이성을 격리시키는 모든 실용주의적 기준을 파괴한다".[11] 시학적/재현적 체제는 예술에 자율적 영역을 보장하지만, 이때 예술의 자율성은 세계의 "이해 가능한 구조를 정교하게 다듬는" 한에서만 허용되었다. 아리스토텔레스에 따르면 시는 "경험적 무질서에 따라 사건들을 현시하지 않을 수 없는 역사와 달리, 사건들의 배치에 인과적 논리를 주는" 우월함을 가진다. 문학은 사실이 아니라 허구다. 그러나 그것은 거짓이 아니며 "어떤 한정된 시-공간 안에서 수행되는 인식의 유희"를 의미하는 위대하고 자율적인 허구이다.[12] 이런 예술의 자율성과 감성적 체제에서 주장되는 예술의 특이성은 어떻게 구별될 수 있는 것일까?

　여기서 랑시에르가 강조하는 예술의 특이성은 "현실에서 분리된 언어의 자기목적주의autotelism를 신성화하는 것이 아니다. 정확히 그 반대이다".[13] 감성적 체제에서 예술은 필연성과 개연성을 따르는 아리스토텔레스적인 인과적 배치와 다르다. 동시에 그것은 예술의 외로운 자기지시성

---

11 랑시에르, 『감성의 분할』, 31쪽.
12 같은 책, 48~49쪽.
13 같은 책, 49쪽.

self-referentiality과도 전혀 다르다. 이런 식의 절대적 자율성은 카나리아의 노래에 불과할 것이기 때문이다. 마음껏 노래하라. 카나리아여. 목이 쉬도록, 그러나 오직 황금 새장 안에서! 감성적 체제는 예술작품에 고유한 감각적 존재 양태를 요구하지만 동시에 이 고유한 허구적 구성은 "상황을 철저하게 뒤집는다".[14] 허구적 구성은 허구로 머무는 것이 아니라 삶에서 실현됨으로써 삶을 잠식하고 변화를 가져온다.

예술은 예술적 영역이라는 제한된 감성적 새장 안에서 활동의 최대치를 가질 수 있다는 식의 자율성을 벗어난다. 그것은 "생산과 재생산 및 복종의 자연적 주기들에 순응하는 몸짓들과 리듬들의 기능성을 손상시킴으로써 감각적인 것의 지도를 바꿔 놓는다"[15]라는 의미에서 현실로부터 자율적이지만 현실을 변형하는 허구들을 만들어 낸다. 이것이 랑시에르가 말하는 예술의 특이성, 다시 말해 감성적 자율성이다. 감성적 자율성은 예술의 자율성과 다른 것이다. 그것은 세계의 낡은 감각적 분배를 파괴하고 다른 종류의 분배로 변환시킴으로써 삶의 새로운 형태들의 발명을 동반한다. 이렇게 해서 랑시에르는 감성적 체제에서 예술로 식별되는 활동을 정치와 조우시킨다. 그에게 정치는 감각적인 것을 새롭게 분배하는 활동, 즉 감성적 혁명을 가져오는 활동에 다름 아니다. "'감성적' 혁명이란 공동체의 상징적 공간에(또는 외부에), 즉 생산과 재생산의 '사적' 영역에 노동자들의 자리를 지정하는 식의 감각적인 것의 분배를 전복시키는 것이다."[16]

---

14 랑시에르,『감성의 분할』, 51쪽.
15 같은 책, 54쪽.
16 Max Blechman, Anita Chari and Rafeeq Hasan, "Democracy, Dissensus and the Aesthetics of Class Struggle: An Exchange with Jacques Rancière", *Historical Materialism*, vol.13, no.4, 2005, p.293; 자크 랑시에르,『정치적인 것의 가장자리에서』, 양창렬 옮김, 길, 2008, 119쪽, 역주12 참조.

랑시에르는 새로운 감성적 분배에 참여함으로써 낡은 분배 형태와 불일치하고 그와 맞서 싸우는 한에서, 예술은 정치적인 것이 된다고 주장한다. 미학과 정치, 문학과 윤리의 관계를 둘러싼 현재적 논쟁이 발생할 수 있는 지점은 여기다. 새로운 감성적 분배를 어떻게 이해하느냐에 따라서 한 예술작품의 정치성과 윤리성에 대한 평가가 상이할 수 있기 때문이다. 그의 관점에 따르면, 어떤 작품이 전통과 결별하여 모험적인 실험을 시도했다는 사실만으로 새로운 감성적 분배에 참여했다고 할 수는 없다. 미학적/감성적 체제에서는 시도되는 모든 새로운 실험들이 감성적 특이성을 지닌 것이 아니다. 예술의 정치적 잠재성은 앞서 언급했듯 예술의 자율성이 아니라 감성적 경험의 자율성에 의해 규정된다.

4) 예술의 자율성과 감성적 자율성

랑시에르는 추상화가인 폴록Jackson Pollock과 말레비치Kazimir Malevich를 비교함으로써 이런 관점을 분명하게 피력한다. "폴록을 말레비치와 비교하면 후자가 새로운 사회적 형식과 삶의 새로운 역동성의 발명의 문제를 제기한 것이 확실합니다. 그리고 폴록은 그것과 확실하게 다릅니다. 폴록은 행동주의 예술 안에서 어떤 형식의 종말이었으며, 1930년대 미국에서 아주 강하게 작용했던 사회적 실천 안에서 예술적 개입의 종말이었습니다."[17] 폴록의 예술은 이미 존재하는 사회·정치적 삶의 분할선을 공고히 하는 데에 활용되었다. 장 클레르Jean Clair가 지적했듯 "아무도 불편하게 하지 않는

---

17 「자크 랑시에르와 Chto delat 대담: 폭발을 기대해선 안 돼요」, 임경용·구정연·현시원 엮음, 『공공도큐멘트』, 미디어버스, 2007, 128쪽.

잭슨 폴록, 「No.5」, 1948.

미국 예술계는 냉전체제하에서 소련의 이데올로기나 맑스주의와 경쟁하기 위해 폴록의 추상주의를 적극적으로 이용했다. 폴록의 작품들은 유럽의 아방가르드 예술보다도 더욱 실험적인 느낌을 주었다. 그리고 이러한 실험성들은 소련의 사회주의 리얼리즘 미술이 주는 완고하고 양식적인 인상과 대비되었다. 그의 작품들은 미국의 예술이 소련의 예술보다 자유로울 뿐만 아니라 예술의 본산인 유럽보다 우월하다는 느낌을 미국인들과 세계인들에게 주는 데 매우 유리한 특성을 가지고 있었다. 미국 중앙정보국(CIA)은 폴록과 비슷한 성향을 가진 미국의 젊은 화가들의 작품이 유럽에 널리 알려지도록 전시를 개최하고 작품이 구매되도록 힘을 쓰는 등 조직적 지원을 아끼지 않았다.

청교도적 스타일 덕분에 행위적 추상파는 다국적기업의 공식 예술로 될 모든 요건을 지니고 있다".[18] 폴록의 작품은 표면적으로는 정치나 이데올로기로부터 자유롭고 무관한 것이었으나 은밀한 방식으로 가장 정치적이었다.

물론 이때 폴록의 예술이 지닌 정치성은 랑시에르가 말하는 정치성과 전혀 다른 것이다. 랑시에르에게 예술의 정치성이란 기존의 지배적 담론 체계에서 특정한 이데올로기를 옹호하거나 공격하는 내용의 유무에 있는 것이 아니라, 실제로 그 지배적 담론 체계를 파열시켜 새로운 종류의 감성적 분배를 가져올 삶의 형식을 만들어 내는 데 있다. 이런 점에서 폴록의 작품은 현실의 감각 체계와 불화를 일으키는 '정치'의 활동을 만들어 내기보다는 기존의 감각적 체계와 질서를 보존하고 유지하는 데에 기여했다. 어떤 예술적 실험의 정치성은 다른 삶의 실천 영역들과의 상호 관계 속에서 감각 체계의 변화를 가져오느냐 여부에 따라 식별되는 것이다.

랑시에르는 "어떤 방식으로든 정치는 자신의 미학이 있고 미학은 자신의 정치가 있다"라는 점을 강조한다.[19] 예술의 정치성은 특정 변혁 주체에 대해 언급하거나 사회적 부정의를 고발하는 작품들에 국한되지 않는다. 예술작품의 감성적 재분배 능력을 결정하는 것은 객관적 정치 현장에 대한 재현의 직접성이 아니다. 그는 '참여'예술이 가질 수 있는 문제점을 지적한다. '참여'예술은 이미 특정한 방식으로 분배되어 있는 정치 세력의 장 안에서 하나의 세력을 재현하는 방식을 택하는 경향이 있다. 이미 서술의 가능성을 지니고 존재하는 주체들, 즉 글로 씌어질 수 있는 가능성의 장

---

18 앙투안 콩파뇽, 『모더니티의 다섯 개 역설』, 이재룡 옮김, 현대문학, 2008, 158쪽.
19 랑시에르, 『감성의 분할』, 88쪽.

안에 기입된 주체들의 관계를 재현하는 데 머무르게 되는 것이다. 따라서 누군가 어떤 주장을 피력하고자 글을 쓴다거나 귀족, 부르주아가 아니라 노동자 또는 서민에 대해 말한다는 사실만으로는 불충분하다. 물론 노동자들이 말함으로써 혹은 노동자에 대해 말함으로써 글쓰기의 장에 부재했던 자리를 만들어 내고 이를 통해 감성적 몫을 새롭게 분배했던 시기가 우리 문학사에 존재했다고 할 수 있다. 그러나 그것은 노동자라는 특정 주체를 재현했기 때문이라기보다는 낡은 감성적 장에 불일치하는 문학적 사건을 발생시켰기 때문이다.

이런 점들을 고려할 때 미학(감성론)의 정치와 정치의 미학(감성론) 사이의 적절한 상관성을 정립하기 위한 기준이 없다는 점을 분명히 인식할 필요가 있다. 물론 이는 예술과 정치가 뒤섞여서는 안 된다는 주장과는 아무런 관계가 없다. 우리는 예술작품의 정치성에 대한 어떤 완고한 비평적 기준을 전제함으로써 오히려 다양한 방식으로 감성적 불일치를 구성하는 창조적 실천들을 위축시킬 수 있는 위험에 주의할 필요가 있다. 이런 맥락에서 랑시에르는 다음과 같이 덧붙인다. "예술작품들의 정치적 평가를 위한 기준들에 따라 질문을 제기하는 일을 피해야 한다. 〔……〕 문제가 통상적으로 정식화되는 방식을 역전시킬 필요가 있다. 예술적 실천에 의해 생산되는 표현 양식들이나, 설명적 계기를 정립하는 수단을 자기 식으로 적절하게 사용하기 위해 전유하는 것은 정치의 다양한 형식들이지, 그 반대가 아니다."[20] 지금 우리에게 필요한 미학적 실험은 예술과 정치라는 서로 이종적인 것들을 결합하는 다양한 방식에 대한 상상이다. 이런 점에서 랑시에르의 견해는 예술가를 자유롭게 하는 동시에 새로운 구속을 부과하는

---

20 랑시에르, 『감성의 분할』, 92쪽.

듯 보인다. 예술가는 기존의 방식으로 예술과 정치의 일치를 추구할 필요는 없다는 점에서 정치로부터 해방된다. 그러나 다른 한편으로 미학적/감성적 자율성을 실현하기 위해 사회의 감성적 지도에 변화를 가져올 예술적 방식들을 상상하고 고민해야 할 임무가 부여된다는 점에서 예술작품은 정치적인 것에 강하게 구속된다.

3. 새로운 정치 시를 위하여

"사실, 저는 시를 쓰기는 썼습니다. 〔……〕 발표했는데, 아무도 그게 현 시국과 관련된 시라는 걸 모르더라고요."

_오은, 촛불 정국에 대한 시가 있었냐는 질문에 대한 대답[21]

어떻게 감성적 불일치를 구성할 것인가? 많은 시인들의 문학적 고민은 여기에 있다. 시인은 세계의 풍경들로부터 다양한 자극을 받는다. 시인은 정치적이고 사회적인 사안들에 대해 발언하고 싶어 한다. 그런데 그것을 항상 특정한 재현의 방식으로, 예컨대 명확한 내러티브를 구성하거나 선명한 메시지를 직접적으로 표현하는 방식으로만 수행해야 하는 것일까? 사회의 감성적 매트릭스를 해체하고 새롭게 조직화하는 다른 방식은 없을까? 도처에 편재하는 빈자들, 고통받는 비인간들 —— 동물들과 나무들, 바위들 —— 도 작품에 기입할 줄 아는 선량한 영혼의 목소리로 노래하는 것, 그래서 다른 영혼들에 아름다운 동요動搖를 만들어 내는 데 만족하는 것 이상의 방법은 없는 것일까?

---

21 심보선·이현우·오은·이문재 좌담, 「'촛불'은 질문이다」, 『문학동네』 56호, 2008, 42쪽.

이렇게 질문하는 시인이 꿈꾸는 것은 "사실 어떤 메시지의 언표를 매개체로 사용하지 않고서도 가시적인 것, 말할 수 있는 것 그리고 사유할 수 있는 것 사이의 관계를 전복시키는" 것이다. "실상 정치적 예술은 세계의 상태에 대한 '자각'으로 이끄는 의미 있는 스펙터클이라는 단순한 형태로 작용할 수는 없다. 적절한 정치적 예술은 단번에 이중의 효과 ── 정치적 의미작용의 가독성, 그리고 반대로 기괴함uncanny, 즉 의미작용에 저항하는 것에 의해 야기된 감성적 또는 지각적 충격 ── 의 생산을 보장한다."[22]

시인은 (통상적인 분류법대로) 정치적인 주제를 다룰 수도 있고 비정치적인 주제를 다룰 수도 있지만, 어떤 주제든 그 시가 가장 정치적인 방식으로, 즉 비가시성을 가시화하고 들리지 않는 것을 들리게 함으로써 감성의 지각변동을 가져오는 그런 방식으로 씌어지길 희망한다. 유아론적 주체의 자폐적인 언어일 뿐이라는 비판이 2000년대의 새로운 시인들 머리 위로 빗물처럼 쏟아진 걸 보면, 이 정치적 시도는 크게 성공적이었다고 볼 수는 없을 듯하다. 시인은 지나가는 소나기를 바라보며 자책한다. '기묘한 감성적 충격을 생산하는 데 몰두했던 시들에서는 정치적 의미의 가독성이 사라지고 정치적 의미의 가독성을 최대화한 시들에서는 기묘함이 실종되는구나!' 이중효과의 적절한 생산은커녕 견디기 힘들 만큼 어정쩡한 상황이 발생하는 것이다.

이런 곤경에 대처하는 한 가지 방식으로 시인은 의미의 가독성을 의도적으로 포기하거나 부정하고 기묘함을 극단화함으로써 오히려 그로부터 새로운 정치적 의미를 획득하려고 시도할 수 있다. 특히 모든 감각적인 것의 분배를 자본의 논리에 따라 재배치하는 자본주의의 의미망을 철저

---

22 랑시에르, 『감성의 분할』, 90쪽. 강조는 인용자.

히 피하는 것을 미학적 원리로 채택하는 예술론 ── 랑시에르는 아도르노 Theodor W. Adorno에게서 이런 이론을 발견한다 ── 은 이러한 시도를 뒷받침한다. 그러나 랑시에르는 네거티브한 시도들은 그 정치적 의도를 완벽하게 관철시키기 어렵다고 지적한다. "제 생각에 예술적 실천은, 상품화되어서는 안 된다는 식의 부정적인 토대를 근거로 정의하기는 상당히 힘듭니다. 왜냐하면 모든 것은 상품화될 수 있거든요. 1970년대에 개념예술가들은 이렇게 말했습니다. '당신이 오브제를 만들지 않는다면 결국 시장을 위해 아무것도 만들지 않는 것이고 따라서 그것은 정치적 전복이다.' 우린 개념미술에 어떤 일이 일어났는지 압니다. 그렇죠? 그들은 오브제를 팔지 않았고 아이디어를 팔았습니다! 이것이 자본주의 시스템의 완벽함이고 그것을 파열하는 것과는 하등 관련이 없습니다."[23] 문학에서도 사정은 다르지 않다. 그가 지적한 대로 일종의 전복을 의미했던 초현실주의는 단어 사이의 기묘한 연결이라는 속성 때문에 오히려 오늘날 수많은 광고 문구에 사용되고 있다.

가까스로 그것을 피해 간 예술적 실천들은 의도하지 않았던 또 다른 결과, 예술의 위기를 낳았을 뿐이다. 많은 사람들이 우려하는 "이른바 '예술의 위기'는 단순한 모더니즘적 패러다임의 압도적인 실패이다. 모더니즘은 예술의 현대적 형식들에 내재된 수많은 정치적 가능성뿐 아니라 장르 혼합과 매체 혼합으로부터도 언제나 멀리 떨어져 있다".[24] 그러나 랑시에르가 강조하듯 모더니즘에는 또 다른 변종이 존재한다. 그것은 세계를 변화시키는 의지이며 삶의 형식을 예술적 실천과 연결시키는 형식으로서의 모더니즘이

---

23 「자크 랑시에르와 Chto delat 대담: 폭발을 기대해선 안 돼요」, 131쪽.
24 랑시에르, 『감성의 분할』, 35쪽. 강조는 인용자.

다. 매체 혼합과 장르 혼합을 비롯해 다양한 방식으로 정치적 상상력을 작동시키는 모더니즘이야말로 오늘날 예술적 아방가르드를 자임하는 예술가들에게 열려 있는 길이다.

한국 시에 등장한 새로운 어법, 새로운 감수성의 탄생과 발명은 이전 것들을 격렬히 부정하며 감성적 불일치를 추구했지만, 어떤 의미에서 그것은 충분히 격렬한 것이 아니었다. 이 실험들은 "문자적 정착"(이현우)에 머물렀고 "페이지에서 뛰쳐나와 미디어에 대한 진지한 고민"(오은)으로까지 나아가지 못했다. 문학적 발명품들이 풍부한 매체적 상상력을 통해 더욱 새로워져서 정치적 전복으로까지 이행할 가능성은, 전통의 부정만을 강조하는 상투적 의미의 미학적 실험만으로 보장되는 것이 아니다. 주목해야 할 것은 "텍스트가 어떤 공간에 위치하느냐뿐만 아니라 텍스트와 텍스트가 어떻게 서로 얽히면서 의미를 직조해 내느냐"(심보선)이다.[25] 텍스트들 간의 얽힘과 직조를 만들어 내는 것은 문학 텍스트와 다른 사회적 텍스트의 끊임없는 접합이다. 이 이질적 접합의 지속적 가능성을 예술가가 자신의 삶 속에 마련해 두지 않는 한, 문학적 발명이 충분히 새로워질 수 없다는 것은 분명하다. 치안 질서 내에서는 설명되지 않는 자들, 보이지 않고 들리지 않는 자들과 직접 조우하는 것, 의회민주주의의 형식으로부터 무질서하게 삐져나오는 정치적 열정의 공간에서 함께 어울리며 엉뚱하고 다채로운 상상력을 발동시켜 보는 것. 예술 활동의 모든 시간이 이것들로 환원되는 것은 아니지만, 이것들 없이는 의미작용을 하는 감성적 조직을 교란시키는 계기를 포착하기 힘들다는 점을 기억하라는 것이 랑시에르의 전언이다. 삶과 정치가 실험되지 않는 한 문학은 실험될 수 없다. 이것

---

25 심보선·이현우·오은·이문재 좌담, 「'촛불'은 질문이다」, 43~45쪽.

을 망각할 때 문학은 필연적으로 에밀 시오랑Emile Cioran이 말한 기만의 상황에 빠진다. "미적 언어의 기만: 평범한 슬픔을 기이하게 표현한다. 사소한 불행을 미화한다. 공허를 치장한다. 한숨 혹은 빈정거림을 미사여구로 꾸며서, 언어를 통해서 존재한다."[26]

26 에밀 시오랑, 『독설의 팡세』, 김정숙 옮김, 문학동네, 2004, 24쪽.

2장

한국 문학의 미학적 정치성

당신이 텅 빈 공기와 다름없다는 사실.

나는 말하지 않을 것입니다.

대신 당신의 손으로 쓰게 할 것입니다.

당신은 자신의 투명한 손이 무한정 떨리는 것을

견뎌야 할 것입니다.

_ 심보선, 「텅 빈 우정」 중에서[1]

1. 한 시인의 고뇌에 대하여

나는 갑자기 진지해졌다. 번번이 나를 진지하게 만들곤 하는 한 사람이 어느 평문에서 "모든 것이 한 진지한 시인의 고뇌로부터 시작"되었다고 표현한 것을 보았기 때문이다.[2] 시작을 따지자면 모든 것은 시인의 고뇌 '이전'에 시작되었다고 해야 할 것 같다. 한 사람의 말과 사유의 집합이 고뇌

---

1 심보선, 『눈앞에 없는 사람』, 문학과지성사, 2011, 34쪽.
2 신형철, 「가능한 불가능: 최근 '시와 정치' 논의에 부쳐」, 『창작과비평』 147호, 2010, 370쪽.

라고 불리려면 의당 갖추었어야 할 최소한의 확신도 없이, 사실은 가망이 없다고 느끼기조차 하면서 2008년 겨울 나는 「감각적인 것의 분배」라는 제목으로 글을 썼다.[3] 말하면서도 스스로 그 가능성을 의심하는 말들을 시작하게 한 건 무엇이었을까?

　세대론적 관점이 상투적이라고 생각하면서도 아쉬울 때면 그에 기대어 설명하려는 버릇 때문에 나는 문학과 정치를 함께 사유하려는 시도는 항상 나보다 윗 세대거나 적어도 동년배인 작가들과만 공유할 수 있다고 참으로 맘 편히 '비관적인' 생각을 하고 있었다. 그런데 2008년 여름의 한 대담에서 각각 10년 정도의 나이 차이가 나는 세 명의 시인이 모여서 문학과 정치에 대해 말하고 있었다.[4] 미학적으로 발랄하기 이를 데 없는 '80년대산産' 시인 오은이 내 고정관념을 뛰어넘어 시와 정치에 대해 다른 시인들과 진지하게 이야기했다. 그것은 나로 하여금 가망 없는 말이라도 해야 할 것 같은 기분이 들게 했고, 그래서 나는 망설임 때문에 하지 못했을 수도 있는 말들을 했다.

　이듬해 봄, 신형철의 평론 「아름답고 정치적인 은유의 코뮌」을 읽었다.[5] 자기 작품에 대해 다룬 글을 읽는다는 것은 모든 작가에게 두렵고도 기쁜 일이다. 그렇지만 내 기쁨은 작품에 대한 언급에서 비롯된 것이 아니라, 그가 꿀통에 빠진 배고픈 곰처럼 글의 곳곳에 묻히고 흘리며 보여 준 어떤 욕망에 대한 목격에서 온 것이었다. 그는 아름다운 동시에 정치적인 것을 예술가에게 소리 없이, 그러나 강렬하게 주문했다. 그 글에서 무한정

3　이 책 1장의 초본이 된 진은영, 「감각적인 것의 분배: 2000년대의 시에 대하여」, 『창작과비평』 142호, 2008을 가리킨다.
4　심보선·이현우·오은·이문재 좌담, 「'촛불'은 질문이다」, 『문학동네』 56호, 2008.
5　신형철, 「아름답고 정치적인 은유의 코뮌: 진은영의 『우리는 매일매일』 읽기」, 『문학동네』 58호, 2009.

떨리는 손으로 견뎌야 할, 그 두려운 주문呪文에 걸린 운 나쁜 예술가는 우연히도 나였지만 사실은 어느 누구라도 좋았다. 같은 해 5월, 평론가 함돈균이 젊은 작가들의 모임을 제안했을 때 반가웠던 것도 비슷한 기대감 때문이었다. 물론 그 기대 속에서 벌어진 일이 거창한 것은 아니었다. 그렇지만 우리는 그 작은 사건 속에서 문학과 정치에 대해 우리 나름의 방식으로 예민해졌고, 많은 것을 배우고 사유하도록 강제되었다. 아마 그러한 여러 일들이 이어지지 않았다면 그 평론가는 나의 모호한 말과 생각을 아마 시인의 '고뇌'라는 단어로 표현할 수 없었을 것이다. 그러므로 문학과 정치에 관한 모든 일들은 그의 욕망이자 다른 작가들의 욕망으로서, 한 시인의 고뇌 이전에 시작되었다.

그러나 '모든 것은 한 시인의 고뇌로부터 시작되었다'고도 할 수 있다. 나는 그 가능성을 이장욱의 글을 통해 김수영에게서 보았다.[6] 내가 랑시에르를 언급하면서 던진 질문들에 이장욱은 김수영의 '온몸'과 그 온몸으로 세계와 사랑을 나눌 때 발생하는 '성애학'으로서의 시를 빌려 답했다. 그 응답에 아쉬움을 느끼는 평자도 있었다.[7] 나로서는 잘 판단할 수가 없었다. 김수영에 대해서 매우 조금 알고 있었으며, 이장욱의 글은 판단을 내리기에는 다소 간결했기 때문이다.[8] 그렇지만 나는 김수영에 대한 한 평문[9]을

---

6 이장욱,「시, 정치 그리고 성애학」,『창작과비평』143호, 2009.
7 이에 대해서는 소영현,「캄캄한 밤의 시간을 거니는 검은 소떼를 구해야 한다면」,『작가세계』81호, 2009, 277~278쪽 참조.
8 그러나 이장욱의 답변은 간결하지만 매우 적확한 것이었다. 현재 활발하게 활동하고 있는 랑시에르와 1968년에 사망한 김수영의 시론을 검토하면서 나는 그들 사이의 근본적 유사성을 느꼈다. 이러한 유사성은 시·공간적 간격을 두고 일어난 다소 우연한 사건으로 보일 수 있다. 니체가 말했듯 어떤 위대한 사유는 자신을 이해해 줄 사유의 벗을 멀리 떨어진 시대, 먼 장소에서 만나는 경우가 대부분이다. 그러나 랑시에르와 김수영의 친화성은 보다 내재적인 것에서 찾을 수 있다. 랑시에르는 1940년 프랑스의 식민지 알제리 출생으로 알제리전쟁과 독립을 목도했고, 프랑스 지식인 121명이 참여한 알제리 파병 반대 선언 운동이 벌어지는 것을 보며 20대를 보냈

읽으면서 이장욱이 말한 것을 다시 사유하고 싶어졌다.

그 평문에서 나를 사로잡은 것은 김수영의 비범함에 대한 언급이었다. 김수영이 어느 시인론집에서 제외되었는데 그 이유가 "그는 시인이 아니기 때문"이었으니 그는 도대체 얼마나 비범한 시인이냐는 희한한 감탄 앞에서 나는 신이 났다. 김수영의 비범함은 "만들어진 관념을 사물에 들씌우는 일은 사물을 모욕하는 일이며, 현실에서 돋아나는 새로운 생각의 싹을 막아버리는 포기 행위의 일종"임을 아는 데서 온 것이다.[10] 그렇다면 이 시인에게 문학에 대해 만들어진 관념을 문학에 들씌우는 일, 시인에 대해 만들어진 관념을 시인에게 들씌우는 일이야말로 최고의 모욕이자 최고의 포기일 것이다. 김수영은 그 모욕 앞에서 시인이며 시인 아닌 자로서 쓰고 살면서 문학과 시인에 대해 만들어진 관념을 흔들었다. 그러니 시와 정치에 대한 모든 것은 이 진지한 시인의 고뇌로부터 시작되었다고 말할 수 있으리라.

2. 김수영의 '시 무용론'

이장욱은 치기만만한 예술지상주의와 구별되는 문학의 자율성이 김수영에게서 감지된다고 말한다. 만일 그 지적이 옳다면 나는 김수영의 시론에서 순수모더니즘의 미학적 자율성과는 다른 자율성을 찾아낼 수 있을 것

다. 그는 "학창시절의 젊음으로 식민주의 정치에 맞섬으로써 정치적 행위를 발견"했다고 회고한다(자크 랑시에르, 『정치적인 것의 가장자리에서』, 양창렬 옮김, 길, 2008, 24쪽). 이런 점을 상기한다면, 식민주의에 대한 문제의식과, 이데올로기적 체제 구분으로는 해소되지 않는 정치성에 대한 고민이 그의 미학적이고 철학적인 사유의 근저에 있다고 추측해 볼 수 있다. 이런 문제의식이 1921년 일본 식민 통치기에 태어나 20대에 해방을 경험하고 서로 다른 이데올로기 체제에 의한 분단 상황 속에서 문학적 활동을 전개해 나간 김수영의 문제의식과 많은 부분에서 공명하는 것은 오히려 자연스러운 일이다.

9 황현산, 「김수영의 현대성 또는 현재성」, 『창작과비평』 140호, 2008,

10 같은 글, 183쪽.

이다.[11] 이 또 다른 자율성이란 무엇일까? 랑시에르는 클레멘트 그린버그Clement Greenberg에 의해 대변되는 순수모더니즘[12]을 "예술의 자율성을 원하지만 그것의 다른 이름인 타율성은 거부하는 예술의 사상"이라고 규

11　그런데 김수영의 시론에서 나타나는 순수모더니즘에 대한 거리 두기가 모더니티 자체에 대한 거부를 의미하는 것으로 보기는 어렵다. 김수영은 "시의 모더니티란 외부로부터 부과하는 감각이 아니라 내면에서 우러나오는 지성의 화염"이며, 따라서 "시가 — 기술 면으로 — 추구할 것이 아니다"라고 강조하면서 "그런 의미에서 젊은 시인들의 모더니티에 대한 태도가 근본적으로 안이한 것 같다"라고 염려한다(김수영, 「모더니티의 문제」, 『김수영 전집 2: 산문』, 민음사, 2003, 516쪽. 이하 이 장에서 『김수영 전집』에서의 인용은 글 제목만 표기한다). 이는 순수모더니즘을 비판하고 있는 랑시에르의 경우도 마찬가지다. 그는 모더니티와 포스트모더니티의 단순한 구분을 비판하면서 오히려 모더니티 속에 미학의 역동적인 이중운동이 존재한다는 점을 강조하고자 한다. 그는 "예술을 위한 예술과 참여예술 사이의 교과서적 대립" 아래서와 마찬가지로 모더니티와 포스트모더니티의 단선적 시나리오 아래 실제로 존재하는 것은 미학 안에서 작동하는 두 극 사이의 "근원적이고 질긴 긴장"임을 알아차려야 한다고 거듭 강조한다(자크 랑시에르, 『미학 안의 불편함』, 주형일 옮김, 인간사랑, 2008, 80쪽). 그리하여 모더니티란 프리드리히 실러(Friedrich Schille)가 『인간의 미학적 교육에 대한 편지』(Über die ästhetische Erziehung des Menschen in einer Reihe von Briefen, 1794)에서 구상했던 "삶의 자기-형성과 형태로서의 예술" 개념에 토대한 이념으로 규정되어야 한다(자크 랑시에르, 『감성의 분할』, 오윤성 옮김, 도서출판b, 2008, 35~36쪽). 따라서 미학적 역동성을 모더니티의 핵심으로 규정하고 김수영의 시에 근대성에 대한 비판적 성찰과 강한 주체 형성의 의지가 담겨 있음을 보임으로써 김수영 시의 모더니티를 재발견할 수도 있다(이에 대한 연구로는 이기성, 『모더니즘의 심연을 건너는 시적 여정』, 소명출판, 2006을 참조하라). 다시 말해 랑시에르가 지적하는 미학적 역동성은 김수영이 '순간을 다루는 윤리'를 통해 추구하고자 했던 '진정한 현대성'으로 이해될 수 있다. 이에 대한 주요 연구들로는 남진우, 『미적 근대성과 순간의 시학』, 소명출판, 2001; 강웅식, 『김수영 신화의 이면』, 웅동, 2004를 참조하라.

12　그린버그의 순수모더니즘은 「더 새로운 라오콘을 향하여」(Towards a Newer Laocoon, 1940)와 「모더니스트의 회화」(Modernist Painting, 1961)라는 두 논문에서 분명하게 드러난다. 그는 이 두 글을 통해 미술의 형식적 실험을 모더니즘적인 것으로 규정했다. 모더니즘에 대한 이러한 규정은 1930년대의 사회적 상황과 밀접한 관련이 있다. 이 시기 지식인들은 자본주의 체제에 대해 비판적이었지만, 1930년대 후반 소련의 지식인 숙청과 예술의 관변화를 목격하면서 더 깊은 절망에 빠졌다. 이 때문에 그들은 예술이 혁명의 이상을 추구하면서도 정치적 이념의 도구로 전락하지 않고 예술적 실험을 이어 갈 수 있는 방식을 고민했다. 그린버그는 이미 1939년에 「아방가르드와 키치」(Avant-Garde and Kitsch)라는 글을 『파르티잔리뷰』(Partisan Review)에 발표했는데, 그 주된 논지는 예술적 아방가르드는 사회·정치와 단절하고 자신들만의 장르에서 독자적인 가치를 발전시켜야 하는 의무를 지녔으며 이것이 미술에서는 주제의 배제와 미술의 매체에 대한 탐구로 나타난다는 것이다. 즉 주제 혹은 이념을 배제한 예술 형식의 혁신만이 문화를 진보하게 해줄 수 있다는 주장이다. 여기서 형식주의적인 순수모더니즘의 자율성 개념이 등장한다. 이에 대해서는 김영나, 「클레멘트 그린버그의 미술이론과 비평」, 『서양미술사학회 논문집』 8집, 1996을 참조.

정한다.[13] 그렇다면 새로운 미학적 자율성은 미학적 타율성과 반드시 관계해야 할 것이다.

예술은 단순히 형식들의 독특한 자율성을 통해 인간 삶의 다른 영역들로 결코 환원되지 않을 고유한 영역을 점유하고 있기 때문에 자율적인 것이 아니다. 예술은 기존의 에토스, 다시 말해 관습적 윤리 질서에 저항하고 지금까지는 불가능하게 보였던 다른 삶을 모색함으로써 자율적이 된다. 김수영의 말대로라면 문학은 그저 "기정사실의 정리"로 화석화되어 버린 삶의 "적"敵이 되려고 하기에 현실의 삶에 자율적이다. 그러나 문학이 어떤 삶의 가능성을 탐색하며 순수예술의 영역에 남기를 고집하지 않고 공동체의 삶으로 들어가는 삶-되기의 운동으로 이어진다면 그것은 타율적이 된다. 물론 김수영은 이런 종류의 타율성을 거부하지 않는다. 오히려 그는 미학적 타율성에 대한 분명한 자각이 드러나는 '시 무용론'을 통해 새로운 자율성을 정의하려고 한다.

결론부터 말하자. 시의 '뉴 프런티어'란 시가 필요 없는 곳이다. 이렇게 말하면 벌써 예민한 독자들은 유토피아를 설정하고 나온다고 냉소할지도 모른다. 그러나 시 무용론은 시인의 최고 혐오인 동시에 최고의 목표이기도 한 것이다. 그리고 진지한 시인은 언제나 이 양극의 마찰 사이에 몸을 놓고 균형을 취하려고 애를 쓴다. 여기에 정치가에게 허용되지 않는 시인만의 모럴과 프라이드가 있다. 그가 사랑하는 것은 '불가능'이다. 연애에 있어서

---

13 랑시에르, 『미학 안의 불편함』, 114쪽. 랑시에르는 미학적 자율성과 타율성을 진정한 예술의 두 극으로 이해한다. 그는 그 두 극을 '삶에 저항하는 예술'과 '예술의 삶-되기'라는 두 개념으로 다시 표현하면서, 진정한 예술은 언제나 두 극 사이를 운동하며 그 극들 사이의 불편한 긴장을 해소해 버리려 하지 않는다고 말한다.

나 정치에 있어서나 마찬가지. 말하자면 진정한 시인이란 선천적인 혁명가인 것이다. (「시의 '뉴 프런티어'」)

그의 시 무용론은 플라톤이 『국가』에서 말했던 시인추방론을 연상시킨다. 플라톤은 시인이 공동체의 삶에 무용하고 해로운 존재가 될 수 있음을 지적하면서 시인을 추방하려 한다. 이 점에서 시 무용론은 시인의 "최고혐오" 대상이 된다. 시 무용론은 기정사실들로 이루어진 낡은 집단적 에토스가, 새로운 에토스를 출현시키는 시인의 노래를 금지함으로써 시인을 추방하도록 만드는 논리이다. 시인은 이에 맞서 "무한히 배반하는" 자가 되어야 하지만 또한 배반자로만 머물러서는 안 된다(「시인의 정신은 미지」).

이 머무를 수 없는 욕망 때문에 김수영은 시 무용론에서 예술에 대한 실러적 관점을 드러낸다. 실러에 따르면 예술과 종교와 정치가 분리되어 있지 않아서 모두가 시인이고 모든 활동이 시가 되는 공동체는 (어떤 이들의 냉소에도 불구하고) 가능하다. 여기서 전문가 집단으로서의 시인 혹은 아방가르드로서의 시인은 무용하고 '시인' 개념은 무화된다. 그런데 이러한 시 무용론이 시인의 "최고의 목표"가 된다. 김수영이 지향하는 것은 "체험된 경험이 분리된 영역들로 나눠지지 않는 공동체이며, 일상생활, 예술, 정치나 종교 사이의 분리를 알지 못하는 공동체"[14]인 듯 보인다.

미학적 타율성에 대한 그의 분명한 선호는 다음과 같은 지적들에서 잘 드러난다. 김수영은 배반자로서의 시인을 강조하지만 그 배반자를 "무無로 만드는 운동"인 타율성이 존재해야 한다는 사실 역시 강조한다(「시의 '뉴 프런티어'」). 그 때문에 시인의 '모럴'이란 양극의 마찰 사이에 존재하는

---

14 랑시에르, 『미학 안의 불편함』, 69쪽.

것으로 이해된다.[15] 모럴을 가진 시인은 마찰 사이에 존재하는 '불가능'을 사랑함으로써 가능한 '불가능성'을 실현시키는 선천적인 혁명가다.

시가 필요하지 않은 곳을 냉소하는 사람들은 미학의 양극 중 하나의 극만을 강조하면서 다른 극으로의 미학적 운동을 사유하지 못하는 이들이다. 시인은 그에 맞서 시의 뉴 프런티어를 사유하는 일은 진정한 시인의 모럴로서 결코 방기할 수 없는 일이라는 점을 거듭 강조한다. 김수영이 끊임없이 결의하는 것은 랑시에르가 말했듯이 "예술의 삶은 정확히 말하면 왕복운동하는 것, 곧 타율성에 맞서 자율성을 실행하고, 자율성에 맞서 타율성을 실행하고, 예술과 비예술 사이의 한 가지 연결에 맞서 다른 연결 방식을 수행하는 것"이다.[16]

김수영에게 다시 묻자. 문학의 삶-되기를 의미하는 미학적 타율성은 무엇인가? 그것은 "계급문학을 주장하고 노동조합이나 협동조합의 문화센터 운동을 생경하게 부르짖"는 방식으로 실현되는 것은 아니다(「시의 '뉴 프런티어'」). 그는 예술을 통한 집합적 공동체의 구성 운동을 희망하지만, 그것이 또 다른 이데올로기 체제의 '기정사실의 정리'로 귀결되는 것과는 엄격하게 구별되어야 한다고 본다. 그는 보리스 파스테르나크나 안드레이 시냐프스키 등 러시아 작가들에 대한 작가론과 작품론을 통해 스탈

15 이 점에서 흥미롭게도 김수영의 '시인의 모럴'은 랑시에르의 모럴과 만난다. 랑시에르는 예술의 윤리화를 비판하지만, "윤리적 충동 자체는 인간의 모든 언행에 묻어나게 마련"이며 랑시에르 자신도 이런 윤리적 차원을 "'감각 체험의 자율성'에 근거한 예술이 태생적으로 내장하고 있다"라고 보았다는 지적(백낙청, 「현대시와 근대성, 그리고 대중의 삶」, 『창작과비평』 146호, 2009, 32쪽)은 정확한 것이다. 다만 랑시에르는 이러한 윤리적 충동과 윤리적 차원을 '모럴'이라는 개념으로 표현한다. 따라서 흔히 윤리의 이름하에 벌어지는 치안적 활동에 대한 대항으로서 정치 활동이 필수적이며 치안에 대한 정치적 저항이야말로 그에게 진정으로 도덕적인 것이다. 모럴과 윤리에 대한 그의 구별에 관해서는 랑시에르, 『미학 안의 불편함』, 172쪽 참조.
16 자크 랑시에르, 「미학 혁명과 그 결과: 자율성과 타율성의 서사 만들기」, 페리 앤더슨 외 지음, 『뉴레프트리뷰 1』, 김정한 외 옮김, 길, 2009, 492쪽.

린 치하에서 슬로건화되어 간 관변예술에 대한 첨예한 비판의식을 드러낸다. 그는 자신이 검열과 언론의 부자유라는 억압적 현실에 처한 것과 동일하게 러시아 작가들이 계급문학의 파괴자로 낙인찍혀 작품이 "공식적인 당국의 검열에 통과될 수 없고" "출판될 수도 없"는 상황에 처해 있음을 본다(「안드레이 시냐프스키와 문학에 대해서」). 그리고 이러한 사실을 통해 계급문학론에서 예술이 치안의 작용에 기여하는 것으로 전락할 수 있다는 점을 감지한다.

그러나 김수영은 이러한 우려로부터 문학이 어떤 정치적 현실도 다루어서는 안 된다는 입장으로 내닫지 않는다. 그는 오히려 "언론자유의 '넘쳐흐르는' 보장과 사회제도의 어떠한 변화"와 "불온서적 운운의 옹졸한 문화 정책을 지양"하는 것이 자신이 말하는 "뉴 프런티어의 탐구의 전제와 동시에 본질이 될 수 있는 것"이라고 말한다(「시의 '뉴 프런티어'」). 여기서 흥미로운 것은 그가 계급문학론과는 다른 방식으로 뉴 프런티어의 탐구를 수행해야 한다고 주장하면서, 그 구체적 과제로서 시의 내용이나 형식의 실험이 아니라 언론의 보장과 리버럴리즘의 문화 정책, 해방 이후의 남북을 통합한 문학사에 대한 활발한 재구상 등을 제안하고 있다는 점이다. 이것은 단순히 미학적 자율성의 조건으로서 사회적 자유가 필요하다는 부가적 설명이 아니다. 여기에는 명백히 미학적 자율성에 개입해 오는 미학적 타율성에 대한 인식이 존재한다. 미학적 타율성은 예술이 새로운 공동체적 삶을 형성하는 방식으로 삶에 기여한다는 것을 의미한다. 동시에 그것은 공동체적 삶의 형성 방식들이 예술의 내용과 형식에 영향을 미치고 개입해 들어오고 있음을 의미한다. 따라서 미학적 타율성과 관계하면서 진행되는 미학적 자율성은 단순히 예술가가 예술의 형식이나 내용면에서 무한한 자유를 누려야 한다는 순수모더니즘의 관념과 달리, 미학적 자율성을 이루는 조건들에 대한 직접적 개입을 추구한다. 다시 말해 미학적 자율성은 이미 구획된 형식적 틀로서의 예술 영역을 벗어나지 않는 한 예술적 내용에는 "너무나 많은 자유가 있다"라고 주장하는 형식의 혼잣말에 대항한다. 그것은 형식적 구분들이 예술 안에서의 자유만을 허용함으로써 사실상 내용의 자유를 한계 짓는 상황에 계속 개입하면서 "너무나 많은 자유가 없다"라고 외치는 것이다(「시여, 침을 뱉어라」).

그러므로 미학적 자율성의 수행은 기존의 영역 구분에 따른 문학적 경계의 '안'에서 여러 가지 작업들을 실험해 보는 것을 넘어선다. 그것은 문학에 대한 통념을 그대로 고수하는 이들이 보기에 비문학적이고 순수하지 못한 활동 방식으로 이루어질 수 있다.[17] 김수영에게 언론의 자유는 창작 활동의 중요한 사회적 조건이라기보다 그 자체로 "너무나 초보적인 창작 활동의 원칙"이다. 이 원칙이 올바르게 이행되지 않는 현실 상황에 대해 그는 "문학을 해본 일이 없고, 우리나라에는 과거 십수년 동안 문학작품이 없었다고 나는 감히 말하고 싶다"라고 토로할 정도로 언론자유를 문학의 자율성의 핵심적 계기로 보았다(「창작 자유의 조건」).

이처럼 문학의 자율성이 삶의 다양한 계기들에 깊이 연루되어 있다는 인식은 작가가 작품의 내용적 측면에서 치안을 고발하는 활동뿐 아니라, 그가 자신의 언어를 통해 치안(물론 여기에는 문학적 치안도 포함된다)에 대

---

17 김유중은 이어령과 김수영의 논쟁을 평가하면서 문화나 문학의 순수성이라는 개념에 대해 김수영이 비판적인 관점을 견지했음을 명확히 지적하고 있다. 그에 따르면, 이어령이 문화적인 것을 규정하는 관점은 "일체의 외부적인 것들, 즉 반문화적인 요소들을 그 자신이 신봉하는 문화예술의 선험적인 기준에 의거하여 제거해 버리는 배제의 원리라고 할 수 있"는데, 이는 김수영이 생각하는 "문화예술의 근원적인 창조성과 배치되는 사고인 것이다. 특히 여기서 문제가되는 것은 순수성이라는 범주이다. 그가 강조하는 문화예술에 있어서의 전위적인 사고, 실험적인 정신은 성격상 이러한 순수함과는 결코 사이좋게 양립할 수가 없다"(김유중, 「김수영 시의모더니티⑨―불온시 논쟁의 일면: 김수영을 위한 변명」, 『정신문화연구』 28권 3호, 2005, 169쪽).

한 다양한 저항 활동을 수행할 수 있도록 한다. 문학은 저항 활동을 통해 새로운 집합적 구성의 가능한 지평을 드러내면서 기성의 삶이 만들어 내는 타율성에서 벗어나 새로운 삶을 일반화하는 미학적 타율성으로 이행해 간다. 이런 점에서 자율성은 두 가지 타율성의 사이-운동 또는 사이-사건이라고 부를 수 있을 것이다.

　김수영은 현실참여의 문학은 전부 고발적이라거나 "무조건 비참한 생활만 그려야 하는 것같이 생각하고, 신문 논설란류의, 상식이 통하지 않는 작품들을 도매금으로 난해시라고 배격하는 성급한 습성"을 우려한다(「생활현실과 시」). 중요한 것은 "오늘날의 우리들이 처해 있는 인간의 형상을 전달하는 의무를 이행할 수 있는 언어, 인간의 장래의 목적을 위해서 선택이 이루어질 수 있는 자유로운 언어"(「히프레스 문학론」)의 활동 전체이다. 자유로운 언어의 활동은 아방가르드한 난해시냐 사회참여시냐의 양자택일적 기준으로 판가름되는 것이 아니다. 양자택일의 사유는 여전히 문학을 문학작품 내적 문제로 환원하는 경향을 보인다. 자유로운 언어의 활동은 난해시와 참여시이기도 하며 둘 다 아니기도 하다. 그 자유로움의 여부는 공동체의 다른 미학적 계기들, 즉 칸트적 의미에서 시공간의 분배라는 감성론적 계기들과 관계 맺는 방식을 통해 결정되는 것이다. 문학적 자율성에 대한 그의 문제의식이 이러한 것이었기에 상식적 사유에서 벗어난 시들을 옹호하면서도 한편으로는 시작詩作에 머무르지 않는 실천을 강조하는 일견 상반된 의견이 그의 시론에 등장하게 된다.

　김수영은 "시의 임무를 다하지 못한 죄"의 동격으로 "자유를 이행하지 못하고 있는 죄"를, 구체적으로는 국회의원 부정선거라는 정치적 사태인 "6·8 사태에 성명서 하나 못 내놓고 있는 죄"를 나열한다(「로터리의 꽃의 노이로제」). 또한 "시를 행할 수 있는 사람이 있으면" "신문은 감히 월남

파병을 반대하지 못하고, 노동조합은 질식 상태에 있고, 언론자유는 이불 속에서도 활개를 못 치고" 있는 상황이 존재할 리 없다고 탄식한다(「제정 신을 갖고 사는 사람은 없는가」). 이러한 나열과 탄식은 단순히 김수영의 문 학론에서 엿볼 수 있는 그의 정치의식의 편린들이 아니다. 그는 시평란을 통한 자신의 산문적 기술記述들을 기존의 감성적 분배에 입각한 정치 영역 과 문학 영역의 경계를 가로지르는 시인의 중요한 문학적 활동으로 간주 한다. 그 때문에 그가 시인이면서 시인이 아닌 야릇한 시인의 자리를 차지 하게 되는 것이다. 그러한 시인의 자리에서 김수영은 정치적으로 특정 이 데올로기를 옹호하거나 선전하는 방식과는 거리를 두지만, '정치적인 것' 의 다양한 영역들, 국회의 부정선거, 언론의 부자유, 문학에서의 권위적인 관행에 대한 문제 제기, 이북 작가들의 작품 출판 및 연구에 대한 정책 제 안에 이르기까지 언어를 통해 기성 세계의 합의된 질서에 불일치를 제기 하는 모든 활동을 문학적 활동이라고 외치며 자신의 미학적 정치성을 입 증하고자 했다.[18]

---

18 김수영이 보여 주는 미학적 정치성을 불일치 혹은 불화의 미학으로 규정할 때 이 불일치와 불 화의 운동은 단순히 부정의 운동을 의미하는 것이 아니다. 이 불일치의 운동은 새로운 세계의 긍정이라는 운동의 계기를 가지고 있다. 기존의 감각적인 영역들의 배치와는 불화하지만 그것 은 단순히 불화에 머무는 것이 아니라 새로운 '사랑'의 세계를 실현하려는 적극성을 띠고 있기 때문이다. 이에 대해서는 다음 연구들을 참조하라. 전병준, 「김수영 시에 나타난 사랑의 의미 연구」, 『국제어문』 43집, 2008; 남기혁, 「웃음의 시학과 탈근대성: 전후 모더니즘 시를 중심으 로」, 『한국현대문학연구』 17집, 2005; 이경수, 「'국가'를 통해 본 김수영과 신동엽의 시」, 『한국 근대문학연구』, 6권 1호, 2005; 강연호, 「김수영 시에 나타난 내면 의식 연구: "위대의 소재"와 사랑의 발견」, 『현대문학이론연구』 22권, 2004; 유성호, 「타자 긍정을 통해 '사랑'에 이르는 도 정」, 『작가연구』 5호, 1999. 따라서 김수영에게서 드러나는 불화의 미학은 이미 랑시에르가 말 한 미학 안의 이중운동을 담지하고 있는 셈이다. 랑시에르 역시 『미학 안의 불편함』에서 이 점 을 분명히 하고 있다. 리오타르(Jean-François Lyotard)의 숭고의 미학이 모든 일치(consensus) 를 거부하면서 예술의 부정성만을 강조하는 것과 달리, 랑시에르의 불일치(dissensus)는 낡은 "권력의 관계들을 중지"시키는 동시에 "자유로운 일치"를 추구하는 개념이다(랑시에르, 『미학 안의 불편함』, 156쪽).

3. '온몸으로' 쓰는 두 방식: 지게꾼의 시와 지게꾼-되기의 시

김수영은 미학적 자율성을 지닌 문학을 전위문학으로 여겼다. 그래서 그에게 모든 전위문학은 불온한 것이 된다. 이 불온한 문학이 참여문학으로 환원되는 것이 아니라는 점에서 몇몇 사람들은 미적인 것과 정치적인 것의 간극을 말하기도 한다. 이들은 박노해와 백무산의 시를 의미 있게 평가하면서도 이 노동시들이 정치적 파급력이 컸던 문학일 뿐 미학적 성과를 찾아보기는 힘들다고 진단한다. 80년대 노동문학에 대한 미학적 평가는 평자들에 따라 다를 수 있을 것이다. 그러나 적어도 김수영에게서 발견되는 미학적 자율성의 관점에서 본다면, 80년대의 노동문학은 충실하게 미학적인 것이다. 이 점은 "우리나라의 시는 지게꾼이 느끼는 절박한 현실을 대변해야" 한다는 신동엽의 주장에 대한 김수영의 반응에서 분명하게 드러난다. 김수영은 신동엽의 주장을 "시를 쓰는 지게꾼"의 출현을 강조하는 말로 받아들이면서, 시를 쓰는 지게꾼이 나오지 않는 것은 "여러 가지 사회적 조건의 결여" 때문이라고 덧붙인다. 그리고 지게꾼이 쓰는 문학은 "장구한 시간이 필요한 자유로운 사회의 실현과 결부되는 문제"이므로, 우선은 "현재의 유파의 한계 내에서라도" "시인의 양심이 엿보이는 작품"을 생산하는 것이 중요하다고 말한다(「생활현실과 시」).

　　박노해와 백무산은 김수영이 말한 "시를 쓰는 지게꾼"의 전범이며, 이들의 등장은 새로운 미학적 주체의 탄생이다. 김수영은 이 지게꾼 시인들의 출현이 당대의 사회적 현실을 고려할 때 장구한 시간을 필요로 하는 요원한 문제로 느꼈기 때문에 노동자 문학의 가능성을 유보적으로 표현했을 뿐이다. 그에게 지게꾼의 시는 도래할 문학으로서의 중요성을 띤 것이었다. 이들의 출현이 갖는 미학적 중요성은 자명한 것이다. 시작詩作은 머리나 심장으로 하는 것이 아니라 온몸으로 하는 것이기 때문이다. 이는 달리 말하면 시인이 지게꾼의 현실을 머리나 심장으로 이해해서 지게꾼의 대변자로서 시를 대신 쓰는 것이 아니라 지게꾼 자신이 살아내는 현실의 삶을 시로 쓰는 것이다. 지게꾼이 자기 삶을 스스로 쓰는 것, 더욱이 지게꾼이 시를 쓰는 것은 불가능하다는 통념을 거부하면서 쓰는 것은 그 자체로 미학적 모험이다. 바로 여기에 낡은 삶에 저항하며 새로운 삶을 생산하는 일종의 미학적 자율성 또는 감각적 자율성이라고 부를 만한 것이 존재한다. 이 한국 노동자들의 시는 랑시에르의 표현대로 인민의 삶을 감성화esthétiser하는 결정적 계기가 되었다.

다른 한편으로 "온몸에 의한 온몸의 이행"으로서의 시는 시인 자신에게 새로운 문학을 원한다면 새로운 삶의 형식들을 찾아내고 온몸으로 이 삶의 모색 과정에 참여할 것을 요구한다. 김수영의 말대로 모험은 자유의 서술도 자유의 주장도 아닌 자유의 이행일 뿐이다. 이 말은 순수모더니즘의 자율성 개념과 결별하는 순간, 미학적 작업들이 얼마나 즉각적으로, 또한 필연적으로 정치적인 것과 관계하게 되는지를 보여 준다. 김수영에게 온몸의 시는 항상 "현대에 있어서의 문학의 전위성과 정치적 자유의 문제가 얼마나 밀착된 유기적인 관계를 가진 것인가"를 알려 주는 것이다(「실험적인 문학과 정치적 자유」). 물론 이때 정치적인 것은 기정사실화된 감각적 분배에 불과한 치안의 개념과는 다르다는 것을 새삼 강조할 필요는 없겠다. 하지만 정치와 치안에 대한 이러한 구분이 자칫 "치안에 대한 고민이 결여된 정치에의 관심"으로 와전되어 "무관심과 무책임에 대한 일종의 알리바이"를 제공하는 것이 결코 아니라는 점을 분명히 해야 한다.[19] 오히

---

19 백낙청, 「현대시와 근대성, 그리고 대중의 삶」, 36~37쪽. 이러한 우려와 당부는 랑시에르의 미

려 그것은 철저한 비판이 있는 시적 모색이 단순한 의미의 참여시의 효용성을 넘어서는 새로운 시를 생산할 수 있다는 생각으로 이해되어야 한다.

김수영은 라이트 밀즈의『들어라 양키들아』와 해럴드 래스키의『국가론』을 읽으면서 단순히 민주적 선거 제도의 확립만으로 자유가 실현되지 않는다는 관점에 크게 공감한다.[20] 그는 군부독재에 대한 저항이 단지 절차적 민주주의의 확립을 통해 완결된다고 보지 않는다. 그는 절차적 자유민주주의나 그것의 이데올로기적 대립항으로서의 사회주의 체제 모두에서 치안의 가능성을 감지하기 때문에, 항상 시인은 시와 시론, 그리고 그의 모든 언어를 통해 매번 "너무나 자유가 없다"라고 외치는 자, 달리 말하면 불화의 정치학을 수행하는 자라고 믿는다.[21]

학적 정치성을 수용하는 일부 입장들에 대한 신형철의 비판적 언급에서도 이미 거론되었듯이 (신형철,「가능한 불가능」, 377쪽) 거듭 강조할 만한 중요성을 지닌다. 또한 그 당부는 김수영의 미학적 정치성에 대한 논의에서도 유의미한 것이다.

20 김수영이 인용하고 있는 구절은 다음과 같다. "우리는 양당 제도의 매 4년마다 선거되는 그런 제도가 자유로 통하는 유일하고 불가피한 길이라고는 생각지 않는다. 당신들도 그렇게 생각 않고 다른 사람들도 그렇게 생각 안 한다. 그러나 그런 것만이 자유라고 믿는다는 것은 사실상 추상만을 일삼는 바보천치요, 역사에 무지한 풋내기 어정쩡한 패시미스트(비관주의자)가 되는 것이다"(「들어라 양키들아」).

21 김수영이 "너무나 많은 자유가 있다'는 형식을 정복"하기 위해 "'내용'은 언제나 밖에다 대고 '너무나 많은 자유가 없다'는 말을 계속해서 지껄여야 한다"라고 주장하는 것은 예술의 형식과 내용 간의 언급이기도 하지만 동시에 "38선을 뚫는 길"이며 "민족의 역사의 기점"이 되는 활동에 대한 언급이기도 하다. 이런 점에서 김수영은 특별히 랑시에르가 의사(擬似)정치(para-politics)라고 규정한 정치 형태에 대한 비판적 자각을 보여 준다. 의사정치란 정치 투쟁을 오직 집행 권력의 자리를 차지하기 위해 대의적 공간의 형식 내부에서 벌이는 경쟁으로 국한하는 것이다. 모든 사회적 불평등에도 불구하고 대의의 형식만 보장된다면 자유가 완전히 실현된 것이라고 보는 정치 형태다(슬라보예 지젝,『까다로운 주체』, 이성민 옮김, 도서출판b, 2005, 310쪽). 김수영은 형식적 의회민주주의가 제대로 자리 잡지 못한 시대적 상황을 비판하기도 했지만, 그의 시대가 처한 부자유의 문제가 단순히 형식적 완성만으로 해소될 수 있다는 소박한 입장도 아니었다. 그는 '이만하면 언론자유가 있다'라고 본다는 어느 여류 시인의 말에 분개하고 (「창작 자유의 조건」), 또 기성 질서의 테두리 안에서의 '순수한 문학적인 내면의 창조력'을 말하는 입장을 강하게 비판한다(「실험적인 문학과 정치적 자유」). 이러한 언급들은 그가 의사정치적 사유를 자각적으로 거부했음을 보여 준다.

이토록 '진지한 시인의 고뇌'를 통과하여 시와 정치, 또는 미학과 정치의 문제를 되묻는다면 우리가 주목할 것은 어떻게 양자 사이의 간극을 '인식'하느냐 대신 어떻게 문학이 미학적인 동시에 정치적인 것이 되도록 하느냐의 문제이다. 시는 어떻게 그럴 수 있는가? 이장욱이 말했듯 김수영은 또다시 "온몸으로"라고 답한다. 지게꾼이 자신이 온몸으로 사는 삶을 통해 지게꾼의 시를 만들어 내듯이 시인은 그가 온몸으로 사는 것만큼 그의 시를 쓴다. 지게꾼이 아닌 시인이 지게꾼의 고된 삶을 '머리'로 사유하거나 '심장'으로 애틋해하면서 지게꾼의 목소리를 그저 재현하려고만 한다면, 그는 곤경에 빠질 것이다. 그가 지게꾼에 대해 쓰려면 지게꾼의 삶을 마치 그가 즐겨 쓰는 필기구처럼 만지고 그 자신의 오감으로 쥐어 보아야 한다. 지게꾼의 삶이 자신의 삶에 인접한 것이 되도록 온몸을 움직여야 한다. 이렇게 씌어지는 시는 지게꾼을 대변하는 시가 아니라, 지게꾼-되기의 시일 것이다. 들뢰즈Gilles Deleuze와 가타리Félix Guattari가 말했듯이 이러한 '되기'devenir는 유비나 모방 혹은 재현의 문제가 아니다.[22] 지게꾼이라는 타자를 만나는 새로운 방식 속에서 시인은 기존의 분배 방식에서 특수한 영역으로 할당된 자신의 존재를 지우고 지게꾼도 시인도 아닌 동시에 지게꾼이며 시인인 존재가 된다. "시인의 양심"이 아름다운 것은 바로 이러한 이유에서다. 그 양심이 시인이 선한 사람임을 보증해 주어서가 아니라 그 양심으로 인해 서로 무관하다고 여겨지던 존재들이 이어지며 이전에는 없었던 실존이 발명되기 때문이다. 이 미학적 양심 속에서 시인은 딴사람이 되

---

22 두 철학자에 따르면 생성(되기)은 "무엇인가를 또는 누군가를 모방하거나 그것들과 동일해지는 것이 아니다". 다른 어떤 것을 모방하는 것이 아니라 "다른 어떤 것을 가지고 자신의 유기체를 조성"하는 것이 바로 되기이다. 질 들뢰즈·펠릭스 가타리, 『천 개의 고원』, 김재인 옮김, 새물결, 2001, 517~519쪽.

고 시인 곁의 지게꾼도 딴사람이 된다.[23]

실패한 프롤레타리아의 시들이 너무 많이 나온다고 김수영이 한탄했을 때 그것은 그 시들이 '언어의 서술'만 강조함으로써 '언어의 작용'이라는 기술적 측면에서 미숙성을 지니고 있음을 비판한 것이기보다 그 시들에서 충분히 온몸으로 살아내지 못한 머리만의 시나 가슴만의 시를 보았기 때문이다.[24] 시는 온몸으로 살아 보는 것에 대해 씌어지고, 그렇게 살아본 만큼 씌어진다고 김수영은 확신한다. 그렇다면 이제 중요한 일은 우리의 삶에 '살아 보는' 여러 방식을 도입하는 일이다. 그러나 항상 우리를 당혹감에 빠뜨리는 단어가 있다. '어떻게'이다. 이 단어 앞에서 우리는 지속적으로 당혹스러워해야 한다. 문학이 미학적인 동시에 정치적일 수 있다는 것을 '정당화'해야 하는 사람의 당혹스러움이 아니라, 문학이 그러할 수 있는 그 놀라운 순간을 상상하고 '발명'해야 할 사람의 당혹스러움으로.

---

23 「감각적인 것의 분배」에 대해 "2000년대에도 분명히 현재형으로 존재하는" 그 시들의 미학적 중요성이 "혹시 과거형으로만 다루어지는 것은 아닌가 하는 의구심"을 갖는다는 지적이 있었다(유희석, 「2010년대의 "참여문학 구상": 2009년 겨울, 시와 정치」, 『실천문학』 96호, 2009, 240쪽). 스스로도 의식하지 못한 채 여전히 존재하는 '오래된, 다른 목소리들'에 대한 무심함을 드러냈다는 점에서 그러한 지적은 새겨 둘 만한 것이었다. 나 역시 지게꾼의 시가 지닌 현재적 중요성을 부정하지는 않는다. 다만 그 글에서 나타나는 과거형의 뉘앙스는 지게꾼의 시와 관계하는 나 자신의 태도에서 비롯된 것이다. 나는 지게꾼의 시처럼 쓰려고 했었고 그때마다 늘 큰 어려움을 느꼈다. 그리고 확실히 지금은 그렇게 쓰려고 애쓰지 않는다는 점에서 지게꾼의 시는 나에게 미학적 과거가 되었다. 나는 이제 지게꾼과 모든 것 —— 시와 지게와 땅의 정치와 하늘의 신비 등등 —— 에 대해 말을 나누는(지게꾼'처럼'이 아니다) 사람이 '되어' 쓰고 싶다.

24 이런 점에서 김수영은 사회적 공리성에 더 많은 강조를 두는 장일우의 리얼리즘적(재현적) 문학론을 비판한다. 사회적 공리성의 중요성을 부정하는 것은 아니지만 작품이 온몸의 차원에서 쓰여지지 않는다면 양심적일 수 없다고 생각하는 것이다. 김수영은 장일우와 달리 서술된 내용 자체만으로 시의 온몸성을 판단하는 것은 일면적이라고 본다. 장일우에 대한 김수영의 비판에 대해서는 이찬, 『20세기 후반 한국 현대시론 연구』, 고려대학교 박사학위논문, 2005, 110~114쪽 참고.

4. 아름답고 정치적인 것의 아릇한 시작

김수영은 '어떻게'의 당혹스러움을 사랑하는 시인이다. 그렇지 않고서는 이렇게 쓸 수 없었을 것이다. "딴사람의 시같이 될 것이다. 딴사람 — 참 좋은 말이다. 나는 이 말에 입을 맞춘다"(「생활의 극복」). 딴사람의 시같이 되기 위해 그는 시도 시인도 '시작'始作해야 한다고 생각한다. 무엇을 시작 해야 할까? 딴사람-되기를. 시인의 자리를 지게꾼의 자리와 뒤섞고 문학 의 자리와 정치의 자리를 뒤섞음으로써 감각적인 것들의 완강한 경계를 넘어가는 시와 시인이 동시에 '시작'된다. 김수영은 문학과는 다른('딴') 자 리들을 문학의 자리로 만들고 문학을 다른 자리로 만드는 왕복운동이 문 학에 내재한다는 통찰을 시론 속에서 끊임없이 개진한다.[25] 그는 이 '시작'

---

25 하이데거가 김수영의 문학에 끼친 영향을 강조하면서, 김수영의 후기의 시론을 참여시에서 시 에 대한 존재론적 사유로 전환해 간 것으로 보는 연구로는 서준섭, 「김수영의 후기 작품에 나 타난 '사유의 전환'과 그 의미」, 『한국현대문학연구』 23집, 2007이 있다. 이 연구에서 주목하는 하이데거의 영향과 김수영의 미학적 정치성이 대립한다고만 볼 수는 없다. 이 정치성을 하이 데거적 정치성으로 보는 평자로는 올리버 마샤트가 있다. 최근 하이데거적 정치철학의 특징 을 다룬 연구서로 주목받고 있는 『후기-토대주의 정치사상』에서 그는 좌파 하이데거주의 정 치이론가의 목록에 슈미트(Carl Schmitt), 바디우(Alain Badiou), 무페(Chantal Mouffe), 라클라 우(Ernesto Laclau)와 더불어 랑시에르를 포함시킨다. 여기서 좌파 하이데거주의로 규정되는 이론들의 특징은 과학주의적 성격을 지닌 구조주의의 영향력으로부터 벗어나기 위해 하이데 거의 철학에 기대고 있다는 점이다. 그러나 이 철학자들은 나치 부역이라는 하이데거의 불명 예스런 정치 이력에는 거리를 두면서 하이데거의 사유를 정치적인 측면에서 진보적으로 재정 향시킬 수 있는 가능성을 탐색한다. 그들이 특별히 주목하는 하이데거의 사유는 후기-토대주 의적 측면이다. 후기-토대주의는 총체성, 보편성, 근거, 본질과 같은 토대주의적 사유를 완전 히 지우려고 하지 않으면서도 그것들의 존재론적 위치를 약화시키려는 경향을 보인다. 하이데 거가 말하는 '존재의 탈은폐와 은폐'라는 개념은 바로 이런 후기-토대주의적 경향을 잘 드러 내 주는 사유이다. 하이데거의 이러한 존재론적 사유에 입각해서 좌파 하이데거주의 이론가 들은 정치적인 것을 재규정한다. 이들에게 '정치적인 것'은 근거 없는 근원적 논리(groundless 'underlying logic')로서 일종의 이중으로 접혀진 운동을 의미한다. 즉 '정치적인 것'은 사회를 제정하는 계기로서 사회의 근거 없는 진전의 보충적 근거로 작동하지만 한편으로는 사회적인 것을 제정하는 바로 그 순간에 물러서고 철회되는 것이다(Oliver Marchart, *Post-Foundational Political Thought*, Edinburgh: Edinburgh University Press, 2007, pp.1~33). 이러한 이중운동의 논

의 야릇한 동시성을 통해서 미적 전위가 되려거든 낡은 삶의 경계를 지우고 새로운 삶 —— 그것은 처음으로 존재하는 것이어서 모호하고 혼란스러울 것이 분명하지만 —— 을 과감히 발명하기 위해 노력하라고 권유하는 듯 보인다. 그러한 삶과 그 삶 속에서 온몸으로 씌어지며 사건을 만들어 내는 시가 바로 정치적 전위를 형성하는 힘을 제공한다.[26]

우리는 역사 속에서 미학적 전위와 정치적 전위가 중첩되는 과정에서 실패로 돌아간 미학적 전위 운동을 찾아낸다. 그러나 그 실패가 미학과 정치가 만나서 필연적으로 미학의 자율성이 상실되었기 때문일까? 미학적 전위가 치안의 운동으로 전락하거나 그것에 포획된 것은 아닐까? 정치와의 만남 없이도 실패한 미학적 운동들, 또는 정치와의 만남이 없어서 실패

리는 하이데거에게서는 김수영이 언급했던 대로 '세계의 개진과 대지의 은폐'라는 은폐와 탈은폐의 이중운동의 방식으로, 랑시에르에게서는 미학 안에 존재하는 두 극 사이의 왕복운동이라는 방식으로 존재한다. 예술은 세계를 새로이 열어 주는 모험(낡은 삶에 저항하는 예술)이며 그 모험의 완성을 위해 예술을 예술이 아닌 것으로 만드는 운동(예술의 삶-되기) 속에서 예술을 물러나게 하는 서로 다른 벡터 운동을 지니고 있다. 김수영은 1960년대 초반의 글들에서 무의식적인 형태로 이러한 '양극의 마찰'을 사유하지만, 하이데거의 철학을 공부한 후에 쓴 시론 「시여, 침을 뱉어라」에서는 자신이 지닌 정치적 미학성의 존재론적 기반을 명시적인 형태로 표현할 수 있게 된 것으로 보인다. 그런 점에서 좌파 하이데거주의적 정치이론가들의 사유와 김수영의 사유 속에서 정치적·미학적 유사성과 더불어 존재론적 유사성이 발견되는 것은 자연스러운 일일 것이다. 랑시에르의 정치 개념과 후기 하이데거 사상의 유사성에 대한 국내 학자의 언급으로는 최원, 「불화의 철학자, 랑시에르」, 임경용·구정연·현시원 엮음, 『공공도큐멘트』, 미디어버스, 2007, 149쪽을 참조하라.

26 이를 좀더 분명하게 이해하는 데는 아방가르드에 대한 랑시에르의 설명이 도움이 될 것이다. 아방가르드에는 두 가지 이념이 있다. 한편으로 "운동을 이해하고 그 힘들을 구체화하고 역사적 변화의 방향을 규정하며 주체적인 정치적 방향 설정들을 선택하는 힘", 즉 정치적 아방가르드가 있다. 그리고 다른 한편으로는 실러의 모델에 입각한 "미래에 대한 미학적 예상"으로서의 미학적 아방가르드가 있다. 두번째 아방가르드 개념이 랑시에르가 미학적 예술 체제라고 부르는 것 혹은 모더니티 운동에서 가치를 지닌다면 그것은 "예술적 혁신에 대한 선발대들"이라는 측면에서가 아니라 "도래할 삶의 물질적 틀들과 감각적 형태들의 발명"이라는 측면에서다. 미학적 아방가르드는 "도래할 공동체를 예상하는 혁신적 감각 경험 양식들 속에 내재하는 잠재성"을 정치적 아방가르드에 가져왔고, "가져오길 원했고, 가져왔다고 믿"었다(랑시에르, 『감성의 분할』, 39쪽).

한 미학적 운동들이 존재한다. 그런데도 우리가 너무 쉽게 정치는 항상 미학적인 것을 훼손한다고 결론짓는 것은, 치안과 정치를 동일시하고 순수 모더니즘의 미적 자율성과 예술적 경험의 자율성을 동일시하는 습관 때문이다. 또한 미학을 미학적 자율성과 미학적 타율성 중 어느 하나와만 동일시하는 습관 때문이다. 이러한 습관은 김수영의 말대로 대부분 냉소로부터 나오는 것이다.

그러나 가끔 그것은 정치와 역사에 대한 지나치게 단정하고 경건한 마음에서 나오기도 한다. 그런 경건함 속에서 서동욱은 정치적인 것이 그저 노래로 전락할 때의 위험을 염려했다.[27] 그는 심각하고 진지하게 다루어져야 할 사건들이 그저 미학적으로 흥겨운 흥얼거림으로 변질될까 걱정한다. 나는 그의 걱정에 충분히 공감한다. 그렇지만 나는 그와 함께 역사에 대한 어느 기억할 만한 가르침을 나누고 싶다.

꼭 50년 전의 그날, 4월 19일 오전의 나는 동숭동 캠퍼스의 벤치에 막막한 기분에 젖어 혼자 멍하고 앉아 있었다. 방금 많은 학우들이 교문 밖으로 구호를 외치며 뛰쳐나가 교정은 거의 텅 빈 것 같았다. 내가 민주주의며 정의와 자유를 생각하면서도 시위에 동참하지 않은 것은 두려움 때문이 아니었다. 다만 한 장면을 되씹고 있었다. 돈암동에서 대학로 가는 버스를 타고 혜화동에 이르렀을 때 한 떼의 고등학생들이 한바탕 놀이판에서 놀고 돌아오는 듯한 흥겨운 기분에 젖어 거리에서 낄낄거리며 떠들고 있었다. 나는 그 모습이 자못 마땅치 않았다. 나라와 역사를 생각하고 민주주의를 외

27 김춘식·서동욱·조강석·조연정·진은영 좌담, 「우리 문학의 이전과 이후: 2000년대 이전과 이후의 우리 시」, 『사이버문학광장 웹진』 2010년 1월호.

치며 부정을 규탄하고 있다면 저렇게 장난치듯 해서는 안 된다, 참된 역사
는 진지한 태도에서 이루어져야 하는데 저렇게 우스꽝스런 모습이어서는
안 된다고, 속으로 안 된다를 거푸 생각하고 있었던 것이다. [……] 내가 좀
더 성숙해지고 힘든 사회생활을 겪으면서 역사의 진행에 대한 실제를 좀
알고 나서야 나는 그날의 내 생각이 얼마나 순진했는가를 깨달았다. 치열
한 역사는 웅장한 팡파레를 울리며 찬연한 모습으로 오는 것이 아니었다.
그것들은 누구의 말마따나, 희극적인 얼굴로 다리를 절뚝거리며 짓궂은
꼴로 일을 벌이고서야 근엄한 현실의 무거운 물길을 엄청난 힘으로 전복
시킬 힘으로 충만해질 것이었다.[28]

아마도 우리가 사랑하는 한 시인의 고뇌는 우스꽝스러운 얼굴을 가졌
던 놀라운 혁명으로부터 시작되었을 것이다. 아마도 기존의 무겁고 엄숙
한 세계를 깨는 가볍고 장난스러운 혁명의 힘으로부터 그의 풍자가 시작
되었을 것이다. 모든 것은 시인의 고뇌 이전에 시작되어 그의 진지한 고뇌
를 만들었다. 그리고 그의 고뇌는 또 모든 야릇한 시작을 여는 하나의 시작
이 되었다. 그러니 시작이라는 말은 얼마나 좋은 말이냐! 그 떨리는 말에
서는 언제나 텅 빈 우정의 진동이 느껴진다. 우리는 함께 그 말에 입을 맞
춘다.

---

28 김병익, 「4·19 50년을 말한다(2)」, 『한국일보』, 2010.2.4.

3장

선행 없는 문학

1. 언어 속에서 모두 탕진하기

부자 아버지를 갖는 행운에 대해 심보선과 이야기를 나눈 적이 있다. 그렇게 된다면 그는 세상에서 제일 큰 저택을 구입할지도 모른다. 너무 커서 옛 연인을 초대해도 그 저택 안에서 결코 마주치지 않을 만큼 넓은 집. 그곳에서 가장 크고 높은 나무에 올라가 몰래 망원경으로 살펴보면 그녀가 그와 사랑을 나누던 시절만큼 아름다운지, 아직도 무화과를 즐기는지 관찰할 수 있는 그런 집.

그렇지만 우리들의 진짜 아버지는 너무 가난해서, 혹은 유산 없이 돌아가셔서 우리는 그런 저택의 주인이 될 수는 없을 거야. 낭만적으로 빛나는 장식과 가구 같은 말들로 채워진 언어의 저택은 우리의 소유가 아니다. 그래도 괜찮다. 우리는 거리에서도, 허름하게 부서진 건물 안에서도 만나 연인이 되고 친구가 되고 사랑하고 슬퍼하며 살아갈 수 있으니까. 우리가 최근에 알게 된 가장 가난한 이는 모리스 블랑쇼Maurice Blanchot였다. 그는 언어 속에서 자신이 가진 모든 것을 다 상실하는 사람이다. 그는 우리가 상상했던 것보다 훨씬 더 가난했다. 그가 내린 문학의 정의 속에서 시인과 독자는 전 재산을 탕진하는 도박꾼처럼 모든 것을 잃는다.

사람들은 작품 속에는 작가가 몰래 숨겨 둔 금화 같은 것이 있다고 생각한다. 위대한 작가일수록 많은 금화를 깊숙이 숨겨 두고, 현명한 독자일수록 그것을 많이 찾아낸다는 것이다. 그리고 비평은 작품에 숨겨진 금화와 잔돈 몇 푼까지 샅샅이 조사하여 작품의 가치를 정밀하게 평가하는 감정업이라는 식이다. 하지만 블랑쇼의 이상스런 정의에 따르면 "작품은 물건 속으로 사라지는 것을 나타나게"[1] 하는 것이며 숨겨진 보물을 둘러싼 모험과는 아무 상관이 없다.

2. 사라지는 것과 드러나는 것

대리석으로 만들어진 조각은 대리석 계단이 숨겨 버린 것을 드러나게 한다. 물론 대리석 계단도 나무나 콘크리트로 만들어진 계단과 달리 대리석이라는 재질의 고급스러움을 그대로 드러내 주며, 계단이라는 용도에 묻혀 있는 대리석을 찬미하게 한다. 그렇지만 그때 드러나는 것은 대리석이 아니라 이미 통념적으로 소비되고 있는 부유함의 이미지다. 대리석으로 만들어진 조각은 그 조각 없이는 우리가 볼 수 없는 물질의 현전現前을 보여 준다. 즉 작품이 물건의 용도 속으로 사라지는 것을 나타나게 해준다.

하이데거는 '눈앞에 있음'Vorhandensein, 현전하는 존재과 '손안에 있음'Zuhandensein, 도구적 존재을 구별하면서 한 사물이 도구적 용도 속에서 파악되는 한, 그 사물은 눈앞에 드러나지 않는다고 규정했다. 하이데거의 설명에 따르면 우리가 어떤 도구의 존재감을 눈앞에서 강렬하게 느끼게 되는 것

---

1 모리스 블랑쇼, 『문학의 공간』, 이달승 옮김, 그린비, 2010, 324쪽.

은 그 도구가 망가졌을 때뿐이다. 편안한 신발은 신지 않은 것처럼 여겨지고 고분고분한 연인은 나와 다른 존재로 느껴지지 않는다. 그러므로 하이데거는 눈앞에 있는 사람이나 사물로 나타난다는 것을 친숙함의 정도, 즉 용도성에 대한 신뢰를 떨어뜨리는 부정적인 상황으로 본다. 우리를 둘러싼 것들은 그 쓰임을 충실히 이행하고 신뢰도를 최대화함으로써만 사랑스럽게 '눈앞에 없는' 것이 될 수 있다.

그러나 블랑쇼에게는 그렇게 도구적 방식으로 눈앞에서 사라진 존재를 드러내는 것이 바로 예술의 일이다. 하나의 작품, 한 편의 시는 눈앞에 없는 것의 '존재 증명'이어야 한다. 이런 점에서 심보선의 시들은 김소연의 다음 시와 절친하다.

너의 집 앞에 이르니 장관이다
국자 모양의 큰곰자리가 하늘 끝에 거꾸로 처박혀
너의 입에 뜨뜻한 국물을 붓고 있다
잘도 받아먹는 큰 입의, 천진한 너는 참 장관이다

집으로 돌아오는 저녁, 나는 날마다 신기하다
나의 집 앞에도 같은 별이, 같은 달이 떠 있다는 것에 대하여
하얀 눈이 길의 등을 감싸안고 있는 이 비탈에
성큼성큼한 네 발자국이 나의 대문을 향해 이미 있다는 것에 대하여

나, 사랑 없이도 밥을 먹을 줄 알고
사랑 없이도 너를 속박할 수 있게 됐다
너는 내 옆에 있는 사람이고

나는 곧 버려질 사람이고

네가 머물거나 떠나가거나

아무렇지도 않은 나이고 보면

아침밥을 꼭 차리겠습니다

노릇하게 구운 살찐 생선 살을 당신 밥숟갈에

한 점씩 올려놓기 위하여 젓가락을 들겠습니다

하루에 한 번씩 걸레질을 꼭 하겠습니다

당신 속옷을 새벽마다 이부자리 맡에 챙겨놓겠습니다

나는 나쁜 사람입니다

다음 생애엔 꼭 그렇게 하겠습니다

_ 김소연, 「백년해로」 전문[2]

이 시는 사랑하는 아내라는 이름으로 드러나는, 특정 방식으로만 가시화되는 어떤 여자의 부재를 표현함으로써 결혼과 사랑의 가족적 호명 속에서 사라져 가는 한 사람을 드러낸다. 그녀는 '너'의 눈앞에 어른거리면서 널 위해 밥을 차리고 청소를 하고 속옷을 챙겨야 하는 인물로 표상되는 존재다. 아내이자 연인인 '나'는 네 생활의 가사 도구이다. 그러나 그녀는 잘 회전하는 가정생활의 경첩에서 빠져나와 삐걱거림으로써 좋은 여자라는 도구적 현전의 방식에서 사라지기로 결정한다. 그 결정의 순간에 아내

2 이철성 외, 『소리 소문 없이 그것은 왔다: 문학과지성사가 주목하는 젊은 시인들』, 문학과지성사, 2000, 112~113쪽.

라는 용도 속에서 사라진 어떤 그녀 ── 눈앞에 없는 그녀 ── 가 시 속에서 비로소 나타난다.

심보선의 시 속에는 나쁘고 슬프고 잘 안 보이는 그녀들이 자주 등장한다. 그는 매번 연인과 싸우고 헤어지고 울고 울리며 숱한 불화를 일으킨다. 그렇지만 전투의 모든 과정에서 그녀는 제대로 작동되지 않은 채 하나의 고장 난 사물로서 눈앞에 보이는 사람이 아니다. 시인에게 그녀는 마주하고 있을 때조차 '눈앞에 없는 사람', 부재하는 연인으로 나타난다. 처음부터 그녀의 용도가 모호했기 때문이다. 그녀는 겨울철에 구하기 어려운 무화과를 요구하거나 시인의 그림자를 늘 길게 끌어당기는 여인이다. 그녀의 용도라야 고작 늦잠이 든 시인의 귓가에 "이제 일어"(「늦잠」[3])날 시간이라고 속삭이는 정도랄까? 그 속삭임은 우리가 제시간에 깨어나기 위해 자명종에게 기대하는 정확함이나 제법 쓸 만한 요란함조차 지니지 못했다. 눈앞에 있는 것 같지만 의당 있어야 한다고 기대되는 방식으로는 결코 눈앞에 없는 여인들. 그래서 그의 연인들은 어쩐지 전생의 연인처럼 한없이 그립고 환상적인 아름다움을 지닌 손가락으로 우리의 이마를 건드리는 것만 같다.

그런 점에서 그는 눈앞에 없는 사람, 즉 부재하는 연인에 대한 예찬자이다. 그는 사라진 연인에게 가장 성실하다. 아니 그녀가 사라져 버려서 그녀를 사랑하는 것처럼 보인다. 이러한 종류의 성실함으로 말하자면 그는 눈앞에 없는 연인뿐 아니라 눈앞에 없는, 쓸모라고는 전혀 없는 모든 것들에 대해 지독히 성실하다.

---

3 이 장에서 이처럼 저자를 밝히지 않고 제목만으로 출처를 표기한 시들은 모두 심보선, 『눈앞에 없는 사람』, 문학과지성사, 2011에서 인용한 것이다.

3. 언제나 누구와 함께

이 쓸모없음에 대해 오해하지 말아야 한다. 심보선이 사랑하는 쓸모없음에는 어떤 절대적 휴식의 신성함이 깃들어 있지 않다. 예술작품은 안식일의 작업물이 결코 아니다. 그는 예술이 어떤 필요에도 무관심한 것이라고 말하는 상투적인 정의와 싸우는 것처럼 보인다. 하느님은 세상과 그 세상을 채울 쓸모 많은 것들을 6일 만에 모두 창조하고 단 하루를 안식하였다고 전해진다. 신께서 노시는 날, 이 남겨진 하루에 들어와 창조자 행세를 하고 싶다는 것이 모든 예술가들의 욕구일지도 모른다. 남은 하루도 창조로 가득하여라! 그러나 그들은 예술가에게 주어진 이 단 하루는 안식일의 하루이므로 쓸모 있는 것이 아니라 쓸모없는 것들을 창조하는 일에 바쳐져야 한다고 생각한다. 그런데 블랑쇼는 이런 상투적 사유에서 일종의 신성모독이 발생한다고 말한다.

> 끊임없이 가장 순진한 혹은 가장 미묘한 방식으로 표현되는 것이기에, 창조자는 예술가들이 강력하게 요구하는 이름이다. 예술가들은 이렇게 신들의 부재로 비어 있는 자리를 차지한다고 믿기 때문이다. 기이하게도 잘못 생각한 야심, 그가 신의 가장 신성하지 못한 일을, 신을 엿새간의 일꾼, 조물주, "모든 것을 행하기에 적합한 자"로 만드는 성스럽지 못한 일을 맡으면서, 예술가로 하여금 신성하게 되리라 믿게 만드는 환상. 더구나, 마치 그 부재가 예술의 깊은 진리인 것처럼, 예술이 그 고유한 본질 속에서 스스로 현전하게 되는 형태인 것처럼, 예술이 붙잡아야 하고, 어떤 식으로 보존해야 하는 공허를 흐리게 하는 환상.[4]

안식일에 '여가를 즐기는 신성한 신'이라는 관념은 6일의 모든 활동을 노동으로, 그 활동의 산물을 도구적 사물로 전락시키고, 신을 고용된 일꾼으로 비하하는 것이다. 6일을 제외한 하루만이 진정으로 고귀한 예술적 창조의 날이라고 주장함으로써, 시인은 자신이 최고의 창조주가 된 듯한 환상을 갖는다. 그러나 블랑쇼는 이런 식의 창조적 예술가 속에서 예술이 영광스러워진다는 관념은 예술의 커다란 변질을 의미할 뿐이라고 비판한다. 예술 안에서 신보다 부유해지려는 잘못된 야심을, 그것이 가져오는 예술의 커다란 변질을 교정하기라도 하듯 심보선은 이렇게 쓴다.

> 나에게는 6일이 필요하다
> 안식일을 제외한 나머지 나날이 필요하다
> 물론 너의 손이 필요하다
> 너의 손바닥은 신비의 작은 놀이터이니까
> 미래의 조각난 부분을 채워 넣을
> 머나먼 거리가 필요하다
> 네가 하나의 점이 됐을 때 비로소
> 우리는 단 한 발짝 떨어진 셈이니까
> 수수께끼로 남은 과거가 필요하다
> _「필요한 것들」 부분

시는 시인에게 필요한 것이 안식일의 창조가 아니라 6일의 활동임을 밝히면서 시작된다. 이 6일은 "안식일을 제외한 나머지 나날"이다. 그러한

---

4 블랑쇼, 『문학의 공간』, 316~317쪽.

나머지 날들로서의 6일은 온전한 일주일이며 한 달이며 하루도 빼놓지 않고 달력에 사랑의 날짜를 빼곡히 채우는 한 해이며 전생에서 후생에 이르는 영원이다. 그 6일의 영원 속에서 그가 하려는 것은 쓸모 있는 것을 만드는 노동이 아니라 온종일 쓸모없는 것을 만드는, 혹은 쓸모로 결코 환원되지 않는 것을 만드는 사랑의 활동이다. 노동과 창조, 비예술과 예술, 엿새대 하루라는 절대적 분할 속에서 사라지고 변질되는 것은 시인이 사랑으로 보존해야 할 '예술의 공허'임을 시인은 잘 알고 있다. 예술은 노동의 날들을 침해하지 않는 쓸모없는 단 하루의 창조로 남는 것이 아니다. 그것은 6일이자 7일이며 31일이고 365일인 모든 날들에 쓸모 있는 눈앞의 물건들을 지우며 그들이 부단히 다른 존재들로 바뀌어 가는 사랑의 과정을 함께 살고 겪는 활동이다. 그리고 그 활동을 위해 필요한 것은 예술의 적요한 고독이 아니라 추락하는 "너의 손바닥"들이다.

이 사실을 나는 홀로 깨달을 수 없다.
언제나 누군가와 함께……

추락하는 나의 친구들:
옛 연인이 살던 집 담장을 뛰어넘다 다친 친구.
옛 동지와 함께 첨탑에 올랐다 떨어져 다친 친구.
그들의 붉은 피가 내 손에 닿으면 검은 물이 되고
그 검은 물은 내 손톱 끝을 적시고
그때 나는 불현듯 영감이 떠올랐다는 듯
인중을 긁적거리며
그들의 슬픔을 손가락의 삶-쓰기로 옮겨 온다.

내가 사랑하는 여인:

3일, 5일, 6일, 9일……

달력에 사랑의 날짜를 빼곡히 채우는 여인.

오전을 서둘러 끝내고 정오를 넘어 오후를 향해

내 그림자를 길게 끌어당기는 여인, 그녀를 사랑하기에

내가 누구인지 모르는 죽음,

기억 없는 죽음, 무의미한 죽음,

내가 가장 두려워하는 죽음일랑 잊고서

인중을 긁적거리며

제발 나와 함께 영원히 살아요,

전생에서 후생에 이르기까지

단 한 번뿐인 청혼을 한다.

_「인중을 긁적거리며」 부분

시인은 떨어져 다친 이들의 손을 잡는다. 붉은 피와 슬픔으로 그의 손
가락을 타고 흐르며 그의 몸과 영혼을 적시는 다른 이의 손을 잡고 떨어지
면서 그는 쓴다. 추락하는 이가 결국 다다르며 상처 입고 다치게 되는 어두
운 바닥 어디께에서 마치 영감이 떠올랐다는 듯이. 그러므로 정확히 말해
그가 체험하는 것은 시적 영감이 아니라 "홀로 깨달을 수 없"어 "언제나
누군가와 함께" 오는 찢어짐과 죽음이다. 찢어짐과 죽음을 겪는 순간 그는
영감이 떠올랐다는 시늉을 할 뿐이다.

　그들의 손을 놓지 않는 한 그는 함께 떨어질 테고 다치고 죽을 것이다.

그 죽음은 "내가 누구인지 모르는 죽음"이 아니기에 시인에게 "가장 두려워하는 죽음"이 아니라 아름다운 죽음이 된다. 그 죽음은 나를, 나도 너도 아닌 "누군가"로 죽게 하는 비인칭의 죽음일 것이다. 이 죽음은 내가 홀로 결단하여 온전히 나의 것으로 소유할 수 있는 것이 아니며 언제나 다른 이의 손바닥을 필요로 하는 사건이다. 그렇지만 함께 다치고 죽는다는 것은 그 속에서 나와 네가 영원히 분리되지 않는 낭만적 합일 상태를 표현하는 것이 아니다. 오히려 그들 각자는 이 죽음 속에서 자기 자신과 다른 누군가로 태어나는 것임을 시인은 알고 있다. 그래서 그는 "내가 가장 두려워하는 죽음일랑 잊고서 / 인중을 긁적거리며 / 제발 나와 함께 영원히 살아요"라고 사랑하는 친구들에게 제안하고 연인에게 청혼한다.

4. 너무나 서정적인 상실

시인이 살고 죽고 태어나는 자리에서 지나치게 엄숙한 결의와 결단의 흔적을 찾으려 애쓸 필요는 없다. 추락하는 친구들은 상처 입고 죽어 가는 이들이지만 그들은 그저 도움을 필요로 하는 불행한 자나 고통에 허덕이는 자들이 아니다. 그들은 시인의 게니우스Genius다. 게니우스는 라틴어로 "어떤 사람이 태어난 순간 그의 수호자가 되는 신을 지칭하는 명칭이다. 〔……〕 이 신은 어떤 의미에서는 가장 친밀하고 우리에게 고유한 것이기 때문에, 우리는 삶의 모든 측면과 모든 순간에 이 신을 회유해야 하고 그의 호의를 유지해야만 했다".[5] 그런데 시인의 익살스런 수호천사는 "내가 태어날 때 환호성을 외치다 / 구름이 기도를 막아 추락"했다(「영혼은 나

---

5 조르조 아감벤, 『세속화 예찬』, 김상운 옮김, 난장, 2010, 9~11쪽.

무와 나무 사이에」). 시인은 그의 천사와 함께 떨어지면서 그 어떤 가벼움에 대해 경험한다. 떨어지는 수호천사의 손을 움켜잡으면서 그 붙잡음을 선행이라고 생각하는 것은 아무래도 이상한 일이다. 그러니 당연히 시인은 "선행과 상관없는 동행. / 그런 것을 언제까지고 반복해보고 싶다"라고 말하게 되는 것이다(「외국인들」). 사랑하는 친구와 함께하면서, 또한 연인에게 청혼하면서 자기가 선행을 행한다고 믿는 어리석은 자는 세상 어디에도 없다.

시인이 잡은 "너의 손바닥"은 선행의 장소와는 아무 상관없는 가벼운 "신비의 작은 놀이터"일 뿐이다. 놀이터 안에는 놀이가 존재한다. 그런 점에서 시인은 누군가의 손안에 있지만 하이데거의 '손안에 있는 존재'와는 거리가 멀다. 그곳에서는 모든 것이 손안의 친근한 도구로서가 아니라 새로운 유쾌함과 명랑함을 유발하는 낯선 것의 쓰임을 가지고 등장한다. 쓰임이라는 말에 지나친 거부감을 가질 필요는 없다. 낯선 필요 혹은 엉뚱한 필요를 발명해 내는 것이 시인일 테니까. 그의 신비한 놀이터에는 외국인 같은 아버지, 조이스의 후손을 자처하는 술주정뱅이(시인에 따르면 여행 중 교토에서 만난 Mr. Joyce는 아일랜드의 철강 노동자란다: 「The Humor of Exclusion」)같이 엉뚱한 존재들이 어슬렁거린다. 그의 시에서는 집 안에 존재하는 모든 사물들의 용도를 적확하게 지정해야 할 최고 주권자인 아버지조차 여행자이며 어린아이다. 아버지는 "여행을 가면 꼭 한 번은 울게"(「외국인들」) 되며, 토끼를 치며 듬직한 성인 남자가 되려고 맘먹었을 때조차 그 "마음속엔 많은 방랑이 녹슨 왕관처럼 굴러"다니는 사람일 뿐이다. 도대체 아버지가 하려는 토끼 사육에 헤밍웨이와 스타인벡의 소설이 무슨 필요가 있단 말인가? 그는 도구적 세계의 중앙에서 친숙한 아버지로 존재하는 게 아니라 "태양이 영원히 뜨거운 상태로 죽어 가듯"(「붉은 산과 토끼에 관한 아버지의 이야기」) 죽어 가는 사람이다. 따라서 시인은 아버지 곁에서 충실한 장자이거나 혹은 반항하는 장자로 남는 대신 점점 무국적의 고아가 되어 간다. 아버지는 어떤 권위 있는 질문도 만들어 내지 않을 뿐만 아니라 세상의 질문에 어떤 정통한 대답도 내놓지 않는다. 그래서 아버지와 아들이 함께 있는 모습은 낯선 나라에 막 도착한 두 명의 소년이 자문자답하며 걷는 모습과 같다. 그리고 그들이 걸어 다니는 그 신비의 놀이터 구석구석에서 가장 서정적인 사건이 발생한다. 그 사건에 대해 한 체코 소설가는 이렇게 말한 적이 있다.

> 당신은 단지 외국 도시의 거리에 있는 미지의 사람일 뿐입니다. 그러한 경우에 당신은 모든 것을 꿈속에서처럼 느끼고 이해할 겁니다. 모든 부수적인 것들을 빼앗긴 당신은 그냥 한 인간일 뿐이고, 〔……〕 눈과 심장일 뿐이고, 놀라움일 뿐이고, 기쁨 없는 체념일 뿐입니다. 자기 자신을 잃는 것보다 더 서정적인 것은 없습니다.[6]

신비의 놀이터에서 모든 사람은 자기 자신을 잃는다. 아버지는 아버지의 모습을, 노동자는 노동자의 모습을 잃어버리며 연인조차 연인의 친근한 모습을 잃어버린다. 그분과 그와 그녀는 모두 그 자신의 과거와 이별하는 자들이며 자신의 멸망을 재촉하는 자들이다. 이별과 멸망을 목도하는 이들은 놀라움을 느낀다. 그들은 맘대로 감겨지지 않는 눈동자처럼 이별의 광경을 바라본다. 그들의 영혼은 자신의 의지와 무관한 불수의근인 심장처럼 멋대로 박동 친다. 어느 누가 자신의 멸망을 기뻐하겠는가? 그것

---

6 카렐 차페크, 『별똥별』, 김규진 옮김, 지만지, 2012, 172쪽.

은 기쁨 없는 체념일 뿐이다. 그러나 그것을 슬픔이라 부를 수는 없다. 따라서 이별이라는, "이 별의 일이 아닌 것" 같은 "이 별의 일"(「이 별의 일」)을 바라보는 시인은 결국 이렇게 선언하게 된다. "기쁨과 슬픔 사이의 빈 공간에 / 딱 들어맞는 단어 하나를"(「나의 친애하는 단어들에게」), 아주 커다란 단어 하나를 만들어 내겠노라고.

이 단어가 무엇인지 우리는 쉽게 말할 수 있다. 그것은 사랑이다. 사랑만큼 기쁨과 슬픔의 야릇한 동시성을 만들어 내면서 그 동시성으로 기쁨과 슬픔을 비워 버리는 빈 공간이자 빈 활동으로 존재하는 것이 어디 있으랴. 그 사랑 속에서 우리는 사랑이 시작되기 전의 오랜 과거 동안 우리가 무슨 보물이라도 되듯 간직해 왔던 고유한 자신의 특성들을 분실하고 또 망가뜨리면서 존재해 간다.

5. 너의 가벼운 손

자신을 잃어버리는 신비하고 서정적인 놀이터에 도착하는 일이 그리 어렵지는 않다. 그저 추락하는, 어느 바닥의 심연으로 불시착하는 너의 손을 잡으면 된다. 그때 내 손안에 있는 존재는 도구가 아니라 그저 너의 따뜻한 손바닥이다. 이 손의 유일한 쓸모는 나를 변화시킨다는 것. 그런데 그런 이유로 너의 손바닥은 안전하지도 친밀하지도 않다. 오히려 너의 손을 잡으며 나는 계속 스스로에게 낯설어지고 상처 입으며 도저한 공포를 느낀다. 그러나 이러한 손-잡기는 격정적이면서도 가벼운 것이다. 연인의 흰 손, 친구의 거친 손, 혹은 한 권의 책을 잡으면서 우리는 가벼워져야 한다. 블랑쇼는 독서에는 가벼움이 있어야만 한다고 했다. "가벼움, 거기에 보다 무거운 염려의 움직임을 소망하지 않아야 한다. 가벼움이 우리에게 주어지는 그곳에 무게가 부족하지는 않기 때문이다."[7]

시인은 희망버스를 타고 한진중공업 농성장에 갔다 와선 가볍게 말했다. "그냥 놀러 갔다 온 거예요." 더 값싼 노동력을 찾아 타국으로 이동하는 자본의 흐름 때문에 쓸모없어진 사람, 그래서 35미터의 고공 크레인에 올라가야 했던 사람, 그 사람을 만나러 가는 일은 쓸모없는 일이다. 그렇게 현존하는 세계의 쓸모로 환원되지 않는 활동들은 모두 노는 것이다. 그는 가볍게 죽어 가고 그렇게 다른 사람이 되어 가면서 낯선 길을 걷는다. 그 가벼운 발걸음으로 충분하다. 거기에는 자신에게 할당된 자리에서 한 발짝도 못 나아가게 잡아당기는 악마의 중력이 없을 뿐 '문디'Mundi, 세상의 무게가 없는 것은 아니기 때문이다.

그는 낯선 길을 가며 여행하는 자가 도둑을 만나 소지품을 번번이 털리듯 자기가 가진 것을 점차 다 빼앗긴다. 그렇게 가난한 시인은 작품에 숨겨 둘 금화를 가지고 있지 않다. 시인이 이토록 가난하고 가벼우니 그의 시집을 펼치며 우리도 그저 가난하고 가벼워질 일이다. 아름다운 시집 한 권을 손에 들고 첫 장을 펼치기 위해 대단한 운명적 결단을 하는 독서가는 없다. 그러니 타인의 손을 잡고 세계를 펼치는 일에서도 가볍게 격정적이어야 한다. 물론 그 가벼움 속에서 우리는 빈털터리가 되고 점점 눈앞에 없는 사람이 되어 갈 테지만 그러면 또 어떻겠는가. 우리가 헛되이 흘리며 빼앗긴 금화로 세상의 골목들이 부유해질 것이다. "사람들의 말 하나하나가 / 풍요로운 국부國富를 이루"(「호시절」)는 시절이 올 것이다.

그런 점에서 "너는 말이야"('나'라는 말) 블랑쇼적인 가난함으로 가득한 시집을 쓰는 중이구나. 내 손엔 선량하지 않으나 가장 서정적인 시집

---

7 블랑쇼, 『문학의 공간』, 288쪽.

하나가 들려져 있다. 우리의 것인 그 책을 내가 펼칠 때마다 넌 내 영혼을 세상의 가장 먼 곳까지 흩뿌려 놓을 작정이군. 나의 가장 가난하고 아름다운 게니우스, 너는 말이야.

2부

_____

문학의 비장소

4장

숭고의 윤리에서 미학의 정치로

1. 정치와 미학: 한없이 낯선 것들의 만남

일반적으로 정치는 정치권력을 소유하기 위한 투쟁이나 이러저러한 정치체제를 선택하는 문제로 이해된다. 정치체제는 공동체의 구성원들이 그들의 정치적 요구를 관철시키고 그 공동체의 사안을 결정하는 절차나 형식을 뜻한다. 그래서 현대의 의회민주주의 체제에서 정치는 의회에서 얼마나 많은 의석을 점유할 것인가의 문제이며, 의석의 점유를 통해 정책 결정에 힘을 행사하고 자기 집단의 이해관계에 기여하는 의제를 제기하는 것을 목표로 삼는다.

에밀 시오랑은 이런 식의 이해에 대해 냉소적으로 말한다. "나는 다른 정치체제보다 이 정치체제를 선호합니다, 라고 말하는 것은 정신상태가 흐릿하다는 것을 보여 준다. 더 정확한 것은, 나는 다른 경찰보다 이 경찰을 더 좋아한다, 라고 말하는 것이다. 역사는 결국 경찰들의 분류로 귀착된다."[1] 랑시에르는 정치에 대한 전형적인 견해에 반대하면서 시오랑의 냉소

---

1 에밀 시오랑, 『독설의 팡세』, 김정숙 옮김, 문학동네, 2004, 146쪽.

적 견해를 의식하기라도 하는 듯이 다음과 같은 사실을 언급한다.

그리스어 '폴리테이아'politeia는 정치politics와 치안police이라는 두 가지 번역 용례를 가진다. 그리스인들이 즐겨 사용하던 이 단어가 두 가지로 번역될 수 있다면 이 단어에는 정치에 대한 서로 다른 생각이 들어 있음에 틀림없다. 랑시에르는 우리가 통념적으로 정치라고 부르는 활동은 시오랑의 독설적 경구대로 치안의 활동에 불과하다고 본다. 그것은 기존의 질서를 유지하고 관리하는 것을 목적으로 한다. 그러나 이와 달리 정치는 우리의 통념을 넘어서는 새로운 활동이다. 이 새로운 활동을 랑시에르는 미학의 정치라고 부른다. "정치의 논리는 자리들의 나눔(분배)을 흐트러뜨리는 동시에 전체의 셈, 그리고 가시적인 것과 비가시적인 것의 나눔을 흐트러뜨린다. 정치의 논리는 욕구들[이 지배하는] 어두운 삶에만 속해 있는 것으로 셈해지던 자들을 말하고 생각하는 존재들로 보이게 만든다. 정치의 논리는 어두운 삶[에서 새어 나오는] 소음으로밖에 지각되지 않았던 것을 담론으로 들리게 만든다. 바로 이것이 내가 '몫 없는 자들의 몫', 또는 '셈해지지 않은 것들을 셈하기'라고 불렀던 것들이다."[2]

특정한 정치체제는 특정한 집단에 속한 사람들의 발화만을 인간의 언어로 인정하고 그들에게 합당한 정치적 자리와 몫을 할당한다. 그리고 집단 외부의 사람들의 목소리는 인간의 언어가 아니라 동물이 내는 소음으로 간주하며 그들에게 어떤 몫도 할당하지 않으려 한다. 이것은 정치체제가 존재의 가시화와 비가시화를 분배하고 결정하는 방식이다. 랑시에르는 어떤 분배의 형식 속에서 제 몫을 전혀 갖지 못한 이들이 그 분배의 방

---

2 자크 랑시에르, 「감성적/미학적 전복」, 랑시에르 방한 홍익대학교 강연문, 양창렬 옮김, 2008. 12.3.

식 자체에 이견을 제기하고 새로운 셈의 방식으로서의 정치를 만들어 내기 위해서는 적어도 두 가지에 주의해야 한다고 본다. 첫째, 정치를 특정 정치체제 안에서 권력을 소유하는 문제로 파악해서는 안 된다. 둘째, 몫을 갖지 못한 자들에게 몫을 부여하는 새로운 분배 형식을 찾아가는 활동을 하나의 정치체제에서 다른 정치체제로의 이행의 문제로 축소해서는 안 된다.

여기서 랑시에르의 정치 개념의 특징이 나타난다. 정치는 일치consensus를 넘어선 불일치dissensus의 분배 활동이라는 것이다. 특정 정치체제는 그 체제의 구성원들의 합의를 통해 구성되고 유지된다는 점에서 일치의 체제이지만, 정치는 이러한 합의 체제 안에서 권력을 점유하는 일이 아니라 그 합의의 체제를 넘어 새로운 분배의 방식을 끊임없이 모색하는 일이라는 점에서 불일치의 활동이다. 이 활동은 기존의 합의 체제 안에서 작동하는 것이 아니라 그 합의 체제 자체에 대해 의문을 제기한다. 다시 말해 형식적 합의, 즉 법적인 체제를 통해서만 작동하는 절차적인 활동을 넘어서서 물질적인 공동 영역의 차원에서 새로운 분배 방식을 출현시키려고 한다.[3] 불일치와 그것을 통한 새로운 공동 세계의 형성 활동은 감각적인 것의 분배 방식 전체에 대해 이루어진다.

이때 '감각적인 것의 분배'le partage du sensible란 앞서 1장에서 언급했듯이 칸트적 의미를 지닌 것으로서 우리의 삶을 형성하는 사회적인 또는 사적인 시간과 공간의 분배 방식, 즉 '미학의 정치'를 뜻한다. 여기서 등장하는 '미학'이란 단순히 예술을 성찰하고 연구하는 근대적 학문 분과의 이름

---

3 랑시에르는 이러한 활동을 '메타정치'(métapolitique)라고 부른다. 예컨대 맑스주의는 메타정치의 특수한 형태이다. 왜냐하면 생산자들의 혁명은 단순한 국가 형태들의 혁명과 대립하는 의미에서 "감각적 경험의 형태들의 혁명이란 생각 안에 이미 일어난 혁명을 기반으로 해서만 생각 가능한 것"이기 때문이다(자크 랑시에르, 『미학 안의 불편함』, 주형일 옮김, 인간사랑, 2008, 67쪽).

이 아니다. 그것은 칸트의 용법처럼 감각적인 것이 수용되는 시간과 공간 표상을 다루는 감성론Ästhetik, 미학을 뜻한다. 그러므로 미학의 정치는 몫을 갖지 못한 자들이 감각적 영역 전체에 작동하는 기존의 분배 방식에 대하여 불일치의 견해를 제기하고 새로운 공동의 세계를 형성하는 활동을 의미하게 된다.

이런 의미에서 랑시에르는 감각적 혁명의 가능성을 단순히 왕정을 와해시킨 프랑스혁명에서만 찾지 않는다. 진정으로 새로운 가능성을 보여주는 것은 "생산과 재생산의 '사적' 영역에 노동자들의 자리를 지정하는 식의 감각적인 것의 분배를 전복시키는" 19세기 프랑스 노동자들의 해방적 활동이다. "이 노동자들에게 해방이란 낮을 노동자들이 노동하는 시간으로, 밤을 그들이 휴식하는 시간으로 한정하는 감각적인 것의 분배를 파괴하는 것을 의미했다. 해방의 단초는 밤 시간을 더 많이 활용하기로 한 그들의 결정이었다. 잠자는 대신 쓰고 읽고 생각하고 토론하기! 처음에 해방은 노동자들 자신의 실존을 다시 구성함을, 즉 노동자로서의 정체성, 노동자의 문화, 노동자의 시간과 공간과 절연함을 의미했다."[4]

정치 개념의 이러한 확장은 그동안 미학이 다루어 왔던 예술의 문제를 정치의 영역으로 다시 불러들인다. 정치가 감각적인 것의 분배와 관련된 것으로 규정되는 한, 정치 활동은 예술 활동과 연관될 수밖에 없다. 예술이야말로 감각적인 것에 대한 합의된 분배 방식에 이견을 제기하고 새로운 분배 방식을 만들어 내는 활동이기 때문이다. 따라서 랑시에르는 미

---

4 Max Blechman, Anita Chari and Rafeeq Hasan, "Democracy, Dissensus and the Aesthetics of Class Struggle: An Exchange with Jacques Rancière", *Historical Materialism*, vol.13, no.4, 2005, p.293. 그리고 자크 랑시에르, 『정치적인 것의 가장자리에서』, 양창렬 옮김, 길, 2008, 119쪽, 역주12를 참고하라.

학/감성론의 차원에서 예술 영역을 고찰하고 예술 활동이 어떻게 미학의 정치로 작동하는지를 드러내려고 한다. 이러한 사유의 전환을 통해 일반적으로는 전혀 무관하고 서로에게 한없이 낯선 두 영역의 존재로 여겨지던 예술과 정치가 사실은 밀회하고 있었다는 점이 밝혀진다. 이 밀회에 대해서는 상반된 평가가 존재한다. 어떤 이들은 이 밀회가 가장 아름답고 행복한 밀회라고 말하고 또 다른 이들은 가장 추악하고 불행한 밀회라고 말하기도 한다.

미학 안에서 예술과 정치의 문제를 사유하는 것, 이른바 예술과 정치의 밀회에 대한 생각은 랑시에르에게서 처음 나타나는 것은 아니다. 이미 한나 아렌트Hannah Arendt는 『칸트의 정치철학 강의』Lectures on Kant's Political Philosophy에서 예술작품에 대한 우리의 취미판단Geschmacksurteil을 모델로 하여 정치 활동의 가능성을 모색했다. 칸트의 취미판단은 (지성에) 미리 전제된 보편 개념의 규정을 받는 인식판단과 달리 보편 개념으로부터 자유로운 특성을 가진다. 아렌트는 이런 취미판단이 가능하다는 점을 독단적인 진리 개념을 벗어나 다양한 의견을 교환하고 일치에 이를 수 있는 정치적 활동을 가능하게 하는 인간학적 근거로 본다.

그러나 취미판단이 구현하는 자유로운 일치 가능성으로부터 인간의 정치적 합의 능력을 찾는 정치학은 자칫 절차 환원주의에 빠질 위험성을 지닌다고 비판하는 견해도 존재한다. 미美는 상이한 능력들의 조화와 일치를 의미하는 미적 공통감각에 바탕을 둔 것이다. 따라서 미 개념을 근거로 하는 미의 정치학은 상이한 세력들의 조화와 일치, 즉 합의 과정의 문제로 정치를 환원하는 경향을 띨 수 있다. 리오타르는 이런 관점에서 미의 미학과 이에 기반한 정치 모델이 지닌 위험을 비판하면서 '숭고'Erhaben 개념에 내재한 이성과 상상력의 불일치를 새롭게 추구되어야 할 미학의 특징으로 제안한다. 랑시에르는 이것을 '숭고의 미학'이라고 명명한다.

　랑시에르는 미 개념에 기반한 정치 모델이 지닌 함정을 지적하는 리오타르의 문제의식을 받아들이면서도 그것이 갖는 난점을 지적한다. 랑시에르가 보기에 숭고의 미학은 오히려 더 큰 사유의 함정을 지니고 있다. 숭고의 미학은 미학의 가면을 쓴 윤리학이다. 그것은 예술과 정치의 문제를 윤리의 문제로 변환시킴으로써 오히려 예술과 정치, 그리고 그 양자의 만남이 지닌 가능성을 제거하는 결과를 낳을 수 있다. 특히 랑시에르는 숭고의 미학에서 비롯된 철학이 정치 담론을 윤리화시키며 정치적 쟁점을 희석시키거나 특정한 방식으로 고착화하는 과정을 비판적으로 고찰한다. 윤리화에 대한 이러한 고찰은 특별히 9·11 테러 이후 국제정치 속에서 정치 담론에 윤리 담론이 기입되는 특정한 방식을 우리가 이해하고 그것이 가져온 문제점을 파악하는 데 도움을 준다.

2. 미의 미학과 숭고의 미학

1) 한나 아렌트와 미의 미학

아렌트는 예술과 정치의 만남에 대해 이야기한 현대 철학자 중 가장 매혹적인 견해를 제시한 사상가다. 아렌트는 칸트의 『판단력비판』*Kritik der Urteilskraft*에서 미적 공통감각에 대한 흥미로운 아이디어를 취하여 정치적 행위를 일종의 예술 활동 모델로서 정립하려고 한다.

　미적 공통감각이란 무엇인가? 들뢰즈의 설명에 따르면, 칸트의 철학에서 인간의 판단 능력들은 지성, 이성, 감성, 상상력, 네 가지로 분류될 수 있다.[5] 이 네 가지 능력들이 서로 힘을 모아서 일치를 이룰 때 판단이 가능해진다.[6] 그런데 네 가지 능력 중 어느 능력이 입법자로서 활동하느냐에 따라 판단의 성격이 달라진다. 가령 인식판단은 지성이 입법자로 활동하면서 다른 능력들과 조화 또는 일치를 이룰 때 일어난다. 이때 생겨나는 네 가지 능력들의 조화를 들뢰즈는 논리적 공통감각이라고 부른다. 우리가 윤리적 판단을 내리는 경우에 입법자로 활동하는 것은 이성이다. 이성의 입법하에 능력들이 일치를 이룰 때 도덕적 공통감각이 발생한다.

흥미로운 것은 미적 판단, 즉 미적 공통감각이 발생하는 경우이다. 논리적 공통감각이나 도덕적 공통감각과는 달리 여기서는 네 능력 중 어떤 능력도 입법하지 않는다. 능력들은 어떤 규제도 받지 않은 채 자유롭게 활동하면서 조화를 찾고 결국 일치를 이룬다. 어떤 것도 지배적인 능력으로 존재하지 않고 모든 능력들이 조화를 이루는 평등하고 민주적인 상태. 아렌트가 칸트의 철학에 매료되었던 점은 바로 이 때문이다. 그녀는 칸트의 취미판단에 내포된 자유로운 일치 가능성에 주목하면서 미적 공통감

---

5 칸트의 철학에 대한 들뢰즈의 입장은 랑시에르의 견해와 많은 상관점을 지니고 있을 뿐 아니라 아렌트의 미에 대한 견해와 리오타르의 숭고에 대한 견해를 이해하는 데 도움을 준다. 랑시에르와 들뢰즈의 미학적 상관성에 대한 비교 고찰로는 Katharine Wolfe, "From Aesthetics to Politics: Rancière, Kant and Deleuze", *Contemporary Aesthetics*, vol.4, 2006 참조. 이 글에 따르면 칸트의 『판단력비판』에 대한 들뢰즈의 해석은 랑시에르가 독특하게 정의한 정치적 미학에 개방적이다. 또한 랑시에르가 들뢰즈의 철학에 다소 비판적 거리를 유지하고 있음에도 불구하고, 『천 개의 고원』에서 나타나는 들뢰즈의 정치학의 핵심은 사실상 미학의 정치학을 위한 랑시에르의 요구들을 좀더 설득력 있고 긴급하며 중요한 것으로 만들어 준다.
6 지성(understanding, 오성)의 능력은 범주를 적용하는 능력이다. 이성(reason)은 일종의 추리 능력이다. 그래서 이성은 경험이나 대상에 직접 작동하는 것이 아니라 지성이 작업한 산물들을 재가공하여 보다 높은 통일성을 만들어 내는 능력이다. 개별자에서 개념으로, 다시 개념에서 상위의 개념으로 이성이 추리 작용을 계속해 가면서 결국 어떤 것에도 제약되지 않는 '무제약자'인 이념(사유할 수는 있으나 표현할 수는 없는 것)에 도달하려고 한다. 이 이념은 경험될 수 없는 것이지만 인식에서 중요한 효용을 갖는다. 이성의 이념은 지성의 사용을 극도로 확장해서 좀더 높은 인식을 향해 나아갈 수 있도록 독려한다. 그러나 한편으로 감성적 경험을 넘어서까지 이념을 향해 집요하게 전진하는 이성과 달리 지성은 감성적 경험의 제한을 넘어가려고 하지 않는다(진은영, 『순수이성비판, 이성을 법정에 세우다』, 그린비, 2004, 153~156쪽 참조).

각으로부터 자유롭고 조화로운 정치 공동체 형성의 기반을 이끌어 내려 한다.

취미 또는 취향과 관련된 판단은 일반적으로 자의적이고 주관적인 것으로 이해되어 왔다. 개인마다 미적이라고 느끼는 것은 다를 수 있기 때문에 심미적 사안들은 이성의 영역은 물론 정치의 영역 외부에 존재하는 것으로 여겨진다. 예컨대 입맛(취미)의 문제에 대해서 논쟁할 수 없다는 것은 자명하다. 어떤 사람이 굴을 싫어한다면 어떤 논증을 통해서도 그가 굴을 좋아하도록 설득할 수는 없다. 어떤 사람이 슈베르트를 좋아한다면 왜 바그너가 아니라 슈베르트인지 우리에게 납득시키라고 강요할 권리는 없다. 그런 점에서 취미의 문제는 소통 가능하지 않은 것처럼 보인다. 그러나 아렌트는 칸트가 자명해 보이는 이런 통념에서 벗어나 취미의 공적인 성격을 강조했다는 점에서 그의 사유가 위대한 것이라고 생각한다. "우리는 동일한 기쁨을 다른 사람들과 공유하기를 희망"하기 때문에 취미가 논쟁의 대상이 될 수 있다. 다시 말해 "다른 모든 사람들과의 합의를 기대"하기 때문에 우리는 아름다움에 대해 논쟁한다.[7]

칸트는 취미의 공적 성격의 근거를 **상상력**과 **공통감각**에서 찾는다. 상상력想像力, Einbildungskraft은 현존하지 않는 사물을 상象, bild, 그림으로 그려서 생각[想]함으로써 현존하게 하는 능력이다. 그것은 대상과 직접 대면할 필요 없이, 즉 지각작용 없이 쾌감을 줄 수 있다. 지각작용에서 오는 쾌감은 만족이지 미의 느낌이 아니다. 오직 상상력만이 직접적인 현존에 영향을 받지 않은 상태에서 쾌감을 주기 때문에 **무관심성**Interesselosigkeit을 지닌 미를 산출할 수 있다. 아렌트는 미의 무관심성은 미리 가정된 진리의 기준 없

7　한나 아렌트, 『과거와 미래 사이』, 서유경 옮김, 푸른숲, 2005, 296쪽.

이 다양한 상황에서 타인과 소통할 수 있는 일반적 시각의 획득 능력이 우리에게 있다는 사실을 증명해 준다고 본다. 그러나 우리가 취미의 문제에서까지 타인과 소통하고 일반적인 시각을 획득할 필요가 있을까? 너는 굴과 바그너와 괴테를 좋아하고 나는 오렌지와 슈베르트와 카프카를 좋아하면 그뿐이다. 각자 좋아하는 것들을 향유하는 것들로 충분하다. 정말? 그것으로 충분하다고 말하기에는 무언가 부족한 점이 있다. 우리는 분명 취미의 문제로 타인과 이야기하기를 좋아하고 또 내가 아름답게 느끼는 것을 타인도 그렇게 느껴 주길 바라는 강렬한 욕구를 지우기 힘들기 때문이다. 그래서 라 로슈푸코François de La Rochefoucauld의 격언대로 대부분의 사람들은 자기의 의견에 대한 비난보다는 자기 취향에 대한 비난이 가해질 때 더욱 자존심을 다친다. 이처럼 취미의 문제에서 우리가 이러한 소통의 욕구를 느끼는 것은 미 자체의 본성 때문이라고 칸트는 생각했다.

> 경험적으로는 미는 오직 사회에 있어서만 관심을 일으킨다. (……) 무인고도에 버려진 사람은 자기 혼자서라면 자기의 움집이나 자기의 몸을 꾸미는 일도 없을 것(……)이다. 오히려 단지 인간일 뿐만 아니라 또한 자기 나름으로 기품 있는 인간이고자 하는 생각(문명의 시초)은 오직 사회에 있어서만 그에게 떠오르는 것이다. 자기의 쾌감을 다른 사람들에게 전달하기를 좋아하며 또 그것이 능숙한 자, 그리고 어떤 객체에 관한 만족을 다른 사람들과 공동으로 느낄 수 없는 경우에는 자기도 그 객체에 만족하지 않는 자를 우리는 그러한 기품 있는 인간이라고 판정하는 때문이다.[8]

---

8 임마누엘 칸트, 『판단력비판』, 이석윤 옮김, 박영사, 2005, 173쪽, 41절.

이 때문에 우리는 우리의 취향이 다른 사람의 취향과 어울리지 않을 때 부끄러움을 느끼며, 취미의 문제에서 쉽게 타인을 따르는 경향이 있다. 취미는 타자 지향적 성격을 가지며 "바로 그 감각 자체의 본질, 즉 절대적 개성 중심적 특성에 가장 강력하게 대립하고 있는 것"이다.[9] 달리 말해 취미와 관련해 논쟁을 벌이고 합의를 추구하는 것은 인간이 본래적으로 사교성Geselligkeit을 지닌 존재이기 때문이다. 아렌트는 칸트의 취미판단에서 드러나는 인간의 사교성으로부터 정치의 가능성을 이끌어 낸다. 정치는 개인들의 이기적 이해관계를 떠나 무관심성을 띤 지평에서 공적인 합의를 이루는 활동이라는 점에서 미의 영역에 속한 것이다. 우리가 특수자로부터 시작하여 미적 판단에 이를 수 있다는 사실은 특수한 상황에 대한 이해관계를 넘어서 자유로운 일치를 도출하는 정치적 판단이 가능하다는 점을 보여 준다.

아렌트는 감각적 영역의 분배를 그대로 유지할 뿐인 일체의 사회적 활동을 무관심성을 특징으로 하는 정치 활동과 분리시키려 했다.[10] 이런 점에서 아렌트는 정치를 미학의 문제로 제기함으로써 랑시에르가 말하려 한 미학의 정치를 앞서 사유했다고 볼 수 있다. 그러나 아렌트가 이처럼 높이 평가하는 칸트 미학의 특징에 대해 다른 이론가들은 부정적으로 생각하기도 한다. 가령 부르디외Pierre Bourdieu는 개인들의 취미판단은 대상에 관해 무관심성을 지닌다는 칸트의 주장이 사실인지 반문한다.

부르디외가 보기에 개인들이 각자 아름답다고 느끼는 것은 개인들이 처한 계급이나 신분의 위계를 그대로 반영할 뿐이다. 대상에 대해 무관심

---

9 한나 아렌트, 『칸트 정치철학 강의』, 김선욱 옮김, 푸른숲, 2002, 132쪽.
10 이 점에 관해서는 한나 아렌트, 『인간의 조건』, 이진우·태정호 옮김, 한길사, 1996의 2장 「공론 영역과 사적 영역」을 참고하라.

성을 지니려면 사회적 맥락에서 그 대상이 지닌 가치나 의미, 그리고 대상이 주는 감각적 즐거움으로부터 벗어나야 한다. 그런데 사람들이 예술작품을 보면서 느끼는 아름다움에 대해 질문하면 취미판단이 "이미지의 대상과 관련하여 결코 대상의 자율성이라는 이미지를 제공하지 않는다"는 것이 분명해진다. 특히 하급계층의 경우일수록 이런 판단은 더욱 강화된다. 그들은 예술사진을 볼 때 찍힌 대상 자체에 관심을 갖는다. 그래서 대상이 사회적 가치가 높을 경우에만 사진이 아름답다고 느낀다. 만일 그 사진 속의 대상이 누드라면 즉각적으로 "피갈[파리의 유명한 홍등가]에서나 볼 사진이지"라거나 "그런 사진은 카운터 아래 감추고 봐야지"라는 수군거림이 터져 나온다. 사진 속의 대상이 조약돌이나 나무껍데기, 물결처럼 시시하고 하찮은데도 아름답다고 판단하는 경우는 컬러 사진일 때뿐이다. 이 계층의 사람들은 "색만 잘 나오면 컬러 사진은 언제나 아름답지"라고 생각한다. 색은 언제나 우리의 감각적 즐거움을 자극하기 때문이다. 그러나 이런 감각적 즐거움에 기반해서 어떤 것을 아름답다고 느끼는 것만큼 반反칸트적인 미학은 없다.[11]

부르디외의 주장에 따르면 하층계급은 사진이나 그림의 정보 전달 기능을 중시한다. 그래서 이들은 아방가르드 연극이나 비구상 회화의 형식 실험을 보면서 아름답다고 보기는커녕 오히려 당혹스럽다고 느낀다. 연극이나 음악이 부분적으로 의미를 전달하는 기호라고 할 때 그것이 도무지 무엇을 의미하는지를 이해할 수 없다고 느끼기 때문이다. 정보의 가독성을 중시하고 대상에 관심을 갖는 정도는 계층마다 다르다. 그렇기 때문에

---

11 이 문단에 나오는 인용부호 안의 문장은 모두 피에르 부르디외, 『구별짓기: 문화와 취향의 사회학(상)』, 최종철 옮김, 새물결, 2005, 89쪽에서 직접 인용한 것이다.

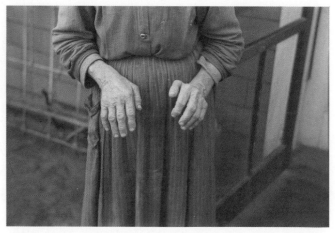
러셀 리(Russell Lee), 「농가 안주인의 손」(The Hands of Wife of a Homesteader),1936.

늙은 노파의 손을 찍은 사진을 보여 주면 계층마다 상이한 반응이 나온다는 것이다.

가장 빈곤한 계층의 사람들 미적 판단을 보여 주지 않고 기껏해야 부정적인 평가를 내린다. "맙소사, 어떻게 손이 저렇게 삐뚤어질 수 있나! 얼마나 고된 노동에 시달렸으면. 꼭 류머티즘에 걸린 것처럼 보이는데. 저런 노파의 손을 봐야 한다니 딱히 기분이 좋지만은 않군."

중간계급의 하층 윤리적 미덕에 대한 상찬이 나오기 시작한다. "노동에 의해 닳고 닳은 손." 때로는 미학적 속성에 대한 관심이나 회화에 대한 언급이 나타나기도 한다. "이건 마치 그림을 사진으로 찍은 듯하군요. 정말로 그림처럼 아름답군요". "초기 반 고흐의 그림에 나오는 손, 즉 감자를 먹는 늙은 노인네의 손과 비슷한데요."

상급계층 촌평이 점점 추상화되며 회화나 조각 또는 문학에 대한 미학이론적 언급은 더 빈번하고, 더 다양하고, 미묘하게 나타난다. 이 의견들은 사회 세계에 대한 부르주아적 담론이 요구하고 실제로 행하고 있는 **중성화**와 거리 두기에 의존하고 있다. "아주 아름다운 사진입니다. 노동의 상징 자체라고 할 수 있죠. 플로베르의 늙은 하녀 생각이 나는군요. 한때는 인간적으로 보였을 사람의 모습을 노동과 가난이 그토록 비참하게 뒤틀어 버리다니 참으로 끔찍하기 짝이 없군요."[12]

부르디외의 비판은 문화와 취향에 은밀히 작동하는 힘들을 보여 주고 계급과 무관한 것으로 보여지는 아름다움의 영역에서 어떻게 계급적 구별짓기가 작동하는지를 날카롭게 비판한다. 그러나 랑시에르는 부르디외의 이 설득력 있는 분석에는 어떤 함정이 존재한다고 말한다. 부르디외 자신이 의도한 것은 아니었지만 결국 그의 이론은 "각 계급은 그의 자리에, 그 것도 그 자리에 부합하게 존재하고, 느끼고 생각하는 방식들을 가지고 머물러야 한다는 것"을 정당화하는 데 사용된다는 것이다.[13] 부르디외의 견해는 아렌트가 제기했던 미의 미학에 입각한 정치의 근본적 문제의식을 제거하는 효과만을 낳는다는 것이 랑시에르의 지적이다.

랑시에르는 부르디외 식의 사회학 이론에 비판을 가하면서 미학의 정치를 더욱 발전된 형태로 구성하고자 한다. 그는 1848년 프랑스혁명의 시기에 노동자 잡지에 실린 한 소목장이의 글을 인용한다. 인용된 글은 사회 현실에 무지하거나 의도적으로 그것을 무시하는 유미주의자의 취미판단과는 다른 방식으로 무관심한 미적 판단이 가능하다는 것을 보여 준다. 루

---

12 부르디외, 『구별짓기(상)』, 93~94쪽을 발췌하여 재구성.
13 랑시에르, 「감성적/미학적 전복」.

이-가브리엘 고니라는 소목장이는 멋진 마루판을 사용하게 될 귀족과 고용주의 실용적 관심을 채워 주기 위해서 마루판을 다 깔고 난 뒤 노동자가 느끼는 소감을 기록했다.

> 마치 제 집에 있다고 느끼는 양, 그는 그가 마루판을 깔고 있는 방 작업을 완료하지 못하는 동안에도, 그 방의 배치를 좋아한다. 창문이 정원 쪽으로 나 있거나 그림 같은 지평선을 굽어본다면, 한순간 그는 [마루판을 깔던] 팔을 멈추고 널찍한 전망을 향해 생각에 잠긴다. 그럼으로써 그는 주인보다 그 방을 더 잘 즐긴다.[14]

노동자가 자신의 계층 문화에 제약을 받는 실용적인 관심 너머에 있는 아름다움을 느끼고 그 소감에 대해 기록할 수 있다는 사실은 무관심한 미적 판단이 가능하다는 것을 웅변적으로 보여 준다. 그는 마루판의 아름다움을 만끽하는 순간 그의 아비투스habitus를 넘어서는 것이다. 이렇게 칸트의 미학 개념을 되살림으로써 랑시에르는 계급이라는 기존의 감성적 배치와 단절할 가능성을 열고 부르디외가 비판적으로 언급한 감성적 구별 짓기의 현실 자체를 파괴하려고 한다.

2) 리오타르의 숭고의 미학

아렌트의 미의 미학과 미의 정치는 이상적이고 관념적이라는 비판을 받아 왔다. 아렌트는 정치적 공론 형성의 과정을 합의의 절차적 문제를 보장하

---

14 같은 글.

는 대의민주주의와 구별함으로써 정치이론을 지나치게 급진화했다는 것이다.[15] 그러나 정치를 단순히 합의의 절차적 문제로 환원할 때 발생하는 문제점들을 숭고의 미학자인 리오타르의 사유를 따라 숙고해 볼 때, 아렌트의 급진적 철학에 대한 이런 식의 문제 제기는 재고될 수 있을 것이다.

리오타르는 정치의 문제를 합의의 절차적 문제로 환원하는 관점들을 다음과 같이 비판한다. "고유명사들은 근대가 내놓은 역사적, 정치적 주석들에 의문을 제기한다. 아도르노의 지적대로 아우슈비츠의 경험은 헤겔의 사변적인 철학적 담론을 무색하게 하는 심연이다. 왜냐하면 아우슈비츠란 고유명사는 현실적인 것은 모두 합리적이며 합리적인 것은 모두 현실적이라는 헤겔 철학의 전제들을 무화시키기 때문이다. [······] 1968년은 정치적 공동체에 관계된 것은 모두 의회민주주의의 원칙 아래 설명될 수 있다는 자유주의 담론의 전제를 와해시킨다는 의미에서 심연이라 할 수 있다."[16]

리오타르는 아렌트에게 앞서 제기된 비판과 전혀 다른 방향에서 미의 미학과 정치학을 비판한다. 그는 미의 미학이나 정치학이 급진성보다는 합의의 절차적 정치로 이어지기 쉽다는 점을 강조하면서 그것들에는 역사의 사건이 드러내 보이는 심연을 은폐하는 허위 기능이 있다고 주장한다.

---

15 아렌트와 랑시에르는 대의민주주의에 대한 격렬한 비판을 수행함으로써 미의 미학과 정치가 단순히 의회주의적 합의 모델로 귀결되는 것은 아님을 보여 준다. 물론 아렌트의 미의 정치에 대한 학자들의 이해와 평가는 다양할 수 있음을 밝혀 둔다. 아렌트의 대의민주주의 비판이 가진 의의와 한계에 대한 논의로는 정윤석, 『아렌트의 공화주의의 현대적 전개』, 서울대학교 박사학위논문, 2001, 88~92쪽 참고. 김비환은 아렌트의 정치사상의 통합적 성격을 강조한다. 즉 "개인들 사이의 상호적 행위의 산물인 아렌트적 법은 자유로운 행위를 계속 보장하는 진보적 측면과 함께 정치를 안정화시키는 보수적 성격을 통합하고 있다"(김비환, 「아렌트의 정치사상에서 정치와 법의 관계」, 『법철학연구』 6권 2호, 2003, 114쪽). 랑시에르는 김비환이 지적한 아렌트 이론의 보수적 함의를 점차 강조하면서 비판적인 평가를 내린다. 이에 대해서는 랑시에르, 『정치적인 것의 가장자리에서』, 32~33쪽을 보라.
16 장-프랑수아 리오타르, 『포스트모던의 조건』, 유정완·이삼출·민승기 옮김, 민음사, 1992, 245~246쪽.

그리고 그 거짓을 폭로하고 고발하는 윤리적 의무를 숭고의 미학에 부과한다. 그렇다면 숭고는 어떻게 미에 대항하여 이러한 의무를 수행하는가?

칸트의 『판단력비판』의 「숭고의 분석」에서 숭고는 미적 감정의 일종이지만 즐거움만을 산출하는 미와는 다른 것으로 규정된다. 숭고는 우리가 무형의 것, 또는 기형적인 것, 너무 광대하거나 강력한 것과 만났을 때 발생하는 고통스러우면서도 즐거운 느낌이다. 광대한 자연 앞에서 상상력은 최대에 도달하려고 하지만 자기 능력의 한계로 인해 자연을 전체로서 통일하려는 이성의 욕구를 충족시키지 못한다. 여기서 이성(관념)과 상상력(형태) 간의 커다란 불일치가 나타난다. 다시 말해 "숭고는 관념과 형태의 불행한 만남으로부터 배태된 자식이다. (……) 상상력은 폭력을 겪어야만 한다. 그것의 고통, 그것을 침해하는 폭력의 매개에 의해서만 규범이 획득되는 것을 보는(또는 거의 보는 것과 다름없는) 즐거움이 획득되기 때문이다. 숭고는 '우리의 인식 능력의 합리적 목적지가 감각의 그 어떤 강력한 힘보다 우월하다는 것을, 말하자면 직관적으로 알 수 있도록 해준다'".[17]

리오타르에 따르면, 숭고의 느낌이 발생하는 과정에서 상상력은 재현 불가능한 것, 즉 현시할 수 없는 사건Ereignis이 존재한다는 것을 현시한다.[18] 숭고는 현시 불가능한 것의 부정적 현시negative Darstellung der undarstellbaren이다. 현시할 수 없는 사건을 적극적으로 현시하는 것이 아니라, 현시할 수

---

17 장-프랑수아 리오타르, 「숭고와 관심」, 장-뤽 낭시 외, 『숭고에 대하여』, 김예령 옮김, 문학과지성사, 2005, 222~223쪽.
18 칸트의 숭고는 인간의 내적 능력에서 비롯되는 것, 즉 "나 자신의 정신의 무한한 크기" 때문이다(김상봉, 「칸트와 숭고의 개념」, 한국칸트학회 엮음, 『칸트와 미학』, 민음사, 1997, 251쪽). 반면 리오타르는 숭고의 체험의 근거를 정신의 한계를 넘어선 무한한 사건, 다시 말해 '현시할 수 없는 것(the unpresentable)이 있음'에서 찾는다. 랑시에르는 리오타르의 견해를 재현 불가능한 것(the unrepresentable)의 증언을 목표로 할 뿐인 예술이라고 비판한다. 랑시에르는 숭고를 논의하는 과정에서 현시(presentation)와 재현(representation)을 명확히 구분하지 않는다.

없는 사건이 존재함을 현시할 뿐이라는 점에서 상상력은 소극적이고 부정적이다. 리오타르는 이러한 숭고의 느낌이 미의 조화로운 형태라는 허구에 균열을 가져오는 기능을 한다고 평가한다. 그에게 이런 기능은 '포스트모던한' 것으로서 정의되며, 근대 역사의 불행한 반복을 막기 위해 반드시 필요한 것이다.

> 포스트모던한 것은 근대적인 것에서 현시할 수 없는 것을 현시 그 자체로 드러내는 것이다. 그것은 좋은 형식이 갖는 위안, 얻을 수 없는 것에 대한 향수를 집단적으로 공유케 하는 취미의 합의를 거부한다. 그것이 새로운 현시를 찾는 것은 현시를 즐기기 위해서가 아니라 현시할 수 없는 것에 더 강렬한 의미를 부여하기 위해서이다. 포스트모더니즘 예술가와 작가들은 철학자의 입장에 있다. [……] 19세기와 20세기는 우리가 겪을 수 있는 많은 공포를 우리에게 안겨 주었다. 우리는 전체성과 단일성에의 향수, 개념과 감성의 조화, 투명한 경험과 소통 가능한 경험 사이의 조화를 얻기 위해 충분히 많은 대가를 치렀다. [……] 총체성에 전쟁을 선포하자. 현시할 수 없는 것의 증인이 되면서 차이들을 활성화하고 그 이름의 명예를 구출하자.[19]

리오타르는 미 개념에 저항하는 숭고 개념을 근대 예술의 동력으로 간주한다. 숭고한 대상들은 어떤 재현도 불가능한 이데아들이다. 이 대상들은 현실에 대해 아무런 지식도 주지 않는다. 오히려 그것들은 "미적 감정을 불러일으키는 능력들 간의 자유로운 결합을 방해한다. 그것들은 취

---

19 리오타르, 『포스트모던의 조건』, 179~181쪽. 이하 이 책에서의 인용에서는 '표현'(présentation)을 '현시'로 바꾸어 옮겼다.

향(취미)의 형성과 안정성을 방해한다. 즉 그것들은 현시될 수 없는 것이라 말할 수 있겠다".[20] 그는 근대 예술을 이처럼 재현 불가능한 사건이 존재한다는 사실을 보이는 '작은 기술적 실험들에 몰두하는 예술'로 정의한다.

이러한 정의에 의거하여 리오타르는 숭고의 미학은 항상 과거의 예술 규칙들에 대해 의문을 제기해야 한다는 점을 강조한다. 예술의 규칙을 검토하지 않는 예술가들은 지금 존재하는 것의 지지자에 불과하며 대중적 순응주의자로서 성공적 삶을 추구하는 자에 불과하다.

> 숭고의 미학의 등장과 더불어 18, 19세기에 있어서 예술의 과제는 비결정성(무규정적인 것Unbestimmtes)이 존재한다는 사실을 입증하는 것이 되었다. [……] 가령 세잔의 작품은, 역사나 '주체', 혹은 선, 공간, 심지어 광선이 없이도 스스로 과일, 산, 얼굴, 꽃 등 대상들의 회화적 존재를 구성하는 '미묘한 감각'과 '색채적 감각'을 화폭에 담는 데만 관심을 두고 있다. 이러한 기본적인 감각들은 습관적이거나 고전주의적인 시각의 헤게모니를 벗어나지 못한 일반적 지각으로는 포착되지 않는다. 그 감각들이 화가에게 지각되고, 따라서 재구축될 수 있게 되는 것은 시각 자체에까지도 각인되어 있는 편견을 감각적인 영역과 정신적인 영역으로부터 제거해 주는 화가의 내면적 규율을 통해서이다. [……] 아방가르드를 괴롭히고 있는 의심은 의심할 수 없는 것 같아 보이는 세잔의 '색채적 감각'에서 멈추지 않았고 [……] 회화 대상에 대한 형식주의적 정의, 예컨대 미국의 '후기 조형미술' 추상화에 맞서 그린버그가 1961년에 제시했던 것과 같은 정의는 얼마 못 가 미니멀리즘 조류에 의해 전복되었다. 화폭을 팽팽하게 유지하기 위해

---

20 같은 책, 175쪽.

말레비치, 「검은 사각형」, 1915.

뷔렝, 「두 개의 평원」(Les Deux Plateaux), 팔레루아얄 광장, 1985~1986.

서는 꼭 화폭틀이 있어야 할까? 아니다. 그렇다면 색은? 이 질문에 대해서는 흰 바탕에 검은 사각형을 그린 말레비치가 1915년에 이미 대답했다. 그렇다면 대상은 필수적인 것일까? 신체 예술body art과 해프닝들은 그렇지 않다는 것을 증명했다. 그렇다면 뒤샹의 「샘」이 암시하듯이, 최소한 전시할 공간은? 다니엘 뷔렝Daniel Buren의 작품은 이 공간까지도 의문의 대상에서 제외되지 않는다는 사실을 증명해 주고 있다.[21]

리오타르는 고전주의적 화풍을 전복시킨 19세기 화가 세잔으로부터 시작된 숭고의 예술적 흐름이 20세기에도 이어지고 있다고 본다. 미니멀리즘, 말레비치, 뷔렝[22] 등의 작업은 그 흐름을 잘 보여 준다.[23] 이 예술가들

---

21 리오타르, 『포스트모던의 조건』, 221~223쪽. 이 인용문의 번역은 Jean-François Lyotard, "The Sublime and the Avant-garde", ed. Andrew Benjamin, *The Lyotard Reader*, Oxford, UK & Cambridge, MA, USA: Blackwell, 1989, pp.206~207을 참고하여 수정하였다.

22 다니엘 뷔렝은 "뒤샹의 변기가 공중화장실로 돌아가면 어떻게 될 것인가?"를 반문한다. 그가 보기에 뒤샹의 오브제는 예술의 거부라는 측면에도 불구하고 이 오브제가 예술-제도 안에 기입되었을 때만 의미를 가진다. 뒤샹의 오브제는 예술-제도에 통합·흡수되어 예술-제도를 더욱 비대하게 하는 데 기여할 뿐이다. 이 점에서 뒤샹의 시도는 문화-제도 혹은 예술-제도에 저항하는 반(反)예술로서의 역할을 수행하지 못하고 있다. 김미경, 「다니엘 뷔렝의 '제안'에 대하여」, 이화현대미술연구회 엮음, 『현대미술의 동향 2』, 눈빛, 1994를 참조할 것.

23 미니멀리스트들은 평면성(flatness)을 회화의 본질로 주장하면서 예술사에 충격적인 단절을 선언한 그린버그의 견해를 다시 전복한다. 그들은 그린버그가 말하는 매체의 독자성은 평면성이 아닌 물체성(thingness)에 의해 담보될 수 있다고 믿었다. 말레비치는 흰 바탕에 검은 사각형을 그림으로써 색채의 필연성도 의심하였다. 뷔렝의 작업은 전시 공간의 필연성을 의심한다. 뷔렝은 "지금까지 오로지 줄무늬만으로 작업했다는 점에서 관심을 끈다. 색깔만 달리했을 뿐, 흰색과 유색이 교차하는 8.7cm의 줄무늬 작품은 형태나 구성 등으로 구별할 수 없고, 오로지 그것이 언제 어디서 전시되었는가에 따라 구분될 수 있을 뿐이다. 더구나 이 줄무늬는 작가의 고심 끝에 창조된 것도 아니고, 천에서 아이디어를 얻어 작품에 도용했을 뿐, 아무 의미도 없는 것이었다. 또한 작품은 미술관뿐만 아니라 도시의 거리, 지하철, 돛단배 등 의외의 장소를 택해 줄무늬를 설치했고, 전시 기간이 지나면 곧 철수했다. 따라서 뷔렝의 작품은 그것이 설치된 장소에 따라 변화하며 그것이 전시된 시간 동안에만 존재하게 된다"(김영애, 「길 위에서 길을 묻다, 다니엘 뷔렝」, 『웹진 북키앙』, 2001.1.15). 그는 이런 작품들을 통해 예술작품을 규정하는 일종의 틀로서의 박물관이라는 공간의 문제를 가시화했다. 이에 대해서는 김미경, 「다니엘 뷔렝의 '제안'에 대하여」를 참고하라.

을 숭고의 예술가로 규정하면서 리오타르가 주장하는 바는 재현 형태가 주는 조화와 아름다움에 관심을 빼앗기는 순간 우리는 재현 불가능한 숭고한 것의 존재를 상실하고 현실에 구속된다는 것이다. 이것은 절대예술을 통해 가시적 대상의 세계를 넘어서 비대상의 세계로 나아가고자 했던 말레비치가 도달한 결론과 같은 것이다. 말레비치에 따르면 화가가 그리는 형태적 존재를 아름답게 느끼는 것은 도둑이 사슬에 묶인 자신의 발을 찬양하는 것과 다를 바가 없다. 리오타르에게 근대의 역사는 이러한 어리석은 예찬으로 가득 찬 것이고 미의 미학은 바로 예술을 이러한 예찬식에 봉헌한 논리에 다름 아니다.

3) 숭고의 미학에 대한 랑시에르의 비판

랑시에르는 미의 미학이 합의적 절차에 대한 단순한 환원으로 변질될 수 있다는 가능성이 있다는 리오타르의 문제의식을 충분히 수용하면서도 숭고의 미학에 대해서는 유보적 입장을 취한다. 랑시에르에 따르면 예술은 감각적 세계를 가시화하는 일련의 행위들과 형태들을 통해 감각적인 것의 분배와 재구성 과정에 개입하는 활동이다. 이 활동은 두 가지 방식으로 진행되며, 리오타르의 숭고의 미학에 대한 그의 평가도 이 두 측면을 고려하면서 이루어진다.[24]

첫째, 예술은 기존의 감각 경험으로부터 자유로운 이질적 감각 형태를 가시화하여 그것에 가치를 부여하는 활동이다. 리오타르가 숭고의 예술로 규정한 작업들은 모든 감각적 생산물이 상업적 관심에 따라서만 분

---

24 랑시에르, 『미학 안의 불편함』, 143~167쪽.

배되고 배치되는 현대적 삶에 저항해 이질적인 감각적 기입의 망을 형성하려는 시도이다. 그런 의미에서 리오타르가 주장하는 숭고의 예술은 기존의 행위 영역으로 환원되지 않는 새로운 존재 양식을 발명하는 미학의 한 극으로서 중요한 역할을 한다. 랑시에르는 이를 작품을 통한 저항의 기획으로 명명한다. 둘째, 예술은 공동의 공간을 구성하는 행위에 가치를 부여하는 활동이다. 미래주의와 구성주의뿐만 아니라 바우하우스Bauhaus의 운동에서 시도되었듯이 예술은 삶에 개입하여 삶을 바꾸려 한다. 랑시에르는 이를 미적 혁명의 기획으로 명명한다.

일반적으로는 첫번째 활동을 예술로, 그리고 두번째 활동을 정치적 활동으로 분류하며, 양자를 독립적인 활동으로 간주하는 경향이 지배적이다. 그러나 랑시에르는 이런 분류 방식을 거부하면서 두 기획을 미학(감성론)에 내재한 주요 계기이자 본질적 연관성을 지닌 것으로 다룬다.[25] 즉 예술은 저항하는 동시에 단지 저항으로만 머무르지 않고 새로운 미학적(감성적) 공동 세계의 형성으로 나아가려고 한다는 것이다. 이런 의미에서 예술은 정치적이다.[26] 다른 한편으로 의회적 절차로 한정되지 않는 정치 활동은 공동 세계의 형성에 관여하고 이 과정에서 기존의 가시화 방식에 이견을 제기하면서 새로운 가시화 방식을 발명하려고 한다. 이 점에서 정치는 미학적이다. 따라서 예술과 정치는 모두 미학의 영역에 속한 것으로서

---

25 같은 책, 56쪽.
26 랑시에르의 이러한 견해에 따르면 예술의 정치성은 참여예술에서만 표현되는 것이 아니다. 그는 "어떤 방식으로든 정치는 자신의 미학이 있고 미학은 자신의 정치가 있다"라고 말한다(자크 랑시에르, 『감성의 분할』, 오윤성 옮김, 도서출판b, 2008, 88쪽). 또한 정치가 자신의 미학을 가진다는 언급 역시 벤야민이 말했던 '정치의 미학화'와는 무관한 것이다. 벤야민은 「기술복제시대의 예술작품」(Das Kunstwerk im Zeitalter seiner technischen Reproduzierbarkeit)에서 파시스트들이 전쟁 고취나 대중 선동을 통해 황홀경의 체험을 대중에게 전파하면서 재화의 불평등한 사회적 분배에서 관심이 멀어지게 하는 것을 '정치의 심미화'로 표현했다(발터 벤야민, 「기술복제시대의 예술작품」, 『발터 벤야민 선집 2』, 최성만 옮김, 길, 2007, 147~148쪽).

저항의 기획과 미적 혁명의 기획 양자의 긴장 속에서 서로 분리 불가능한 지대를 형성하고 있다고 할 수 있다. 그런데 리오타르의 미학은 예술에서 미학의 두번째 계기, 즉 공동의 영역을 물질적이고 상징적으로 재형성하는 활동을 배제하고 저항적 기입의 계기만을 강조함으로써 미학의 긴장 관계를 해소하고 있다. 이러한 해소는 리오타르의 이론에서 예술의 윤리화와 동시에 정치의 윤리화를 가져오며, 결과적으로 예술과 정치의 제거를 야기한다.

4) 예술의 윤리화와 예술의 소거

리오타르의 숭고의 윤리는 사실상 그가 현대 예술의 흐름을 비판하면서 제시한 숭고의 미학의 필연적 귀결이다. 숭고의 미학에 대한 랑시에르의 비판은 숭고의 미학이 불가피하게 수반할 수밖에 없는 윤리화의 작용을 문제 삼고 있다. 랑시에르는 예술의 영역에서 두 방향의 윤리화가 진행된다고 진단한다. 이 두 가지는 현대 예술의 양대 흐름을 보여 준다. 하나의 흐름은 사회적 관계에 복무하는 예술의 강화이고, 다른 하나의 흐름은 재앙에 대한 끝나지 않는 증언에 전념하는 예술의 강화이다.

　　첫번째 경향은 현실의 억압과 모순의 상황에 저항하던 예술들이 윤리적 공동체에 대한 소속감을 강조하는 예술들로 대체되고 재배치되고 있다는 사실에서 드러난다. 랑시에르는 두 예술작품의 비교를 통해 이 점을 지적한다. 베트남전쟁 당시 크리스 버든Chris Burden은 이름도 묘비도 없는 수천 명의 희생자들에게 바쳐진 「또 하나의 베트남 기념비」The Other Vietnam Memorial를 제작했다. 기념비 동판 위에 쓰여진 것은 전화번호부에서 무작위로 베낀 베트남인의 이름들이었다. 30년 후 크리스티앙 볼탄스키Christian

Boltanski는 '전화 가입자들'Les Abonnés du téléphone이란 제목으로, 관람객들이 전화번호부를 마음대로 볼 수 있는 책상을 설치했다. 두 작품 모두 익명성을 문제 삼지만 그 정치적 의미는 완전히 다르다. 전자는 국가의 힘에 의해 이름과 삶을 동시에 박탈당한 사람들에게 이름을 돌려주는 것이 의도였다. 반면 후자에서 전화번호부에 이름이 기입된 사람들은 커다란 공동체 안에서 우리와 함께 거주하는 '인류의 표본들'이다. 이 작품은 공동 세계의 의미를 재건하고 사회적 관계의 균열을 보수하려는 의도를 보여 준다.[27]

사회적 관계의 새로운 형태들을 고안하기 위해 근접성proximity의 상황들을 창조하려고 하는 관계적 예술 프로그램들은 대부분 이런 의도를 가지고 있다. 랑시에르는 관계적 예술을 미학의 윤리화의 부드러운soft 버전이라고 표현한다. 이 경향은 합의된 감각 질서를 넘어서 이질적인 감각적 분배를 창조해야 한다는 미학의 중요 의무를 등한시하는 측면이 있다. 볼탄스키의 작업에 대한 랑시에르의 비판적 언급에서 알 수 있듯이 관계적 예술들은 자족적이고 내재주의적 공동체 속에 머무르면서 그 속의 연대감을 강화하는 경향이 크다. 무료급식 수준의 박애주의는 정서적인 훈훈함을 통해 공동체의 균열을 감추는 데에 기여할 수는 있어도 그것으로부터 자본주의적 생산과 분배의 불균형과 모순을 극복할 실마리를 찾기는 힘들기 때문이다.

다른 한편, 현대 예술은 재현 불가능한 것에 대한 증언으로 극단화되는 경향을 보인다. 숭고의 미학은 이 두번째 경향에서 예술의 본질을 발견한다. 리오타르가 숭고의 미학에서 강조하는 '재현 불가능성'은 미학의 윤리화를 뒷받침하는 가장 핵심적인 개념이다. 그러나 랑시에르가 보기에는

---

27 랑시에르, 『미학 안의 불편함』, 187~188쪽.

재현 불가능성은 윤리적인 것과 마찬가지로 권리와 사실을 혼동하는 범주이다. 그는 클로드 란츠만Claude Lanzmann의 홀로코스트 영화 「쇼아」Shoah에 대해 고찰하면서 재현 불가능성 개념을 비판한다.[28] 히브리어로 절멸이라는 뜻의 제목이 달린 이 영화는 556분의 다큐멘터리 영화이다. 란츠만은 이 영화를 위해 8년간 350시간 분량의 인터뷰를 촬영했으며, 학살 장면은 단 한 컷도 넣지 않은 채 학살 사건의 가해자와 피해자 들의 말로만 이 영화를 구성하였다. 이 영화는 흔히 재현 불가능성 예술의 한 사례로서 언급되지만, 랑시에르가 보기에 이 영화에서 우리가 문제 삼아야 할 것은 재현 가능성의 여부나 재현 당위성의 여부가 아니다. 문제는 재현의 목적이 무엇이며, 또 그 목적을 위해 선택해야 하는 재현의 양식이 어떤 것이냐는 것이다.

랑시에르에 따르면, 란츠만에게 인종 말살의 본질적 속성은 합리성과 비합리성 사이의 간격에서 드러난다. 말살의 과정은 치밀한 조직적 합리성을 통해 실행되지만 그 합리적 말살 계획 자체는 어떠한 합리적 이유도 갖지 않는 비합리적인 것이라는 점에서 그렇다. 슬라보예 지젝Slavoj Žižek 역시 이 점을 지적한다. "자원의 전적인 동원에 대한 경제적 또는 기술적 관점에서 보면 그것[홀로코스트]은 명확히 '불합리'하다. 업계 대표들과 군대는, 홀로코스트가 소중한 인간, 경제 그리고 군사적 자원들에 대한 거대한 낭비라고 언제나 친위대에게 항의했다. 무엇보다도 정확히, 소멸되는 수백만의 노동력은 더욱 생산적으로 이용될 수 있었다."[29] 따라서 영화는 충분히 이해 가능하고 합리적인 인과관계에 의존하는 고전적 재현의 규범을 따를 수 없다. 인물들이 자기의 고유한 성격과 그들이 추구하는 목적으로

---

28 랑시에르, 『미학 안의 불편함』, 192쪽.
29 슬라보예 지젝, 『시차적 관점』, 김서영 옮김, 마티, 2009, 561쪽.

인해 갈등을 겪고 변화해 가는 고전적 재현 논리에 따를 경우 이 말살 사건
이 갖는 독특한 합리성, 즉 '사건 발생의 이유를 합리적으로 찾아낼 수 없
다'는 핵심적 특징을 놓치게 된다는 것이다. 영화가 '재현하려고' 하는 것
은 합리화의 원인을 넘어선 사건이다.[30] 그러므로 「쇼아」는 재현 불가능성
을 보여 주는 예술이 아니다. 그것은 재현의 옛 질서와의 단절을 의미할 뿐
이다.

결국 재현 불가능성의 예술이라고 분류되는 것들은 재현의 규범에 의
해 어떤 표현의 권리가 '금지'되었다는 사실을 의미할 뿐 재현 불가능한
것이 아니다. 그 규범들은 특정한 스펙터클들을 재현하는 것을 금지하며,
언제나 어떤 주제에 어떤 재현 형식을 선택할 것인지 명령하거나 인물의
성격들, 상황의 작용들을 심리적 동기와 인과관계의 그럴듯한 논리로 환
원해서 표현하도록 강제해 왔다. 그러므로 반재현적 예술이란 "더 이상 재
현하지 않는 예술이 아니다. 그것은 재현 가능한 것들의 선택이나 재현 수
단들의 선택에 있어서 더 이상 제한받지 않는 예술이다".[31] 이와 달리 리
오타르 식의 숭고의 미학이 말하는 재현 불가능한 예술은 불가능한 것과 금
지된 것의 일치를 의미할 뿐이다. '표현이 금지된 것을 표현하는 일은 불가능
하다.' 그러나 이 말은 금지의 상황에 대해 무조건 복종할 때에만 성립할 수
있다. 금지를 거부한다면 재현은 가능해진다. 그러한 가능성의 실현을 위해
서는 재현의 금지는 어디로부터 오며 어떻게 힘을 얻는지를 아는 일이 중
요하다. 금지는 예술의 오래된 규범들에 의해서만 유지되는 것이 아니다.
그것은 예술 외의 다른 곳에서 더 큰 힘을 얻는다. 예술적으로 재현 불가능

---

30 랑시에르, 『미학 안의 불편함』, 193쪽.
31 같은 책, 194쪽.

한 것이란 사실은 종교 질서와 같이 다른 영역에서 금지된 것에 불과하다.

랑시에르가 미의 미학을 통해 재현 가능성과 재현 수단들의 무한함을 주장하는 것과 달리 리오타르의 숭고의 미학은 재현의 가능성과 무한성을 재현 불가능성으로 변형시킨다. 이것은 칸트의 숭고 개념을 변형시킴으로써 완성된다.[32] 칸트에게서 상상력의 형상화 능력은 이성 능력의 무한함으로 인해 자기의 한계를 자각하고 미적 영역에서 도덕적 영역으로 나아가는 것이었다. 그런데 리오타르는 예술 밖으로의 윤리적 이동을 예술 영역의 유일한 법으로 만드는 일을 한다. 그는 무한한 감각적 사건이 존재하며, 이 사건을 파악할 수 없는 이성의 좌절을 보여 주는 상상력의 소극적인 활동이 예술의 책무라고 규정한다. 숭고의 미학에서는 무한한 사건을 재현하는 것, 즉 총체성을 추구하는 것은 불가능하다는 증언만이 진정한 예술이 된다. 랑시에르는 이처럼 예술의 목적을 아주 오래되고 끝이 안 보이는 재앙에 대한 고발로 규정하는 것을 미학의 윤리화의 딱딱한hard 버전으로 본다. 이 미학은 "모든 해방의 약속을 무한한 범죄의 형태하에서만 실현 가능한 거짓말로 만드는 아주 오래된 소외를 무한히 확인하기 위해서"만 존재할 뿐이다.[33] 이 딱딱한 버전은 윤리적 급진성을 통해 정치적 급진성을 제거해 버린다.

랑시에르는 예술에서나 정치에서나 윤리적 전환은 역사적 필연이 아님을 강조한다. 이 윤리적 전환을 넘어서 진정으로 윤리적인 것은 정치와 예술의 발명품들의 "순수함에 대한 환상을 거부하는 것이며, 그 발명품들에게 항상 모호하고 일시적이며 분쟁적인 단절의 성격을 돌려주는 것"이

---

32 칸트의 숭고 개념에 대한 리오타르의 해석에 대해서는 김광명, 「리오타르의 칸트 숭고미 해석에 대하여」, 『칸트연구』 19집, 2006을 참조하라.
33 랑시에르, 『미학 안의 불편함』, 199쪽.

다.[34] 이는 정치와 예술의 이견들을 수많은 방식으로 재현하면서 다시 이 이견들이 공통감각을 이루는 지점들을 재현할 수 있다는 주장이다.

3. 정치의 윤리화에 대한 비판

1) 정치와 윤리

랑시에르는 우리 시대에 유행하는 '윤리' 담론이 공동체와 세계를 재현하는 방식에 어떻게 영향을 미치는지 비판적으로 검토하면서 윤리와 정치 및 미학의 관계에 대해 사유한다. 최근 미학과 정치의 영역에서 윤리적 가치들을 강조하는 경향은 환영받고 있으며 적극적으로 요구되기까지 한다.[35] 그러나 랑시에르는 이러한 현상에 대해 매우 부정적이다. "윤리의 지배는 예술의 활동들이나 정치의 활동들에 가해지는 도덕적 판단의 지배가 아니다. 반대로 그것은 구분되지 않는 영역의 구성을 의미한다. (⋯⋯) 윤리는 규범이 사실 속에서 해체되는 것"이다.[36] 여기에는 윤리ethics가 사실과 권리, 즉 있는 것과 있어야 할 것 사이의 중대한 구분을 해소하는 수사로 전락하였다는 인식이 있다. 다시 말해 윤리는 '평가하고 선택하는 행동 원리'를 이미 존재하는 특정한 삶의 에토스ethos, 양식에 머무는 '체류의 행위' 속에 용해시켜 버리는 전략이 되었다는 것이다. 즉 윤리는 이미 선하다거나 악하다고 가정된 관습적인 규칙들에 그저 복종하고 안주하는 행동 원리에

---

34 같은 책, 201쪽.
35 '윤리화' 담론에 대한 비판적 고찰로는 황정아, 「묻혀버린 질문: '윤리'에 관한 비평과 외국이론 수용의 문제」, 『창작과비평』 144호, 2009를 참조하라.
36 랑시에르, 『미학 안의 불편함』, 172쪽.

불과한 것으로 전락해 버렸다.

더 나아가 '윤리'는 최근의 정치 현실 속에서 삶의 에토스들을 위협하는 악에 대항하여 '절대적 정의'가 삶의 양식을 복구한다는 할리우드 식의 상투적인 스토리를 지닌 드라마로 전개되는 경향이 있다. 랑시에르는 브레히트Bertolt Brecht의 서사극 「도살장의 성 요한나」Die heilige Johanna der Schlachthöfe와 라스 폰 트리에Lars von Trier의 영화 「도그빌」Dogville을 비교하며 현실 세계의 정치 속에서 윤리의 드라마가 만들어 내는 역설을 보여 준다.[37]

「도살장의 성 요한나」에는 1929년 세계대공황 당시 미국 시카고 도살장의 노동자들을 위해 싸우는 구세군 활동가 요한나 잔 다르크가 주인공으로 등장한다. 그녀는 기독교 신앙으로 선한 육류업자 마울러를 감동시켜 노동자들의 비참한 삶을 개선하려고 노력하지만 결국 실패하고, 죽어 가면서 다음과 같이 독백한다. "오, 아무런 이득도 없는 선량함이여! 알 수 없던 생각들이여! 난 아무것도 변화시키지 못했다. 아무런 성과 없이 서둘러 이 세상으로부터 사라지면서 나는 말한다. 세상을 떠나는 것을 준비하라. 선량하게만 살다 떠나지 말고, 좋은 세상을 남기고 떠나라!"[38] 이 서사

---

37 랑시에르, 『미학 안의 불편함』, 173~175쪽.
38 이 극에서 마울러는 윤리적이고 동정심이 많은 사업가로 등장한다. 그는 육류 사업을 그만두 겠다고 동료 사업가 크라이들에게 말한다. "자네, 기억하는가. 금빛의 크고 흐릿한 눈으로 하늘을 바라보면서 매질을 당하는 소들을, 난 마치 내가 소와 같다는 생각이 드네. 아 크라이들, 우리의 사업은 피비린내가 나네." 그런데 마울러는 이 인간적 면모와 더불어 몰인정한 장사꾼 기질이라는 이중의 천성을 가졌다. 한 등장인물의 입을 통해 묘사된 마울러는 "망한 집에서 이자를 챙기고, 썩은 고기에서 돈을 만들지. 그에게 돌을 던지면 그는 돌로 돈을 만들지. (……) 그렇지만 확실한 것은 그는 부드러운 사람이고 돈을 좋아하지 않는다는 것, 그리고 고통스러운 모습을 보면 밤마다 잠을 들지 못한다는 것이야." 물론 마울러는 요한나의 인간적 호소를 듣고 육류를 사들이기도 한다. 그러나 그의 이러한 행동은 사실 동료의 조언에 따른 상업적 전략이기도 하다. 그러나 요한나는 이 행동을 윤리화한다. 결국 노동자들에게 일자리를 제공하겠다는 마울러의 약속이 실현되지 않고 요한나는 뒤늦은 깨달음 속에서 외친다. "정신 속에서 자신을 고양시킬 수 있다고 말하는 자들, 진흙탕 속에서도 그대로 있으라고 하는 자들, 그들의 머리를 포장도로에 내동댕이쳐야 한다. 폭력이 지배하는 곳에는 폭력만이 도움이 되며, 사람이 있

극은 자본가의 비인간성을 고발하려는 것이 아니라, 자본가의 사업가 본능과 윤리적이고 인간적인 동정심이 양립 가능하다는 것을 보여 주려고 한다. 사람들은 종종 윤리과 정치를 대립항에 놓으며 아름다운 윤리가 추악한 비윤리적 정치에 대항하는 수단이 될 수 있다고 확신한다. 그러나 브레히트는 이런 확신에 반대하여 정치적 문제들은 윤리적 호소로 해결될 수 없다는 점에서 윤리와 분리된 것임을 강조한다. 그리고 요한나의 실패를 통해서 정치와 윤리 사이의 중재가 불가능하다는 점을 보여 준다. 정치는 진실되고 헌신적인 여자 가정교사인 윤리에 의해 어떤 추악함을 교정하고 선하게 되는 말썽쟁이 어린아이와 다르다.

영화 「도그빌」은 표면적으로는 「도살장의 성 요한나」의 영화적 각색으로 보인다.[39] 이 영화의 주인공인 그레이스는 갱단 두목의 딸이지만 성녀라고 불릴 수 있을 만큼 선량하다. 영화 속에서 그녀는 요한나의 분신

는 곳에서는 사람만이 도움이 되리라." 위 인용 대사들은 모두 정동란, 「브레히트 서사극에 있어서 '성격'과 '플롯': 도살장의 성 요한나」, 『브레히트와 현대연극』 8권, 2000, 134~137쪽에서 재인용했다.

39 그러나 「도그빌」의 핵심적인 모티프는 「도살장의 성 요한나」로부터 온 것이 아니라 브레히트의 다른 서사극 「서푼짜리 오페라」(Die Dreigroschenoper)의 등장인물 제니가 부른 노래에서 비롯된 것이라고 한다. '해적 제니'의 노래에서 복수의 테마가 영화의 모티프가 되었다고 감독 자신이 밝히고 있다. 노래의 가사는 다음과 같다. "(1절) 신사 여러분, 오늘 보시다시피 나는 잔을 닦지요. 그리고 누구에게나 잠자리를 펴드려요. 그리고 나에게 1페니를 주시면 재빨리 감사드리죠. 그리고 내 누더기 옷과 초라한 이 여관을 보시지만, 내가 누군지는 아시지를 못해요. 어느 날 저녁 그러나 항구에 외치는 소리 있고 사람들이 묻지요, 저게 무슨 소리야? 그러고는 잔을 씻으며 미소 짓는 나를 보겠지요. 그리고 말해요. 저 여자는 왜 웃어? 그러면 여덟 폭 돛을 달고 쉰 개의 대포를 단 배가 부두에 정박해 있을 거예요. (……) (4절) 정오 무렵에 수백 명이 상륙할 거예요. 그러고는 그늘 속으로 들어서겠지요. 그리고 집집마다 뒤져 남김없이 문 밖으로 잡아내고 사슬에 묶어 내 앞으로 끌고 올 거예요. 그러고는 묻겠지요. 어느 놈을 죽일까요? 그날 정오에 항구는 쥐 죽은 듯 조용하겠지요. 누가 죽어야 할지 그들이 물으면 말예요. 그러면 여러분은 내 대답을 들을 거예요. 모두 다요! 하여 머리가 잘려 떨어지면 나는 말할래요, 저런! 그러면 여덟 폭 돛을 달고 쉰 개의 대포를 단 배가 나를 싣고 사라질 거예요"(베르톨트 브레히트, 「서푼짜리 가극」, 임한순 옮김, 『사천의 선인: 브레히트 희곡선』, 한마당, 1987, 30~33쪽. 강조는 인용자). 「도그빌」과 브레히트 서사극과의 영향 관계에 대한 자세한 논의로는 류지미, 「영화 도그빌 속의 연극성에 대한 고찰」, 『한국콘텐츠학회논문지』 8권 11호, 2008을 참조할 것.

처럼 느껴진다. 그리고 그녀가 방문한 시골 마을 도그빌은 시카고의 육류 도살장 풍경만큼이나 끔찍하다. 그러나 이 영화는 브레히트의 서사극과는 정반대의 결론을 보여 준다. 도그빌에서 그레이스는 단지 이방인이라는 이유만으로 박해당한다. 그 과정에서 그녀가 느끼는 환멸은 납득할 만한 원인을 통해 작동하는 체제에 대한 것이 아니라 겉보기에 선량해 보이는 인간들의 심층에 있는 야비함과 사악함에 대한 것이다. 도그빌이라는 공동체는 그 자체로 악의 원인으로 묘사되고 있다. 그 때문에 그 악에 대한 "유일한 보상은 그 공동체에 대해 실행되는 전면적인 소탕"으로 나타나는 것이다.[40] 도그빌에서는 아무런 선도 발견할 수 없다는 윤리적 판단 아래 그레이스는 아버지의 폭력을 사용해서 모든 주민을 몰살한다. 도그빌에서 살아남는 것은 정의가 명명한 마을 이름에 합당한 존재, 모세라는 개 한 마리뿐이다.[41]

랑시에르에 따르면 "폭력이 지배하는 곳에서는 폭력만이 도움을 준

---

40 랑시에르, 『미학 안의 불편함』, 174쪽.
41 이에 대한 지젝의 언급은 흥미롭다. "우리는 라스 폰 트리에의 '여성' 삼부작을 어떻게 해석해야 할까?: 「브레이킹 더 웨이브」, 「어둠 속의 댄서」 그리고 「도그빌」? 세 영화 모두, 여주인공들(에밀리 왓슨, 비요크, 니콜 키드먼)은 무시무시한, 또는 몹시 멜로드라마적인 고통과 굴욕에 노출된다. 그러나 처음 두 영화들에서 그녀의 시련은 고통스러운 절박한 죽음으로 완결되는 반면 「도그빌」에서 그녀는 무자비하게 맞서서, 그녀가 은신처로 삼았던 작은 마을의 주민들이 그녀에게 행한 비열한 방식에, 그녀의 옛 애인을 스스로 살해함으로써 완전한 복수를 수행한다. 이 대단원은 관객들에게 심오한, 윤리적으로 문제될 수 있는 만족을 불러일으킨다. 모든 가해자들은 확실히 그들의 보복을 이자까지 쳐서 받게 된다. 우리는 또한 여성적 굴절을 시도해야 할까? 피학적 여성적 고통의 광경이 견딜 수 없는 길이로 지속된 다음 희생자는 마침내 스스로를 그녀의 곤경에 대한 통제권을 회복하는 주체로서 주장하며 복수로 맞설 힘을 모은다. 이러한 방식으로 우리는 두 세계의 최상을 얻게 되는 듯하다. 〔……〕 이 쉬운 해결책을 망치는 것은, 그녀의 승리가 '남성적'인 폭력적 태도를 채택함으로써 획득된다는 예상할 수 있는 (그러나 틀린) '여성적' 반론이 아니다. 중요하게 간주되어야 하는 다른 특성이 있는데, 「도그빌」의 여주인공은 그녀의 아버지(마피아 보스)가 그녀를 찾아 그 마을에 온 순간 그녀의 무자비한 복수를 실행할 수 있게 된다. 한마디로 그녀의 능동적인 역할은 아버지의 권위에 대한 갱신된 복종을 나타낸다. 반대로 여성의 거절에 더욱 가까운 것은 처음 두 영화들에 나타난 명백히 '피학적인' 고통의 수용이다"(지젝, 『시차적 관점』, 771~772쪽. 강조는 인용자).

다"라는 교훈을 통해 브레히트가 그의 서사극에서 보여 주려 한 것은 소시민적 윤리로 대체될 수 없는 정치적 투쟁의 필요성이었다. 그러나 랑시에르는 오늘날 브레히트의 정치적 교훈이 영화와 현실 모두에서 역전된 방식으로 나타난다고 지적한다. 도그빌에서 사악한 마을 사람들에게 선량한 그레이스가 승리하듯이 현실에서 윤리의 논리가 정치의 논리에 승리를 거두게 되었다. 정치적 불일치의 현실들이 모두 윤리적인 선악 투쟁의 어휘로 바뀌어 단순화되어 버린다는 것이다. 우리는 이러한 현실이 조지 부시의 말에서 아주 분명한 방식으로 드러나고 있다는 것을 발견한다. 그의 말 속에서 세계의 정치는 (미국의) 무한 정의Infinite Justice, 9·11 이후 미국이 대테러세력에 대항하는 작전명가 (북한이나 이라크라는) 악의 축에 맞서 윤리적 폭력을 수행하는 과정으로 환원되었다.

2) 윤리적 폭력과 휴머니즘

> 아버지 불우한 유년기 때문에 저지른 살인은 무죄라고? 네 말대로 환경만
> 탓한다면 강간범도 살인범도 피해자란 이야긴데, 그런 놈들은 개야.
> 그레이스 개는 본능을 따를 뿐이니 용서해야죠.
> _ 영화 「도그빌」 중 그레이스와 아버지의 대화

정치의 윤리화 과정에서 발생하게 되는 윤리적 폭력의 문제를 어떻게 해결해야 할까? 이 문제를 해결하기 위해 사람들은 인간존재에 대한 사랑, 즉 휴머니즘적 시각을 지녀야 한다고 주장하기도 한다. 그런데 철학적으로 살펴보면 휴머니즘에는 서로 대립되는 것으로 보이는 두 가지 요소가 존재한다. 하나는 철저히 자율적인 인간 주체에 대한 가정이다.[42] 휴머니

즘의 이런 특성은 루트비히 포이어바흐Ludwig Feuerbach의 고전적인 근대 휴머니즘에서 분명하게 드러난다. 포이어바흐는 신의 존재를 부정한 무신론 철학자이다. 그런데 그는 신을 부정하면서 그동안 신의 속성으로 간주되어 왔던 자율성을 인간에게 부과한다. 자율성이란 세계의 모든 것을 근거 지울 수 있고 인간 자신 또한 근거 지울 수 있는 능력이다. 그러한 근대 휴머니즘은 신의 자리에 인간존재를 대입한 것이다. 인간은 신처럼 자연을 관리·지배하고 인간 공동체를 책임지는 과제를 떠맡게 되었다. 블랑쇼는 포이어바흐의 사유는 신학을 인간신학으로 대체한 것에 불과하다고 파악한다. 포이어바흐의 철학에서는 "절대적 위치에서 자신을 창조할 수 있으며 자신일 수 있다고 자임하는 자율성을 가진 인간" 안에서 신이 다시 태어나고 있다. 결국 포이어바흐의 휴머니즘은 단순히 신의 이름을 인간의 이름으로 대치해 놓았을 뿐 신학과 결별하지 못했다. 그의 휴머니즘은 "자아와 그 자신의 관계에서의 자율적 결정력에, 말하자면 인간 또는 주체의 자기결정력"에 기초하고 "인간의 자신에 대한 내재성, 즉 인간(주체·자아)의 본질이라는 가정"에 의존하는 사상이다.[43] 바로 휴머니즘의 이러한 특성 때문에 인간 주체의 윤리적 책임감이 강조될 수 있다. 모든 인간 행위가 자유롭고 자율적인 판단에 의해 이루어졌으므로 인간은 자기가 선택한 행위의 결과에 대해 철저히 책임져야만 한다는 것이다.

　그러나 다른 한편으로 휴머니즘은 박애를 특징으로 한다. 박애, 즉 인간에 대한 사랑이란 아리스토텔레스가 『시학』에서 밝힌 바에 따르면 극악무도한 악인에 대해서도 연민과 아픔을 느끼는 사랑이다. 박애의 정신을

42 박준상, 『바깥에서』, 인간사랑, 2006, 26~27쪽.
43 같은 책, 26~27쪽.

강조할 때 휴머니즘은 정의와 불의 사이의 명백한 대립 속에서 동류의 인간을 철저하게 심판해야 한다는 윤리적 폭력의 무자비한 작동을 거부하게 된다. 이런 시각을 통해서 보면 모든 불의는 트라우마를 지닌 희생자들에 의해 생긴다. 그러므로 이 가여운 인간존재들에게 절대 선의 이름으로 무자비한 폭력이 행사되어서는 안 된다. 라스 폰 트리에의 영화에서는 도그빌 사람들이 역사적·사회적 트라우마를 지닌 존재라는 점에 대한 고려 없이 선/악의 양태로 상황을 재단했기 때문에 마을 사람들에 대한 몰살이라는 끔찍한 폭력이 윤리의 이름으로 자행되었던 것이다. 그러므로 악이라고 불리는 사태를 다면적으로 이해할 필요가 있다. 이런 문제 제기로 인해, 「도그빌」은 칸 영화제에 출품되었던 해에 아무런 상도 받지 못했다. 「도그빌」을 본 칸의 심사위원들이 이 영화에는 인간에 대한 깊은 연민과 인간들이 처한 곤경에 대해 이해하는 진정한 휴머니즘 정신이 없다고 비판했기 때문이다.

그러나 랑시에르는 박애의 휴머니즘을 통해 획득되는 통찰 — '악인에게도 나름의 이유와 사정이 있다'는 사태에 대한 깊이 있는 고려 — 은 윤리적 폭력의 필연성을 파괴하지는 못한다고 말한다. 외상적 존재들, 한없이 연약하고 더럽혀지기 쉬운 이 가여운 인간존재들에 의해 벌어지는 범죄라고 해서 처벌을 면할 수 있는 것은 아니기 때문이다. 이 점은 영화의 마지막 부분에서 매우 분명하게 드러난다. 그레이스는 도그빌 사람들을 심판하기 전에 고뇌한다. 그리고 고뇌는 내레이터의 길고 나지막한 목소리를 통해 관객에게 전해진다.

그녀는 살인 폭력에 물든 갱이 되긴 싫었다. 물론 도그빌 주민들도 갱들과 다를 건 없었다. 구스베리 덤불을 그녀는 보았다. 정성껏 보살펴 주면 언젠가 셀 수 없이 많은 열매가 열릴 테고 또 계피를 넣은 파이를 먹게 될 것이다. 그들을 두렵게 한 책임이 느껴졌다. 나약한 본성을 어찌 탓하겠는가! 입장이 바뀌었다면 아버지 말처럼 그녀 잣대로 남을 평가하여 도그빌 사람들이 갱단의 사람들과 똑같은 잘못을 저지르지 않는다고 어떻게 장담하겠는가?

구름이 흩어지고 달빛이 비치자 도그빌은 아까와 전혀 다른 모습이 되었다. 희미하고 자비로운 빛의 그림자가 걷히자 구스베리 덤불에 잔뜩 붙은 메마른 가시들이 보였다. 추한 사람들, 낡은 건물, 갑자기 모든 것이 명백해졌다.

나약한 인간에 대한 연민과 이해라는 낭만적이고 휴머니즘적인 구름이 사라지고 달빛이 모든 상황을 밝게 비추자 그레이스는 구스베리의 수많은 열매를 잘 키우기 위해서라도 메마른 가시들을 잘라 버려야 한다는 단호한 윤리적 결정을 내린다. 내레이션은 그녀의 결정을 다음과 같이 전한다. "그녀가 그들과 똑같이 행동했다면 그녀는 자신의 행동을 용서하지도 못하고 그들을 비난하지도 못했을 것이다. (그들이 최선을 다한 것은 사실이나) 그들의 최선은 훌륭하지 못했다. 그들은 권력을 올바로 썼어야 했다. 그것은 의무와 같다. 다른 마을을 위해, 인간성을 위해, 적어도 그레이스라는 한 인간을 위해." 결국 그레이스는 아버지의 결론을 받아들여 마을 주민들을 용서하는 대신 몰살해 버린다. 갱단 두목인 아버지의 말처럼 인간은 개가 아니며 "자기 행동에 책임을 져야" 하기 때문이다. 이처럼 「도그빌」에서는 휴머니즘에 대해 정의가 승리한다. 그러나 한편으로는 박애의 휴머니즘에 대해 **자율성의 휴머니즘**이 승리한다고 표현할 수도 있을 것이다. 왜냐하면 휴머니즘의 또 다른 특징은 인간존재의 자율성에 대한 강조이기 때문이다. 행위자로서 자율적 결정력을 지니기에 인간은 모름지기 외적 조건과 무관하게 자신의 행위가 낳은 결과에 대해 책임을 져야 하고 질 수 있다는 것. 그럴 수 있기 때문에 인간이 동물과 달리 위대한 존재라는 것. 그레이스의 아버지가 그레이스에게 충고하는 논리 속에서는 바로 휴머니즘의 이런 특징이 분명하게 드러난다.

라스 폰 트리에의 의도가 설령 미국의 폭력(「도그빌」은 이주민에 대한 가혹한 폭력의 역사에 대한 우화로 읽힐 수도 있다)을 고발하려는 것이었다고 할지라도 매우 아이러니하게 영화의 내적 논리는 세계 정치에 번번이 가장 폭력적인 방식으로 개입하는 미국의 논리를 그대로 본뜨고 있다고 할 수 있는 것이다. 77명을 무차별 학살한 노르웨이 테러범 브레이빅이 세번째로 좋아하는 영화가 「도그빌」이었던 것은 우연이 아닌지도 모른다. 브레이빅은 다른 두 편의 영화로 「글래디에이터」와 「300」을 꼽았는데 그는 이 세 영화 모두에서 윤리적 신비화와 관련된 폭력 미학에 매혹을 느낀 것으로 보인다.[44]

그렇다면 칸의 심사위원들이 지적한 대로 휴머니즘의 논리를 끝까지 견지하는 방식은 어떠한가? 그것은 현실 정치에서 윤리적 폭력의 자행을 막아낼 수 있는 유일하고 실질적인 효과를 지니는 방법이 될 수 있을까? 랑시에르는 이 물음에 답하면서 비관적인 결론을 내린다. 그는 클린트 이스트우드Clint Eastwood의 영화 「미스틱 리버」Mystic River를 분석한다. 「미스틱 리버」는 세 친구 사이에 벌어진 불행한 사건에 대한 영화이다. 데이브

---

44 실제로 라스 폰 트리에 자신이 2011년 칸 영화제에서 물의를 일으키는 발언을 하기도 했다. "히틀러를 이해한다. 그는 좋은 사람이라고 부를 만한 사람은 아니지만, 나는 그를 많이 이해한다. 조금은 그에게 공감도 한다." 물론 이스라엘의 계속되는 폭력적 도발에 대한 불편한 심기를 드러낸 농담이기는 했지만 그가 선한 메시아를 통한 악의 절멸이라는 신비주의에 경도되어 있음을 부정할 수 없는 발언이었다.

는 어린 시절 친구인 지미의 어린 딸을 강간한 후 살해했다고 지목당한다. 그런데 그 강간 사건을 거슬러 올라가 보면 데이브의 불행한 과거가 있다. 데이브는 어린 시절 지미와 지금은 경찰관이 된 또 다른 친구 숀의 유혹으로 위험한 놀이에 휘말린 경험이 있다. 그때 데이브는 강간당하고 그 정신적 외상으로 이상성격자가 된다. 이런 논리로 더 멀리 추측해 본다면 데이브의 강간범들 역시 부모의 학대나 상습적 폭행 등, 아마 강간에 버금가는 다른 정신적 트라우마를 만들어 낸 사건의 희생자였을지도 모른다. 그러나 영화에서 데이브는 용서받지 못한다. 희생자인 동시에 **범죄 용의자**이기도 한 데이브는 지미에게 총살당하고 곁에서 이를 지켜보던 경관 숀은 이를 묵인해 준다. 데이브는 불행한 범죄자이지만 그에 대한 즉결처분은 불가피하기라도 하다는 듯이 영화 속에서 지미의 범죄는 처벌되지 않는다.

    폭력적 처벌이 행해진다는 동일한 사실에도 불구하고 「미스틱 리버」는 「도그빌」과 달리 휴머니즘에 호소하는 영화이다. 「도그빌」에서는 인간성의 확립, 제대로 된 사회정의를 위해 처벌을 수행하겠다는 선포가 있지만, 「미스틱 리버」에서는 **처벌의 불가피성을 강조**할 뿐이지, 수행된 폭력에 정의라는 명예로운 이름을 수여하지는 않는다. 이 영화에는 살인자 데이브의 불행한 과거가 설명되어 있다. 이 때문에 정당하고 합법적인 폭력의 수행자인 경관과 법의 논리를 통해 데이브를 처벌하는 대신 훨씬 사적인 폭력을 통해 처벌이 달성되는 것이다. 데이브는 불행한 피해자이므로 그가 사적인 처형을 당하는 장면은 통쾌하기보다는 암울하다. 지미는 데이브의 과거와 현재를 이해하지만 어린 시절의 친구에게 연민을 갖기 이전에, 그는 아버지로서 사랑하는 딸의 죽음을 되갚기 위해 복수해야만 한다. 그는 정의의 사도여서가 아니라 한 가족의 가장이기 때문에 사적 처벌을 수행한다. 지미의 아내가 그에게 이야기하고 있듯 말이다. "애들에게 말했듯이 당신은 왕이고, 왕은 단호하게 행동하는 거야. 힘들더라도 사랑하는 가족을 위해 뭐든 하는 거야. 중요한 건 그뿐이야. 인간은 나약한 존재지만 우리 가족은 아냐. 우리에겐 당신이 있으니까."

불행한 외상을 가진 자들은 범죄를 저지르고 그 범죄에 대한 처벌로 살해된다. 모든 불행한 범죄는 사실상 사회적·역사적으로 불가항력적인 조건에 놓인 나약한 존재가 저지른 것이라는 이 따뜻한 휴머니즘의 논리 앞에서 처벌과 심판은 새로운 논리로 무장하며 재등장한다. 이제 심판은 정의의 문제가 아니라, 아버지의 이름으로 가족을 보호하려는 불가피한 행위이다. 그래서 랑시에르가 지적하듯이 처벌에는 정의의 논리 대신 가족의 보호 혹은 인류 **공동체의 보호라는 논리**가 달라붙는다. 모든 정신적 외상이 정화되어야 하듯, 공동체의 질서를 유지하고 사회를 보호하기 위해서는 불행한 범죄자들일지라도 불가피하게 처단되어야 한다. 인류(인간 가족)를 진정으로 사랑하기에 몇몇의 악인들은 이 세상에서 사라져야 하는 것이다.

물론 영화에서 지미가 죽인 데이브는 진범이 아니다. 그의 딸은 예전에 지미가 죽였던 레이의 아들에 의해 살해되었고, 동일한 시간에 데이브는 소년 성폭행범을 죽였을 뿐이었다. 지미는 오해 때문에 어처구니없이 데이브를 살해했던 것이다. 그러나 잘못된 오해가 가져온 사건이라는 점은 영화의 비극성을 강조할 뿐 살인을 합리화하는 논리를 바꿀 수는 없다. 친구에 대한 죄책감으로 괴로워하는 지미에게 아내는 말한다. "어젯밤 아이들에게 말해 주었지, 아빠가 사랑하는 가족들을 위해서 무엇을 하든지 잘못된 건 없다고. 결코 욕하거나 비난해서는 안 된다고도." 아버지들에게는 가족이 위태로울 거라는 의심만으로도 그 의심에 연루된 이들을 처벌하거나 살해할 충분한 이유와 권리가 있다는 뜻이다. 불가피하게 무고한 희생자가 발생한다고 한들 무엇이 문제인가? 모든 것은 책임감 강한 아버지가 가족을 위해 한 일일 뿐이기 때문이다.[45]

물론 황진미는 「미스틱 리버」가 이 논리를 정당화하는 것이 아니라 이 논리의 허구성을 폭로하려는 영화라고 진단한다. "자신의 업보와 관련 있는 딸의 죽음에 오열하며 무고한 친구를 살해한 지미가 자신의 아내로부터 비난받지 않고 오히려 가족주의로 지지되듯이, 미국 정부의 외교정책과 무관하지 않은 9·11 테러에 분노하며 무고한 전쟁을 수행하는 미국 정부 역시 미국 내 언론으로부터 비난받지 않으며 **국가주의**의 이름으로 옹호된다. 부당한 살인이었음을 알고 있으며, 누구보다도 데이브가 불운했다는 것을 알고 있는 그의 친구조차 진실이 파헤쳐지는 것을 꺼리며, 그럴 때일수록 불행으로부터 자기 주변 챙기기에 바빠지듯이, 부당한 전쟁임을 알고 있는 국제사회의 어느 나라, 어느 기구도 전쟁의 부당성을 따지지 않으며, 이런 때일수록 자신에게 불운이 튈까 조심하며 내부 결속을 다진다."[46] 이제 더 이상 정의와 불의가 문제되지 않는다. 부당하더라도 가족을 보호할 수 있다면 그것으로 충분히 윤리적이다! 이 이상한 윤리의 비틀림은 미국적 논리에 무리 없이 용해된다.

두 영화를 분석하면서 랑시에르는 다음과 같이 결론을 짓는다. 9·11 이후의 세계상은 인류 공동체의 보호라는 휴머니즘의 윤리적 당위를 정치에 기입함으로써 확립되었다. 9·11 테러는 2001년 9월 11일의 습격을 지칭하는 용어에서 벗어나 현존 질서에 대한 불안감을 조장하는 모든 세력들을 가리키는 불분명한 용어로 변용된다. 여기서 공동체의 보호라는 윤

---

45 황진미, 「'복수-영화'를 통해 본 폭력의 구조: 박찬욱, 연쇄살인, 9·11」, 『당대비평』 28호, 2004, 250쪽.
46 같은 글, 251쪽. 강조는 인용자.

리적 당위는 공동체의 사회적 관계를 위협하는 모든 것에 대한 **예방적 공격**을 정당화한다. 현존 질서를 위협하는 모든 세력이 불행한 현실의 희생자라는 사실로부터는 이 예방적 공격을 중단시킬 논리를 결코 도출할 수 없다.

3) 윤리적 공동체와 타자

> 모든 종류의 모험을 폐지해 버린 사회에 남은 유일한 모험은 사회를 폐지
> 해 버리는 것이다. _ 68혁명 당시의 낙서

공동체의 보호는 어떤 철학적 논리를 통해 모든 것에 최우선하는 도덕적 당위로 자리하게 되는가? 또한 공동체를 보호한다는 것은 어떤 의미인가? 랑시에르에 따르면 "정치적 인민이란 결코 인구의 총합과 같은 것이 아니다. 그것은 항상 인구와 그것의 부분들에 대한 모든 계산에 대해 덧붙여진 상징화의 한 형태이다. 그리고 이 상징화의 형태는 항상 분쟁의 형태이다".[47] 다시 말해 공동체에는 언제나 복수의 인민들이 존재한다. 법에 의해 권리를 보장받은 인민, 법이 무시하거나 권리를 인정하지 않는 인민, 새로운 법의 이름으로 권리를 보장받으려는 인민 등 여럿의 인민들이 존재하는 것이다. 따라서 하나의 공동체는 이 여럿의 인민들의 불일치에 따라 변화하며 전혀 다른 방식으로 구성되거나 분배될 수 있다.

흔히 통념적으로 생각하듯이 우리 각자가 한 사람의 정치적 인민으로서 정치적 행위를 하고 그 행위들의 합이 특정한 정치적 공동체를 구성하는 것이 아니다. 우리는 어떤 방식으로든 이미 공동체 내에 자리를 분배받

---

47 랑시에르, 『미학 안의 불편함』, 179쪽.

거나 박탈당한 정치적 인민들로 상징화된다. 우리는 선거권을 지닌 시민, 결혼을 할 수 있는 이성애자, 제정된 가족법에 의해 권리를 보장받거나 박탈당한 여성, 비정규직법에 의해 일자리를 잃은 노동자 등등이지 하나의 인민이 아니다. 그리고 우리는 이 분배 방식에 저항하거나 그 방식을 고수하며 부단한 방식으로 다른 정치적 인민들과 투쟁하고 갈등할 수 있다. 우리는 법을 통해서 혹은 법을 넘어서 혹은 법과 투쟁하며 공동체를 파괴하거나 재구성한다. 정치 공동체의 이러한 현실에 주목할 때 공동체의 보호를 최고의 도덕적 당위로 삼기는 어렵다. 왜냐하면 그때 공동체의 보호란 특정한 방식으로 상징화된 공동체의 위계를 그대로 유지하겠다는 것에 불과하기 때문이다.

그럼에도 불구하고 근대 이후 의회정치의 합의적 의사 결정 모델은 여럿의 인민들을 하나의 인민으로 환원한다. 합의 모델에서는 여러 사회 구성원들 전원의 합의하에 하나의 일반적 권리가 형성되고, 그것을 통해 그들이 모두 동일한 형식적 권리를 누리게 되므로 그들은 하나의 인민이라고 가정된다. 그리고 이런 하나의 인민이 하나의 공동체를 구성한다고 간주된다. 공동체의 보호가 최고의 당위가 되는 것은 공동체가 하나의 인민의 합의 또는 일치를 통해 형성된 것이라고 여겨지기 때문이다.

정치적 공동체에 대한 대표적인 합의 모델은 홉스의 『리바이어던』에서 찾아볼 수 있다. 홉스는 자연상태에서의 인간 본성이 매우 부정적이라고 주장한다. 인간존재는 상호 경쟁적이고 명예욕을 품고 있다. 그런데 인간존재가 지닌 자연적 욕구는 무한하다. 따라서 자연상태에서 인간은 서로에 대해 늑대가 된다. 만인에 대한 만인의 투쟁 상태에 있다는 뜻이다. 이 투쟁 상태를 종식시키기 위해서는 인간의 본성이 교정되거나 억제되어야만 한다. 국가는 바로 이 교정의 수단이 되는 장치이다. 홉스에 따르면 개인들이 교정 수단의 필요성을 절감하기 때문에 국가 구성을 위한 계약contract을 체결한다. 개인들은 자기 권리의 완전 양도를 통해 완전한 합의를 이루고 국가를 구성하게 된다. 홉스가 이러한 계약을 통해 국가가 구성된다고 보았으므로 우리는 흔히 홉스의 사회구성론을 사회계약론이라고 부른다. 그렇지만 이것은 계약이 아니라 일종의 합의agreement이다. 왜냐하면 "완전 양도란 계약이 요구하는 것 이상의 것을 요구할 뿐 아니라, 계약의 기본 전제를 부정하는 요청 사항이다. 일반적인 의미의 계약에서도 서로 주고받는 것 또는 서로에게 양도하는 바들이 있다. 그러나 이런 양도에도 불구하고 계약이 성립되기 위한 필수적 전제는, 계약의 당사자들이 이기적이며 특수적인 개인으로 남아 있어야 하며, 그런고로 자신의 것들을 완전히 양도해서는 안 된다는 점이다".[48]

이처럼 합의의 결과로 오직 하나의 인민만이 존재하므로 공동체의 유지와 관련된 어떤 정치적 이견 또는 불일치도 존재하지 않는다고 가정되는 공동체를 랑시에르는 '윤리적' 공동체라고 부른다. 이 공동체에서 '소외된 자'가 의미하는 것은 둘 중 하나이다. 첫째, 소외된 자는 존재하지 않는다. 이 공동체에서는 이곳에 속한 모든 사람의 권리가 보장되기 때문에 정의상 소외된 자는 구조적으로는 존재할 수 없다고 간주된다. 그러므로 만일 소외된 자가 존재한다면 그것은 전적으로 우연적 사건이다. 즉 타자는

---

48 남경희, 『말의 질서와 국가』, 이화여자대학교 출판부, 1997, 49쪽. 쉽게 말해 계약은 거래나 흥정이며 시장적 힘의 균형 속에서 이루어지는 것이라서 만일 균형이 깨어진다면 계약관계는 무너진다. 그러나 홉스의 국가 구성에서는 개인의 사유재산은 물론, 그의 권리, 나아가 그 자신의 자유와 의사 결정권, 심지어 인격성의 완전 양도가 전제된다. 따라서 완전 양도는 완전하고 무조건적인 합의를 의미하며 이 때문에 합의를 통해 구성되는 국가는 만인과 만인이 하나가 되는 일자의 상태, 통합적 정치체("하나의 인민")가 되는 것이다. 그리고 개인들은 이 구성된 국가 안에서 국가권력에 의해 완전히 새로운 신원을 부여받고 국가권력에 철저히 따르는 위치에 놓이게 된다(같은 책, 50~51쪽).

우연의 산물이다. 우연히 평등한 공동체의 외부로 떨어진 그는 공동체가 기꺼이 구조의 손을 내밀어야 하는 난파자에 불과할 뿐이다. 둘째, 소외된 자는 극단적 타자이다. 그는 공통의 정체성을 공유하지 않기 때문에 공동체를 위협하는 자로서, 공동체의 이방인이거나 추방자이다.[49]

　윤리적 공동체는 첫번째 의미의 소외된 자를 위해 자원봉사나 기부와 같은 간접 참여 활동을 적극적으로 유도하고 호소한다. 예컨대 미국 클린턴 정부에 큰 영향을 미친 에치오니Amitai Etzioni와 같은 신공동체주의자들[50]은 범죄를 비롯해 각종 사회적 병리 현상을 유발하는 정치·경제적 시스템에 대한 근본적 비판을 수행하는 대신 윤리적 호소를 통해 문제를 해결하고 사회 갈등의 요소들을 해소하려고 한다. 에치오니는 "공동체주의의 경제 어젠다라는 것이 무엇이냐고 묻는다면, 짧은 대답은 (그러한 것은) 전혀

49　남경희, 『말의 질서와 국가』, 180~181쪽.
50　공동체주의(communitarianism)에 대해서는 김비환, 「현대 자유주의-공동체주의 논쟁의 정치적 성격에 관한 고찰」, 『철학연구』 45집, 1999를 참조하라. 한국에서 가장 잘 알려진 공동체주의자는 찰스 테일러(Charles Taylor)이다. 그는 매킨타이어(Alasdair MacIntyre), 샌델(Michael Sandel), 왈저(Michael Walzer)와 함께 공동체주의자로 분류된다. 이들은 자유주의자들이 개인을 사회적 경험 이전에 이미 자기정체성과 가치에 관한 지식을 갖고 있는 자기충족적 존재로 보는 점을 비판하며 **공동체의 윤리와 공동선의 중요성**을 강조한다. 최근에 들어 공동체주의는 다문화주의의 형태와 결합해서 나타난다.
　　울리히 벡(Ulrich Beck)은 『적이 사라진 민주주의』(Die feindlose Demokratie, 1995)에서 세계화의 흐름 앞에서 신자유주의와 공동체주의가 크게 대립하면서 상호 투쟁하고 있다고 진단한다. 아무리 소수적 문화 공동체일지라도 그 문화적 맥락 속에서 정체성을 형성하는 구성원들을 위해서는 그 공동체를 인정하고 보존해야 할 필요가 있다는 공동체주의적 다문화주의의 기본 관점은 분명 '탐욕스런 신자유주의'에 대한 저항 운동의 성격을 띠는 측면이 있다. 이 시대에 만연한 시장 논리와 계약관계가 어떤 사회적 응집성도 형성시키지 못하게 되면서 '사회적 접착제'인 공동체와 그 문화의 필요성은 더욱더 증대된다. 그러나 벡은 공동체 정신이 지나치게 약한 것도 문제가 있지만, 공동체 정신이 지나치게 강화되었을 때 발생하는 위험들은 더 심각한 문제가 될 수 있다고 경고한다. 사명감, 함께 소속되어 있다는 느낌, 온기, 요컨대 공동체 정신의 결여를 문제 삼으면서 강화된 민족 공동체 속에서 개인이 정체성을 찾아가도록 하는 데 가장 성공적인 공동체주의의 사례 — 전략의 효과에서는 최고의 성공이었고 결과에서는 최악이었던 — 는 나치즘이었다. 이런 점 때문에 민주주의 이론가들은 다문화주의가 극단화되는 것을 경계한다(진은영, 「다문화주의와 급진적 인권」, 『철학』 95집, 2008, 267~268쪽).

없다는 것이다"라고 말한다.[51] 이는 결국 기존의 불평등한 사회적 분배를 고수하기 위해서 분배 질서에 균열을 가져올지도 모를 취약한 부분을 윤리적 호소를 통해 보수하겠다는 전략이다.[52]

두번째 의미의 소외된 자는 공동체의 암세포이다. 그것은 한때 평범한 세포였지만 불행한 계기로 암세포로 변이하였다. 따라서 공동체의 신체를 보호하기 위해서 그것은 반드시 제거되어야 한다. 그에게는 추방이나 추방에 준하는 처벌이 필수적이다.

4) 인간의 권리와 타자의 권리: 윤리적 세계화에 대한 비판

랑시에르는 타자에 대한 두 가지 대응 담론이 국가적 차원에서와 마찬가지로 국제적 맥락에도 그대로 적용된다고 지적한다. 첫번째 방식은 인도주의로 나타나며, 두번째 방식은 이른바 '무한 정의'로 나타난다. 오늘날 세계는 세계화가 급격히 진행됨에 따라 국제적 수준에서 다양한 정치적 이견을 갖는 정치 주체들이 부상하고 그들 간의 분쟁과 갈등이 끊이지 않고 있다. 그러나 강대국 중심으로 세계 질서를 재편하려는 시도는 지구를 하나

---

51 안병진, 「공화주의적 민주주의」, 주성수·정상호 엮음, 『민주주의 대 민주주의』, 아르케, 2006, 89쪽에서 재인용. 안병진에 따르면, 공동체주의는 경제 어젠다가 없는 것이 아니라 신자유주의적 경제 질서를 적당히 현상 유지하고자 하는, 숨겨진 경제 어젠다를 가지고 있다고 하는 것이 정확한 표현이다. 이러한 공동체주의적 정치는 가장 첨예한 경제구조의 문제를 회피한다는 점에서 '탈정치적 정치학'이라고 부를 수 있다는 안병진의 비판은 휴머니즘의 정치학에 대한 랑시에르의 비판과 일맥상통한다.

52 우리 사회에서도 이런 사례들은 쉽게 찾아볼 수 있다. 장석준의 다음과 같은 지적을 상기하라. "실제로 정몽준 당선자 같은 경우는 당선되자마자 수천억 기부해서 장학재단 만든다고 했는데 사실 이 장학재단이 실제 작동되는 순간 대학 등록금에 대한 진보 세력의 모든 담론은 무력화될 수도 있다고 봅니다"(구갑우 외, 「좌담: 18대 총선평가와 진보의 새길 찾기」, 『시민과세계』 13호, 2008, 179쪽).

의 윤리적 공동체로 표상하며, 세계 곳곳에서 이견적 정치 주체를 형성하는 운동들을 인도주의와 무한 정의라는 두 가지 윤리화의 방식으로 무력화하려고 한다. 미국과 같은 강대국에 의해 행해지는 내정간섭, 표적 암살, 인도주의적 전쟁은 윤리적 어휘로 치장됨으로써 그 정당성을 획득한다.[53]

따라서 윤리적 담론을 통해 세계화 시대의 불행한 사태들을 해결하려는 철학적 논의들은 현실에 대한 유효한 대응이 어렵다는 난점을 가지고 있다. 랑시에르는 특히 리오타르의 '타자의 권리' 개념을 비판적으로 고찰한다. '타자의 권리'는 세계화 과정에서 발생하는 다양한 인권 침해의 현상들을 철학적으로 분석하고 그동안 제기되어 온 인권 개념의 한계를 극복하려는 시도에서 나온 개념이다. 그러나 랑시에르는 리오타르의 작업이 정치의 해소에 기여하고 아이러니하게도 군사 개입을 정당화하는 정치 논리의 철학적 버전으로 변질될 수 있다는 점을 지적한다.

리오타르는 인권 개념을 '비인간The inhuman의 권리', 즉 '타자의 권리'로 대체했다. 이것은 아렌트가 지적한 '인간의 권리', 즉 인권 개념의 난점을 피하려는 의도에서 나온 것이다.[54] 아렌트의 견해에 따르면 인권은 '인간' man이라는 추상적 개념을 기반으로 한다. 그리고 그 추상성 때문에 인간의 권리, 즉 인권은 둘 중 하나에 불과한 것으로 전락하기 쉽다. 첫째, 인간의 권리가 시민권과 같은 것이라면 인권은 특정 국가의 시민들이 지닌 권리가 된다. 그 경우 인권은 '권리들을 가지고 있는 사람들의 권리'(시민권)라는 동어반복이 된다. 둘째, 인간의 권리는 생물학적인 인간종이 인간으로서 지니는 권리이다. 그러나 난민들의 상황이 증거하듯이, 생물학적 존재

---

53 랑시에르, 『미학 안의 불편함』, 182~183쪽.
54 한나 아렌트, 『전체주의의 기원 1』, 이진우·박미애 옮김, 한길사, 2006, 524~542쪽을 보라.

로서 인간 그 자체는 어떤 권리도 없다. 이 경우 인권은 '어떤 권리도 갖지 못한 사람들의 권리'라는 점에서 권리에 대한 조롱에 지나지 않게 된다. 따라서 아렌트는 추상적 인권 개념을 무용한 것으로 결론짓는다.

> 권리를 상실한 사람들의 재난은 그들이 생명, 자유와 행복 추구 또는 법 앞에서의 평등과 의견의 자유 — 주어진 공동체 안에서 발생하는 문제들을 풀기 위해 고안된 공식들인데 — 를 빼앗겼다는 것이 아니라 어느 공동체에도 속하지 않는다는 것이다. 그들의 곤경은 그들이 법 앞에서 평등하지 않아서가 아니라 그들을 위한 어떤 법도 존재하지 않기 때문이고, 그들이 탄압을 받아서가 아니라 아무도 그들을 탄압하려 하지 않는다는 데 있다.[55]

사실 인권은 나라마다 법적으로도 다양한 표현 양식을 갖는다. 미국 헌법에서 인권은 생명, 자유, 행복의 추구이며 프랑스 헌법에서는 법 앞에서의 평등, 자유, 재산 보호 등이다. 그런데 이렇게 나열된 항목들이 제한을 당한다고 해서 무조건 인권이 상실되었다고 말하기는 힘들다. 가령 전쟁에 나간 군인은 생명에 대한 권리를 빼앗긴다. 그가 목숨을 잃을까 봐 전선을 이탈해서 탈영을 한다면 그는 군사재판에 회부되어 처벌을 받고 심지어는 사형에 처해지기도 한다. 그렇지만 우리는 이때 군인이 인권을 유린당했다고 말하지는 않는다. 프랑스 헌법에 명시된 재산 보호의 권리를 상실하는 경우도 있다. 심각한 질병의 유행으로 강제집행권이 발동되면 약의 특허권이 취소될 수 있다. 치료제의 원활한 공급을 위해 제약회사는

---

55 같은 책, 531쪽.

재산권을 포기하고 다른 이들도 약을 생산하는 일이 가능해진다. 그렇다고 해서 이 제약회사를 경영하는 자본가의 인권이 유린되었다고 말하지는 않는다. 이처럼 인권에 포함되는 몇몇 권리의 항목이 특수한 조건이나 긴급 상황에서 부정된다고 해서 인권이 상실되었다고 말하기는 힘들다.

반대로 한 사람이 이러한 항목들을 보장받는다고 해서 그가 인권을 가졌다고 말하기도 힘들다. 예를 들어 자유는 인권의 본질로 간주된다. 그런데 감금된 범죄자와 무국적자들의 자유로움을 비교해 보면 이렇게 단정 짓기가 힘들다는 것을 알게 된다. 법의 울타리 밖에 있는 무국적자들은 법의 집행으로 형무소에 수감된 범죄자들보다 더 큰 이동의 자유를 지닌다. 또 전체주의 국가의 국민으로 사는 것보다 민주주의 국가의 포로수용소에서 정치적인 이슈에 대해 더 활발한 의사 표현을 할 수 있다. 그럼에도 불구하고 아렌트는 무국적자들이나 난민들이 누리는 육체적으로 더 편안하고 안전한 삶이나 수용소 안의 의사 표현의 자유가 인권 상실이라는 근본적인 상황을 바꾸지는 못한다고 지적한다. 왜냐하면 그들의 안락은 그들 자신의 권리가 아니라 다른 이들의 자비에 의한 것이기 때문이다. 그들이 도착한 땅의 사람들이 갑자기 마음을 달리 먹어 그들에게 가혹하게 한다고 해도 그들을 먹이고 보호하라고 강요할 법이 존재하지 않기 때문이다. 무국적자들에게 이동의 자유가 있다고 해서 그들이 감옥에 갇힌 죄수들을 비롯해 다른 이들 모두에게 보장된 거주의 권리를 갖는 것은 아니다. 난민은 수용소 안에서 그들의 철학적·정치적 식견에 대해 마음껏 떠들 수 있다. 그러나 그때 그들이 표명하는 의사 표현의 자유는 바보가 웅얼거릴 자유에 불과하다. 그들이 뭐라고 생각하든 그것은 그들이 우연히 당도한 그 정치체에는 전혀 중요한 것으로 간주되지 않기 때문이다. 따라서 아렌트는 다음과 같이 강조한다.

인권의 근본적인 박탈은 무엇보다 세상에서 거주할 수 있는 장소, 자신의 견해를 의미 있는 견해로, 행위를 효과적 행위로 만드는 그런 장소의 박탈로 표현되고 있다. 〔……〕 인권을 빼앗긴 사람들은 바로 이런 극단적인 궁지에 처해 있는 것이다. 그들은 자유의 권리가 아니라 행위의 권리를 박탈당했고, 좋아하는 것을 생각할 권리가 아니라 의사를 밝힐 권리를 빼앗겼다. 어떤 경우에 특권이, 대개의 경우에는 불의가, 또 축복과 저주가 우연에 따라 그들에게 할당된다. 그들이 무엇을 하고, 했고, 앞으로 할 것인지에 전혀 상관없이.

전 세계적으로 새로운 정치 상황이 출현하면서 수백만 명의 사람들이 **권리를 가질 수 있는 권리**(그것은 어떤 사람이 그의 행위와 의견에 의해 평가를 받을 수 있는 하나의 구조 안에서 살고 있다는 것을 의미한다), 그리고 어떤 종류의 조직된 공동체에 속할 수 있는 권리를 잃고 다시 얻을 수 없게 되면서, 우리는 비로소 그런 권리가 존재한다는 사실을 깨닫게 되었다. 문제는 이런 재난이 문명이 부족하거나 미개하거나 또는 단순한 폭정으로 인해 발생한 것이 아니라, 그 반대로 이 재난이 복구될 수 없다는 데 있다. 그것은 지구상에 이제 '미개한' 장소가 존재하지 않고, 원하든 원치 않든 우리가 이제 하나의 세계에서 살기 시작했기 때문이다. 완전하게 조직된 인류와 더불어 고향과 정치 지위의 상실은 인류로부터 배제되는 것과 동일하게 되었다.[56]

아렌트의 지적대로 20세기 현대 정치의 새로운 현실은 특별한 권리의 상실이 아니라 어떤 권리든 보장할 수 있는 공동체 자체의 상실이 아주

---

56 아렌트, 『전체주의의 기원 1』, 532~533쪽. 강조는 인용자.

많은 이들이 직면한 재난이 되었다는 것이다. 빈번한 전쟁의 발발 이후 생겨난 무국적자와 난민들은 이런 현대 정치의 상황을 여실히 보여 주고 있다. 아렌트 자신도 유태인으로서 1951년 미국 국적을 취득할 때까지 수많은 이들이 겪은 이 정치적 곤경을 생생하게 체험해야만 했다. 이 시기에는 국적을 취득하지 못한 사람들뿐만 아니라 이미 귀화해서 국적을 지닌 이들조차 국민으로서의 정치적 지위가 불안정해졌다. 독일은 귀화한 유태계 독일인들의 귀화 자격을 1933년 대량으로 취소했다. 벨기에나 다른 서구 국가들 역시 간단한 법령으로 귀화 자격을 박탈할 수 있었다. 많은 이들이 이미 가지고 있는 국적조차 이토록 쉽게 빼앗기고 무권리의 상태로 내던져지는 상황에서 인권을 보장해야 한다는 국제기구의 인도주의적 권고는 근본적 해결책이 될 수 없었다. 아렌트는 스스로 삶 속에서 체험해야 했던 경험들을 통해 인권의 문제에서 중요한 것이 윤리적인 시혜가 아니라 정치적 공동체의 구성임을 깨닫게 된 것이다.

그녀가 거듭 강조하는 것은 자기의 삶을 타인의 선함과 같은 우연성에 좌지우지하게 방치해 두는 삶은 인간다운 삶이 아니라는 점이다. 운 좋은 난민이 탈출한 자국의 상황보다 안전하고 편안한 상황에 놓이게 될지라도 그것은 권리를 가진 삶이 아니다. 도덕적 국가의 난민이 된 자는 선하고 자비로운 주인에게 팔려 간 노예와 다를 바 없다. 아렌트는 노예제가 인권에 근본적으로 위배되는 이유는 노예가 굶주리고 비참한 생활을 해서가 아니라고 말한다. 그것은 노예의 삶의 질과 행동의 방식이 그들 자신의 결정과 선택이 아니라 타인의 결정에 전적으로 놓여 있으며 자기를 정치적 주체로 표현할 수 있는 자리를 공동체 안에서 획득할 수 없기 때문이다. 아렌트는 일반적으로 말하는 '단지 인간'mere human으로만 존재하는 이들, 즉 공동체의 소속을 잃어버리거나 갖지 못한 이들의 권리는 추상적으로 존재

할 뿐 현실적으로는 불가능하다는 것을 20세기의 역사가 보여 주었다고
말한다.

리오타르 역시 인간의 권리는 사실상 시민의 권리로서만 현실화될 수
있기 때문에 국제 난민들의 권리는 인권의 지평에서는 결코 보장될 수 없
다고 지적하면서, 인권 개념의 난점을 피하기 위해서 새로운 개념을 제안
한다. 고통받는 이들에게 필요한 것은 인간의 권리가 아니라 비인간의 권리
이다. 공동체의 외부에 존재하는 극단적 타자들은 '비인간적인 나머지'로
서 신성한 존재이기에 우리는 그들에게 의존하고 예속되어야 한다는 것이
다. "라틴어의 sacer(사케르, 신성한)라는 말은 그와 같은 상황의 이중적 의
미를 나타내고 있다. 즉 이 말은 대화 공동체의 이해관계에서 배제된 비인
간적인 나머지라는 의미, 그리고 그와 동시에 아마도 타자가 남겨 놓은바,
경외할 만한 표시라는 의미를 나타낸다."[57]

리오타르의 이론에서 우리가 주목해야 할 것은 타자에 대한 예속이 실
질적으로 의미하는 바이다. 신성한 것으로 이해된 타자성은 우리의 대화
공동체에 속한 것이 아니기 때문에 우리는 타자의 목소리를 들어도 그것을
이해할 수가 없다. 그러므로 "침묵 속에서 우리는 그것의 목소리를 듣고 통
역해서 발언자들의 공동체에 전달하려고 각고의 노력을 한다".[58] 이 경우
타자에 대한 예속은 우리가 대화 공동체에 타자들의 목소리를 통역하고
전달해야 한다는 것을 의미한다. 선한 의도로 가득 찬 이 신성한 윤리 속에
서 타자는 철저히 무력하고 수동적인 피해자의 형상으로 나타난다.

랑시에르는 타자의 목소리를 대변하는 자가 필요하다는 리오타르의

---

57 장-프랑수아 리오타르, 「타자의 권리」, 스티븐 슈트·수잔 헐리 엮음, 『현대사상과 인권』, 민주
    주의법학연구회 옮김, 사람생각, 2000, 184쪽.
58 같은 글, 184쪽.

인도주의를 통해서 '윤리적 세계화'라는 사건이 진행된다고 지적한다. 리오타르의 타자의 권리는 실질적으로는 다음과 같은 주장을 야기하기 때문이다. 비인간적 탄압을 겪고 있는 자들이 자신의 권리를 보호할 능력이 없다면 그들의 권리를 가져다가 대신 실행해 줄 권리를 다른 타자가 상속받아야 한다는 것이다. 이것은 **인도주의적 간섭의 권리**라고 불리며 인도주의적 전쟁들을 철학적으로 정당화하는 논리가 되었다.[59] 랑시에르가 보기에 타자의 권리는 일종의 비정치적인 권리로서 윤리적 세계화를 진행시키고 궁극적으로는 비정치적 세계화를 진행시키는 기능을 할 뿐이다. 왜냐하면 이 권리는 인민의 자치라는 정치적 원리, 또는 스스로 정치적 이견들을 형성함으로써 작동하는 인민의 권리를 통제하고 무화시키면서, 자신의 절대적 권리를 주장하는 거대 열강들의 권리로 변질될 가능성이 있기 때문이다.[60] 그 변질의 결과, 세계는 다양한 정치적·경제적 견해를 지닌 '여럿의 인민들'이 이견을 제출하는 과정에서 갈등을 표현하고 해결하는 정치적 불일치의 장소가 아니라 선과 악의 이분법적 충돌 속에서 희생자를 구출하려는 '경찰' 국가가 '범죄자' 국가를 추격하는 장소로 변모한다. 여기서 모든 정치적 이견들은 말소되고 만다.

이런 점에서 랑시에르는 아렌트가 『전체주의의 기원』에서 보여 준 정치철학적 문제의식으로 되돌아갔다고 할 수 있다. 난민들에게 타자의 권리를 말하는 것은 선함을 말하면서 사실은 어떤 공동체에 막 진입한 사람들에게 노예의 상태를 부과하고 권리의 가능성을 완전히 박탈하는 것이

---

59 Jacques Rancière, "Who is the Subject of the Rights of Man", *South Atlantic Quarterly*, vol.103, no.2-3, 2004, pp.307~308.
60 자크 랑시에르, 「민주주의와 인권」, 랑시에르 방한 서울대학교 강연문, 박기순 옮김, 2008. 12.2.

다. 더욱이 자치권을 지닌 다른 국가의 국민들에게 타자의 권리를 보장해 주겠다고 말하는 것은 정치적 공동체의 구성원으로서 지니고 있던 권리를 박탈하는 것에 다름 아니다. 지젝은 자신의 권리를 주장할 수 없는 무력한 타자인 이라크 어린이들과 여자들의 권리를 위해 이라크에 군사적 침입을 감행한 미국의 이율배반을 지적했다. "이라크가 이란과 전쟁할 때 미국이 전적으로 사담 후세인을 뒤에서 후원하던 15년 전쯤 사담의 대량살상무기 사용과 그의 다른 위협들에 대해 경고했으나, 미국의 국가기구에 의해 무시당했던" 이라크 안과 밖의 사람들이 있었다. 그러나 "이제 그들은 잔인한 범죄자이자 독재자 사담이라는, 주문을 밖으로부터 들어야만 한다. 사담이 전범이라는 주장의 문제는 그것이 거짓이라는 말이 아니라, 미국 행정부가 사담의 정권 장악에 대한 스스로의 책임을 인정하지 않은 채 그것을 말할 자격이 없다는 것이다".[61] 결국 미국은 타자의 목소리, 즉 이라크 인민의 목소리를 무시하고 자신들이 악의 화신의 자리에 등극시켜 놓은 사담 후세인을 이제야 비로소 타자의 목소리를 들을 수 있게 되기라도 한 것처럼 타자의 이름으로 처단하는 것이다. 이러한 인도주의의 자의적 경청에서 발생하는 것은 결국 타자의 노예 상태로의 전락 혹은 자치권의 박탈일 뿐이다.

5) 미학의 정치를 향하여

랑시에르는 '미학의 정치'를 제안함으로써 정치에 대한 기존의 접근 방식을 비판한다. 단지 의회 체제 속에서 합의를 통한 활동만으로 정치적 공동

---

61 지젝, 『시차적 관점』, 567쪽.

체가 활성화되었다고 보는 것은 한계가 있다. 이런 믿음을 전제로 하는 정치학은 의회적 절차가 새로운 감각적 분배를 촉진시키기보다는 기존의 경제적·정치적 권력관계의 생산과 순환을 유지시키는 경향이 크다는 사실을 외면한다. 가령 미국에서 한국 교민들의 권익 향상을 위해 발언할 수 있는 한국인 연방의원이 나오기는 쉽지 않다. 지역구 선거가 실시되는 상황에서는 밀집지역이 있어야 정치적 진출의 기회를 가지는 것이 용이해지는데, 한국 교민의 경우 수는 많음에도 불구하고 백인 밀집지역이나 흑인 밀집지역과 같은 한인 밀집지역이 존재하지 않기 때문이다. 또한 교민 중 시민권자가 아닌 이들의 비율이 높을 뿐 아니라, 시민권자들조차도 투표에 참여하는 것이 쉽지 않다. 미국은 한국과 달리 투표일이 공휴일이 아니어서 경제적·교육적 수준이 낮은 계층의 투표율은 상대적으로 저조할 수밖에 없다. 또한 선거 과정에 드는 막대한 비용은 특정한 계층의 대표들만이 후보로 나설 수 있는 확률을 높인다. 이런 점들은 의회적 절차를 넘어서 새로운 감각적 분배에 직접적으로 관여하는 미학의 정치를 사유해야 할 필요성을 보여 준다.

정치에 대한 또 다른 잘못된 접근 방식은 첨예한 정치적 문제를 모호한 윤리적 문제로 흐리는 것이다. 정치적 투쟁이 필요한 곳에서 이미 존재하는 감각적 분배의 부도덕성만을 윤리적으로 관조하는 것은 한계를 갖는다. 랑시에르는 특정한 새로운 분배 활동을 위한 투쟁을 벌이는 대신 선량한 이들의 도덕감을 이용해 사태를 봉합하려는 정치적 시도들을 비판한다. 경제적 약자들이나 다양한 이유로 소외된 자들에 대한 기부와 보살핌의 윤리적 배려는 그 자체로는 아름다운 것이지만 사태의 해결을 전적으로 그것에만 의존하려는 시도는 사실상 정치의 소멸이라는 부정적 결과를 가져온다. 이런 시도는 신자유주의적 경제정책은 그대로 유지한 채 기부

문화의 확산이나 모호한 공동체감에 호소하는 화해와 타협의 정치 등으로 경제적·사회적 불평등이 해소될 수 있다며 시민들에게 숭고한 희생을 당부하는 정당들에게서 쉽게 발견된다. 그러나 랑시에르가 보기에 정치는 새로운 감각의 분배를 창조할 이견적 활동을 전제하며 이 불화의 활동 속에서 새로운 방식으로 일치를 만들어 가는 미학적 활동이다. 이견과 공통 감각, 즉 불일치와 일치의 활동은 본질적 긴장을 이루면서 감각적 분배를 둘러싼 다양한 정치적 활동을 형성해 간다. 이러한 미학적 정치는 윤리라는 이름을 교묘히 악용하여 오히려 기존의 세력 배치를 공고화할 뿐인 국가 질서와 국제 질서에 대항한다. 그것은 정치적 감수성에 의거한 저항 활동들에게 정당한 위치를 찾아 주고 이견을 생산하는 다양한 활동들을 창조하려고 한다.

5장

미학적 아방가르드의 모델

1. 미학·정치·윤리의 관계 설정

플라톤의 '시인 추방론'이 보여 주듯이 서양의 고전적 사유에서 미美는 윤리의 지배 아래 관리되어야 하는 위험한 대상이었다. 미가 윤리의 지배로부터 해방된 것은 근대의 분과주의적 사유를 통과하면서부터이다. 진·선·미를 추구하는 과학(학문)과 윤리 및 예술의 영역 구분을 통해서 미는 비로소 윤리와 무관한 독립적인 영역을 갖게 되었다. 그러나 독일의 현대 미학자 볼프강 벨슈Wolfgang Welsch는 근대 미학에도 윤리적 계기가 불가분하게 포함되어 있다고 주장한다. 그는 Ästhetik(미학)를 Ästhet/hik(미/윤리학), 즉 Ästhetik(미학)와 Ethik(윤리학)의 결합으로 간주하면서 심미적인 것의 중심에는 본래부터 친숙한 윤리적 명령이 들어 있음을 강조한다.[1] 심미적인 것에 대한 추구는 먹고 마시는 것 등 동물적 즐거움을 주는 '직접적으로 감성적인 것'unmittelbar-sinnlichen을 넘어서 '좀더 고차적으로 감성적인 것'höher-sinnlichen으로 나아가라는 윤리적 명령의 내재성을 보여 주는 것

---

1 볼프강 벨슈, 『미학의 경계를 넘어서』, 심혜련 옮김, 향연, 2005, 116쪽.

에 다름 아니라는 것이다. 벨슈는 피아노 노빌레piano nobile라는 건축 용어를 사용해서 이 점을 설명한다. 피아노 노빌레는 심미적 목적을 위해 1층의 공간을 비워 두고 2층부터 건물이 시작되는 건축 양식을 가리킨다. 피아노 노빌레처럼 "대상들을 필요나 유용성에 의해서 판단하지 않고" 기초적 요구를 진정시킨 후에 반성적 즐거움의 기준들을 향유하는 건물의 2층이 '취미'Geschmack이다.[2] 그러므로 심미적인 것의 추구, 이른바 상승의 명령을 포기하지 않는 한, 미학은 아리스토텔레스가 말하는 동물적 삶으로서의 조에zoe를 넘어서 좋은 삶을 추구한다는 윤리학적 요구로부터 자유로울 수 없다는 것이다.

그러나 벨슈의 이런 관점과 달리 윤리로부터의 거리 두기를 미학의 가장 중요한 계기 중 하나로 삼고 있는 일군의 이론가들이 있다. 문학·예술·미학과 윤리의 관계에 대해 논의하는 현대적 담론들에 영향력을 행사하고 있는 모리스 블랑쇼, 발터 벤야민, 자크 랑시에르 등이 그들이다. 블랑쇼는 『밝힐 수 없는 공동체』La Communauté inavouable에서 일종의 문학적이고 정치적인 공동체로서 '연인들의 공동체'를 언급한다. 그는 중세 이후 유럽의 가장 유명한 연애담인 「트리스탄과 이졸데」, 그리고 뒤라스Marguerite Duras의 단편소설 「죽음에 이르는 병」La Maladie de la mort을 분석하면서 연인들의 공동체는 '윤리를 모르는 사랑'으로 이루어져 있다고 말한다. "차라리 창조 이전의 혼돈 상태, 끝없는 밤, 바깥, 근본적 동요"[3]를 불러오는 사랑이 두 작품 속의 연인들이 보여 주는 사랑이며, 이 사랑이야말로 문학적 공동체를 활성화하는 힘이라는 것이다. 적국의 남녀 간의 사랑, 혹은 백모

---

2 같은 책, 39~40쪽.
3 모리스 블랑쇼, 「밝힐 수 없는 공동체」, 모리스 블랑쇼·장-뤽 낭시, 『밝힐 수 없는 공동체, 마주한 공동체』, 박준상 옮김, 문학과지성사, 2005, 66쪽.

와 조카의 사랑(「트리스탄과 이졸데」), 그리고 동성애 남자와 이성애 여자의 사랑(「죽음에 이르는 병」)은 윤리의 관점에서 보자면 불가능하고 금지된 사랑이다. 그것은 비윤리적이지만, 블랑쇼는 그 비윤리성이야말로 문학적인 것이라고 말한다. 문학은 윤리와 무관할 뿐만 아니라 윤리에 반反해야 한다.[4]

윤리와 미학의 대립이라는 관점은 블랑쇼에 앞서 벤야민의 글에서 비교적 분명하게 나타난다. 벤야민은 「초현실주의」Surrealism에서 초현실주의자들을 좌파 부르주아 지식인들과 비교하면서 초현실주의 미학의 본질적 특징을 규정하려고 한다. "좌파 부르주아 입장 전체에서 특징적인 점은 이상주의적 도덕을 정치적 실천과 구제 불가능하게 연계하고 있다는 점"이다. 벤야민은 이를 무력한 타협이라고 비판하면서 초현실주의자들을 높이 평가한다. 그에 따르면, 초현실주의자들은 "정치에서 도덕적 메타포를 추방하는 일"을 의미하는 전 방위적 염세주의의 실현을 그들의 미학적 과제로 상정한 자들로서, "정치를 온갖 도덕화하는 딜레탕티슴에 대항"하면서 좌파 부르주아들의 "자유주의적이고 도덕적·휴머니즘적으로 낡아 빠진 자유의 이상을 처치해 버린 최초의 사람들"이다.[5]

윤리와 미학의 관계에 대한 벤야민과 블랑쇼의 입장은 벨슈의 입장과 단순히 대립하는 듯이 보이지만, 정치의 문제를 고려할 경우 이들의 입장은 다소 복잡한 양상을 띤다. 벤야민과 블랑쇼는 미학을 윤리에 대항하게

---

4 블랑쇼는 문학을 윤리와 대립하는 것으로 보면서도, 대학 시절부터 우정을 나눠 온 레비나스(Emmanuel Levinas)의 '윤리' 사상과의 충돌을 피하기 위해 레비나스가 말하는 윤리는 법보다는 불가능한 사랑의 정념에 좀더 가까운 것이라고 부연한다. 한계와 다함이 없는 초과의 윤리적 책임성이란 법에 의해서는 무수한 예외와 비-일반으로 선언될 수 있다는 점에서 불가능한 사랑과 유사하다는 것이다(블랑쇼, 「밝힐 수 없는 공동체」, 70~71쪽).
5 발터 벤야민, 「초현실주의」, 『발터 벤야민 선집 5』, 최성만 옮김, 길, 2008, 158~162쪽.

함으로써 정치와 연결시키는 반면, 벨슈는 미학이 근본적으로 윤리에 연루됨으로써 사실상 정치와 불가분의 관계를 맺을 수밖에 없다고 주장하기 때문이다. 벨슈의 이러한 주장은 좋은 삶은 정치적 삶을 의미한다는 아리스토텔레스의 윤리학으로부터 도출된 결론이다. 이해의 편의를 위해 도식화를 감행하자면, 벤야민과 블랑쇼는 '미학(=정치)≠윤리'를 주장하는 반면, 벨슈는 '미학=윤리(=정치)'를 주장하는 셈이다. 양자 모두 미학과 정치는 불가분의 관계에 있다는 데 동의하기 때문에, 양자의 차이는 단지 윤리에 대한 태도에 있는 듯이 보인다. 그러나 윤리에 대한 이해의 차이는 그들이 미학과 불가분의 관계에 있다고 간주하는 정치를 우리가 어떻게 이해해야 할지에 영향을 미친다는 점에서 이 문제는 단지 윤리의 문제로만 국한되지 않는다.

미학과 연루된 또는 대립하는 '윤리'에 대한 고찰은 흔히 미학적 실험을 통해 문학과 예술을 갱신하는 것으로 평가받는 미적 아방가르드[6] 시인

---

6 일반적으로 한국 문단에서 아방가르드 시인은 "가장 진보한 예술적 재료 위에서 작업"하는 "미(학)적 아방가르드"라는 넓은 의미로 정의된다(페터 뷔르거, 『아방가르드의 이론』, 최성만 옮김, 지만지, 2009, 205쪽). 가령 이경수는 뷔르거 식의 '역사적 아방가르드'와 구별되는 포괄적인 개념으로서 "아방가르드 정신을 미적 아방가르드라는 형식 속에서 잘 구현하고 있는 문학"을 아방가르드 문학이라고 명명함으로써 한국의 전위시를 해명하고자 한다(이경수, 『불온한 상상의 축제』, 소명출판, 2004, 40쪽). 주지하다시피 뷔르거가 말하는 '역사적 아방가르드'는 예술의 자율성을 의문시하면서 "예술 제도를 혁파"하고 "예술 생산을 현실을 형성하는 행위로" 만들려는 충동을 가졌던 20세기 초의 아방가르드 예술가들을 가리킨다(뷔르거, 『아방가르드의 이론』, 210쪽). 뷔르거는 이런 의미의 '역사적 아방가르드'를, 정치적 아방가르드로부터 분리되어 혁명적 사회 변혁의 전망과 무관한 예술적 실험을 강조하는 '미학적 아방가르드'의 흐름과 구분한다. 그러나 랑시에르의 관점에서 보자면, 뷔르거가 역사적 아방가르드의 충동이라고 부르는 것은 단순히 20세기 초에 등장해 '삶 속으로 예술을 지양'하려고 했던 특정 예술가 집단에만 고유하게 존재했던 것은 아니다. 오히려 랑시에르는 도래할 새로운 삶의 형식을 발명하는 실러적 모델의 아방가르드를 '미학적 아방가르드'로 정의하면서, 이를 뷔르거의 주장처럼 나타났다 어렵게 실패로 끝나 버린 '역사적인' 예술 운동이 아니라 아방가르드 운동에 내재하는 두 극 중 하나라고 규정한다. 또 다른 극은 역사적 변화의 방향을 규정하며 정치적 방향 설정을 선택하는 전략적 아방가르드의 충동이다. 따라서 랑시에르는 정치적 아방가르드와 미적 아방가르드가 구분되는 것이 아니라, 정치적 아방가르드의 이념 자체가 아방가르드의 미적 개념과 전략적 개념으로 분

들의 미학 속에 잠재한 새로운 모럴의 가능성을 탐색하는 데에 도움을 준다. 이 작업을 위해서는 다음의 과제들을 수행해야 한다. 첫째, 랑시에르의 미학적 사유 속에서 윤리와 모럴이 어떻게 구분될 수 있는지를 검토하고, 둘째, 미학적 모럴을 단순히 예술적 실험으로만 한정하는 사유의 전제가 되는 문학적 실험과 현실참여의 완고한 이분법을 구체적 사례들 속에서 비판적으로 검토해야 한다. 그리하여 양자 사이에는 이분법적 구분보다는 오히려 '침입'의 사건이 발생하고 있음을 밝혀야 한다. 셋째, 말라르메Stéphane Mallarmé의 시학에 대한 랑시에르의 논의를 분석함으로써 침입의 사건을 야기하는 시인의 모럴을 검토할 필요가 있다.

2. 문학의 '윤리'와 '모럴'

1장에서 설명했듯이 랑시에르는 『감각적인 것의 분배』에서 미학의 세 가지 체제(윤리적 체제, 시학적 체제, 미학적 체제)를 분류하면서 윤리적 체제에 대해 비판적 입장을 취한다. 또한 『미학 안의 불편함』에서는 문학의 윤리화에 대한 거부 의사를 강력하게 표명한다. 그는 숭고의 미학에서 드러나는 예술의 윤리화 경향을 '숭고의 윤리학'으로 규정하면서 숭고의 윤리학을 넘어 '미학의 정치'로 나아갈 것을 요구한다. 이런 점에서 그는 블랑쇼나 벤야민처럼 윤리에 대립하는 미학을 이야기하고 이를 정치와 연관시키는 입장을 택하고 있다. 그런데 문학이 정치적이되 윤리적이어서는 안

할되고 있다고 말하는 것이 더 타당하다고 본다(자크 랑시에르, 『감성의 분할』, 오윤성 옮김, 도서출판b, 2008, 39~40쪽). 이 장에서는 특별한 설명이 없는 한, '미학적 아방가르드' 개념을 감각적인 새로움을 지향하는 실험적 예술가들이라는 광의의 의미로 사용하면서, 이 개념 규정하에서 어떠한 시적 모럴의 정립이 가능한지를 보이고자 한다.

된다는 주장은 오해를 야기하기 쉽다. 일반적으로 문학은 윤리적이어야 하고 바로 그러한 윤리의 일환으로 정치적일 것을 요구받기 때문이다. 따라서 어떤 미학적 입장이 윤리에 대립하거나 저항해야 한다는 말은 순수모더니즘의 주장처럼 미학이 윤리의 영역과 엄격하게 구분되고 무엇으로도 결코 침범당하지 않는 예술의 자율성 영역을 확보해야 한다는 의미로 이해되는 경향이 있다. 이렇게 이해될 경우, 미학과 친화적인 정치란 미학의 자율성을 보장하고 강화하는 데에만 기여하는 정치로서 우리가 일상적으로 정치라고 간주하는 구체적 활동들과는 관계 맺을 수 없는, 또는 관계 맺어서는 안 되는 특수한 활동이 되고 만다. 만일 예술이 정치 영역 혹은 삶의 영역과 구체적으로 관계 맺는다면 미학의 고유한 기준이 또다시 윤리의 지배 아래에 놓이게 되기 때문이다.

순수모더니즘의 관점과는 다르게 윤리와 절연하는 미학을 이해하는 또 다른 방식이 존재한다. 랑시에르의 윤리 개념에 대한 논의가 중요성을 갖는 것은 그 새로운 이해 방식을 제공하기 때문이다. 그는 미학과 정치에서 유행하는 윤리적 경향을 지적하면서 우선 윤리와 모럴을 구분한다. 흔히 탈근대적 사상가들이 '모럴'moral이라는 단어보다 호감을 가지고 사용하는 '윤리'ethics 개념을 그는 전혀 다른 의미로 사용한다. 윤리는 평가하고 선택하는 행동 원리를 이미 존재하는 삶의 양식ethos에 용해시켜 버리는 체류 행위에 불과하다는 것이다.[7]

'윤리'가 부정적 뉘앙스로 사용되는 구체적 실례를 우리는 최근 다국적 기업에서 판매하는 생수 이름에서 발견할 수 있다. 젊은 세대가 가장 많이 이용한다는 커피 브랜드 스타벅스는 윤리적 기업이라는 이미지를 드높

---

7   자크 랑시에르, 『미학 안의 불편함』, 주형일 옮김, 인간사랑, 2008, 172쪽.

이기 위해 '착한' 상품 하나를 내놓았다. 생수업체를 통째로 인수하여 1달러 80센트짜리 비싼 생수를 개발하고, 고객들이 그 생수를 구매하면 그 가운데 5센트의 금액이 아프리카와 아시아의 어린이들이 깨끗한 물을 마실 수 있도록 하는 자선사업에 돌아가게 하였다. 물 팔아 돈도 벌고 브랜드 가치도 높이며 소비 과정에서의 소비자들의 윤리적 만족도도 높여 주는 이 일석삼조의 상품에 붙은 상품명이 바로 '에토스'이다. 여기서 윤리ethos는 현존하는 상품 체계(사회·정치 체계)의 구획들을 전혀 바꾸지 않으면서, 부당한 세계의 변화를 원하는 이들의 소박한 열정을 상품 판매 시스템 속에서 용해시켜 버리는 행위이다. 랑시에르는 이러한 윤리 개념에 정확히 대립하는 것으로서 모럴이라는 개념을 사용한다. 모럴이란 선과 악에 대한 관습적 해석들에 대항하여 새로운 감각적 분배를 만들어 내는 정치적 활동을 의미한다.

윤리와 모럴의 구분을 염두에 둔다면, 랑시에르뿐만 아니라 벤야민이나 블랑쇼가 미학과 윤리를 대립시켰던 의도가 분명해진다. 그들이 가장 경계하고 나아가 거부하고자 하는 것은 사회적으로 승인된 소박한 소시민적 윤리의식을 담지하는 데 만족하는 예술작품이다. 이 이론가들의 관점에서 보자면 예술작품 안에 들어 있는 소박한 윤리적 전언은 오히려 사회의 불합리를 은폐하고 부분적으로 보수하여 현존하는 질서를 유지하는 데 기여할 뿐이다. 사회의 계급적·정치적 균열을 윤리의식에 호소해서 봉합하고 극복하려는 작품들은 정치를 윤리화하는 딜레탕티슴에 빠진 것에 불과하다. 그런 작품들보다는 오히려 벤야민이 초현실주의에 대해 표현한 바대로 "악에 대한 숭배"[8]가 느껴질 만큼 기존의 윤리와 감각에 이질감을

---

8 벤야민, 「초현실주의」, 158쪽.

불러일으키는 작품들이 진정으로 정치적이다. 윤리에 대한 랑시에르의 이런 관점에 공감하는 비평적 입장들은 발산과 분열의 상상력을 가지고 감각적 실험을 수행하는 미학적 아방가르드 시인들을 옹호하면서 당연히 랑시에르의 미학의 정치에 대한 긍정적 평가로 나아갈 수밖에 없다.

최근 이러한 긍정적 평가와 관련해서 가장 빈번히 언급된 것은 문학의 정치란 작가의 현실참여나 참여문학을 의미하는 것이 아니라는 랑시에르의 주장이다. 그런데 이로부터 다음과 같은 이해가 확산되었다. '작가의 현실참여나 참여문학이 문학의 정치가 아니라면 문학은 지극히 문학적인 방식으로 정치적이어야 한다. 즉 문학은 문학만의 고유한 정치성을 가져야 한다.' 이러한 이해는 암암리에 문학과 정치 사이의 분명한 경계, 문학과 비문학적인 것 사이의 고정적인 경계를 전제하고 있다. 그러나 이런 방식으로 문학의 정치성을 이해할 때, 이는 정확하게 랑시에르가 일종의 '윤리화'로서 거부했던 어떤 사태로 다시 돌아가 버리는 결과를 낳는다. 이런 관점이야말로 문학과 비문학을 분할하는 관습적 에토스를 그대로 승인하는 것이기 때문이다.

이러한 곤경에 대한 쉬운 해결책이 있다. 문학은 문학적 실험으로서 감각적 분배 방식을 파열시켰고, 또 그 파열을 수행했다는 점에서 습속으로서의 윤리를 넘어선 문학의 모럴을 실현한다. 그러나 이 모럴이 습속의 윤리로 환원되지 않기 위해서 문학은 다만 문학으로만 남아 있어야 하고, 문학이 아닌 것, 즉 일상적 삶이 되어서는 안 된다. 따라서 문학적 실험은 문학이 문학 아닌 것이 되기 직전에, 즉 문학의 고유성이 흐려지기 직전에 끝나야 한다는 것이다. 랑시에르가 '숭고의 미학'이라고 부르면서 비판했던 것은 바로 이런 식의 미학적 해결책이다.

숭고의 미학에 입각한 예술작품들은 감각적 파열을 통해 기존 세계의 비루하고 저열한 감각적 현실을 넘어선 어떤 것이 존재한다는 것을 윤리적으로 증언한다. 그렇지만 이 숭고의 작품들은 거대한 감각의 수용소에 대한 목격의 언어로서, '단지' 증언들로서 윤리적인 감성적 충격을 던지는 데 머물러야 한다. 그렇지 않고 삶 속으로 들어가서 실재적인 감각적 효과를 산출하고 삶의 형식이 되려고 할 경우 예술은 자본주의적 상품 유통의 전체주의나 소비에트적 이데올로기의 전체주의 양자 중 하나에 포섭될 운명에 놓이고 만다는 것이다. 랑시에르가 보기에는 바로 이러한 전체화의 두려움이 문학의 윤리성을 '단지' 감각적 증언의 영역에만 머물게 하고 실제로 삶의 왜곡된 장벽들을 향해 나아가지 못하도록 막는다.

우리는 정치적 보수주의를 표방하려는 의도를 가지고 있지 않음에도 불구하고 작가의 현실 개입을 거부하거나 개입을 오직 예외적인 경우로만 제한하는 문학적 입장들을 종종 발견한다. 이때 작가의 현실참여나 참여 문학에 대한 저항감은 정치적 보수성보다는 문학의 역량과 관련된 모종의 우려와 두려움에서 오는 경우가 더 많다. 그것은 문학이 삶이나 정치와 빈번히 접촉할 경우 문학이 가진 고유성과 순수성은 상실될 것이라는 두려움이다. 이 두려움은 문학에 대한 두 가지 이미지와 관련이 있다. 먼저, 문학은 고귀하지만 너무 허약해서 외적 영향을 감당하기 힘들다는 것이다. 따라서 외적 힘 앞에서 유린되는 것을 막기 위해서는 문학적 순수성의 울타리를 높이 세우고 문학 영역 밖으로의 외출을 금해야 한다. 또 다른 이미지는 문학의 친화력은 너무 커서 제어할 수 없다는 것이다. 그것은 아무 곳에나 달라붙어 쉽게 증식한다. 그래서 너무 쉽게 삶이 된다. 삶에 저항하는 문학의 본령을 생각할 때 문학의 '문학 아닌 것', 즉 삶으로의 진입은 타락이다. 그러므로 다시 문학의 외출은 금지된다.

문학의 역량에 대해 어떤 식의 이미지를 갖든, 문학의 역량에 대한 회의는 문학의 정치성이 문학이라는 구분된 영역의 내부에 기입되어야 한다는 결론을 이끌어 낸다. 이런 결론하에서는 아무리 랑시에르의 개념을 빌려 감각의 자율성을 강조한다고 할지라도 그것은 언제나 예술사 속에서 **예술적 실험의 방식으로만** 수행되는 자율성으로 제한될 뿐이며, 감각의 자율성을 통해 습속화된 삶에 저항함으로써 새로운 삶의 형식들을 창안하려는 미학적 기획에 대해서는 거리를 두게 된다. 그러나 랑시에르는 문학과 예술의 역량에 대한 강력한 긍정 속에서 문학의 '삶에 저항하기'(미학적 자율성)와 문학의 '삶-되기'(미학적 타율성)가 모두 가능하다고 확신한다. 그가 보기에 숭고의 미학은 문학의 삶-되기라는 예술적 벡터를 무시한 것이다. 문학은 고발과 저항의 역량을 발휘할 뿐만 아니라 "도래할 삶의 물질적 틀들과 감각적 형태들의 발명"을 수행한다는 점에서 삶의 형식을 만들어 낼 수 있는 역량을 가지고 있다.[9]

랑시에르가 기성의 삶을 비판하고 그것에 저항하려는 저항의 벡터를 지닌 문학의 정치는 단순히 현실참여나 참여문학을 의미하는 것은 아니라고 주장한 것은 사실이다. 그에게 정치란 합의 또는 일치를 통해 형성되었다고 간주되는 공동체에 매 순간 불일치를 가져오는 활동이다. 또한 정치는 일종의 탈정체화의 과정이며 이 과정을 통해 일종의 불가능한 동일시를 형성하는 활동이다. 이러한 정치 개념은 정치를 의회민주주의의 선거 절차와 같은 특정 절차와 국가 법질서로 환원시켜 몇 가지 승인된 합법 활동으로 국한하려는 태도[10]를 극복하기 위해 제안된 것이다.

---

9 랑시에르, 『감성의 분할』, 39쪽.
10 이런 태도는 민주주의를 수호하기 위한 불가피한 조건으로 간주되는 경향이 있다. 그러나 역사적 사례들은 민주주의의 실현이 절차의 준수로 환원되지 않음을 잘 보여 준다. 이에 대해 하워드 진은 다음과 같이 이야기한다. "만일 우리가 법에 대한 불복종을 허락한다면, 우리는 무정부상태에 빠질 것이다. 이런 관념은 모든 나라 국민에게 주입되고 있다. '법과 질서'는 통상

불일치의 흐름을 소거하며 비가시화하는 활동을 랑시에르는 '치안'이라고 부른다. 이러한 종류의 치안 활동은 의회민주주의 국가뿐 아니라 사회주의 국가에서도 수행되었던 것이며, 문학이 이러한 종류의 치안 활동에 동원되었던 사례 역시 어렵지 않게 찾아볼 수 있다. 랑시에르는 문학의 정치를 참여예술이라는 이름 아래 수행되는 치안 활동을 위한 문학적 동원과 구분하고자 한다. 문학의 정치에서 문제가 되는 것은 현실참여나 개입의 여부가 아니라 그 참여와 개입이 '불일치'를 가져오는지의 여부이다. 따라서 랑시에르가 참여문학과 거리를 두는 문학의 정치를 강조하는 근본 의도는 문학의 고유한 정치라는 개념 아래 예술사적 문학 실험이 아닌 모든 참여와 개입에 거리를 두려는 데 있는 것이 아니라, **참여와 개입의 '벡터'를 표시하는 데 있는 것**으로 이해해야 한다.

이렇게 이해될 때 오히려 문학의 정치는 기존의 정치 영역에서 의제화되지 못한 목소리들을 듣고 비명을 지르는 존재들을 기억하고 가시화함으로써 불일치를 창조하는 광범위한 활동을 의미한다. 그것은 형식적으로만 민주주의를 연명시키고 있는 의회주의의 한계를 문학적 상상력을 통해 넘어서고 정치와 삶에 대한 새로운 감각을 환기시키는 재현 방식을 발명

쓰이는 경구이다. 이것이 모스크바든 시카고든, 시위가 있는 곳이면 어디든 경찰과 군대를 투입하며 쓰는 바로 그 경구이다. (……) 이 경구는 시민들이 정부에 대해 강력한 불만을 품고 있지 않는 한, 무질서를 우려하는 대다수 시민들에게 호소력을 가진다. 1960년대에 하버드 법대생은 부모님과 졸업생들 앞에서 이런 연설을 했다. '우리나라의 거리들은 혼란에 빠져 있습니다. 대학들은 폭동과 소요를 일삼는 학생들로 가득 차 있습니다. 공산주의자들은 우리나라를 호시탐탐 파괴하려 하고 있습니다. 러시아는 완력을 동원해 우리를 위협하고 있습니다. 그리고 국가는 위험에 처해 있습니다. 그렇습니다! 안으로부터의 위험, 또 외부로부터의 위험, 우리는 법과 질서가 필요합니다. 법과 질서 없이 우리는 살아남을 수 없습니다.' 긴 박수소리가 이어졌다. 박수소리가 잦아들자, 그 학생들은 청중들에게 조용히 말해 주었다. '지금 말한 것들은 1932년 아돌프 히틀러가 연설한 것입니다'"(하워드 진, 『오만한 제국』, 이아정 옮김, 당대, 2001, 197쪽).

하려 한다는 점에서 '모럴'을 지닌 문학이다. 랑시에르는 투표하는 것 이상으로 정치적일 것을, 정치적 어젠다로 확정된 것 이상으로 불일치를 수행하는 정치적 활동을 수행할 것을 요구한다. 그리고 이러한 불일치의 활동을 수행하는 과정 속에서 기성의 감각적인 분배 체계에 대한 비판과 증언을 넘어 새로운 분배의 양식을 발명하고 생산하라는 재현의 임무를 미학적 아방가르드에게 부과한다.[11] 이것이 바로 문학의 모럴이다. 문학은 어

---

11 백지은은 "랑시에르가 말하는 정치성이란 기존의 지배 담론 체계에서 특정한 이데올로기를 옹호하거나 공격하는 데 있는 것이 아니라, 실제로 그 지배적 담론 체계를 **파열**"시키는 데 있다는 나의 주장에 대해(진은영, 「감각적인 것의 분배」, 『창작과비평』 142호, 2008, 78쪽. 강조는 인용자), "기존 체계에 대한 ('옹호'는 몰라도) '공격'과 '파열'은 분명 상통한 태도"가 아닌지를 물으면서 "이런 사소한 겹침들이 초래하는 논리적 혼동"으로 인해 랑시에르의 논의가 단순한 "미적 자율성"의 지지 논리로 간주되는 경향을 지적하고 있다(백지은, 「"문학과 정치" 담론의 행방과 향방」, 『비평문학』 36호, 2010, 114쪽). 백지은의 지적대로 논리적 혼동이 있어 왔다. 그러나 나는 이것이 단순한 **논리적 혼동**이라기보다는, 공격과 파열의 차이를 실감 있게 구별하기 어려운 한국 사회의 **정치적 감수성**에서 불가피하게 기인한 것이라고 생각한다. 랑시에르의 논지를 분명히 이해하기 위해, 프랑스에서 조스팽 좌파 정권이 집권했을 당시 이민법이 어떻게 개정되었는지를 예로 들어 보자. 좌파 정권은 이전 정권의 대대적인 이민자 추방 정책 대신에 4만 명에 달하는 이민자의 지위를 합법화하는 혁신적인 법안을 내놓았고 이로 인해 우파로부터 큰 공격을 받았다. 그러나 이 법안에 대한 옹호나 지지(즉 우파 이데올로기에 대한 공격)만으로는 지배적 담론 체계의 파열을 가져오기 힘들다. 조스팽 정권을 옹호하면서 그 법안을 지지한 이들은 그 법안 자체가 이미 선택적 이민법의 변형태에 불과하며 그로 인해 프랑스 사회에 불필요하다고 간주된 이웃들, 즉 합법화되지 못한 이민자들을 추방하는 "제도적 인종주의"에 불과하다는 사실을 간과하고 있었기 때문이다(이에 대해서는 에티엔 발리바르, 『우리, 유럽의 시민들?』, 진태원 옮김, 후마니타스, 2010, 85~97쪽을 참조). 이런 식의 의제화로는 들리지 않는 이민자들의 비명을 가시화시킬 수 없다. 많은 프랑스인들이 "프랑스가 세계의 모든 비참을 수용할 수는 없다"라는 사회당 소속의 미셸 로카르의 말을 인용하면서 선택적 이민 정책을 옹호했지만, 랑시에르는 세계의 비참에 대해 "말하고, 그것과 함께 말하며, 그것과 같이 이름들, 독특성들, 새로운 다수성들을 발명하는 말하기의 독특성에 눈뜨는 법"을 배워야 한다고 주장한다(자크 랑시에르, 『정치적인 것의 가장자리에서』, 양창렬 옮김, 길, 2008, 213쪽). 이런 점을 고려한다면 "이미 특정한 방식으로 분배되어 있는 정치 세력의 장 안에서 하나의 세력을 재현하는 방식", 즉 특정 법안에 대한 옹호나 지지는 그저 정도의 차이일 뿐, 보이지 않던 자를 보이게 하는 감각적인 것의 새로운 분배, 즉 파열과는 전혀 무관한 것이다.
    백지은은 이주노동자와 비정규직노동자들의 투쟁을 지지하려고 했던 시인의 고민을 언급한다. 이런 경우 이미 특정한 방식으로 분배되어 있는 현재 정치 세력의 장 안에서 시인이 지지하고 싶은 세력이 있다면, 시인이 기어코 문제 삼는 것은 "하나의 세력으로 재현하는 방식"에서 '하나의 세력'이 아니라 '재현하는 방식'이다(백지은, 「"문학과 정치" 담론의 행방과 향방」, 117쪽). '문제는 재현 방식'이라는 백지은의 지적은 랑시에르의 가장 중요한 논점을 건드리고 있

떤 구획이나 경계를 불변하는 것으로 만드는 것이 아니라 그것을 넘어서고, 항상 자신과 비문학적인 것으로 규정된 것들 사이에서 진동하면서 기묘한 것을 형성해 내는 방식으로 자신의 모럴을 실현한다. 이러한 모럴은 기성의 법과 질서 안에서 현존하는 불합리와 고통들을 그저 개인의 동정이나 양심과 같은 윤리적 차원에 호소함으로써 봉합하려는 대신, 항상 다양한 정치화의 계기를 발명해 내는 지평에서 작동한다.

3. 문학적 실험과 현실참여의 '시인적' 모럴

그럼에도 불구하고 여전히 되묻게 되는 물음이 있다. 문학적 실험과 현실참여 사이에는 거리가 있으므로 모럴을 이야기하더라도 문학적 실험의 모럴과 현실참여의 모럴은 구별되어야 하지 않느냐는 것이다. 최근의 두 가지 작업을 사례로 들어보자. 하나는 미학적 실험의 사례로서 6명의 시인들이 두 명씩 조를 이루어 상대 시인의 시에서 나온 단어 30~40여 개를 활용하여 시를 쓰는 작업이다.[12] 다른 하나는 용산참사 현장을 방문하고 그

다. 대공업 직종의 남성 정규직노동자들이 노동자 계급의 보편적 이해를 대변한다는 정통 맑스주의적 입장에 입각한 특정한 방식의 문학적 재현에 대해 비판하는 것이 새로운 것은 아니다. 그러나 이런 보편적 재현 방식에 대한 회의가 재현 일반에 대한 회의로 이어져 결국 재현 불가능성에 대한 확신으로 귀결되는 미학적 논의를 랑시에르는 비판한다. 랑시에르가 보기에 재현 불가능성은 특정한 재현의 규범에 의한 금지 상태를 의미할 뿐이다. 즉 이러저러한 방식으로만 재현이 가능하고 다른 방식으로는 재현해서는 안 된다는 금지, 혹은 이런 재현은 제대로 된 재현이 아니라는 식의 판결일 뿐이다(랑시에르, 『미학 안의 불편함』, 193~194쪽). 창작자의 고뇌는 특정 방식의 문학적 재현만을 요구하고 다른 방식의 재현은 결코 허용하지 않는 강제적 규범이 작동하고 있음을 지각하는 순간 시작된다.

12 미디어아트와 문학의 만남이라는 주제로 기획된 문지문화원 사이의 'Media@Text Fest'를 말한다. 미디어아티스트 이태한 작가와 심보선 시인이 함께 'Text Resolution'이라는 프로젝트를 기획했다. 나는 이 프로젝트에서 심보선 시인의 시에서 나온 43개의 단어를 가지고 시를 썼다. 그 단어는 다음과 같다. 가슴, 가벼운, 감는다, 감춘, 거짓말, 고독, 그리도, 그지없다, 깊어진, 까마득한, 눈동자, 달, 떠나고, 떠올리면, 망설이는, 밤안개, 번민, 병든, 부재, 비극, 수치심, 슬프

와 관련해서 인터넷 언론에 글을 쓰는 작업이다. 시인에게 두 작업 모두 문학적으로 흥미로운 실험일 수 있다. 일반적으로 규정하자면 전자는 문학적 실험으로, 후자는 현실참여로 '분류'될 수 있을 것이다. 그렇지만 시인의 실제 창작 과정 속에서 두 작업은 쉽게 구분되지 않는다. 두 작업 모두 흔히 자유롭다고 생각되는 창작의 조건에 어떤 제한을 가한다는 점에서 일종의 문학적 실험이다. 첫번째 작업의 경우 시인은 그동안 자신이 선호해 온 익숙한 단어들을 포기한 채 다른 시인의 낯설고 다루기 몹시 까다로운 단어들로 작업을 해야 한다. 단지 40여 개에 불과한 다른 시인의 시어가 자신의 고유한 언어들과 불화하며 친숙한 상상력에 계속 파열을 일으킨다. 시인은 자신의 시어에 극도로 민감해지면서 자신이 즐겨 쓰던 언어적 질료들에 대한 성찰의 기회를 갖는다. 두번째 작업에서 시인은 용산이라는 현실적 사태에 대한 환기를 가져오면서도 그 환기 속에서 시적 감응이라고 부를 만한 것을 촉발시켜야만 한다. 창작 작업에 주어진 이 조건 역시 다른 시인의 단어 40개만큼 시인의 자연스런(정확히 말하자면 습관적인) 상상력에 파열을 가져온다. 이 과정에서 시인은 그 파열을 견디며 작업을 해야 한다. 이런 점에서 그것 역시 문학적 실험이다.

여기서 문학적 실험이란 아무런 제한 없는 상상력의 자유로운 실험이어야 하지 않는가라는 반문이 제기될 수 있다. 그러나 창작 과정에 대해 미시적 식별력을 작동시키는 순간, '제한 없는 자유로운 상상력의 실험'이란 존재하지 않는 환상임이 드러난다. 흔히 새로운 문학적 실험이라고 불리

겠는가, 습지, 심장, 어둠, 어색, 얼굴, 오로지, 완곡한, 외로워, 우울한, 운명, 웅크리고, 응시하며, 이별, 진실, 창밖, 창백, 침대, 품, 환희, 흐느껴, 흩어지고 이 단어들로 만들어진 작품이 「멜랑콜리 알고리즘」(『자음과모음』 6호, 2009)이다. 이 작품에 대해서는 이찬, 「우리 시대 시의 '예술적 짜임'과 '미학적 고원들'」, 『현대시』 2012년 6월호를 참고하라.

는 것은 시인의 작업에 무한한 자유를 부과하는 방식으로가 아니라 항상 일정한 제한을 주는 방식으로 이루어져 왔다. 이 제한은 두 가지 의미를 갖는다. 첫째는 금지로서의 제한이다. 시인 자신이 사숙했고 깊은 영향을 받은 문학사의 언어적 질료들, 상징적 황금들을 쓰지 말아야 한다는 제한, 자신이 그동안 즐겨 사용해 오던 시어들, 상상력의 자연스러운(익숙한) 스타일을 포기해야 한다는 제한, 다시 말해 문학사뿐만 아니라 시인 자신 안에 숨어 있는 '기성'의 스타일에 대한 금지이다. 이런 제한 조건을 엄수할 때만 시인은 익숙함과 구별되는 자유로움으로 나아가게 된다. 또 다른 의미는 제안으로서의 제한이다. 시인에게 다른 시어들 40개가 작품의 질료로 주어진 것과 같이 이전에는 시 속에서 활동하지 않던 거리의, 만화의, 혹은 비이성애의 단어들이 (물론 작가 스스로에 의해) 작품에 제안된다. 용산에 대한 환기를 불러일으키는 언어적 질료들, 종이가 아닌 인터넷 매체, 또는 여러 사안의 싸움이 벌어지는 광장에서의 작품 읽기가 창작의 사전 조건으로 들어오는 것 역시 창작에서는 일종의 제한이자 제안이다. 순수하게 문학적인 시는 이렇게 써야만 하고, 현실참여적 시는 저렇게 써야만 한다는 선험적 태도를 가지고서 편의주의적인 감성과 형식으로 작업에 임하지 않는 한 시인은 항상 곤경을 예감할 수밖에 없다. 그는 그 제한/제안을 받아들이는 순간 자신을 삼켜 버릴 듯 열려 있는 창작의 위기와 실패의 심연과 마주하게 된다. 그렇지만 그 심연을 두려워하지 않고 익숙한 길에서 조차 헤매는 태도를 견지하는 것이 시인의 모럴이다. 이것을 상기하는 순간 문학적 실험과 현실참여는 분류의 일반적 경계를 침입하며 만나게 되고 양자 모두가 일종의 문학적 실험의 지평에서 공존하게 된다.

동시에 문학적 실험과 현실참여는 참여의 지평에서 공존할 수 있다. 다른 시인의 시어들이 주어지는 문학적 실험 속에서 시인은 타자의 언어가 주는 질료적 저항감을 온몸으로 느끼며 언어의 형식을 만들어 간다. 이 과정에는 저항적이며 갈등을 지닌 대화가 있다. 타자의 질료와 교감한다는 점에서 이 과정은 **참여**이기도 하다. 용산참사에 대한 시를 쓸 때에도 마찬가지다. 이 참여의 작업 역시 시 속에 타자의 언어를 들여오는 것이다. 시인에게는 낯선 시어들이 불쑥 던져진다. 그 시어들은 그동안 사회과학적인 방식으로 전유되어 왔고 그래서 많은 젊은 시인들에게 문학의 외부에 있는 언어로 간주되어 온 것들이다. 이러한 참여의 과정에서 요구되는 것이 바로 시인의 모럴이다.

이 모럴은 일종의 '시민적' 모럴을 포괄하는 동시에 그것을 넘어선다. '시인적' 모럴이란 그 참여의 과정을 미학적 실험으로 재창안하려는 긴장감을 놓치지 않는 것이며, 시인은 이러한 긴장감을 놓치지 않고 매 순간을 살아가는 자이다. 시인은 밥 먹을 때도 슬퍼할 때도 사랑할 때도 시인이듯, 싸울 때도 분노할 때도 시인이기 때문이다. 바로 그렇기 때문에 세계에 존재하는 모든 것과 심지어는 세계에 존재하지 않는 모든 것에 대해 시가 쓰여질 수 있는 것이다. 미학적 아방가르드의 시학은 원칙의 차원에서 이 점을 부인할 수 없으며, 따라서 '또 다른 현실에 대한 쓰기'라는 새로운 문학적 실험으로의 참여를 거부할 이유, 적어도 미학적인 이유를 가질 수 없다. 이러한 시인적 모럴을 견지할 때 시인은 침입자로서 문학적 참여와 현실의 정치적 참여라는 감각적인 분배 방식을 파열시키게 된다.[13]

---

13 두 작업에 대한 비교와 성찰로는 심보선, 「우리가 누구이든 그것이 예술이든 아니든」, 『자음과 모음』 6호, 2009를 보라. 심보선은 이 글에서 실험적 참여와 참여적 실험의 문제를 시민적 주체와 시인적 주체의 이분법을 문제 삼는 방식으로 논의하고 있다. "시민이라는 정체성과 시인이라는 정체성의 효력을 유보하는 한에서 그것들은 정치적이고 예술적이다. 내 삶을 에워싸고 뒤흔들면서, 추상적 범주를 해체하고 익숙한 감각을 재분배하면서 각각의 체험들은 내 속에 있는 정체성 n의 값을 불확정적인 것으로 만들어 버렸다"(같은 글, 126쪽).

4. 시인과 침입자: 탈방언화에 대하여

랑시에르는 대표적인 순수 시인으로 알려져 있는 말라르메의 작품 속에서 문학의 정치가 어떻게 시인적 모럴을 통해 구현되고 있는지를 분석한다. 발레리Paul Valéry의 말처럼 말라르메의 작품들은 "너무 희귀하고 너무 난해해서 그것들을 얼핏 본 사람들은 대부분 난해함, 겉멋 부림, 의미의 빈곤이라는 삼중의 혐오적인 어법으로 그 글들을 곧 몰아붙"이게 된다. 아주 소수의 애호가만이 존재해서 이 애호가들을 "비밀결사의 입문자"라고 불러야 할 정도이다.[14] 말라르메는 "산문의 언어와 구별되는 시의 언어를, 항상 강력하게, 그리고 거의 절대적으로 유지하려는 의도"를 가지고 있었으며, "일상의 말이 운문화된 말과 다른 것만큼이나 시의 내용은 일상의 사고와 달라야" 한다고 믿었다.[15] 그러나 이로부터 사르트르Jean-Paul Sartre의 주장처럼 말라르메가 소수의 선택된 사람들을 위한 탐미주의적인 언어를 추구했다고 믿는 것은 성급한 일이다.

랑시에르는 오히려 말라르메가 시적 황금을 보존하는 문학적 상아탑에 숨기보다는 침입자로서의 시 쓰기를 수행하고 있다고 본다. 시인으로서 말라르메의 위치는 해방된 노동자의 위치와 동일하다. 해방된 노동자는 낮에는 노동하고 밤에는 내일의 노동을 위해 휴식해야 한다는 노동의 에토스를 거부한다. 해방된 노동자는 노동자의 삶에 주어진 시간 배분을 거부하고 밤에 읽고 쓰고 토론하면서 두 삶을 살아간다. 랑시에르에 따르면 시인 역시 마찬가지다. "벌써 '엉망진창이 된' 하루 일과와 시작詩作을

---

14 폴 발레리,『말라르메를 만나다』, 김진하 옮김, 문학과지성사, 2007, 91~92쪽.
15 같은 책, 106쪽.

위해 수면 시간을 줄여야 하는 구속감을 진술하는 청년 말라르메의 편지는, 노동의 낮과 사유의 밤을 계속해서 유지시켜야 한다는 급박한 사태에 빠져 있는 프롤레타리아들이 썼던 편지들을 모사하는 것처럼 보였다."[16] 그의 밤 시간은 침입의 시간이다. 왜냐하면 그 시간에 그는 시의 황금을 캐는 노동, 화폐로 측정될 수 없는 노동을 하는 침입자이기 때문이다. 그의 실존 자체가 이미 근대 노동자의 '시간=노동=황금'이라는 등가성을 거부한다. 그 어느 시인보다도 시의 황금을 문학 소비 계층의 이해력 밖에 위치시키는 그의 반反경제주의 때문에 쓸모없는 활동(노동)으로서의 시작詩作의 성격은 두드러진다.

그는 습관적으로 이어진 사물과 지성 사이의 언어적 표상을 거부하는 시학 —— 랑시에르는 이를 '반표상의 시학'이라고 부른다 —— 을 통해 반경제주의를 수행하지만, 이는 언어를 이데아의 형태로 순수의 정원에 가두기 위해서가 아니라 오히려 공동체의 새로운 신화학으로 상승시키기 위해서이다. 이때 신화학이란 필립 라쿠-라바르트Philippe Lacoue-Labarthe와 장-뤽 낭시Jean-Luc Nancy가 시의 "이데아가 철학적 추상에 머물지 않고 인민의 감각적 의식 형태 자체가 되기 위해서는 시는 신화학이 되어야 한다"라고 말했을 때의 바로 그것이다.[17] 다시 말해 시인은 상류층의 언어를 탐색하는 자, 혹은 언어 자체만을 목적으로 삼는 언어를 탐구하는 자가 아니라

---

16 자크 랑시에르, 『문학의 정치』, 유재홍 옮김, 인간사랑, 2009, 162쪽. 말라르메가 불평하는 소리를 한 것은 학교 수업에 대한 것이 유일한 것이었다고 한다. 밥벌이에 대한 그의 지겨움은 발레리의 「말라르메가 영어선생이었을 때」에 잘 나타나 있다. "해마다, 방학의 끝이 다가온다는 느낌 때문에 그의 마음 속에서 여름의 장례식의 절정의 순간이라는 감정은 손상되었다. 학교 수업으로 돌아간다는 예감은, 그가 사랑하는 발뱅 근처의 숲이 칭송하기 시작한 찬란함. 즉 대지 위로 내리는 황금빛의 적요로운 완전한 하강의 광경을 망쳐 놓았다. 그때 그의 정신의 눈에 제시되고 있었던 주제들과 아름다움들. 그 모든 것이 음울한 학교 교정과 너무나 뻔한 교실의 영상으로 망쳐지고 있었다"(발레리, 『말라르메를 만나다』, 141쪽).
17 랑시에르, 『문학의 정치』, 167쪽에서 재인용.

"기존의 정치경제와 분리된 공동체의 상징적 경제에 대한 열망"을 가지고 기성 경제에 침입함으로써 새로운 상징 경제를 실현하려는 신화학자이다.

이 신화학자에게 "중요한 것은 이 감각 세계를 벗어나 다른 세계로 초월하는 것이 아니라 이 세계의 자연 사물을 느끼고 받아들이는 의식의 특별한 반응",[18] 즉 감각적인 기화를 일으키는 것이다. 물론 이 기화는 선택된 자들의 침입에 의해 일어난다. 여기서 말라르메의 '선택된 자들'은 누구나 선택된 자가 될 수 있는 가능성을 여는 자들이라는 점이 중요하다. 그들은 높은 것과 낮은 것의 위계 자체를 전복하는 자들이다. "저속한 구분에 대한 우월성의 시도는 이 구분을 지우는 평등의 날갯짓을 드넓게 펼친다" (말라르메,「궁전」).[19] 누구나 선택된 자가 될 수 있는 시적 공동체의 상징 경제는 이 선택의 자리를 특정 계급, 특정 민족이나 인종에게만 제한하지 않는다. "사물이 아니라, 사물에서 산출되는 효과"(1864년 말라르메가 카잘리스Henri Cazalis에게 보낸 편지)[20]를 그려 내고 향유할 선택의 자리는 투표에 의해서도 신성에 의해서도 미리 선출되어 있지 않다. 그것은 편견과 인습의 형식을 띠고 있는 언어의 '방언성'으로부터 벗어나기 위해, 정확히 말하자면 그 방언성에 침입하기 위해 감각에서 습속ethos의 불순한 찌꺼기들을 제거할 준비가 된 '모든' 이들을 위한 것이다.[21]

그런 점에 말라르메의 신화학은 리하르트 바그너Richard Wagner의 인종주의적이고 방언적인 신화학을 야유한다. 바그너는 탁월한 반표상적 예술

18 황현산,「말라르메의 언어와 시」(옮긴이 해설), 스테판 말라르메,『시집』, 황현산 옮김, 문학과지성사, 2005, 24쪽.
19 랑시에르,『문학의 정치』, 159쪽에서 재인용.
20 황현산,「말라르메의 언어와 시」, 20쪽에서 재인용.
21 같은 글, 27쪽.

인 음악을 가지고서 위대한 게르만족의 영광이라는 낡은 표상을 재탕함으로써 방언적 예술로 전락했다. 「리하르트 바그너, 어느 프랑스 시인의 몽상」에서 말라르메는 청탁 때문에 마지못해 바그너를 예찬하는 시를 썼지만 결국 "황금의 트럼펫 소리 드높게" 팡파르를 울리며 등장하는 세속의 신 바그너와 시의 침묵을 대비시키며 "시가 침묵에 이른 자리에서 한 인간을 수상쩍게 신격화하고 있는 음악의 소란을 꼬집고 있다".[22]

말라르메는 "세상에 이미 존재하는 법칙들이 아니라 순수 지성에 의해 창안된 법칙에 따라 언어를 제압하여 한 세계를 만들고 그 속에 자기 존재 전체를 집어넣는 일. 자유롭고 엄정하게 스스로 선택한 억압으로 필연적인 우주를 구축하여 그것으로 생존의 우연을 대체하려는" 기도를 통해 "가장 단단한 삶에 대한 열망과, 어떤 종류의 반항도 따를 수 없을 만큼 극렬한 비순응의 투지"를 보여 주는 시인이다.[23] 그에게 중요한 것은 이데아와 같은 순수 언어 자체가 아니라 언어를 제압하여 그가 만들고자 한 새로운 공동의 세계이다. 랑시에르는 그 세계가 공동체와의 새로운 상징 경제에 대한 추구와 연관된 것임을 강조함으로써 문학의 '삶에 저항하기'라는 측면을 극단적으로 밀고 나간 말라르메의 예술 역시 문학의 '삶-되기'라는 다른 극과 결코 무관한 것이 아님을 드러내려고 한다.

만일 말라르메의 예술이 문학의 '삶-되기'와는 무관한 것이라고 말하려는 이가 있다면, 그는 다음 두 가지 결론도 함께 주장해야 할 것이다. 먼

---

22 스테판 말라르메, 『시집』, 황현산 옮김, 문학과지성사, 2005, 314쪽 주석. 말라르메는 『바그너 평론』(*La Revue wagnérienne*)지의 편집장으로부터 바그너를 적극적으로 찬양하는 시를 청탁 받았다. 시인은 몇 차례 사양했지만, 결국 시를 써야 했다. 그는 시를 잡지에 발표한 후 외삼촌에게 편지를 쓰면서 "예찬이라고는 했지만 심사가 편치 않은 예찬"이라고 고백했다. 이 시에 대한 자세한 해설로는 같은 책, 313~314쪽을 참조할 것.

23 황현산, 「말라르메의 언어와 시」, 43쪽.

저 그는 말라르메의 작품이 시간에 지남에 따라 결국 타락하게 되었다고 말해야 한다. 발레리가 1933년 프랑스에서 열린 한 강연회에서 증언하였 듯이 1895년쯤 야유와 조롱의 대상이던 말라르메의 작품은 35년이 지난 후 서적상들에게 "꾸준한 인기를 누리고 있고, 정기적인 주문 품목으로 거래"되었다. 그리고 프랑스뿐만 아니라 외국에서 "아주 다양한 부류에 속하는 정신들에게 끼친 그 어둠 속 작가의 영향은, 뚜렷이 느낄 수 있고, 심대하며, 반박의 여지가 없"는 것이 되었다.[24] 소수의 '비밀결사적' 독자로부터 더 큰 문학적 영향력을 확대해 간 과정을 그의 시적 언어가 언어의 대중 화폐로 조금씩 변질되어 간 타락의 과정이었다고 말해야 할까? 그의 문학을 삶-되기와 무관한 것으로 믿는다면 그렇게 결론 내려야 할 것이다.

물론 다음과 같이 부연할 수도 있다. 하나의 예술작품이 우리가 예술사라고 불리는 영역 내부에서 다음 세대의 작가들에게 영향을 미치고 또 비평 담론 내에서 유통되는 한에서 그 영향력의 확장은 타락이 아니라고. 그렇게 부연함으로써 두번째 결론을 내리게 된다. 문학이 예술사적 영향력을 넘어서 대중화된다면 그것은 타락이다. 그러나 말라르메의 시집을 넘기며 담배를 파는 가게 주인이 생긴다면 그것은 말라르메의 타락인가? 다음번 강독회에 말라르메의 시집을 읽기로 결정한 공장 노동자들의 문학 서클이 있다면 그것은 말라르메의 타락인가? 타락이라고 대답하는 이는 문학적 봉건주의자일 것이다. 그는 말라르메의 언어를 향유할 수 있는 소수의 선택된 계급과 신성한 문학적 혈통이 따로 있다고 믿는 셈이기 때문이다. 이런 천진난만한 문학적 봉건주의자를 만나기는 어려운 일이며 말라르메 자신이 이런 문학적 봉건주의에 입각해서 작품을 썼다고 보기란

---

24 발레리, 『말라르메를 만나다』, 94쪽.

더더욱 어려운 일이다.

말라르메에 대한 분석을 통해 랑시에르가 하려는 말은 가장 순수한 언어적 실험조차도 문학의 삶-되기라는 미학적 혁명의 극을 담지하고 있으므로 문학적 실험으로 문학의 정치가 충분히 실현되었다는 것은 아니다. 랑시에르가 관심을 갖는 것은 오히려 문학을 문학사 속의 영향 관계로만 환원하려는 협소한 미학적 경계 설정을 넘어서 새롭고 광범위한 미학적 활동을 서술하고 정립하는 일이다. 이 새로운 미학적 활동이란 침입의 모럴에 입각한 것이다. 랑시에르는 기존의 모든 감각적 경계들을 파괴하고 새로운 감각적 분배를 수행하는 데 기여하는 활동을 침입의 모럴에 입각한 것으로 본다. 그리고 이것이야말로 그가 어떤 예술작품과 예술 활동을 문학의 정치로 판단하는 기준이 되는 것이다. 그가 말라르메의 순수시와 프랑스 노동자들의 글쓰기 속에서 동일하게 미학적 혁명의 기획, 혹은 문학의 정치를 발견할 수 있었던 것도 이 때문이다. 노동자들에게 쓴다는 행위는 비노동자 계층만이 향유할 수 있는 것으로 간주되었던 '쓰기의 시간'을 침범함으로써 기성의 삶에 저항하는 동시에 새로운 삶의 형식의 공간을 창안하는 문학의 정치를 실현하는 것이다.

물론 문학의 정치는 노동자들에게 쓴다는 사실만으로 자족하라고 말하는 정치가 아니다. '노동자가 쓴다'는 사건은 문학의 정치의 중요한 사건인 동시에 그 사건을 넘어서는 또 다른 사건들의 연쇄를 만들어 낸다. 노동자가 노동자 계급의 방언을 넘어선 글쓰기를 감행하는 사건이 발생할 수 있다. 계급의 방언을 넘어선다는 것은 말라르메적인 시적 욕망을 지닌 노동자 시인이 가능하다는 뜻이다. 그는 자기의 일터에 굴러다니는 사물들 속에서 말라르메가 추구했던 것처럼 그저 "사물이 아니라, 사물에서 산출되는 효과"를 그리는 일에 성공할 수 있다. 또는 자본의 영토에 거주하는 우리가 인습적으로 획득한 감수성을 파괴하는 혁명적 비전의 세계를 보여 줌으로써 그는 계급의 방언을 넘어설 수도 있다.

　　노동자 시인이 노동자 계급의 방언을 넘어서기 위해서는 다른 삶에 침입하는 시간을 자기 삶 속에 실제로 만들어 내야 한다. 그는 말라르메를 읽고, 말라르메가 읽었던 보들레르를 읽는 시간을 삶 속에 기입해야 한다. 고용주는 노동자가 밤새 읽는 작품은 그 작품의 내용이 뭐든 싫어할 것이다. 그것이 브레히트나 박노해의 작품처럼 불순한 이데올로기에 감염된 것이 아니라 말라르메나 김춘수의 작품처럼 흔히 순수시로 분류되는 작품이라고 할지라도 말이다. 그런 작품들에 대한 몰입은 푸코의 표현대로 항상 자본주의적 생산 체계에 적합한 '유순한 신체'로의 훈육을 방해하기 때문이다. 자본주의의 윤리는 일중독을 제외한 모든 종류의 중독을 혐오하며 금지한다. 따라서 노동자 시인은 이러한 문학적 기입을 끊임없이 방해하는 고용주의 순수한 경제적 윤리 —— 독서의 내용이 뭐든 상관없다는 점에서 그의 윤리는 순수하게 경제적이다 —— 에 반대해서 공장의 컨베이어 벨트를 중지시키는 사건을 만들어 내야 한다. 이런 직접적 기입의 움직임 없이 방언을 넘어서는 작품은 시작始作되지 않는다. 단지 공장 노동자일 뿐이었던 그가 자신의 방언을 넘어서기 위해서는 일반적으로 '예술가의 시간'이나 '혁명가의 시간' 안에서 일어나는 것으로 간주되어 온 활동을 자신의 삶 속으로 침범시켜야 한다.

　　문학의 정치는 한 사람의 노동자 시인이 겪는 이 '탈방언화'의 과정을 젊은 시인에게도 요구한다. 이 철저하게 구획화된 세계에서 방언을 가진 것은 노동자뿐만이 아니기 때문이다. 모더니티 연구자들이 빈번하게 지적하듯이 현대사회는 전통적 방언성을 제거하는 동시에 새로운 방언성을 만들어 낸다. 젊은 시인들은 전문가 제도의 확립에 따라 직업적으로 또는 문화적으로 완고하게 구획되고 고착된 삶의 환경 속에서 성장하고 창작해 왔다. 그들이 함께 읽고 듣고 본 비슷한 것들, 예컨대 만화, 아스팔트, 음악, 가로수, 광고, 애완동물 등등의 문화의 지역적·세대적 특색이 그들만의 독특한 감각적 방언성을 형성하였다. 젊은 시인들은 이 감각적 방언성에서 기인한 문학적 사투리들로써 전형성을 띤 문학의 서정성을 침범하고 문학의 공간에 새로운 감각적 활력을 불어넣었다는 호평을 받기도 한다. 이런 호의적 시선에 대한 평가는 다양할 수 있겠지만, 찬탄이든 비판이든 젊은 시인의 시 쓰기에 대한 평가에는 노동자 문학에 대한 평가에서도 보이는 것과 유사한 점들이 발견된다.

젊은 시인의 시에 대해 '노동자가 시를 쓰다니!'라는 감탄과 유사하게 '이런 낯선 감각들로 시를 쓰다니!'라는 찬탄이 존재한다. 그러나 다른 한편에서는 '이런 거칠고 선동적인 시라니!'라는 볼멘소리에 상응하는, '이런 유아적唯我的 감각들로 시를 쓰다니!'라는 불만이 있다. 젊은 시인들이나 노동자 시인들에 대한 상반된 평가들의 타당성을 문제 삼으려는 것은 아니다. 다만 이 유사한 반응들에 대해 언급하는 것은 이 반응들이 무언가 노동자 시인들과 젊은 예술가들 ── 가령 2000년대 미래파 시인들 ── 이 공통적으로 처해 있는 문학적 곤경을 환기시키기 때문이다. 그 곤경이란 방언성을 특징으로 가진 모든 예술가들이 겪어 내야만 하는 것이다. 예술가의 방언성은 그것이 하나의 표준어에 파열을 내는 방식으로 작동하는 순간에는 미래적 문학의 도구이자 무기이지만, 그저 방언성에 머무는 순간 도래하는 문학의 덫이 될 수 있다.[25] 따라서 방언성에서 시작한 문학은

---

25 들뢰즈는 탈근대문학에서 표준어에 대항하여 방언성을 특권화하는 오류에 대해 반대하면서 다음과 같이 언급한다. "프루스트의 말마따나 문학은 일종의 외국어의 자취를 언어 속에 정확히 그려 나간다. 그 외국어는 색다른 언어도 되찾은 방언도 아니다. 다만 언어의 생성-다름이

다시 방언성을 넘어서 어떤 공동성의 삶을 창안해야 하고 또다시 이 공동성의 삶 속에서 표준어로 환원되지 않는 새로운 방언성을 발견하면서 또 다른 공동성의 삶의 형태를 창안하는 방식으로 미학적 두 극 사이의 진자 운동 ── 하이데거라면 존재의 은폐와 탈은폐의 운동이라고 불렀을 ── 을 지속해야만 한다.

그렇다면 어떻게 방언성을 넘어설 것인가? 그 방법은 랑시에르가 말라르메의 시학을 분석하며 도출해 낸 시의 모럴, 즉 침입의 모럴에서 찾을 수 있다. 젊은 시인들은 이런 말라르메적 모럴을 가지고 자기 신체의 배치를 바꿔야 할 과제에 직면해 있다. 노동자 시인이 예술가의 시간과 혁명가의 시간에 자기 신체를 침입적으로 기입하듯이, 미학적 아방가르드를 추구하는 젊은 시인은 철거민의 시간, 황폐해진 강과 산 등 자연물의 시간 속으로 자기 신체를 침입시킬 수 있다. 이러한 침입의 틈새가 그의 문학적 사투리를 넘어서는 중요한 순간을 구성하게 된다.

5. 문학적 연역주의를 넘어서

이 침입의 과정에 대해 다음과 같은 중요한 반문이 제기될 수 있다. 이러한 침입의 활동은 시인의 신체 변환이지 시의 신체 변환이 아니다. 이때의 침입은 시를 쓰기도 하는 어떤 사람의 신체가 감행하는 침입이므로 이것을 시인의 침입, 더 나아가 시의 침입으로 보기 힘들다는 것이다. 이러한 반문

이 주(主)언어의 가치 하락, 그 언어를 붙잡고 있는 정신착란, 지배 체계에서 새어 나오는 마녀의 선이다"(질 들뢰즈, 『비평과 진단』, 김현수 옮김, 인간사랑, 2000, 22쪽. 강조는 인용자). 즉 방언성은 되찾아야 할 궁극의 이질성이 아니라 지배적 언어의 가치 하락에 기여하는 순간에만 의미 있는 효과를 내는 것으로 이해되어야 한다.

에 답하기 위해서는 시 창작이 가진 이중의 시작始作을 고려할 필요가 있다. 말라르메에 대한 알랭 바디우의 통찰은 이러한 이중의 시작을 위한 사유의 단초를 제공한다. 바디우는 『비미학』*Petit Manuel d'inesthetique*에서 춤에 대한 말라르메의 정의를 인용한다. 말라르메에게 춤이란 "모든 필기구로부터 벗어난 시"로서 그는 이에 대해 다음과 같이 분석한다.

> 이 두번째 말은 첫번째 말("여자 무용수는 춤추지 않는다")만큼이나 모순적이다. 사실 시는 정의상 어떤 흔적, 어떤 기록이며, 특히 말라르메가 이해하는 바에 의하면 그러하니 말이다. 그리고 그 결과 "모든 필기구로부터 벗어난" 시는 바로 시로부터 벗어난 시, 자기 자신으로부터 벗어난 시이며, 이는 춤추지 않는 여자 무용수가 춤으로부터 벗어난 춤인 것과 완전히 마찬가지이다. (……) 어떻게 춤이 이 벗어남을 보여 주는가? 그것은 바로 "진짜" 여자 무용수는 절대로 자신이 추는 춤을 알고 있는 이로 보이면 안 되기 때문이다. 그이의 몸짓의 순수한 출현은 그이의 앎(힘들여 얻은 엄청난 테크닉)을 아무것도 아닌 것처럼 가로지른다. "여자 무용수는 춤추지 않는다"라는 말이 의미하는 바는, 우리가 보는 것은 그 어떤 순간에도 어떤 앎이 현실화된 것이 아니라는 점, 비록 부분적으로는 그 앎이 우리가 보는 것의 재료나 바탕이 될 수는 있지만 그 이상은 아니라는 점이다.[26]

바디우의 분석에 따르면 춤은 춤의 테크닉과 춤을 추는 무용수의 경험으로 환원되지 않는 순수한 출현이다. 말라르메가 사용하고 있는 춤의 유비를 따라 우리는 시를 시적 테크닉과 시를 쓰는 시인의 경험으로 전적

---

26 알랭 바디우, 『비미학』, 장태순 옮김, 이학사, 2010, 125~126쪽.

으로 환원되지 않는 순수한 출현으로 생각해 볼 수 있다. 확실히 노트 위에 쓰여진 시에는 테크닉과 시인의 경험을 넘어서는 어떤 잉여적인 것이 존재한다. 위대한 문학적 스승하에서 중요한 시적 테크닉을 체득한 시인들이 다 좋은 시를 쓰는 것은 아니며 유사하게 위대한 경험을 한 시인들에게서 바로 위대한 시가 나오는 것은 아니라는 의미이다. 인과관계의 사슬로부터 벗어난 순수한 발현의 순간으로서의 시라는 관념은 매우 매혹적이고 납득할 만한 것이며 더욱이 시가 쓰여진 대로 읽히는 것이 아니라 시를 읽는 이와의 감응 속에서 하나의 사건으로 발현된다는 점을 떠올린다면, 시는 항상 모든 필기구를 벗어난다는 관념은 의미심장한 것으로 보인다. 이것은 시가 쓰이는 순간이 세계의 인과뿐만 아니라 필기구를 쥔 시인의 모든 논리적·감각적 인과조차도 파열시키며 솟아오르는 사건이라는 점을 강조한다. 동시에 시가 필기구에 의해 쓰여진 단순한 결과물에 갇히지 않고 그것이 읽히는 세계의 시·공간과 감응하면서 존재하는 순간, 즉 필기구에서 벗어나는 그 순간이 시의 시작임을 알려 준다.

그러나 시에는 바디우가 미처 말하지 않은 또 다른 시작이 존재한다. '필기구를 벗어난 시'는 바디우의 분석처럼 미래로 열린 벗어남뿐만 아니라 과거로 열린 벗어남을 표현한 것이기도 하다. 시는 필기구에 의해 기록되는 그 순간에야 필기구를 벗어나고 시로서 최초의 시작을 갖는 것이 아니다. 시는 쓰여지기 이전부터 이미 시작되고 있다는 점에서도 필기구를 벗어나 있다. 시인은 자신이 사는 모든 순간을 일종의 시적인 순간으로 길어 올리면서 시가 쓰이는 순간들을 예비한다. 시인은 필기구를 쥠으로써 시인으로 존재하는 것이 아니라 이미 시인으로 존재하는 중이다. 그는 자신의 감각과 사유 속에, 도래할 시적 순간들에 사용될 푸른 잉크를 담아 온다. 시인의 침입이 어떤 방식의 시적 침입으로 발현될지 시인은 사전에 계획할 수도 예언할 수도 없다. 그러나 잉크가 흘러나오는 바로 그 순간이, 그 순간을 향해 있지만 그 순간으로부터 벗어나 있던 시인의 침입 ── 그 가 자신의 방언을 극복하기 위해 침입을 감행하며 살아온 시 쓰기 전까지 의 삶 ── 과 무관하다고 주장할 수는 없다. 시가 불면의 밤 뒤에 당도한 푸 른 새벽의 신비에서 흘러나왔다거나, 좀더 고전적으로 표현해 뮤즈의 부 드러운 흰 발이 어느 순간 시인의 이마를 밟고 지나갔다는 식의 낭만적 영 감론을 믿지 않는 한, 그렇게 주장하기는 힘들 것이다.

시에는 이러한 이중의 시작이 있다는 점을 받아들인다면 시 창작에서 시인과 비시인의 활동을 구분할 수 있는 어떤 명료한 경계선은 없다. 그러 한 구분은 우리가 편의상 구분한 시의 두번째 시작에서부터 시와 관계할 수 있는 자리(비평의 자리)에서는 명확할 수도 있겠지만 시인 자신에게는 불가능한 구분이다.

이것은 시가 쓰이기 전의 시적 시작과 함께하는 시인의 모든 활동은 통상적인 의미의 사회참여로 환원된다거나 현행의 정치적 사안에 대한 참 여가 시인의 침입 활동 중 가장 특권적인 위치에 있다는 주장과는 무관하 다. 이런 첨언의 필요를 느끼는 것은 시 창작 안에서 시인과 비시인의 활 동을 구분하려는 시도의 대부분이 이런 주장에 대한 반감으로부터 비롯 된 것이기 때문이다. 그러나 그런 종류의 사회적 참여에 부여된 부정적 의 미의 특권성을 제거하더라도 시인과 비시인의 구분은 정당화되지 않는다. 매춘부 애인을 사귀고 해시시를 피우는 삶(보들레르), 오지를 헤매 다니고 원주민 여인과 사랑에 빠지는 삶(랭보), 영어 수업을 끝내고 와서 매일 밤 책상 앞에 우두커니 앉아 시를 고치지도 않고 그저 쳐다보기만 하는 삶(말 라르메)에서 배덕자와 시인, 탐험가와 시인, 몽상적 교정가와 시인은 명확 히 구분되지도 않고 구분될 필요도 없다. 마찬가지로 시인이 공식어와 표준어의 체계 속에서 비가시화된 존재들 곁에 머무르는 여러 종류의 시간들, 흔히 정치적 활동의 시간이라고 불리는 시간들도 특별하게 시적 언어와 무관한 것으로 구분되어 배제적으로 특권화될 필요가 없다. 그것은 인위적인 구분이고 그 인위적 구분이 과도해지는 순간, 거기에는 모종의 비도덕성이 존재한다. 이 비도덕성은 시적인 차원의 비도덕성이다. 그 고착된 구분에는 랑시에르가 이미 언급했듯이 어떤 종류의 시는 써서는 안 된다는, 어떤 식으로 세계가 재현되어서는 안 된다는 금지의 명령이 있기 때문이다. 젊은 시인에게 어떤 시적 세계로의 진입 혹은 침입을 금하는 명령어는 그 세계가 무엇이든 시적 모럴에 위배되는 것이다.

침입자의 모럴이라는 차원에서 보자면, 시인이 현실의 어떤 특정 주제, 특정 사태에 대해 쓸 때 시의 순수성은 훼손될지도 모른다는 주장은 적어도 두 가지의 이유로 승인하기 힘든 것이다. 우선 그것은 시에 대한 선험적 태도를 전제한다. 어떤 소재(가령 정치적 사건)나 주제를 다루는 작품들은 예술가의 여하한 노력에도 불구하고 실패할 것이라는 비평적 예언은 일종의 연역주의이다. 그것은 아직 쓰여지지도 않은 시를 단죄하는 것, 다시 말해 태어나지 않은 아이들의 원죄를 가정하는 신학적 태도이다. 시의 효과는 시가 쓰여져 사건으로 존재하는 그 순간 이전에는 그 어떤 것에 의해서도 결정되지 않는다. 둘째, 그런 주장은 예술과 모럴의 독특성을 간과한다. 예술사는 무수한 실패로 가득하다. 예술은 습관의 길을 벗어나 언제나 실패할 권리를 주장해 왔다. 따라서 실험적 참여와 참여적 실험이 지금 여기에서 설령 실패로 끝난다고 해도 그 실패를 불가능과 동일시하는 것은 문학을 신학적 묵시록의 지평에 묶어 두는 성급하고 비관적인 태도이다.

시인적 모럴을 견지하는 일이 작품의 성공을 보장하는 것은 결코 아니다. 모럴을 갖는다는 것은 오히려 결과로부터, 승패로부터의 자유를 의미한다. 성공적 결과만이 모든 것을 정당화하는 세상 한가운데에서 미학적 아방가르드 시인은 계속되는 실패와 곤경 때문에 괴로워하면서도 참여적 실험과 실험적 참여를 수행하며 경계를 넘어서고 그 탈경계의 활동 속에서 감각적 재분배를 가져오려는 시적 모럴을 참을성 있게 견지한다. 따라서 시적 모럴은 사회의 분열적 틈새를 단지 도덕적으로만 보수하는 소시민적 윤리와 결별하면서도, 이러한 결별은 곧 문학의 정치를 예술사 속의 예술적 실험으로만 한정해야 한다는 결론으로 귀착되는 것이 아님이 분명하다. 모럴과 정치와 미학에 대한 이러한 정확한 규정에 입각할 때에만 랑시에르의 미학적 정치에 대한 담론에서 발생할 수 있는 불필요한 오해는 제거될 수 있을 것이다.

6장

문학의 아토포스: 문학, 정치, 장소

1. 문학의 천사들

지금 삶의 구성은 확신보다는 훨씬 더 사실들의 권역에서 이루어지고 있다. 게다가 지금까지 거의 한 번도, 단 한 번도 확신의 토대가 되어 보지 못한 사실들에 의해. 이러한 상황에서 참된 문학 활동이 문학의 틀 안에서 이루어지길 바라서는 안 된다 —— 그러한 표현 자체가 오히려 문학 활동의 불모성을 보여 주는 낡아 빠진 말이기도 하다. 문학이 제대로 효력을 발휘하려면 행동과 글쓰기가 엄격하게 교대되어야만 한다. 그렇게 하려면 괜히 젠체하기만 하며 일반적인 제스처만 취하고 마는 저서보다 현재 활동 중인 공동체들에 영향을 미치기에 훨씬 더 적합한, 언뜻 싸구려처럼 보이는 형식들, 즉 전단지, 팸플릿, 신문기사와 플래카드 등을 만들어 내야 한다. 그처럼 기민한 언어만이 순간순간을 능동적으로 감당할 수 있다. 온갖 의견이 사회적 삶이라는 거대한 장치에 갖는 관계는 기름과 기계의 관계와 동일하다. 아마 터빈 위에 서서 위에다 기계유를 쏟아부을 사람은 없을 것이다. 감추어져 있는 축이나 이음매에 기름을 조금 쳐주는 것이 다일 텐데, 그러자면 그것들이 어디 있는지를 알아야 할 것이다. _ 발터 벤야민, 「주유소」[1]

벤야민의 『일방통행로』*Einbahnstraße*에 실려 있는 첫번째 단상이다. 그는 이 짧은 글에서 흔히 가정되는 문학의 고유한 공간을 부정하고 있는 듯 보인다. 그는 '문학의 틀 안', 즉 문학이라는 구획된 공간을 보존해야 한다는 사유에 반대한다. 그런 공간의 상정은 현행의 문학 활동의 불모성을 드러내줄 뿐인 낡은 사유라는 것이다. 여기에 적힌 벤야민의 주장대로라면 참된 문학 활동은 문학의 공간으로 상정된 공간, 즉 어떤 종류의 글쓰기의 공간을 넘어설 때만 가능해진다. 그런데 이렇게 넘어서야 할 공간으로서의 '그곳'이란 어떤 곳인가?

피에르 부르디외는 『예술의 규칙』*Les Régles de l'art*에서 문학에 대한 사회학적 분석을 비난하는 입장에 대해 검토하면서 문학의 공간들이 지녔다고 가정되는 일반적인 특징들에 대해 언급하고 있다. 문학에 대한 사회학적 분석에 불만을 표시하는 이들은 문학만이 포착할 수 있는 삶의 독특성을 과학적 분석이 전부 제거해 버린다고 주장한다. 이런 관점에서 프루스트와 같은 이들은 문학 텍스트의 독서는 오로지 문학적이어야 한다고 생각하는 것 같다. 비문학적인 방식으로, 즉 부르디외가 예술작품에 대한 지적 사랑이라고 부르는 작업 속에서 문학을 고찰할 때 훼손된다고 간주되는 문학의 고유한 특성은 무엇일까? 그것은 부르디외가 다소 냉소적인 어투로 "문학적 성인전聖人傳의 이상주의"나 "작가에 대한 거대한 비평의 예언자적 허식"[2]이라고 표현하기도 한, 작가와 예술작품의 기원이 지니는 독특성이다. 문학에 대한 이상주의나 예언자적 허식을 통해서, 작가는 가

---

1 발터 벤야민, 『일방통행로』, 조형준 옮김, 새물결, 2007, 13~14쪽.
2 피에르 부르디외, 『예술의 규칙』, 하태환 옮김, 동문선, 1999, 13쪽. 이하 이 책에서의 인용은 영문판인 Pierre Bourdieu, *The Rules of Art: Genesis and Structure of the Literary Field*, trans. Susan Emanuel, Stanford, CA: Stanford University Press, 1996을 참조하여 수정하였다.

장 순수하고 세속적으로 환원될 수 없는 예외적 존재이며 따라서 그에 의해 창작된 예술작품은 절대로 분석될 수 없는 어떤 신비의 성스러운 특권적 공간에서 창조된다는 표상이 생겨난다. 그러나 부르디외가 보기에 그것은 "순수한 형태에 대한 순수한 관심"이라는 예술의 엔젤리즘적 '확신' Überzeugung에 불과하다.[3]

부르디외에 따르면, 통념적으로 이해되는 문학의 공간은 어떤 세속화의 과정으로부터도 분리되어 있는 순결한 천사가 순백의 노래를 부르는 곳으로서, 여하한 세속적 메시지나 정치적 고성방가가 뒤섞여서는 안 되는 '무관심성'의 장소라고 할 수 있다. 부르디외는 문학의 장소성에 대한 이런 이해에 대항하기 위해 플로베르Gustave Flaubert의 『감정교육』L'Éducation sentimentale에 대한 일반적인 비평들을 문제 삼는다. 가령 주인공 프레데릭과 그를 신봉하고 그처럼 되기를 원하는 친구 델로리에와의 관계를 사르트르를 비롯한 일군의 주석가들은 동성애적 관계라고 규정한다. 그러나 부르디외가 보기에 그것은 인물들의 감정적인 상호 관계들에서 오직 "문학적 의미"만을 찾느라 "감정들의 열쇠를 사회적 구조 속에서 찾"기를 포기한 문학적 주석가들의 비평적 관점일 뿐이다. 이 유능한 사회학자에게 두 인물 사이에 작용하는 독특한 감정적 인력은 부르주아에 대한 소부르주아의 끌림이라고 할 수 있다. 델로리에는 "프레데릭의 습관과 언어 표현들을 그가 할 수 있는 한 최대로 모방"하며 프레데릭의 여인들을 모두 탐한다. 그것은 일종의 계급적 위치 소망이다. 델로리에는 프레데릭의 자리place로 옮겨 가기를 바라며 그 자리를 위해 그의 노력과 정념을 투자할 의향이 있다. 이들의 관계는 부를 "상속받은 사람들과 소유하고자 하는 열

---

3 부르디외, 『예술의 규칙』, 15쪽.

망만을 상속받은 사람들 사이의 대비"와 그들 사이의 거리, 그리고 후자의 계급적인 자리바꿈displacement의 의지를 보여 주면서 계급 관계의 객관적 구조를 개인들 사이의 상호작용 속에서 드러낸다.[4]

이와 같은 냉철한 사회학적 분석이 보여 주는 것은 문학의 공간을 수호하는 천사는 특정 계급의 환상적 발명품이며 문학의 공간 역시 다른 계급에 대한 히스테릭한 시각 상실을 통해 생겨난다는 사실이다. 이런 관점에서 부르디외는 두 가지 작업을 수행한다. 하나는 다양한 계층에 대한 인터뷰를 통해 칸트가 말했던 목적 없는 합목적성이나 무관심성 같은 미감적 공통감각의 부재를 실증하는 것이고, 다른 하나는 문학의 자율성(무관심성)이 지배하는 문학적 순수 공간을 확립했던 작가들의 계급적 위치를 분석하는 작업이다. 전자의 사례로서 그는 몇몇 예술적 사태들을 분석한다. 하층계급의 사람들은 회화에서 순수한 형태에 대한 관심보다는 색채에 관심을 가지며 색이 주는 아름다움에서 커다란 미적 즐거움을 느낀다. 그러나 칸트에 따르면 색이 주는 쾌감은 미적인 것이 아니라 식사 후의 포만감과 같은 육체적 즐거움에 불과하다. 따라서 하층계급은 아름다운 예술작품을 보고서도 무관심한 미감을 느끼지 않는다고 말할 수 있다. 이로부터 칸트가 상정한 인간 이성의 보편적 형태로서의 미적 공통감각은 불가능한 것이라는 결론이 도출된다.[5] 후자의 사례로서 부르디외는 세속화된 근대주의에 대항해서 미적 근대의 공간을 창안했던 대표 작가인 보들레르와 플로베르의 계급적 기반을 문제 삼는다. 그들은 모두 플로베르 자신의 소설 속 등장인물인 프레데릭처럼 '상속받은 자들'이다. 그래서 두 작

---

4 같은 책, 34~36쪽.
5 피에르 부르디외, 『구별짓기: 문화와 취향의 사회학(상)』, 최종철 옮김, 새물결, 2005, 89쪽.

가는 삶과 예술 양자에서 명실상부하게 문학의 자율성을 지키고 그 자율적 공간에 거주할 수 있었다.

장편소설 『모팽 양』*Mademoiselle de Maupin*의 서문에서 '예술을 위한 예술'을 강조한 소설가이자 비평가 테오필 고티에*Théophile Gautier*는 의사의 아들이었던 플로베르를 부러워하며 이렇게 말했다. "플로베르는 우리보다 영리했어요. 세상에 나올 때 어느 정도 아버지 재산을 가지고 올 현명함을 가졌습니다. 그것은 예술을 하려는 누구에게나 절대적으로 필수불가결한 것이죠."[6] 그래서 플로베르는 신문과 같은 언론 제도나 상업주의적 출판사들과의 결탁을 비판하고 아무런 돈벌이를 위한 타협도 하지 않은 채 오직 문학의 공간 속에서 은둔할 수 있었다. 보들레르의 경우에도 사정은 비슷했다. 물론 그는 지치고 피곤했으며 굶주리는 가난한 삶을 살았지만 고티에처럼 『프레스』*La Presse*지에 매주 극작품의 서평을 써야만 했던 문학 노동자의 조건을 감수할 필요는 없었다. 그래야 할 순간에는 어머니에게 돈을 부쳐 달라는 편지를 쓰면 되기 때문이었다.

부르주아 부모로부터 물려받은 상속물을 오직 부르주아적 삶을 상속받는 것을 거부하는 데만 사용한 이 두 작가는 문학의 수호천사로 명명되는 데에 아무런 손색이 없다. 그러나 아무나 문학의 천사가 될 수 있는 것은 아니다. 그것은 특정한 계급적 기반 위에서 세워진 특정한 성향(자신의 계급적 기반을 거절하는 데에만 자신의 의지를 투자하는 성향)을 지닌 이들의 취향이며 그 취향의 육화이다. 이와 같은 사유를 따라가다 보면 우리는 문학의 토포스topos, 장소에 대해 다음과 같이 잠정적인 결론을 짓게 된다. 문학의 토포스는 세계의 다양한 장소들 중 특수한 방식으로 점유된 하나의

---

6 부르디외, 『예술의 규칙』, 121쪽에서 재인용.

장소를 의미한다. 그것은 상업적인 화폐의 공간과 우파와 좌파 모두의 도덕주의적 정치 공간으로부터 분리되어 존재하는 하나의 새로운 장소이다. 이 장소는 플로베르와 보들레르처럼 예술을 위한 예술, 또는 예술의 종교를 믿었던 자들이 발견한 곳으로서, 다른 법령의 지배를 받지 않으며 자기의 고유한 사법권하에서 그 장소의 생산물들을 평가하고 관리하며 소비한다.

부르디외는 그러한 공간이 지닌 자율성이 세계 내의 다른 공간들과 완전히 분리된 절대적인 것이라고 주장할 수 없다는 점도 아울러 지적한다. 문학 공간의 고유한 논리에도 불구하고 그 공간은 탄생 시점부터 다른 공간들(자율적 공간의 입법자들인 두 작가가 계급적 공간에서 차지하는 위치)과 연루되어 있다는 점에서 그것의 자율성은 상대적이다. 문학의 장소성에 대한 이러한 견해를 부르디외는 '문학의 장場 이론'이라고 부른다. 그는 문학의 공간은 문학의 천사들에 의해 만들어진 것이며 그 천사들이란 실상은 신분을 숨긴 채 도망 나온 부르주아의 아이들이라는 사회학적 결론을 내린다.

그렇다면 이 결론은 앞서 거론했던, 단순한 문학의 틀을 넘어서는 참된 문학 활동에 대한 벤야민의 탐구에 어떤 의미를 던지는 것일까? 부르디외는 문학의 틀이라고 구획된 공간의 불순함을 드러내고 다른 공간들의 은밀한 혹은 매개적인 영향 관계를 폭로함으로써 진정한 문학은 원래 있다고 가정된 장소(초월적 장소)와는 다른 곳(세계 안의 상대적 자율성을 지닌 어떤 구석)에 있음을 밝히거나 초월적인 문학은 불가능하다는 것을 밝히려는 것일까?

2. 문학의 우편배달부들

프레데릭과 델로리에의 관계에 동성애적 인력이 작용한다고 보는 사르트르의 비평에 반대하는 부르디외의 견해로 다시 돌아가 보자. 사르트르는 로제 켐프Roger Kempf가 인용한 『감정교육』의 몇몇 구절을 재인용한다. "'델로리에가 도착한 날, 프레데릭은 아르누에게 초대받는 일에 온통 정신을 팔았다.' 자기 친구를 보고서 '그는 자기 남편의 시선 아래서 간통하는 여자처럼 떨기 시작했다.' 그리고 '그다음 델로리에는 프레데릭의 인격에 대해 생각했다. 델로리에에게 그것은 언제나 거의 여성적인 매력을 발휘했다.'"[7] 이에 대해 부르디외는 프레데릭의 여성성이 그가 속한 계급의 신체적 세련됨과 태도의 사회적 차이에서 오는 우아함일 뿐이라고 진단한다. 이런 식으로 부르디외는 감정들의 열쇠를 사회구조 속에서 찾아낸다. 그러나 문학 외적 공간에서 두 계급 사이에 맺어진다고 간주되는 관계, 부르주아에 대한 프티부르주아의 동요와 끌림이 문학의 고유한 공간 안에서는 개인들 사이의 감정적 인력을 통해 형상화될 수 있다면, 그 반대의 경우는 불가능한 것일까? 다시 말해 문학이 포착하여 드러내고 표현하는 개인들 사이의 감정적 인력과 척력이 문학의 바깥 공간들에까지 작동하며 그것들의 장소성에 영향력을 행사하고 변화시킬 가능성은 없는 것일까?

　아마도 부르디외의 사회학에서는 쉽지 않은 일일 것이다. 그는 보들레르가 문학의 자율성을 획득하기 위해 행한 윤리적인 단절과 미학적 저항을 높이 평가하면서 이렇게 부연한다. "그러나 분노·반감·경멸이 여전히 부정적인 원리라는 점 역시 분명하다. 그것들은 우발적이고 위급 시에

7　부르디외, 『예술의 규칙』, 65쪽에서 재인용.

작동하며, 개별적 성향들과 개인들의 미덕에 너무 직접적으로 의존하고 있다. 너무 쉽게 뒤집히고 역전됨은 물론이다. 그리고 그것들이 불러일으킨 반작용적 독립성이 권력자들의 유혹과 병합의 기획에 매우 취약하다는 점 역시 분명하다. 강제로부터, 그리고 세속적 권력의 직간접적 압력으로부터 어김없이, 그리고 지속적으로 해방되는 실천이란, 기분과 같은 유동적 성향들이나 도덕성의 주의주의적 혁신이 아니라, 정치·경제적 권력에 대한 독립을 근본 법칙, 즉 하나의 노모스nomos로서 지닌 사회적 세계의 필연성, 바로 그 속에서 찾아낼 수 있는 한에서만 가능한 것이다."[8] 부르디외가 사회 세계의 필연성이라고 부르는 객관적 구조는 분명 개인들의 성향과 덕목들에 강력한 영향을 미친다. 그러나 사회학자로서 그가 확신하는 사회적 구조의 '막강한 영향력'과 기분 등의 유동적 성향, 주의주의적 혁신과 같은 것들의 '사소함'의 대비는 그토록 완강한 구조와 이미 만들어진 위치 속에서 어떻게 해방된 실천들이 나올 수 있는지를 해명하기 어렵게 만든다.

부르디외와는 달리, 기분과 같은 유동적 성향이나 의지, 욕망과 같은 것들을 사회적 세계의 비구조적 필연성으로 끌어올림으로써 해방적 실천의 지속적 가능성을 모색하려는 시도들이 존재한다. 들뢰즈와 가타리는 『천 개의 고원』*Mille plateaux*에서 미시사회학의 발명자인 가브리엘 타르드Gabriel Tarde의 논의를 빌려 개체들 간의 감정적 인력과 척력 관계를 새로운 철학적 개념으로 포착함으로써 이 가능성에 접근하려고 한다.[9] 타르드

8 같은 책, 90쪽.
9 들뢰즈와 가타리의 다음 설명을 참고하라. "가브리엘 타르드에게 경의를. (……) 뒤르켐은 통상 이항적이고 공명하고 덧코트화된 거대한 집단적 표상들 속에서 특권화된 대상을 찾았기 때문이다……. [이에 대해] 타르드는 집단적 표상들은 아직 설명을 요하는 것, 즉 '수백만 명의 인간들의 유사성'을 전제하고 있다고 반박했다. 이 때문에 그는 오히려 세부적인 세계 또는 무한소

는 개체들 간의 모방과 전염의 경향이 세계의 객관적이고 구성적인 차원을 형성할 수 있다고 주장한다. 여기서는 개체들 간의 '인접성'과 그에 따른 '모방'과 '전염'이 고정된 장소성을 벗어나는 탈영토화의 과정을 촉진시키는 중요한 운동들을 표현하는 개념어로 등장한다. 이 경우 문학작품 속에 등장하는 감정적 인력과 척력은 문학의 장 바깥에서 존재하는 계급 관계들의 동형성을 은밀하고 모호하게 반영하는 것이 아니라 그와 반대로 기능할 가능성을 지니게 된다. 즉, **특정한 문학적 감응**affect **관계 속에서 작동하는 모방과 전염이 계급과 신분의 선을 넘어서는 활동을 가능하게 한다**는 것이다. 이는 문학적으로 형성된 감응의 전염과 확산이 기존의 사회구조를 파괴하고 변화시키며 새로운 공간의 창출에 기여할 수 있음을 의미한다.

모방과 전염을 통한 변화라는 사유 아래서는 메시지의 정확한 전달이라는 문학의 투명한 소통 모델이 더 이상 유지되기 힘들다. 소통 모델에 따르면 문학작품은 작가가 독자에게 보내는 일종의 우편물로 간주될 수 있다. 작품이라는 편지에는 수취인인 독자에게 보내는 메시지가 있고 제대로 된 독자라면 그것을 읽을 수 있다는 것이다. 그 과정에서 독자는 교화되거나 교육된다. 그런데 이처럼 작품이 일종의 우편물로서, 한 공간에서 다른 공간으로 전달되는 메시지를 담고 있는 것으로 간주된다면 거기에서

의 세계, 즉 표상 아래 단계의 질료를 이루는 작은 모방들, 대립들, 발명들……에 관심을 가졌던 것이다. 타르드의 책에서 가장 뛰어난 곳은 관료제나 언어학 등에서 이루어진 미세한 혁신을 분석한 부분이다. 뒤르켐주의자들은, 그것은 심리학이나 관계-심리학이 될 수는 있어도 사회학은 아니라고 반박했다. 그러나 이들의 주장은 표면적으로만, 첫번째 근사치로 볼 때만 올바르다. 미시-모방은 한 개인에서 다른 개인으로 진행되는 것처럼 보이는 것이다. 이와 동시에 더 심층적으로 볼 때 이러한 미시-모방은 개인이 아니라 흐름이나 파동과 관련되어 있다. 모방이란 흐름의 파급이다. 대립이란 흐름의 이항화, 이항 구조화이다. 발명이란 다양한 흐름의 결합 또는 연결 접속이다. 그러면 타르드에게서 흐름이란 무엇인가? 그것은 믿음이나 욕망(모든 배치물의 두 양상)이다. 흐름이라는 것은 항상 믿음과 욕망의 흐름이다. 믿음과 욕망은 모든 사회의 토대이다"(질 들뢰즈·펠릭스 가타리, 『천 개의 고원』, 김재인 옮김, 새물결, 2001, 416~417쪽).

모방과 전염의 관념을 발견하기는 어려울 것이다. 들뢰즈와 가타리는 『카프카: 소수적인 문학을 위하여』*Kafka. Pour une littérature mineure*에서 소포클레스의 극본대로 매번 비슷한 오이디푸스의 비극적 운명을 재현하는 대신 오이디푸스가 통치하던 도시국가 테베의 지도를 만들어야 한다고 말한다. 그런데 그들이 테베의 지도를 만드는 방법으로 제안하는 것은 흥미롭게도 편지 보내기다. "수령자destinataire로 운명destin을 대체하기."[10] 일견 모방과 전염에 대한 강조와 이 우편물 모델은 양립 가능한 듯이 보이지는 않는다. 이미 어떤 메시지의 전달을 통해 우리가 결국 교화되고 그 교훈들에 의해 규정된 역할을 맡게 된다면 처음부터 소포클레스 연극 속에서 분배되는 역을 연기하는 것과 큰 차이가 없을 것이기 때문이다. 그렇게 되면 우편물의 수취인이 됨으로써 극 속에서 이미 결정된 운명을 수용하는 것은 '대체'가 될 수 없다. 운명의 꼭두각시를 넘어서 새로운 수령자-되기는 과연 어떻게 가능한가?

카프카는 밀레나Milena Jesenská에게 보낸 편지에서 편지의 저주에 대해 설명한 적이 있다. 드라큘라와도 같이 "자기에게 키스를 허용한 사람의 피를 어느 새 빨아 버리는 유령과 필연적으로 관련되어 있다는 것"이 편지의 저주이다.[11] 편지를 펼쳐 본 사람은 흡혈로 인해 죽어 버리고 그 순간 드라큘라로 변신한다. 나아가 이 드라큘라는 주변의 근접한 인물들을 깨물고 피를 빨며 흡혈의 인자를 온 데로 퍼뜨린다. 이것은 모방과 감염의 과정에 대한 비유이다. 우편물의 수취인들은 흡혈의 변신을 통해 그 자신의 지정된 자리, 고정된 주체의 자리에서 사라져 버린다. 보들레르가 「드라마와

---

10 질 들뢰즈·펠릭스 가타리, 『카프카: 소수적인 문학을 위하여』, 이진경 옮김, 동문선, 2001, 79쪽.
11 같은 책, 75쪽.

벨레로폰과 페가수스

코린토스의 왕자 벨레로폰은 날개 달린 말 페가수스를 타고 하늘로 올라간 영웅으로 유명하다. 그
는 아르고스에서 도피하던 중 그 나라 왕비 안테이아에게 사랑을 고백받았다. 그러나 벨레로폰이
사랑을 거부하자 정념에 휩싸인 왕비는 간계를 부려 편지를 전달한 자를 죽이라는 서신을 그에게
들려 리키아의 왕에게 보낸다. 서신 전달자의 편에 그를 죽이라는 내용의 편지를 보내는 이러한 모
티프는 『햄릿』에서도 등장하며 이 때문에 벨레로폰 효과는 '햄릿 효과'라고 불리기도 한다.

정직한 소설』Les Drames et les romans honnêtes에서 다음과 같이 선교사적 교화
에 대한 격렬한 분노를 통해 강조하고자 했던 것은 바로 문학적 소통의 악
마적 특이성이다. "부르주아 학파와 사회주의 학파, 이 두 대립적인 학파
속에서 유사한 실수를 발견한다는 사실은 참으로 고통스럽다. 교화합시
다! 교화합시다! 그들은 모두 선교사들의 열정으로 소리 지른다. 물론 한
쪽은 부르주아 도덕성을, 다른 한쪽은 사회주의자의 모럴을 부르짖는다.
그때부터 예술은 프로파간다에 불과하게 된다."[12]

　프로파간다로서의 문학에 반대하는 모방과 감염의 문학에서 죽음의

12　오영주, 「19세기 계몽담론과 문학의 자율성」, 『한국프랑스학논집』 66집, 2009, 208쪽에서 재
　　인용.

위험에 처하게 되는 것은 수취인만이 아니다. 우편배달부로서의 작가 역시 동일한 위험에 처한다. 우편 모델에서 왜 작가는 발신자가 아니라 배달부인가? 편지의 메시지는 문학의 천공에 사는 선한 뮤즈의 것이거나, 작가의 사회적·정치적 자리 속에서 작가에게 각인된 것으로 간주되기 때문이다. 작가의 고유하고 독창적인 메시지는 없다. 세속적 세계로부터의 절대적 단절을 가정한다면 그것은 뮤즈의 것으로 표현된다. 그렇지 않다면 작가의 생애 속에서 교차하며 수렴된 사회적 영향 관계의 총합으로 간주될 것이다. 이도 아니라면 절반의 뮤즈와 절반의 사회경제적 질료들이 뒤섞인 것으로 간주될 것이다. 그러므로 작가는 손으로 쓰는 행위를 통해 메시지를 전달하는 사람일 뿐이다. 그는 순결하고 무한한 꿈의 메시지든, 사심 없이 교훈적이고 정치적인 메시지든 그저 전달하는 사람이며 독자는 작품을 통해 그 메시지를 제시간에 제대로 도착한 우편물마냥 수령하는 사람이다.

그러나 모방과 감염의 문학에서 작가─우편배달부는 편지를 전달하는 이를 즉시 죽이라는 내용의 편지를 가지고 오는 그리스 신화 속 인물 벨레로폰의 운명을 지닌다. 우편물은 언제나 어떤 의미에서 우편배달부의 죽음을 욕망한다는 의미의 '벨레로폰 효과'는 악마적 문학의 발송 과정에 강력하게 내재해 있다.[13]

그러므로 모방과 감염의 문학에서 문학적 메시지는 하나의 운명적인 장소에서 나와 다른 운명으로 미리 채워져 있는 또 하나의 장소로 전달되는 것이 아니다. 편지 속에서 뿜어져 나오는 무엇인가가 우편배달부를 살

---

13 우편의 벨레로폰 효과에 대한 흥미로운 분석으로는 제프 베닝턴, 「포스트의 정치학과 국가 제도」, 호미 바바 엮음, 『국민과 서사』, 류승구 옮김, 후마니타스, 2011, 196쪽을 참고하라.

해하고 수취인을 전염시키며 죽음에 이르게 한다. 문학은 선교사적 교화의 프로파간다들(메시지)이 전달되는 장소들을 사라지게 만든다. 장소들은 정해진 혹은 분배된 운명을 지닌 채로 존재하지 않는다. 다만 우편물이 열리는 순간 우편배달부는 죽고 하나의 장소가 개시된다.

따라서 두 종류의 우편물이 존재한다. 장소를 탄생시키는 문학적 우편물과 장소들의 주어진 구획을 강고하게 하는 우편물. 외젠 바이예Eugène Vaillé는『프랑스 우편제도사』Histoire générale des postes françaises에서 "우편은 발신자 본인이 명확히 표현한 그대로의 생각을 담은, 따라서 절대적 진실성을 보장하는, 증거 서류의 전달을 실행하는 본질적 장점을 가진다"라고 썼다.[14] 제프 베닝턴Geoff Bennington의 설명에 따르면 여기서 바이예의 강조점은 생각이나 메시지가 아니라 메신저나 배달부에 있다. 메시지의 전달을 보장해 주는 것은 배달부가 따르는 우편 제도다. 우편에 대한 바이예의 정의는 이런 관점을 보다 분명하게 드러내 준다. "우편은 운송 기간, 가격, 규칙성을 담보하는 미리 설정된 조건에서 발신자의 생각이 물질적 증거 서류 위에 자신이 전사한 그대로 전달되는 것을 보장하는 규정된, 흔히 정부의, 제도다." 바로 이런 견해로부터 "사회적 삶에 절대적으로 필요한 제도로서 문명의 시작에서부터 그 쓸모가 분명했던 우편은 사회적 삶의 형성과 더불어 나란히 등장했음이 분명하다"라는 결론이 나온다.[15]

제도로서의 우편 모델은 배달부의 활동 규칙이 되며, 메시지의 투명한 전달을 확증하고 메시지의 전달 과정과 그 극으로서의 수신자와 발신자를 정확히 규정하면서 사회적 공간을 구획 짓는다. 이를 적용해 보면 문

---

14 베닝턴, 「포스트의 정치학과 국가 제도」, 191쪽에서 재인용.
15 같은 글, 191~192쪽에서 재인용.

학적 정보가 유통되는 (우편) 제도로 인해 문학적 장이 존재하며, 정치적 정보가 유통되는 (우편) 제도로 인해 정치의 장이 존재한다고 말할 수 있다. 이와 달리 악마적 우편 '제도'는 새로운 우편 미학과 우편 정치학의 가능성을 내포하고 있다. 악마적 우편물을 통해 우리는 제도에 대한 확신이 무너지는 공간, 사실들의 권역에서 우편배달부의 죽음과 수취인의 실종을 알리며 새로이 열리는 그 공간에 들어서게 된다.

3. 문학의 아토포스, 공간의 연인들

벤야민은 『일방통행로』에서 참된 문학을 위해서는 기민한 언어가 필요하다고 말한다. 기민한 언어는 이미 구획된 장소에 묶이지 않은 언어다. 날쌘 단도처럼, 날카로운 이빨처럼 전달자와 수취인을 살해하는 언어를 통해 벤야민은 사회적 삶 혹은 장소들을 변화시키려고 한다. 그에게서 감추어진 축이나 이음매가 강조되는 이유는 작동을 멈춘 하나의 유기체적 기계를 다시 온전하게 작동시키기 위해서가 아니다. 그가 주목하는 것은 사회적 장소들 사이의 축과 이음매에서 하나의 장소가 탄생되고 기계에 기름을 치는 순간 새로운 움직임이 생겨난다는 사실이다. 우리는 미학적 벨레로폰주의, 그리고 그것을 가능케 하는 기민한 언어와 문학적 공간에 관련된 사유를 구체화시키기 위해, 우리 사회의 예술적 공간과 정치적 공간의 이음매에서 발생했던 최근의 활동들을 고찰해 볼 필요가 있다.

이 고찰에 도움을 줄 한 가지 흥미로운 사례는 홍대입구역 부근 철거 예정 건물에 있던 식당 두리반에서 있었던 '불킨 낭독회'이다. '1월 11일 동인'[16]이 주축이 된 이 낭독회는 매우 '순수한' 문학적 의도로부터 시작되었다. 두리반 낭독회의 주제들은 통념적인 의미에서의 정치적인 색채를 지녔다고 할 수도 없었다. 행복, 천사들의 도시, 집, 태양, 밤, 노래 등 이데올로기적이라기보다는 낭만적이고 일견 감상적으로 보일 수도 있는 주제들이 선정되었고, 그 주제들에 관련된 시나 소설의 구절들, 사적이고 다정한 대화들, 그리고 전투적이고 민중적인 뉘앙스를 느끼기에는 지나치게 잔잔하거나 사이키델릭한 노래들로 낭독회 프로그램들이 구성되었다.[17]

---

16 「문학, 빼앗긴 공간에 채움의 불을 켜다. 1월 11일 동인의 <불킨 낭독회>」, 『E-MAGAZINE』, 2011.2.25 참조. 2009년 여름에 시작된 작가선언69의 다양한 활동이 인연이 되어 시인, 소설가, 평론가, 가수, 북디자이너 등이 '잡소한 사춘기 문화집단 1월 11일'을 만들었다. 이 '1월 11일 동인'의 구성원들은 작가선언69의 다양한 활동에 적극적이었지만 동인을 결성할 무렵에는 문학적 활동에 집중해 보고 싶다는 마음이 컸다. 자유롭고 안정적으로 문학 낭독회를 할 수 있는 장소가 필요했고 두리반은 그러한 장소로 쓰이기에 나쁘지 않았다. 그것은 두리반에 모여든 인디 음악가들도 비슷했다. 두리반이 싸움과 협상에서 승리했을 때 타결을 기뻐하면서도 농담 반 진담 반으로 "이제 우리 어디서 공연하지?"라고 하며 아쉬워했다고 한다. 그것은 두리반 문제 타결에 대한 무관심이 아니라 예술과 참여의 이음매에서 발생한 이 새로운 공간에 대한 자각과 애정을 보여 주는 발언이다.

17 가령 소설가 윤이형은 낭독회에서 SF문학의 거장으로 꼽히는 레이 브래드버리(Ray Bradbury)의 소설 『민들레 와인』(Dandelion Wine, 1957)을 읽었다. 그는 (부엌에서 맛있는 음식을 만들기 좋아하는) "할머니의 잃어버린 행복한 공간(부엌)을 돌려주고자 하는 속 깊은 하숙생들의 이야기라서" 이 소설을 골랐다고 했다. '1월 11일 동인' 중 한 사람인 박시하 시인은 "출판 자본과 관련 없고, 자발적이고, 즉흥적이고, 다양하고……. 그래서 어떤 낭독회보다도 더 문학에 본질적이었다고 할까. 사실 초반엔 낭독회가 문학적으로 너무 좋아서, 막상 두리반에 별 도움이 안 되는 것 같아 (동인들이) 안줴녀 사장님한테 무척 미안하기도" 했다고 말한다. 불킨 낭독회는 2010년 11월에 시작되어 두리반 문제가 마무리되던 2011년 6월의 '드디어 불킨 낭독회'에 이르기까지 8개월 동안 매달 진행되었다. 박시하, 김현, 이진희 시인 등 '1월 11일 동인' 시인 이외에도 다양한 시적 경향을 지닌 시인, 작가, 소설가 들이 자신들이 자유롭게 골라 온 작품들을 낭송하였다. 시인 이영광, 배영옥, 권현영, 김경인, 조동범, 하재연, 심보선, 김경주, 이성미, 이은규, 김경후, 신해욱 등 30~40대의 작가들뿐 아니라 박회수, 박성준, 김승일, 최정진, 황인찬, 주하림, 유병록 등 20대의 발랄한 신인 작가들도 낭송에 참여했다. 낭독회에 참여한 젊은 비평가 허윤진은 조연호의 시를 읽었고, 강동호는 밤의 빛들에 대한 파스칼 키냐르(Pascal Quignard)의 아름다운 산문을 읽었다. '작란'(作亂)처럼 동인 전체(유희경, 서효인, 정한아, 오은)가 참여해 동인 낭독회를 꾸린 경우도 있었다. 성기완 시인(3호선 버터플라이)과 최정우 평론가(레나타 수이사이드)처럼 가수로 와서 노래를 부르는 경우도 있었고 반대로 '1월 11일 동인'의 한 사람인 이이언(밴드 MOT)처럼 가수가 카프카의 장편(掌篇)을 낭송하는 경우도 있었다. 소설가로는 황정은, 박민정, 윤이형, 조해진 등이 낭송에 참여하였다. 윤진화 시인은 배우들을 초대하여 시극을 공연하기도 했다. 물론 송경동, 김사이와 같이 이른바 민중문학 경향의 작품들을 쓰는 작가들도 초대되었다. 그 밖에도 극작가 최창근과 '1월 11일 동인'이며 문학과지성사의 북디자이너인 정은경이 참여했으며 낭독회에 온 시민들도 낭독에 참여시켰다. 시민 낭독자

싸움의 공간으로서 두리반의 현실적 의미를 각인시키는 시간은 낭독회 시작 무렵의 간단한 사회자 멘트나 말미에 잠시 주어진 두리반 주인 안종녀·유채림 부부의 발언 정도가 전부였다. 사회참여에 대한 강렬한 윤리 의식이 아니라 철거 공간에서의 시 읽기를 거북살스러워하지 않을 정도의 느슨한 문학적 엄숙주의가 있었다. 문학은 순결하고 아름답고 치열한 것이며 그래서 아무것이나 노래해서는 안 되고, 같은 맥락에서 아무 곳에서나 노래되어서는 안 된다는 엄숙주의는 다소 개인차는 있지만 작가들에게 생래적으로 존재하는 것일지도 모른다. 그러나 이런 생래적 엔젤리즘이 작가의 고집이나 의도대로 지속될 수 있는 것은 아니다. 낭독회를 꾸려 간 동인들이 두리반에서 낭독회를 진행하면서 그 장소를 채우는 활동의 정치·사회적 의미에 대해 별반 생각하지 않고 또 그 공간에 참여하거나 초대된 작가들이 단지 우정의 차원에서 낭독을 할 뿐이라고 '가정'한다고 하더라도, 문학의 천사 혹은 순수한 문학의 벨레로폰은 그곳에 도착하자마자 살해된다. 그곳은 채워지기를 금지당한 장소이며 어떤 의도에서든 그곳을 채우는 순간 노래는 새로운 감각적 의미를 획득한다. 이 철거 장소에서의 문학적인, 너무나 문학적이기만 한 시 낭독이 계간지의 얌전한 지면에 실린 강력한 정치적 메시지의 시 창작보다 덜 정치적인 활동이라고 말할 수는 없다. 따라서 진정한 천사-작가들은 이러한 장소를 경계한다. 정치적이거나 사회참여적인 시가 아니라 읽고 싶은 시를 마음대로 선택해서 읽어도 좋다고 아무리 제안을 해도, 낭독 공간이 불순하다는 이유로 초대

는 불킨 낭독회 일정을 트위터에 홍보할 때 섭외하거나, 당일날 즉석에서 자원을 받기도 했다. 낭독회는 무료였으며 자발적인 모금을 통해 모인 금액을 두리반 투쟁 기금으로 돌리는 방식으로 진행되었다. 불킨 낭독회가 끝나자 동인들은 명동의 재개발 지역인 마리카페에서 '말이 mari낭독회지'를 이어 갔다.

를 거절한 이들도 더러 있었다고 한다. 이러한 이들이야말로 철거의 사회적 텅 빈 공간을 문학적 발화의 붐비는 공간으로 바꿀 때 발생하는 정치성에 대해 예민한 감각을 지녔다고 할 수 있다.

다른 사회적 싸움의 장소인 홍대 앞 클럽 '빵'에서는 매달 마지막 수요일마다 콜트콜텍 노동자를 위한 문화제가 열렸는데 이곳에서 작품을 낭송할 때도 작가들은 투쟁 공간의 수호천사들이 부를 만한 선전선동 시보다는 작가 자신이 즐겁게 읽을 수 있는 소재의 시를 선택해서 읽었다. 그것은 사실 상투적인 정치선동 시에 대한 젊은 시인들의 거리감의 표현일 수도 있지만, 다른 한편으로는 그 공간을 풍부하게 만들려는 예술가들의 무의식적 시도이기도 했다.[18] 현재 우리가 한 장소에서 대화하고 이해하며 공유해야 하는 사회·정치적 사건들은 사실상 전대미문의 사건이 아니라 회귀하는 사건들이다. 사건들에 대한 정보들은 범람하며 이전과 같이 정보

---

18 박시하 시인은 자작시 「우주정복」을 클럽 '빵'에서 읽었다. 시인의 말에 따르면 이 시는 두리반에서 불킨 낭독회를 하면서 느낀 감정과 사유들을 표현한 작품이라고 한다(이 시는 박시하, 『눈사람의 사회』, 문예중앙, 2010, 21~23쪽에 수록되었다). 이처럼 이전의 공간에서 경험한 문학적 감응은 또 다른 공간에서 작품이라는 결과로 발표됨으로써 한 싸움의 장소에서 다른 싸움의 장소를 환기시키며 서로 다른 장소들을 연결하기도 했다. 김현 시인은 「게리가 무어라고 하든 복제품을 위한 추도사」라는 자작시를 읽고 이 작품을 계간지 『시로 여는 세상』 2011년 여름호에 발표했다. 이 작품은 세계 기타 시장의 30%를 차지하고 있는 주식회사 콜트콜텍에서 해고된 노동자들의 문화제에서 "세상에서 가장 슬프게 기타를 치는 사나이", "전설의 기타리스트"로 불리는 게리 무어(Gary Moore)를 불러내며 추모하고 있는 듯 보인다. 그러나 사실 이 시는 기타리스트 게리 무어의 연대기를 빌려서 악기의 연대기를 쓰고 있으며 이에 따라 실제로 추모되는 것은 그해 2월에 죽은 기타리스트가 아니라 그의 기타들, 즉 '복제품'이다. 이 시는 노동자들의 투쟁에 대해 단 한마디도 직접적인 언급을 하고 있지는 않지만 전설의 기타리스트와 우리가 귀가 닳도록 듣던 그의 음악, 가령 시에서 등장하고 있는 「Still Got The Blues」를 위해 무수히 부서지고 새롭게 만들어지는 악기에 대한 상념으로 우리를 이끈다. 그리고 이 악기의 실존을 부각시킴으로써 김현의 시는 "먼지 가득한 공장에서 오로지 아름다운 기타를 만들기 위해 손가락이 잘리는 산업재해의 위협 속에서 20년간" 기타를 만들었지만 하루아침에 해고되고 마는(「우리는 기타노동자다 "콜트콜텍 기타노동자와 음악인이 함께 만드는 공장락페스티벌"」, 『스스로넷뉴스』, 2012.7.25) 노동자들의 실존을 강하게 환기시킨다. 물론 악기 노동자의 실존에 대한 환기는 작품 속에서 내용적으로 직접 언급됨으로써가 아니라 그 시가 읽혀지는 장소(문화제가 열리는 공간)와 작품의 접속을 통해서 이루어진다.

에 대한 완전한 통제나 은폐는 불가능하다. 오히려 문제는 범람하는 다양한 관점의 정보들 속에서 정보가 정보를 가리며 사건들이 잊혀져 가는 경우가 대부분이라는 점이다.

우리 시대의 진실은 아무도 모른 채 깊이 숨겨져 있는 것이 아니라 정보 더미 사이에 아무렇게나 내팽개쳐져 있다. 따라서 예전처럼 신문이나 뉴스가 보도하지 못한 것을 시나 소설이 직설적으로 보고해야 할 필요보다는 어떤 사건을 거대한 무관심으로부터 환기시키고 그 사건의 공간을 채우는 정서들을 여러 겹으로 만들어 그 겹겹이 쌓인 공간들, 정서의 미로들 속에서 더 많은 이들이 오래 놀고 헤매고 사유하게 만들 필요가 있다. 정치적 사건들을 특수하게 신성한 공간 속에 보존하는 대신 음악을 듣고 연애하고 친구 사귀는 일처럼 일상적이고 익숙한 공간으로 데려올 필요가 있는 것이다. 그렇다면 어떤 작품들이 지닌 모종의 모호함이란 정치적 의식의 부족분이 아니라 이전과는 달라진 정치적 공간과 문학적 공간의 접속에서 발생하는 하나의 효과로 이해될 수도 있지 않을까?

이러한 고려는 작품의 소재에 따라 작품의 정치성을 평가하는 태도로부터 거리를 유지하게 한다. 모든 곳에서 정치적 메시지의 전달을 언제나 직접적이고 노골적으로 표현해야 한다는 과도한 강박은 벤야민의 표현대로 "괜히 젠체하기만 하며 일반적인 제스처만 취하고 마는" 정치적 작품을 양산하는 결과를 가져올지도 모른다. 중요한 것은 작가가 정치적 "확신"의 차원에서 얼마나 심각함과 진정성을 과시하느냐의 여부가 아니라 "현재 활동 중인 공동체들에 영향을 미치기에 훨씬 더 적합한, 언뜻 싸구려처럼 보이는 형식들"을 "사실들의 권역" 안에서 발명하는 것이다. 전단지, 팸플릿, 신문기사와 플래카드처럼 이미 80년대를 거치면서 빤하고 언뜻 구식으로 보이는 것들을 다르게 반복하는 일이 필요하다. 가령 작가선언69의 '한 줄 선언'은 선언이라는 구식의 형식 속에서 정치적 입장 표명과 더불어 자신의 문학적 역량을 실험해 보려는 노력 같은 것이었다.

2000년대 작가들에게 정치적 진리를 실현하기 위해 정치적 효용성에 문학을 종속시켜야 한다는 희생정신은 찾아보기 힘들다. 그러나 그것을 단순히 윤리의식의 희박화로만 치부할 수는 없다. 그러한 희생정신은 일종의 특권의식에 기반하는 것이기도 할 터인데, 정치적 진리를 드러내는 최고의 표현 형식으로서 문학의 절대적 특권성을 외치는 것은 이제 작가 집단 내부의 감정적 위무라면 몰라도 정색을 하고서 제기할 주장은 아닌 것이다. 이런 점에서 보자면 특권의식의 부재는 어느 정도 자연스러운 현상이고 크게 비난할 것이 못 된다. 따라서 정치적 공간과 문학적 공간의 이음매를 이으며 새롭게 사유하려는 시도에는 강력한 미학적 욕망이라고 부를 만한 것이 존재한다고 말할 수 있다. 그리고 바로 그 욕망이 정치적 의견 개진을 위해 시민 주체로 활동하면서 예술가적 주체를 숨기고 지우는 방식의 활동에 머물지 않고 시민적 공간을 예술가적 주체로서 범람하려는 시도들을 만들어 낸다.

정치적이고 사회적인 공간을 자신의 창작 조건의 하나로 들여오려는 시도는 일종의 문학적 도전이다. 작품이 발표되는 공간은 계간지의 고요한 지면이 아니라 철거 예정 건물이거나 사람들이 모인 광장이 된다. 비교적 작은 공간 안에 모인 사람들과의 대면 속에서 발표되는 시, 몇백 명의 사람들과 함께하는 광장에서 발표되는 시, 만 명이 넘는 사람들이 모인 역전에서 발표되는 시. 이 시들의 리듬과 어조는 각각 달라진다. 예술가는 변화의 욕망과 더불어 변화되어야 할 강제를 느낀다. 이러한 이중 구속으로 인하여 작품의 분위기는 다양한 방식으로 바뀌고 작품이 발표되는 공간을 최대한 변화시키려는 문학의 욕망이 기대 이상으로 효과를 거두기도 하고 실패하기도 하면서 하나의 장소성을 개시한다. 이렇게 광장을 향해 창작된 작품들은 계간지에 실리기도 하고 개작의 과정을 거쳐 시집에 수록되기도 하고 누락되기도 한다.[19] 흔히 시집에 수록되는 것을 작품의 최종적 완성으로 간주하기 하기 때문에 시집에 실리는 작품은 시의 완성도에 따라 선별된 것으로 생각되곤 한다. 실제로 많은 시인들이 계간지 지면에 발표된 작품들 중 문학적 완성도가 높다고 생각되거나 특별한 애착을 지닌 작품들을 선별하여 시집으로 묶는다. 그러나 다른 한편으로 생각해 보면 사람이 죽거나 쫓겨난 공간, 혹은 수천수만 명의 사람들이 모인 공간에서 낭송되기 위해 쓰인 시는 시집의 지면에 얌전히 기록되었을 때 그 시적 효과가 급격히 줄어든다. 그것은 광장과 접속하였을 때 울림의 효과를 예상하며 그에 가장 적절한 리듬과 호흡을 고민하며 쓰는 시이다. 교통 인구의 교차 지점인 기차역 광장을 싸움과 애도의 공간으로 창조하려는 시적 백터는 그곳을 떠나와 시집이라는 틀에 담기기에는 부적절한 것일 수 있다. 그래서 시집에 수록하기 위해 광장의 작품을 고칠 경우에도 그것은 본래는 낮았던 문학적 완성도를 높이는 과정이라기보다는 시집이라는 형식에

---

19 종종 언론에 의해 '사회참여의 전면에 나섰다'라고 언급되는 시인 심보선의 서정적인 시 「인중을 긁적거리며」는 두리반에서 처음 발표되었고 나중에 계간 『문학동네』의 지면에 실리고 두번째 시집 『눈앞에 없는 사람』(2011)에도 실렸다. 용산참사 1주기 기념시 「거기 나지막한 돌 하나라도 있다면」은 수천 명이 모인 서울역 광장에서 발표된 후에 시집에 실렸다. 그러나 2차 희망버스 결집을 위해 쓰인 「크레인에서 태어난 인간」은 실리지 않았다. 그 시집의 발문을 쓰면서 나는 왜 그 시를 싣지 않았는지 물은 적이 있는데, 그는 다음과 같이 말했다. "그 시의 운명은 그 공간(부산역)에서 낭송되고 사라지는 것이라고 느꼈다. 읽히고 사람들 사이를 맴돌고 사라지는 순간 그 자체가 작품인 듯이 여겨졌다. 그것은 시를 함께 읽었던 송경동, 김선우 그리고 거기 함께 있었던 모든 이들의 시처럼 보였다. 그런데 시집에 수록될 때 작품들은 훨씬 더 강하게 나의 소유로 느껴진다. 시집이라는 형식은 강력하게 저자(authorship)를 드러낸다. 그런데 시집을 내고 생각해 보니 실었어도 좋았겠다는 마음도 든다. 책이라는 형태도 결국 고정된 것은 아니니까. 광장에 함께 있었던 이에게 다시 그 순간을 불러낼 수도 있고 함께 있지 않았던 이에게 그 순간을 상상하게 할 수도 있고 또 다른 광장에 모인 사람들과 함께하는 시가 될 수도 있었다."

가장 부합하는 또 다른 문학적 세공을 하는 과정으로 이해할 필요가 있다.

우리는 구비문학에 대한 종이문학의 우위, 즉 문자의 제국주의에 대해서는 날카롭게 비판하면서도, 시집으로 기록되는 작품들이 그와 다른 방식으로 기록되고 표현되는, 순간 속에 머물다가 순간 속으로 달아나는 작품들보다 문학적 수월성秀越性을 지닌다는 식의 암묵적 위계에 대해서는 확신하는 편이다. 그러나 우리가 손쉽게 문학성이라고 부르는 것은 사실 문학사 속에 보존하기 편리한 문학적 염장도鹽藏度가 높은 작품과 형식에 대한 선호에 불과한 것일지도 모른다. 우리는 보관하고 유통하기에 편리하고, 그래서 특정 식자재를 가공하여 판매하기로 결정한 식품업자처럼 문학작품에 대해 판단하고 결정하는 것이다. 염장성이 강한 문학적인 반복 순환(등단→계간지 발표→시집 출간→계간지 발표→시집 출간으로 되풀이되는 문학적 선분들로 구획된)의 토포스에 거주하는 한 '대체로' 문학의 천사는 추락하거나 타락하지 않으며 우편배달부는 자신을 살해할지도 모르는 위험사회로부터 거리를 두고 안전해진다. 그러나 문학의 천사는 종종 변덕스럽고, 벨레로폰은 사랑의 정념이 증오의 정념으로 이행하는 것을 막을 수 있을 만큼 사랑의 사건에서 주도면밀한 존재가 아니다. 바로 이 때문에 천사와 벨레로폰이 문학의 토포스를 넘어서 노래를 흘리고 정념들을 전염시키는 일이 발생하게 된다.

최근에 있었던 쌍용자동차 22인 추모 문화제에서 심보선 시인은 「스물세번째 인간」이라는 시를 발표했다. 시청 앞 대한문의 그 공간은 시인에게는 일종의 신작 시 발표회 장소이기도 했다. 시인은 광장에서 쓰여지는 작품들의 휘발성에 매혹된 것처럼 보인다. 그는 7개월만에 쓴 시를 그곳에서 발표했다고 한다. 단순히 사회참여라는 정치적이고 윤리적인 당위 때문이 아니라 스물두 명의 이어진 죽음을 둘러싼 겹겹의 사건이 촉발시킨

강렬한 감응("그의 눈동자"[20]) 속에서 그 사건을 사유하고 감각하려는 미학적 욕구 때문이었다. 결코 저항할 수 없는 영감에 강제되어 자신에게 문학적으로 새로운 공간들과 사랑에 빠지는 것. 이러한 문학적 기투는 롤랑 바르트Roland Barthes가 '아토포스'라고 불렀던 것을 닮아 있다. 아토포스atopos는 장소를 의미하는 그리스어 토포스topos에서 유래한 단어이다. 여기서 'a'는 부정과 결여의 접두사로서, 아토포스는 비장소성으로 번역될 수 있다. 이 단어는 어떤 장소에도 고정될 수 없어서 그 정체를 알 수 없다는 의미로 소크라테스의 대화자들이 그에게 붙여 준 것이라고 한다. 바르트는 이러한 비장소성이 사랑의 사건에 내재한다고 보면서 "내가 사랑하고, 또 나를 매혹시키는 그 사람은 아토포스다"라고 말한다.[21]

---

20 시인이 시를 쓰지 않을 수 없게 만든 "그의 눈동자"에 대해서는 『웹진 문지』에 연재된 '문디의 영향 아래에서'의 두번째 이야기 「높은 곳에서의 요구」를 참조하라(이 연재물은 곧 책으로 묶여 출간될 예정이라고 한다). 이 글에서 "그의 눈동자"는 쌍용차 분향소에 상주했던 한 노동자의 붉게 충혈된 눈동자이자 'mundi'(세계)가 시인에게 떨어뜨린 몇 방울의 영감이다. 이 눈동자는 시인의 표현에 따르면 "엄정한 명령"의 형태로 찾아오지만 도덕적 요구가 아니라 분명 "영감"이다. 물론 시를 청탁한 이는 송경동 시인이다. 어느 사적인 자리에서 심보선은 "나는 요즘 경동이 형의 수족이 된 것 같아"라고 말하며 웃었다. 수족이 된 사연은 송경동 시인의 석방을 호소하는 '두근두근 반작용 낭독회'에서 소개되어 있다. "형(송경동 시인)과의 우정 때문에 처음 희망버스를 타게 됐다"라며 "별 생각없이 형을 쫓아간 1차 희망버스는 내게 굉장히 큰 사건이었다"라고 말이다(「희망버스 송경동 시인을 응원하는 '두근두근 반작용 낭독회' 개최」, 『민중의소리』, 2011.11.27).
  『감정교육』의 두 친구에 대한 부르디외 식의 분석에 따라 이 둘 사이의 우정은 프티부르주아(시인)가 노동자(시인)에게 경도되면서 생겨난 사건으로서 규정해야 할까? 워낙 기회주의적 계급인 프티부르주아 지식인-작가들은 노동자와 부르주아 계급 사이에서 끊임없이 동요할 수밖에 없다는 사회학적 희화화를 택하는 대신, 나는 송경동에 대한 심보선과 그 밖의 많은 동료 작가들의 우정을 들뢰즈의 '감염'이라는 철학적 용어로 표현하고 싶다. 송경동의 문학적 제안은 그와 친밀해진 동료 작가들이 자신의 고유하고 독특한 문학적 자리라고 여기던 장소성을 탈피하면서 다른 장소성에서 자기들의 문학적 역량을 발휘하고 표출하는 계기를 만들었다. 그는 정치적·사회적 대의를 위해서 성금을 내라고 할 수도 있고 사회적 선언에 이름을 내거나 물품을 기증하라고 요구할 수도 있었다. 그런데 그는 번번이 동료 작가들에게 시를 쓰고 읽으라고 요구했다.
21 롤랑 바르트, 『사랑의 단상』, 김희영 옮김, 동문선, 2004, 60쪽.

정체가 모호한 공간, 문학적이라고 한 번도 규정되지 않은 공간에 흘러들어 그곳을 문학적 공간으로 바꿔 버리는 일. 그럼으로써 문학의 공간을 바꾸고 또 문학에 의해 점유된 한 공간의 사회적-감각적 공간성을 또 다른 사회적-감각적 삶의 공간성으로 변화시키는 것이 문학의 아토포스이다. 이렇게 떠도는 공간성, 그리하여 결코 확정할 수 없는 방식으로 순간의 토포스를 생성하고 파괴하며 휘발시키는 일에 예술가들이 매혹될 때 우리는 그들을 공간의 연인이라 부른다. 이 연인-작가들에 의해 작동하는 문학의 아토포스는 우리가 미학의 정치라고 불렀던 것의 또 다른 이름이다.

7장

시, 숭고, 아레테 : 예술의 공공성에 대하여

1. 아방가르드와 미학적 스노비즘 사이에서

> 나는 새로운 것을 원했고, 이미 수없이 지나간 길들로부터 떨어지기를 원
> 했다. 그렇기 때문에 나의 첫 전시회는 바사렐리Victor Vasarely에게 바쳐졌
> 다. 그는 찾는 작가였다. 이어서 나는 1945년에 아틀랑Jean-Michel Atlan을 보
> 여 주었다. 왜냐하면 그 역시 괴상하고 다르며, 새로웠기 때문이다. _ 드니즈
> 르네[1]

중국 시인 베이다오北島는 문화혁명을 겪은 뒤 그의 시대에 대해 이렇게
말했다. "비겁함은 비겁한 자의 통행증, 고상함은 고상한 자의 묘비명." 이
쓸쓸한 시구를 읽으며 우리 시대 젊은 시인들의 문학적 통행증은 무엇인
지 생각해 본 적이 있다. 아마 관점의 차이는 있겠지만 대부분의 사람들이
2000년대 이후 한국 문학의 패스포트는 새로움이었다는 점에 동의할 것

---

1 피에르 부르디외, 『예술의 규칙』, 하태환 옮김, 동문선, 1999, 211쪽에서 재인용. 드니즈 르네
(Denise René)는 프랑스 현대 미술의 흐름에 큰 영향을 미친 화상(畵商)이다.

이다. '낯설고 파격적인 실험을 감행하는 젊은 시인들'은 2000년대에 등단하여 이제 30~40대가 된 일군의 시인들을 지칭하는 표현이었다. 물론 이 새로움이 통행증이기만 한 것은 아니었다. 그들은 그 낯선 감각 덕택에 자폐적이고 분열적이라는 비난을 받기도 했다. 그렇지만 현대의 철학적 이론들로 무장한 젊은 평론가들의 현장 비평은 이 기묘한 감각의 작품들에 심오한 미학적 근거를 제공하면서 새로운 실험들의 문학적 서식처를 마련하는 데 크게 기여하였다.

그러나 새로움은 근래 한국 문학만의 통행증은 아니다. 돌이켜 보면 그것은 현대 예술사의 가장 강력한 통행증이기도 했다. 현대 예술에서 새롭다는 것은 종종 만연한 미적 형식의 파괴를 수반하는 것이었고, 대중적 미감을 넘어선다는 점에서 탁월성arete을 뜻하였다. 또한 그러한 탁월성은 예술적 수난의 이유가 되기도 했다. 탁월성은 보편적인 합의를 이끌어 내는 취미판단으로부터 벗어나 있기 때문에 가장 현대적인 예술가는 늘 몰이해와 모욕에 시달릴 수밖에 없다. 그 점에서 새로운 것은 탁월한 것이고 숭고한 것이다. 새로운 것은 예술가의 통행증이자 예술가를 순교자로 만드는 숭고한 묘비명이다.

그렇지만 미학적 새로움과 탁월성, 그리고 숭고함의 관계를 이렇게 단순하게만 정리할 수 없음을 지적하는 분석들에도 우리는 익숙하다. 미학적 새로움에 대한 예술적 찬사가 시장의 유통 속도에 따른 신상품 선호와 다를 바 없다는 견해들. 모든 예술가에게 가장 아름다운 것이란 가장 최근에 등장한 미학적 스타일이 아니냐는 조롱들. 이런 견해들이 비판하는 문학적 스노비즘의 행태에 대한 사회학적인 분석은 부르디외의 저작을 통해 가장 잘 확인할 수 있는 것이다. 부르디외는 카르뱅 향수의 예를 들면서 세련된 것과 촌스러운 것, 새로운 것과 낡은 것, 예술적인 것과 대중적인 것의 완고한 이분법적 구분이 빠지게 되는 딜레마에 대해 언급했다.

1960년대 프랑스에서 카르벵 향수는 고급한 취향을 지닌 젊은 파리지앵들이 가장 선호하는 향수였다. 그러나 평범한 취향으로부터 자신을 구분 지으려는 사람들의 열망으로 고객들이 점차 늘어나면서 카르벵은 더 이상 고상한 취향과 평범한 취향을 구별 짓는 표식의 기능을 할 수 없게 되었다. 구분 짓기 활동의 증식은 독특한 향수의 평범화를 매우 빠르게 진행시켰다. 결국 사람들은 이렇게 생각하게 되었다. '이 아가씨 저 아가씨 다 뿌리고 다니는 카르벵을 쓰다니 취향이 참 촌스럽군.' 이는 새롭고 낯선 스타일을 선택적으로 고수함으로써 평범하고 촌스러운 것들로부터 자신을 철저히 구별 지으려는 태도가 궁극적으로는 촌스러움으로 귀결된다는 아이러니를 보여 준다. 즉 '비평범화의 효과의 평범화'가 발생하는 것이다. 이처럼 공통의 취향과 구별되는 것을 의도적으로 찾는 행위는 '스노비즘'으로 명명될 수 있다.[2] 부르디외가 표현하듯이 "자기들이 젊었을 때의 멋쟁이 향수에 여전히 집착하고 있는 우아하지만 늙어 가는 여자들"의 운명은 한때 새로웠던 모든 예술의 운명이기도 하다. 따라서 새롭다는 것은 오직 아방가르드의 양식('젊은 문학')이 아주 소수에 의해 유지되고 예술적 주류로 승인받기 직전까지만 탁월함과 숭고함의 동의어인 것처럼 보인다.

이제 2000년대 젊은 시인들의 이질적 감각은 더 이상 한국 문학에서 이질적인 것이 아니다. 각종 문예지의 신인문학상 투고작들을 보면 낯설고 이질적인 것으로 간주되었던 어법들과 스타일들이 이제는 거의 주류를 이루고 있다. 그 스타일들은 낡았다고까지는 할 수 없지만 적어도 평범한

---

2 부르디외, 『예술의 규칙』, 336쪽.

것이 되어 버렸다. 그러나 하나의 스타일이 만연하여 새롭지 않다고 해서 그것의 미학적 가치가 사라졌을까? 그렇지 않다. 세련됨과 촌스러움을 무심결에 새로움과 낡음, 순수예술과 대중예술의 동의어로 간주하면서 이것을 심각한 이론적 대립 구도로 사용하는 미학적 스놉들을 제외하고는 누구도 그렇게 말하지 않을 것이다. 2000년대의 젊은 시인들이 실험했던 시적 아름다움의 가치는 새로움이나 세련됨이라는 단순한 어휘로 표현될 수 없는 것 속에 있다.

젊은 작가들은 그저 새로움을 추구하기 위해 낯설게 말한 것이 아니다. 그들은 문학의 공간에 기입되어 있지 않은 자기들의 실존을 드러내는 문학적 가시화의 방식을 만들어 내려고 했다. 거미줄 같은 골목들이 아닌 아파트 대단지 사이의 반듯한 통로를 오고 가며 자라난 아이들, 유럽의 전래동화와 일본의 B급 만화나 영화 등에 익숙하고, 휴대전화 기종보다 많은 풀꽃 이름들에 대해서는 전혀 아는 게 없으며 오타쿠의 생활양식이 크게 불편하지 않은 아이들. 현란하고 감각적인 이미지의 자극 속에서 사유하는 존재로 성장한 세대들이 스스로를 표현하는 고유한 문학적 실존 양식이 이 기묘한 예술가들의 작품 속에서 드러난다. 이렇게 표현된 아름다움은 이 젊은 시인들의 문학이 누군가에게 한물간 카르벵 향수처럼 느껴지게 될 순간에도 남아 있을 어떤 것이다. 그러므로 '새로움'이나 아방가르드의 '미학적 실험'과 같은 용어들은 다소 조심스럽게 사용되어야 한다. 그 용어들이 너무 거칠게 혹은 일종의 미학적 알리바이로 사용될 때 그것들은 스노비즘으로 이어질 수 있다. 그렇다면 미학적 새로움과 탁월성은 어떻게 속물적 지평을 넘어 숭고한 것이 될 수 있을까?

2. 숭고의 탈근대적 역전

숭고에 대해 가장 널리 알려진 현대적 이론은 리오타르의 숭고론이다. 리오타르의 숭고론은 칸트의 숭고 개념을 의도적으로 오독한 것으로 평가된다. 이 의도적 오독의 미학적 논점을 분명히 파악하기 위해서는 칸트 미학의 자율적이고 형식미학적인 성격을 비판하고 있는 부르디외의 견해를 살펴볼 필요가 있다. 부르디외는 개인들의 취미판단이 그들의 계급적 위계에 따라 달라진다고 주장한다. 조사 결과에 따르면 하층계급은 예술 자체보다는 예술에 구현된 대상의 사회적 가치에만 관심을 갖는다. 대상의 사회적 가치가 낮을 때도 아름답다고 느끼는 것은 컬러 사진처럼 그 색깔이 감각적 자극을 제공하는 경우뿐이다.[3]

그렇다면 회화의 색채나 소나타의 부드러운 음색 같은 것은 초계급적 미적 공감을 형성할 요소라고 보아야 하지 않을까? 그런데 색채나 음색이 주는 감각적 즐거움을 대상에 대한 아름다움의 판단과 동일시하는 것은 정확히 칸트의 미학적 입장에 반대되는 것이다. 칸트는 감각적 즐거움과 미적 공감을 분명하게 구분하기 위해서 '형식'을 미학 안으로 깊숙이 들여온 철학자이기 때문이다. 그는 아름다운 그림과 음악에서 미적 합목적성을 드러내 주는 것은 색채와 음색이 아니라 그림의 도안이나 악곡 구성의 구조라고 보았다.[4] 색채와 음색은 아름답지 않다. 그것들은 다만 감관에 쾌

---

3 자세한 논의는 이 책 4장의 설명(83~86쪽)을 참조하라.
4 이에 대해서는 오희숙, 「칸트의 음악미학」, 『음악이론연구』 9집, 2004 참조. 칸트는 예술을 말의 예술, 형태의 예술, 아름다운 감각유희의 예술로 구별하였다. 말의 예술인 문학과 시는 예술 체계에서 가장 높은 위치를 차지하고 음악과 색채예술은 가장 낮은 위치를 차지한다. 그는 음악은 오직 시의 도움을 받을 때만 비로소 미적 이념을 표현한다고 본다. 음악이 예술적인 자유미를 표현할 수 있는 것은 각각의 음들이 가진 음색 때문이 아니라 "음의 연결로 형성된 수학적 형식"이 합목적성을 지니기 때문이다(같은 글, 144쪽).

적한angenehme 것일 뿐이다. 그것들은 형식에 의해 취해지는 미적인 쾌와 더불어 향유될 수는 있겠지만, 양자는 서로 다른 것이다. 오직 형식만이 아름답다. 그러므로 사람들은 색채나 음색에 대해서는 의견을 달리할 수 있지만 형식에 관해서는 의견을 일치해야 한다는 것이 칸트의 미학적 결론이다.

그러나 리오타르는 음색이나 색채가 미적으로 쓰일 수 없다고 보는 칸트의 결론을 역전시킨다. 그에게서 이것들은 미적 형태로 쓰일 수 없기 때문에 칸트적 주체의 형식적 능력으로부터 벗어난 가장 자율적인 영역으로 새롭게 자리매김될 수 있다. 미적 판단이 늘 형식에 집착하는 것과 달리 감각적인 것aistheton은 인간 정신에 형태의 불가능을 현시하면서 괴로움과 수난의 사건으로 드러난다. 이 사건에서 발생하는 느낌이 바로 숭고이다. 리오타르에 따르면 모든 물질적 사건들은 두려움과 동시에 일어나는 환희, 즉 강력한 자극을 받았으나 특정한 형식적 표현으로 돌려줄 길 없는 "난해한 채무의 감정"을 우리의 정신에 선물한다.[5] 음색이나 색채는 피라미드나 난폭하게 요동치는 바다처럼 대상을 총체적으로 형태화할 수 없는 정신의 무능력을 드러내 주는 물질적 사건으로 규정된다. 칸트에게서 숭고의 느낌은 한계를 갖는 상상력과 한계 없이 총체성을 욕구하는 이성의 위대한 능력의 불일치에서 오는 불쾌의 쾌로 이해되었다. 그러나 리오타르에게서 숭고의 느낌은 이성의 위대한 능력에서 비롯된 것이 아니라, 물질에 압도당한 이성의 무능력에서 비롯된 것이다. 칸트적 숭고에서 무능력한 것은 상상력이었지만 리오타르적 숭고에서 무능력한 것은 이성이다.

이와 같은 숭고의 탈근대적 역전은 예술가에게 어떤 의미를 가질까?

---

5 자크 랑시에르, 『미학 안의 불편함』, 주형일 옮김, 인간사랑, 2008, 148쪽에서 재인용.

이것은 지성과 상상력의 조화로운 일치를 통해 하나의 완결되고 구조적인 형식미를 추구하거나 총체성을 추구하려는 모든 미학적 태도들로부터 단호히 결별할 것을 예술가에게 요구한다. 미는 조화로운 형식이라는 칸트 미학의 특성뿐만 아니라 숭고 개념이 전제하는 이성의 총체성이라는 주체적 능력조차 부정함으로써 리오타르는 19세기와 20세기의 모든 정치적 악몽을 생산해 낸 전체성, 단일성, 하모니의 향수를 지워 버리라고 요구하는 것이다.[6] 이로써 숭고한 현대 예술은 압도적인 대상(전체성)으로부터 느끼는 황홀감을 생산하는 예술과 가장 멀리 있는 것이 된다.

리오타르 식의 탈근대적 숭고 예술은 히틀러가 "나의 완벽한 독일 여성"이라고 불렀던 레니 리펜슈탈Leni Riefenstahl 식의 숭고한 예술에 대항하는 것이다. 국가사회당 대회를 촬영한 그녀의 다큐멘터리 영화 「의지의 승리」Triumph des Willens는 "무아경의 자기통제와 복종을 통해 일상 현실을 초월할 수 있는 공동체의 서사시"를 가장 매혹적인 스타일을 통해 보여 줌으로써 그 현실을 모두가 기꺼이 추구할 만한 것으로 만들었다.[7]

거기에 존재하는 황홀경의 미학은 두 가지 측면에서 설명될 수 있다. 이 황홀경의 미학은 한편으로는 조화를 추구하는 미학이다. 『카이에 뒤 시네마』Cahiers du Cinéma에 실린 인터뷰에서 인터뷰어가 「의지의 승리」와 「올림피아」Olympia에서 드러나는 형태에 대한 관심에 특별히 독일적인 면이 있는지를 질문하자, 리펜슈탈은 조화로운 형태를 지닌 아름다움에 대한 갈망은 매우 독일적인 것이라고 답변한다.[8] 그러나 그녀가 말하는 조화미

---

6 장-프랑수아 리오타르, 『포스트모던의 조건』, 유정완·이삼출·민승기 옮김, 민음사, 1992, 180~181쪽.
7 수전 손택, 『우울한 열정』, 홍한별 옮김, 시울, 2005, 42쪽.
8 자세한 인터뷰 내용은 같은 책, 40쪽을 참조하라.

영화 촬영장의 리펜슈탈(위) / 히틀러와 함께 있는 리펜슈탈(아래)

"나는 무엇이든 아름다운 것에 자연스럽게 끌린다고 말하고 싶습니다. 네,
아름다움, 조화요. 그리고 아마도 이런 조화에 대한 관심, 형태에 대한 갈
망은 사실상 매우 독일적인 것일 겁니다. 하지만 나 자신도 그게 어떤 건지
는 잘 몰라요. 지식이 아니라 무의식에서 나오는 거니까요……. 무슨 대답
이 더 듣고 싶으신가요? 무엇이든 순전히 현실적이고 일상적이고 평범하
고 흔해 빠진 것에는 관심이 가지 않습니다. 나는 아름답고 강하고 건강하
고 생동감 넘치는 것에 매혹됩니다. 나는 조화를 추구해요. 조화가 이루어
지면 행복합니다"(손택, 『우울한 열정』, 39~40쪽에서 재인용).

는 일상적이고 현실적인 대상이 지닌 형식이 아니다. 그것은 황홀하게 압도하는 대상에 대해 총체성을 추구하는 미학으로서, 미보다는 숭고 개념과 연결되는 것처럼 보인다. 이것은 나치 영화를 찍기 전에 리펜슈탈이 산악 영화에 몰두했다는 사실에서도 드러난다. 산의 수직적 이미지와 인간적 한계에 직면하게 하는 자연물로서의 산악은 종종 숭고의 미학을 구현하려는 예술작품들의 주된 소재로 등장하곤 한다. 그녀는 산악 영화 제작으로 유명한 아르놀트 팡크Arnold Fanck의 무성영화 「성스러운 산」Der heilige Berg에 배우로 출연한 바 있으며 「푸른빛」Das Blaue Licht, 「저지대」Tiefland 등의 산악 영화를 감독했다. 영화에서 "산은 너무나 아름다우면서 동시에 위험한 곳, 자아의 궁극적 확인이자 자아로부터의 해방을 (해방되어 용감한 형제애나 죽음의 품에 안기기를) 종용하는 장엄한 힘"으로 제시된다.[9] 산악의 신비한 푸른빛은 주인공에게 정복되지 않고 다만 선하고 위대한 정신이 그에게 존재했음을 증언하는 것으로 영화는 마무리된다.

리오타르의 숭고론은 절대적 조화를 추구하는 미의 형식주의뿐만 아니라 이성의 총체성 추구에서 비롯되는 숭고의 감정, 이 양자를 예술에서 몰아내려는 시도이다. 그에게 양자는 모두 파시즘의 징후에 불과하다. 수전 손택Susan Sontag이 설명하고 있듯이 국가사회주의가 "오직 잔인함과 공포정치만을 일삼았다는 것은 오해이다. 국가사회주의는 — 더 넓게 말해 파시즘은 — 어떤 이상, 오늘날 다른 기치 아래에서 계속되고 있는 이상도 주창하였다. 예술로서의 삶이라는 이상, 아름다움에 대한 숭배, 용기에 대한 물신주의, 공동체의 황홀경 속에서 소외의 해소, 지식인 배격, 남성 중심 가정(지도자가 어버이 역할을 하는) 등등".[10]

---

9 손택, 『우울한 열정』, 31쪽.

손택의 문구에서 특별히 눈길을 끄는 것은 "예술로서의 삶이라는 이상"과 "아름다움에 대한 숭배"라는 표현이다. 여기서 단순히 우익적 정치 편향만이 아니라 예술로서의 삶, 그리고 삶의 예술가라는 이상, 혹은 미학적 공동체에 대한 이상이 모두 파시즘의 위험한 징후로서 감지된다. 그렇다면 이러한 위험의 감지하에서 시인-예술가에게 남아 있는 가능성은 무엇인가? 조화로운 형식에 대항하는 형식 파괴의 실험, 좌파와 우파 가릴 것 없이 미학적 공동체의 비전을 추구하는 모든 예술·문화·사회 운동에 대한 준엄한 비판만이 파시즘의 강철 그물에 걸리지 않고 유영하는 자유의 양 지느러미가 될 것이다. 그 결과 숭고의 미학의 한편에는 형식(혹은 재현)의 불가능성을 입증하기 위한 형식 파괴 실험에 강박적으로 몰두하는 아이러니스트 예술가들이 존재하고, 다른 편에는 아름다운 이상, 공동체, 희망의 운동이 담지한 재앙들을 예견하는 카산드라적 예술가들이 존재하게 된다.

3. 숭고한 예술의 가능성: 아이러니스트와 카산드라적 예언자

숭고의 미학이 지닌 또 다른 특징은 아이러니스트 예술가들과 카산드라적 예술가들은 특별히 선하다는 것, 즉 예술의 윤리화 현상이다. 숭고의 미학을 추구하는 예술에서 나타나는 형식 파괴나 재앙에 대한 증언은 모두

---

10 손택, 『우울한 열정』, 52쪽. 이와 관련해서는 다음의 논의를 참조하라. 트로츠키는 1938년 『파르티잔리뷰』에 「미술과 정치」(Art and Politics in Our Epoch)라는 글을 실어서 스탈린 치하에서 벌어지고 있는 '오피셜 아트'와 함께 미국의 자본주의에 대해 비판하면서 미술은 외부의 간섭과 영향을 받아서는 안 된다고 주장했다. 당시 이 잡지에 관계했던 그린버그는 1939년에 「아방가르드와 키치」라는 글을 『파르티잔리뷰』에 발표한다. 그는 (트로츠키와 유사한 어조로) 재현적 미술에 대한 거부를 통해 정치와 사회와 독립된 예술 자체의 성격을 추구해야 된다고 말했다(김영나, 「클레멘트 그린버그의 미술이론과 비평」, 『서양미술사학회 논문집』 8집, 1996 참조).

불쾌의 쾌를 생산한다. 그리고 바로 불쾌의 생산이 선한 것으로 여겨진다. 이 예술들이 불쾌의 느낌을 준다는 이유로 소비의 대상에서 제외되기 때문이다. 숭고의 예술작품은 항상 시장으로부터 외면당함으로써 상업 미학의 술책을 통해 만들어지는 '예술의 (상업적) 삶'과 거리를 유지할 수 있다. 이런 특징은 리오타르의 숭고론보다 아도르노나 그린버그 류의 숭고의 미학에서 더욱더 선명하게 나타난다. 이것은 "예술의 극단적 자율성을 정치적·사회적 해방의 약속과 연결시킨 맑스주의의 전통"을 따르고 있다.[11]

그런데 자본주의 향락 경제와의 결별을 선언하는 예술의 극단적 자율성이 그 효력을 발휘한 영역은 순진한 난해 시인들과 소설가들의 작품들이 전부였던 것 같다. 예술의 극단적 자율성이 가장 강조되었던 미술 영역에서 자율성의 정치적 효력은 매우 희극적인 방식으로 드러났다. 그린버그에 의해 가장 자율적인 예술로 소개된 추상표현주의는 뉴욕현대미술관MoMA이 중앙정보국과의 협력하에 가장 지지하는 예술이 되었다. 이러한 흐름에 힘입어 1949년 당시 매주 500만 부를 발행하던 미국 최대의 잡지 『라이프』는 '미국 미술의 빛나는 새 현상'이라는 특집으로 추상표현주의를 대대적으로 소개했다. 전략적 캠페인이 벌어지는 가운데 석유왕 록펠러는 추상표현주의 작품들에 대해 기업적 차원의 투자를 했다. 그는 체이스맨해튼은행을 장식하기 위해 2500여 점의 작품을 구입했고, 비교적 싼 가격에 구입한 이 작품들로 후일 엄청난 경제적 이익을 얻었다.[12]

이와 같은 사실들은 숭고의 예술들이 보여 주는 극단적인 형식 파괴가 그 자체로 자본주의적 향락 경제나 비참한 인간소외를 고발하는 위대

---

11 랑시에르, 『미학 안의 불편함』, 154쪽.
12 이주헌, 「냉전 문화전쟁의 무기로 이용된 '전위'」, 『한겨레신문』, 2009.3.16.

노먼 록웰(Norman Rockwell), 「기도」(Saying Grace), 1951.
이 작품은 2013년 12월 뉴욕 소더비 경매에서 약 488억 원에 팔렸다. 추상표현주의
가 현대 미술을 휩쓸기 전에 그려진 미국 미술(American art) 중에서는 최고가의 경
매 가격이라고 한다. 사실 미국 중산층의 삶을 따듯하고 유머러스하게 그린 록웰은
추상표현주의가 등장하기 전까지 미국인에게 가장 사랑받고 인기를 누렸던 화가이
자 일러스트레이터였다. 그러나 전후 미 중앙정보국은 소련과의 '문화 전쟁'에서 유
리한 고지를 점하기 위해 가장 미국적인 미술가를 제치고 가장 추상적인 미술가들의
작품을 부상시키는 전략을 택했다. 미술평론가 이주헌의 설명에 따르면 CIA는 이렇
게 판단했다고 한다. "유럽의 지성들에게 그와 같은 '철 지난' 구상화로 미국 문화의
우수성을 과시한다는 것은 가당찮은 일이다. 오히려 미국을 문화의 변방 국가로 보
이게 할 위험성이 있다"(이주헌, 「냉전 문화전쟁의 무기로 이용된 '전위'」).

한 예술 활동의 보증서는 아님을 보여 준다. 이것은 비단 미술 분야만의 이야기는 아니다. 인기 드라마의 여주인공이 들고 있던 괴테의 『이탈리아 기행』, 효과적 마케팅으로 베스트셀러가 된 레비스트로스의 『슬픈 열대』의 성공은 문학작품이나 인문 서적의 내용·형식·난이도와 시장에서의 흥행이 필연적 연관이 있는 것은 아니라는 점을 보여 준다. 다소 비관적으로 말하자면 근근이 유지되는 '극단적으로 자율적인' 예술작품들의 자율성은 자본과의 싸움을 통해 능동적으로 쟁취된 것이라기보다는 그저 시장의 외면 속에서 자연스럽게 외면당한 결과에 불과한 것처럼 보인다. 그러한 상황에서 남아 있는 유일한 미덕은 '적어도 나는 시장이나 대중을 향해 곁눈질을 하지 않았다'는 예술가의 윤리적 태도이다. 그 같은 호객 행위를 하지 않고 살아가기 위해 예술가가 얼마나 가까스로 버텨야 하는지 알고 있는 우리는 숭고의 예술이 지닌 이 눈물겨운 윤리성에 경의를 표한다. 그러나 (호객 행위는 없었으나) 불현듯 시장으로부터 초대받았을 때 쉽게 거절할 수 없는 예술가의 생활난 또한 잘 알기에 숭고의 예술가들이 자본의 손을 잡고 시장으로 들어가는 것(물론 이것의 외양은 '미술관 안의 위대한 혁명'이다)에 대해 비난을 하기는 어렵다.

아이러니스트의 흔들리는 숭고한 윤리성에 비하면 카산드라적인 예술가의 숭고한 예언은 조금 더 강건해 보인다. 예언자 카산드라는 거대한 목마로 인한 트로이의 멸망을 예언한다. 미래에 대한 그녀의 예언은 정확했다. 그녀는 트로이 시민들의 달콤한 희망을 보존하기 위해 진실을 외면하는 대신 정직함을 선택했다. 숭고의 예술가들은 총체성의 추구가 가져올 암울한 미래에 대해 한 치의 타협도 없이 정직하게 예언한다. 그들은 카산드라와 마찬가지로 재앙의 예언자이다. 우리는 미래에 재앙을 피할 수 있으리라는 확신을 가질 수 없다. 이처럼 희망의 확실함에 맞서 불확실성을 고지하고 총체성에 파산을 선고하는 그들의 태도는 숭고하다. 이 경우 총체성, 아름다운 공동체라는 거짓에 대한 비판은 단순한 형식 파괴적 실험에 머물지 않는다. 아름답고 총체적인 공동체를 재현하는 자리마다 '여기 악이 있었다'라는 발견들, 그것에 대한 놀랍고 충격적인 내용과 표현 들이 존재한다. 이것들이 일상의 인과적 내러티브에 따라 구성되는 것이 아니라 비일상성과 비합리성의 내러티브로 구성되기 때문에 종종 이것은 현시 불가능한 것이 있다는 사실에 대한 현시로 간주되고 이러한 맥락에서 숭고의 예술로 명명된다.

  그러나 이 예술작품들이 리오타르의 표현대로 '현시 불가능한 것이 있음에 대한 현시'든 아니면 랑시에르가 지적한 바대로 비합리성의 논리를 따르는 '새로운 재현 방식'이든, 중요한 것은 이 숭고한 윤리적 예술가의 암울한 예언 내용이 무관심 속에서 외면당하는 운명에 처하게 된다는 점이다. 카산드라의 예언을 트로이 시민들이 아무도 믿지 않았던 것처럼 말이다. 결국 그녀에 대한 불신은 멸망의 예언이 현실화됨으로써만 해소되었다. 이와 달리 오늘날 카산드라의 예언은 또 다른 가능성, 즉 감각적으로 짜릿하게 소비될 가능성을 가지고 있다. 카산드라는 불타는 트로이의 전경 속에서 학살당하는 사람들의 모습을 담거나 트로이의 멸망을 우주적 차원의 알레고리를 사용하는 방식으로 영화화하여 트로이의 5천 관객(고대 트로이의 인구수)을 확보하는 대흥행을 거둘 수 있다. 그렇지만 곧 이 흥미나 관심은 시들해질 것이고 트로이 시민들의 각성 상태를 유지하기 위해서 더 참담하고 난폭한 미래에 대한 영상을 제작해야 할지도 모른다. 이 위대한 고발문학의 극단적 경향은 사실상 숭고의 예술가가 도덕적 각성 상태의 활성화라는 계몽적 목적을 위해 불가피하게 선택하는 전략들로 보인다. 이처럼 암울하고 희망 없는 미래의 수사학은 시의 경우에는 대개 인간 실존의 '쓴맛', 혹은 파편화된 실존의 '날카로움'을 맛보게 하는 정도의 효과에 머물지만 다른 문학 장르의 경우는 구체적이고 구조적인 표현이 절망과 재앙의 미래를 인류가 벗어날 길 없는 강철 우리Iron cage로 만들어 버리는 강력한 효과를 내곤 한다.

4. 아침과 저녁 '사이'에서 숭고해지기

아침에 도道를 들으면 저녁에 죽어도 좋다는 공자를 따르기라도 하는 듯 김수영은 이렇게 썼다. "동무여 이제 나는 바로 보마 / 사물과 사물의 생리 와 / 사물의 수량과 한도와 / 사물의 우매와 사물의 명석성을 // 그리고 나 는 죽을 것이다"(「공자의 생활난」).[13] 아침에 도를 듣고 저녁에 죽는 것은 복 된 삶이다. 오직 사물의 수량과 한도를 알고 세계의 우매와 명석성에 대해 발언하는 사명을 다하고 즉시 죽는다면 매우 행복한 삶이다. 그러나 공자 는 그런 지복의 행운을 누리는 대신 '풀 죽은 모습이 상갓집 개 같다'라고 스스로도 인정할 수밖에 없었던 비루한 삶을 꽤나 오래 살았다. 공자의 저 녁은 너무 더디게 왔다. 사물의 명석성을 바로 보겠다고 선언한 직후에 김 수영이 황급히 자신에게 죽음의 선고를 내리는 것은 바로 공자의 지독한 생활난을 알고 있기 때문일지도 모른다. 만일 그것이 황급한 죽음의 선고 가 아니라면, 죽음이 찾아올 때까지 사물의 생리와 한도와 우매를 바로 보 며 어떠한 생활난도 견디겠다는 결의일 것이다. 숭고의 예술가가 처한 상 황도 옛 성인과 지난 세대의 시인과 크게 다르지 않아 보인다. 그는 재앙에 대한 인식과 그 인식에 대한 전언만으로 그 고귀한 임무를 종결하는 존재

---

13 김수영, 『김수영 전집 1: 시』, 민음사, 2003, 19쪽.

가 아니다. 그는 도래할 재앙을 견디며, 그 재앙을 지연시키거나 물리치기를 희망하며 모종의 생활난에 불과한 삶의 형식들을 구성해야 하는 존재이다.

랑시에르는 도저한 생활난으로서의 삶을 꾸려 가기 위해 삶의 새로운 형식을 구성하는 일에 집중하는 예술의 흐름을 '관계적 예술'relational art에서 발견한다. '관계적 예술'은 프랑스의 비평가이자 큐레이터인 니콜라 부리오Nicolas Bourriaud가 1998년『관계의 미학』*Esthétique relationnelle*이라는 비평서에서 1990년대의 예술의 흐름을 개괄하면서 제창했던 개념이다. 부리오는 관계적 예술이 인간관계와 그 사회적 전체 관계를 새로이 창안하는데 관심이 있음을 강조한다.

개인을 자신의 사적인 소비 공간으로 돌려보내는 텔레비전이나 문학과는 달리, 또한 일방적인 이미지 앞에서 작은 공동체를 형성하는 연극 공연장과 영화관에서와 달리 예술은 관계의 공간을 공고하게 하기 때문이다. 실제로 우리는 극장에서 우리가 보는 것을 즉각적으로 평하거나 언급하지 않는다(토론의 시간은 공연 이후로 미루어진다). 반대로 전시회의 경우, 그것이 비록 활력 없는 형식일지라도 직접적인 —— 매개되지 않고 즉각적이라는 이 표현의 두 가지 의미 모두에서 —— 대화의 가능성이 펼쳐진다. 나는 하나의 동일한 시공간 안에서 지각하고, 논평하고, 움직인다. 예술은 어떤 특수한 사회성을 생산하는 장소이다.[14]

부리오가 말하는 예술의 특수한 사회성은 맑스의 용어로 표현하자면

14 니꼴라 부리요, 『관계의 미학』, 현지연 옮김, 미진사, 2011, 24~25쪽.

일종의 **사회적 틈**을 만드는 일이다. 맑스는 물물교환, 자급자족적 생산 등 자본주의의 일반적 이윤 법칙에서 벗어나 있는 교환 공동체 현상을 표현하기 위해 틈이라는 말을 썼다. 예술의 활동은 틈처럼 이 체계 안에서 지배적인 교환 가능성과는 다른 만남의 가능성이 존재할 수 있음을 알려 주는 인간관계의 공간이라는 것이다. 고대 에피쿠로스학파는 평행하게 낙하하던 원자들 사이에서 하나가 궤도를 이탈하는 편위 운동, 즉 클리나멘 clinamen이 발생함으로서 충돌과 만남이 생겨나고 그 우발적 이탈과 만남 속에서 하나의 세계가 창조된다고 주장했다. 예술작품은 모든 인간관계를 경제적 교환관계로 환원해 버린 세계에 클리나멘으로 작용하면서 만남을 발생시키고 그것을 통해 새로운 삶의 가능성을 추동한다. 그리하여 "모든 작품들은 실현 가능한 세계의 모델이 된다".[15] 그는 특히 90년대의 인터넷 붐이 관계적 예술 활동을 활성화시킬 수 있는 놀라운 가능성을 만들어 냈다는 점에 주목한다. 인터넷에 의해 열린 공간 속에서 전통적 예술작품들은 이전과 다른 방식으로 인간 사이의 관계 형성에 기여한다.[16]

관계적 예술의 가장 유명한 사례는 태국 출신의 예술가 티라바니자 Rirkrit Tiravanija의 「무제-공짜」Untitled-Free로서, 전통음식을 요리해 관객과 나눠 먹는 퍼포먼스이다. 전시회장의 무료 식사는 뉴욕이라는 세계 최고의 부자 도시에서 경제적으로 소외된 이들에 대한 하나의 예술적 문제 제기라고 할 수 있다. 이 퍼포먼스는 '공짜'로 주는 행위를 통해 미술이 상업적

---

15 같은 책, 31쪽.
16 이런 예술적 시도들은 한국에서도 낯선 것은 아니다. 2012년 11월 18일부터 12월 15일 사이에 5회에 걸쳐 열린 'Soul Mating 시 낭독회'와 'Quilted Poem 시 창작놀이 워크숍'은 "시를 이해하고 즐겨 보고자 하는 사람 누구나"를 대상으로 하여 "단어에서 시작하는 시 창작, 놀이로서의 시 쓰기"와 더불어 "영혼을 돌보는 우정의 시간"을 만들자고 제안하였다. 이를 위해 서로 친밀한 관계로 알려진 두 명의 시인들이 짝을 이뤄 함께 시를 낭독하고 시 쓰기 놀이를 원하는 참여자들도 '2인 1조 노트북 1대'로 참여할 것을 요청했다.

이익 추구에서 벗어나 모든 것을 화폐로 교환하는 자본주의적 인간관계로부터 자유로울 수 있다는 것을 보여 준다. 그런 점에서 티라바니자의 작업은 미술에 낯선 박애주의를 도입한다고 평가받는다. 먹을거리를 아무런 대가 없이 나누어 주는 '선물'의 행위를 통해 사람들 사이에는 신뢰와 돈독한 사회적 관계가 형성되고 이는 나아가 넓은 공동체를 형성하는 데 기여한다는 것이다.[17]

관계적 예술은 이런 의도적 과정을 통해 관객과 새로운 관계를 형성하며 관객들이 미술 공동체의 구성원으로 참여하는 것을 예술적 작업의 중요한 계기로 삼는다.[18] 그렇지만 디자인 비평가 릭 포이너Rick Poynor와 같은 이는 대화적이고 상호적인 민주주의를 지향하는 관계적 예술의 외양

---

17 양은희, 「"식사하세요!": 리크리트 티라바니자의 태국요리 접대와 세계공동체 만들기」, 『현대미술사연구』 20권, 2006, 149~151쪽. 관계적 예술의 의의에 대한 자세한 설명과 평가로는 다음을 참고하라. "부리오는 지난 10여 년간 포스트모던 시기를 지나면서 (······) 미술계가 '더 나은 방법으로 세상에서 살아가는 법을 배울' 기회라고 한다. 그는 미셸 드 세르토(Michel de Certeau)의 '문화의 거주자'(a tenant of culture)로서의 예술가 개념을 바탕으로 예술가란 이러한 기회를 통해 세상에 더 나은 삶의 방법을 제시하는 예술을 제시할 수 있어야 하며, 결국 변화하는 정치적, 사회적 삶과 관련된 예술을 추구하는 존재라고 본다. 부리오의 '관계 예술'은 '인간의 상호작용의 영역과 그 영역의 사회적 맥락을 이론적 지평'으로 삼는 예술로서, 기존의 '독립적이며 개인적인 상징적 공간을 주장'하는 예술과 확연히 다르다는 점을 강조한다. 즉, 작가의 독자적 존재와 고독한 표현을 추구하는 분리된 예술이 아니라, 인간과 인간의 상호작용을 보다 원활하게 만들어 주는 일종의 사회적 윤활유의 역할을 한다는 매개체로서의 예술을 제공한다는 점에서, 예술과 사회적 봉사의 영역은 그 경계가 모호해질 수도 있으며, 예술의 존재 자체를 위협할 수 있는 위험부담을 안고 있다"(같은 글, 149쪽).
18 전시장의 음식 나누기 퍼포먼스는 전시회의 오프닝파티 속으로 흡수되어 유사한 목적을 달성하기도 한다. 가령 함성호 시인은 전시회의 오프닝 행사를 '동지파티'(longest night festival)라는 명칭으로 수행했다. 포스터의 글귀에 따르면 "밤이 가장 긴 밤/ (······) / 팥죽과 시와 음악과 퍼포먼스를 나누며 서로가 서로를 구경하며 노는 파티/우리는 모두 삶의 예술가입니다". 여기서 팥죽은 단순히 파티 음식이 아니라 시를 쓰는 시인과 연주하는 음악가, 그리고 퍼포먼스를 보여 주는 미술가 들의 각기 상이한 예술 활동에 '어둠의 기운을 쫓는 행위'라는 공동성을 부여해 주는 매개로 등장한다. 귀신을 쫓는 팥죽을 함께 먹음으로써 이들은 장르의 차이와 무관하게 하나의 예술 공동체를 이루는 시간에 더욱 적극적으로 참여하게 되는 것이다(「초대: 드로잉30. 함성호 <두 집 사이> 전시 오프닝파티」, 2011.12.21 참조).

과 달리 실제로 그 예술에서 만들어지는 관계들의 유형이 지닌 함정에 대해 비판적으로 언급한다. 그가 보기에 관계의 미학에서 영향을 받은 관계적 디자인이 추구하는 관계는 "마치 영원한 사회적 감시와 통제라는 미묘한 형태를 지칭하는 완곡어법처럼 들리기 시작한다".[19] 확실히 관계적 예술들은 자족적이고 내재주의적 공동체 속에 머무르면서 공동체의 연대감을 강화하는 경향이 있다. 티라바니자의 퍼포먼스에서 보이는 무료 급식 수준의 박애주의는 정서적인 훈훈함을 통해 공동체의 균열을 보완하는 데에 기여할 수는 있어도 그것으로부터 자본주의적 생산과 분배의 불균형과 모순을 극복할 실마리를 찾기는 힘들다고 할 수 있다.[20]

따라서 공동체와 삶 전체에 근본적인 파열을 가져오는 숭고의 예술은 필수적이다. 그러나 공동체의 구획들, 경계들을 파열시키면서 동시에 그 파열을 그저 동공洞空으로 남겨 두지 않고 생활의 지리멸렬한 감각을 만들어 내며 삶의 다른 생활양식을 발명하는 예술 활동 역시 필수적이라고 할 수 있다. 물론 현대 미학 안에 공존하는 이 두 예술의 흐름은 정의상으로는 결코 결합할 수 없을 정도로 멀리 있는 듯 보인다. 숭고한 예술은 공동체의 파열에, 관계적 예술은 공동체의 유지에 기여하기 때문이다. 그러나 사실 양자는 아주 가까운 것이기도 하다. 숭고한 예술이 고발의 정점에서 멈추고 재앙의 수태고지 천사로만 존재한다면 그것은 날카롭게 윤리적이기는 하지만 실제로 세계를 변화시킬 수는 없다. 세계가 변화하는 것은 '무엇

---

19 podo, 「관계적 미학을 향한 디자인의 반응들」, 2009.12.22에서 재인용.
20 관계적 예술에 대한 비판적 고찰로는 김기수, 「부리오의 '관계미학'의 의의와 문제」, 『미학예술학연구』 34권, 2011을 참조하라. 부리오 식의 관계 예술이 추구하는 공동체는 "그야말로 연회적인 소규모의 '우아한 유토피아'(dolce utopia)"이며 "자본주의에 대한 근본적 비판이라기보다는 작은 대안의 제시이고, 모더니즘에 대한 비판이라기보다는 '대안적 모더니즘'(altermodernism)의 관점을 대변"하는 것으로 보인다(같은 글, 301쪽).

을 할 것인가?'라는 질문이 던져지고 그 질문의 답이 실행될 때이다. 숭고의 예술이 혁명적인 변화를 가져오지 못한다면 세계를 유지하고 보수하는 데에만 관심이 있는 관계의 예술과 다를 바가 없다. 그럴 경우 랑시에르의 지적대로 숭고의 예술은 딱딱한 버전의 윤리학을, 관계의 예술은 부드러운 버전의 윤리학을 표방한다는 점에서만 차이가 날 뿐이다. 그때 그것들은 안식일 하루만 신앙인을 참회하도록 만드는 성직자의 설교와 비슷해진다. 그 설교가 최후의 심판을 묘사한 묵시록의 내용이든 소박한 이웃사랑의 계명이든 별 차이는 없다.

그러나 양자는 전혀 다른 의미에서 근접한 것이 될 수도 있다. 관계의 예술로 분류되는 활동들이 단지 전시회장이나 공연장에서 벌어지는 것으로 제한될 때 그것들은 확실히 현존하는 세계를 부드럽게 돌아가게 하는 윤활유에 불과할 것이다. 그렇지만 이 관계적 예술들이 항상 미술관이나 공연장과 같이 미학적 공간으로 규정된 곳에서만 존재할 이유는 없다. 그것들은 공장 앞마당과 거리와 비판적인 어젠다를 다루는 시민의 광장에서 수행될 수 있다. 아도르노처럼 자본주의적 '모순'이라 표현하든 리오타르처럼 모호하게 '인간소외'라고 표현하든 그 고통스러운 상황에 저항하는 싸움들은 오늘날 매우 장기화되는 양상을 띤다. 많은 싸움들이 2~3년, 길게는 5~6년씩 지속된다. 따라서 내전의 상황을 방불케 하는 급박한 순간도 있지만, 음식을 나누고 편지를 쓰고 시를 읽으면서 싸움의 공간에서 지리멸렬하게 '생활'해야 하는 순간들이 더 중요해지는 경향이 나타난다.

이런 변화 속에서 관계적 예술 행위들은 손쉽게 반反예술적 공간과 결합할 수 있게 되었다. 전시장 밖으로 나온 이 예술 행위들은 더 이상 사회적 통제의 윤활유라고 보기 어렵다. 오히려 함께 싸우고 생활하는 현장에서, 공동체의 낡은 구획에 근본적 파열을 일으키는 숭고한 예술과 삶의 구체적인 양식들을 발명하는 관계적 예술이 결합한다고 보는 것이 타당할 것이다. 물론 비합법 전위정당의 지도하에 도래하는 혁명적 상황만이 진정한 파열이며 그 밖의 싸움들은 한갓 경제투쟁에 불과하다고 진단하는 입장에서는 다르게 볼 수도 있겠지만 말이다. 일상적 예술 양식들로 싸움의 장소를 꽉 채우는 이 활동들은 벤야민이 표현했던 것처럼 혁명기계가 돌아가도록 '이음새'에 치는 기계유다.[21]

5. 숭고: 탈경계의 움직임

관계적 예술과 숭고의 예술, 재현 가능성과 재현 불가능성, 재현의 정합성과 재현의 부정합성 등, 미학에는 여러 종류의 이분법이 존재해 왔다. 리오타르는 이러한 정적 이분법에 근거하여 "현시할 수 없는 것이 있다는 사실에 대한 현시"라는 숭고 개념을 미학 안에 기입한다. 그러나 장-뤽 낭시는 "적합이든 부적합이든, 순수한 현시나 현시할 수 없는 것이 있다는 사실에 대한 현시는 더 이상 관건이 아니"며 "다만 아름답기만 한 것을 다루는 미학, 현시의 순수한 자기 정합성과 더불어 그것의 끊임없는 자기 향유를 향한 유입을 다루는 미학"에 반하는 운동을 숭고라고 규정한다.[22] 리오타르처럼 현시될 수 없는 것이 존재한다는 것을 현시하는 작은 기술적 실험들에 몰두하는 예술로서 숭고의 논리를 파악한다면 이 논리는 끊임없는 자기 향유를 향한 유입의 논리와 별반 다르지 않다. 그것은 예술사 속에서 불쾌를 주던 것이 쾌로 향유되는 유입의 과정을 그리는 것처럼 보이기

---

21 발터 벤야민, 『일방통행로』, 조형준 옮김, 새물결, 2007, 14쪽.
22 장-뤽 낭시, 「숭고한 봉헌」, 장-뤽 낭시 외, 『숭고에 대하여』, 김예령 옮김, 문학과지성사, 2005, 71쪽. 이하 이 책에서의 인용에서는 '제시'(présentation)를 '현시'로 바꿔서 옮겼다.

때문이다. 그가 아무리 새로운 현시를 찾는 것이 쾌의 느낌을 위해서가 아니라 현시될 수 없는 것에 강렬한 의미를 부여하기 위해서라고 단서를 달지라도 말이다. 숭고는 "미학 바깥으로 나왔다가 다시 미학 내부로 들어오는 것이 아니"다.[23] 낭시는 숭고의 논리는 이러한 예술적 유입의 논리를 넘어서는, "좀더 정확히 말해 경계의 가장자리에서, 따라서 현시의 가장자리에서 발생하는 탈경계의 움직임이 그 핵심"이라고 말한다. 그에게서 숭고의 미학은 "상태의 미학에 맞서는 움직임의 미학"으로 규정된다.[24]

자본과의 전선을 형성하고 있다고 여겨지는 장소들에 관계적 예술들이 넘쳐나고 무자비한 폭력들로 인해 그러한 부드러운 활동들이 와해되는 순간이 올 때까지 그곳에 머물며 예술인 동시에 더 이상 예술이 아닌 어떤 것이 되는 연금술적 전환, 이런 전환이야말로 예술적 재현의 가장자리에서 발생하는 탈경계의 움직임이라 할 수 있다. 모국의 비참한 현실에 대해 격렬한 혁명적 논평만을 일삼을 수 있을 뿐인 망명객마냥, 숭고한 예술들이 머나먼 미술관과 전시장과 홍대 앞 상상마당과 헤이리 예술마을과 문학 계간지의 지면에만 존재할 이유는 없다. 철거지역이나 공장 담벼락에 말라르메의 시나 베케트의 한 구절이 적히면 안 될 이유는 없다. 그곳에는 말라르메나 베케트를 이해할 수 있는 역량을 가진 자들이 한 명도 존재하지 않는다고 해야 할까? 정말 그럴까? 그렇다면 말라르메나 베케트를 사랑하는 자들을 그곳으로 초대하자. 현시할 수 없는 것이 존재한다는 사실만을 현시할 뿐인 그 작품들을 읽는 동안, 우리는 우리가 그곳을 점유하면서 그 실험적 작품들을 읽고 있지 않았더라면 용역에게 끌려가서 폭행당

---

23 낭시, 「숭고한 봉헌」, 93쪽.
24 같은 글, 68~69쪽.

할 운명인 어떤 사람들과의 새로운 관계를 맺고 있는 중이다. 어떤 낯선 사람과의 새로운 관계 형성에 돌입 중인 이 숭고한 예술은 지금 관계적 예술로 전환 중이라고 할 수 있다. 우리는 이러한 전환 속에서 두 예술적 극 사이의 전환뿐만 아니라 삶이 예술작품 속으로 걸어 들어가고 다시 작품이 삶 속으로 걸어 들어가는 움직임을 발견한다. 그 움직임은 '삶보다 탁월한 예술'이거나 '예술보다 소중한 삶'이라는 이분법적 미학을 넘어선다.

재건축 철거에 맞서 투쟁 중인 건물에서 아방가르드 시인들의 작품을 낭송하기, 학습지 노동자들이 농성 중인 광장을 향해 떠오르는 달을 보면서 왕유와 소동파를 베껴 쓰기, 투쟁 기금으로 마련한 백설기를 먹으며 카프카의 소설들과 말레비치의 「검은 사각형」과 만난 첫인상에 대해 쓰기. 어쩌면 낭만적으로 들릴 수도 있는 이런 상황들을 열거하는 것은 이런 예술 활동들로 즉시 아름다운 삶의 유토피아가 지상에 건설될 것이라고 믿어서는 아니다. 다만 종종 이야기되듯이 숭고한 예술이 싸움이 일어나는 지상 근처에라도 내려오면 정치의 미학화라는 파시즘적 경향에 휩쓸리거나 미학적 유토피아의 환상에 빠지고 말 것이라는 이상한 강박들과 거리를 두기 위해서이다. 오직 전시회와 문예지 지면과 예술가가 지정한 야외 공간들, 가령 리오타르가 언급했던 뷔렝의 팔레루아얄 광장과 같은 곳에서만 예술이 숭고할 수 있다면 그때 숭고한 것은 예술이 담긴 특정 공간의 금빛 입구이지 예술 그 자체가 아니다.

6. 숭고와 익명적 탁월성

호머의 영웅들의 핵심적인 관심사는 "언제나 최고가 되어 타인들을 능가"하는 것이었다.[25] 아렌트의 표현에 따르면 '헬라스의 교육가'이기도 한 이

고대 시인에게 인간 삶의 목적은 개인적 탁월성의 추구였다. 이것은 매우 예술가다운 관점이다. 예술가에게 가장 중요한 것은 작품을 통한 탁월성의 추구가 아니겠는가? 또한 이러한 추구를 통해서 가장 탁월한 개인, 최고의 개인이 되고 그러한 개인성의 현현을 통해 공공 세계에 기여하려는 것이 아니겠는가? 그러나 블랑쇼는 "말라르메나 세잔은 다른 개인보다 더 중요하고 눈에 띄는 개인으로서의 예술가"를 꿈꾼 적이 없다고 전한다.[26] 심지어 고흐는 이렇게 말하기도 했다. "나는 예술가가 아니다. 자신이 그렇다고 생각하는 것은 완전히 천박한 일이기까지 하다."[27] 블랑쇼에 따르면 이런 겸손과 자기부정의 말은 한 가지의 목적을 갖는다. 만든 사람을 떠올리게 하지 않는 작품들, 특권적 개인의 능력이나 동기로 환원되지 않는 작품들을 예견하려는 것이다.

　작품에서 예술가가 지워지고 익명적 존재가 될 때 탁월성의 귀속처는 어디인가? 작품의 탁월성은 세월 뒤에 감추어져 희미해진 어떤 개인의 역량을 가리키게 될 것이다. 만일 작품의 탁월성이 작가적 역량의 결과로서 작품에 '실현'되어 있는 것이라면 탁월성을 상상력의 좌절에서 발생하는 숭고와 연결 짓기는 어려워 보인다. 탁월성은 극한에 이른 상상력의 한계가 아니라 작품을 통해서 성공적으로 실현된 개인적 상상력의 성취를 보여 주기 때문이다. 그러나 말라르메와 블랑쇼를 따라 사유한다면 탁월성은 작가의 것이 아니라 오직 작품에 고유한 것이다. 그렇다면 작품에 고유하면서 숭고한 탁월성이란 어떤 것일까? 그것은 작품이 세계로 무한히 열릴 때마다 매번 발생하는 상상력의 좌절에서 오는 느낌이라고 할 수 있을

25　한나 아렌트, 『인간의 조건』, 이진우·태정호 옮김, 한길사, 1996, 94쪽.
26　모리스 블랑쇼, 『도래할 책』, 심세광 옮김, 그린비, 2011, 370쪽.
27　같은 책, 371쪽.

것이다. 예술가가 상상력을 통해 재현하려고 한 것은 작품이 개시되는 순간 무너진다. 작품이 개시되는 공간에서 상상력의 재현은 그곳에 들어선 타자의 시선에 부딪히고 오직 그 부딪힘을 통해서 한계 지어진다. 즉 느낌 Gefühl은 한계에 부딪힌 일종의 접촉으로서만 제공되는 것이다. 이때 느낌은 예술가의 것이 아니다. 그것은 예술가의 상상력에 한계를 제공함으로써만 그 상상력의 촉감을 맛보게 되는 감상자의 것이다. 이처럼 지금-여기에서 읽고 보고 듣는 사람의 촉감이 자기만족적 향유의 파토스를 넘어서는 어떤 자유를 현시할 때 그 작품은 숭고하며 탁월한 것이 된다.

우리가 탁월성이라 부르는 자유의 현시, 숭고라 부르는 이 자유의 느낌은 익명적인 것이다. 그것은 상상력의 좌절을 겪은 예술가에게 속하는 것도, 그 상상력과의 부딪힘을 통해 부딪힘 직전의 자아를 상실하게 된 독자에게 속하는 것도 아니기 때문이다. 그것은 작가의 이름과 독자의 이름을 지워 버리며 출현하는 익명적 탁월성이다. 숭고한 예술가가 작품의 탁월성을 향해 나아가는 방식이란 상상력이 반드시 한계에 부딪히고 말 어느 시·공간에 자기 작품을 놓아 둠으로써 어떤 낯선 사람에게 충격과 느닷없는 자유의 느낌을 제공하는 방식이 될 것이다.

미적 교육의 장에서 훈련된 감상자를 찾아내어 그들을 향해 한계 없는 상상력을 재현하는 예술 역시 소중하고 아름답다. 그 예술가들은 우리에게 만족스럽고 게으른 어떤 향유의 느낌, 일종의 미를 선물한다. 그러나 낭시나 블랑쇼와 같은 이들의 견해는 좀 다른 듯 보인다. 낭시에게 "미 자체는 아무것도 아니다. 그것은 단순히 현시가 저 스스로와 일치하는 경우일 뿐이다."[28] 중요한 것은 경계에까지 다다르는 예술이다. 이러한 예술

---

28 낭시, 「숭고한 봉헌」, 93쪽.

을 위해 숭고한 예술가는 자신의 상상력을 한계에 부딪히게 하는 모든 사물들, 모든 시간과 공간을 찾아다닌다. 블랑쇼는 이 찾아다님을 어둡고 고통스러운 모색이라 생각한다. 이와 달리 "작가나 예술가가 공동체의 부름에 대해 경박한 자기폐쇄로 답하기도 한다. 그들의 시대의 강력한 작동에 대해 자기들의 쓸데없는 비밀을 소박하게 찬양함으로써 답하기도 한다.〔……〕또 그들은 예술을 자기자신 속에 담아 둠으로써 예술을 구하려고 생각하기도 한다. 요컨대 그 경우 예술은 영혼의 한 상태가 될 것이다. 시적이라는 것은 주관적이라는 의미가 될 것이다".[29] 그러나 그것은 우리가 이 자리에서 말하기를 희망했던 숭고한 예술과는 무관한 것이다. 우리가 희망하는 숭고한 예술은 공동체를 파열시키면서 파열의 과정을 구성의 과정으로 이어 가는 예술적 공공성의 지평을 개시한다.

7. 예술적 공공성의 이중적 계기

오늘날 아방가르드의 미학적 실험은 새로움, 즉 비평범화의 효과를 강박적으로 추구하는 미학적 스노비즘과 혼돈되는 경우가 많다. 미학적 스노비즘은 새로움이 미학의 중요한 기준으로 등장한 현대 미학의 이론적 경향에서 비롯된 것이다. 새로움에 대한 강조는 특히 숭고 개념을 중심으로 탈근대적 미학을 개진하고 있는 리오타르의 논의에서 가장 선명하게 드러

---

29 블랑쇼, 『도래할 책』, 372쪽. 문학이 영혼의 상태나 주관적인 것이 아니라면 본질적으로 문학은 무엇인가? 블랑쇼는 이에 대해 다음과 같이 말한다. "이 탐구는 결코 문학이나 그 '본질적' 상태에 관련된 것이 되지 않고, 오히려 역으로 문학을 환원시키고 중성화시키는 것에 관련되는 것이다. 더 정확하게 말한다면 궁극적으로는 문학으로부터 벗어나서 문학을 무시하는 움직임을 통해, 비인칭적인 중성으로만 이야기할 수 있는 지점으로까지 내려가는 것과 관련되는 것이다"(같은 책, 380쪽).

난다. 리오타르의 숭고 미학은 칸트 미학의 탈근대적 역전을 시도한다. 상상력의 좌절을 통해 이성의 위대한 능력을 증언하는 칸트의 숭고 분석과 달리 리오타르의 숭고 분석은 이성 자체의 좌절을 증언하기 때문이다. 의도된 오독을 통해 리오타르는 조화와 총체성을 추구하는 칸트 미학의 이상을 비판하고 20세기 역사를 얼룩지게 한 파시즘적 재앙과 거리를 두려고 한다. 그는 모든 재현적 시도들을 악으로 간주하며 조화로운 형식, 일체의 재현에 파열을 가져오는 새로운 현시만이 탁월성을 지닌 위대한 것이라는 관점을 펼친다.

따라서 숭고의 논리를 표현하는 예술적 가능성들은 형식에 대한 위반을 강조하는 아이러니스트적 활동과 조화와 재현의 시도가 가져오는 재앙을 예견하는 예언자적 활동이라는 두 가지 방식으로 나타난다. 아이러니스트는 예술적 공통감각을 위반하는 형식적 실험들을 통해 탁월성을 입증한다. 그의 숭고한 미학적 실험들은 미적 공통감각과 거리를 두고 있으므로 상품적 유통 구조에 포획되지 않는 것으로 간주된다. 그것들은 이질적 감각을 제공함으로써 현존하는 예술적 공공성의 한계를 지적하고 예술적 공공성에 오직 소극적인 방식으로 기여한다. 이 형식적 실험이 삶의 새로운 구성 활동으로 이어지는 것은 금지된다. 왜냐하면 그러한 적극적 구성 활동은 조화와 총체성을 추구하는 잘못된 몸짓으로 여겨지기 때문이다. 이에 따라 또 다른 숭고의 예술가인 예언자는 공동체의 조화와 총체성을 추구하는 활동들이 파국과 재앙을 결코 피할 수 없다는 사실을 증언하는 것을 주된 예술의 임무로 삼는다.

그러나 숭고의 예술은 단순히 재앙의 고지告知로만 자신의 임무를 제한해서는 안 된다. 삶의 새로운 형식들과 관계들을 구성하는 임무 역시 예술의 중요한 부분이며 이를 통해 예술은 다시 공공성의 지평으로 나아갈 수 있다. 부리오와 같은 이들은 사회적 삶의 양식을 구성하는 예술적 실험을 관계적 예술이라고 규정한다. 이러한 두 흐름들, 숭고의 예술과 관계적 예술은 예술의 공공성에 접근하는 상이하고 대립되는 두 가지 흐름이지만 두 흐름이 결코 만날 수 없는 것은 아니다. 숭고의 예술이 전형적으로 반反예술적이라고 간주되는 공간에 유입될 때 그것은 공간의 가능성을 새롭게 갱신하며 삶의 양식을 구성할 수 있다. 따라서 숭고의 예술을 리오타르 식으로 현시할 수 없는 것이 존재한다는 것을 보이는 기술적 실험들로 규정하기보다는 낭시의 정의를 따라 "탈경계의 움직임"을 핵심으로 하는 "움직임의 미학"을 수행하는 예술로 규정해야 한다. 이때 탈경계의 움직임이란 재현 불가능성에 대한 반복되는 현시가 아니라 현시의, 혹은 (랑시에르의 표현에 따라) 재현의 무수하게 가능한 방식을 드러내며 그것이 드러나는 세계의 감각적 분배 양식 자체를 변경하는 활동이다.

숭고가 칸트의 정의상 이성의 총체성의 추구 앞에서 상상력의 좌절을 드러내는 느낌이라면 낭시의 숭고에서도 상상력은 스스로의 무력함을 느껴야만 한다. 그런데 낭시가 언급한 '탈경계의 움직임'을 '현시의 무수하게 가능한 방식을 드러냄'으로 규정한다면 그 무수한 가능성들 사이에서 무력함의 느낌은 어디에 존재하는가? 그것은 현시의 무수한 가능성이 작가의 상상력이 지닌 탁월성에서 비롯되는 것이 아니라 작품의 익명적 탁월성에서 비롯되는 것임을 밝힘으로써 가능해진다. 예술의 경계에서 예술작품이 드러내는 탁월성이란 작가의 의도된 상상력을 좌절시키며 예술작품이 하나의 시간적·공간적 사태 속에서 드러내는 탁월성이다. 예술의 경계는 예술작품이 직면하게 되는 지금-여기의 시간과 공간을 의미하며 그러한 시공간으로의 침입 속에서 예술은 새롭고 놀라운 현시의 가능성을 그려 낸다. 그러나 이때의 현시는 단순히 상상력의 일방적인 좌절에 머물지 않고 스스로가 침입한 시간과 공간 자체를 변화시키는 사건을 개시한다. 그런 점에서 작품에는 예술적 공공성의 이중적 계기가 내재해 있다고 말할 수 있다. 하나는 예술이 공공성을 결코 삭제할 수 없는 하나의 공간 속에서 드러나며 자신의 현시 가능성을 풍요롭게 한다는 것, 다른 하나는 이 드러남이 그 공간 자체를 변화시키며 새로운 예술적 공공성을 실현한다는 것이다.

3부

문학의 비시간

8장

니체와 문학적 코뮤니즘

1. 공동체라는 질병

장-뤽 낭시는 『무위의 공동체』*La Communauté désoeuvrée*에서 현대 사상의 가장 수다스런 담론 중 하나가 공동체의 붕괴와 관련된 것이라고 진단한다. 현대인들은 공동체의 붕괴나 와해를 현대 세계의 가장 고통스런 상황 중 하나로 느낀다는 것이다. 정치적·이데올로기적·전략적 의미에서 공동체는 완전히 붕괴되었으며 공동체 건설의 시도 역시 불가능한 것으로 간주된다. 그리하여 우리가 근래의 신자유주의적 세계화의 흐름 속에서 지각하게 되는 것은 자유, 언론, 행복이 사유화의 배타적 질서 속에 예속되었다는 사실이다. 그러나 낭시가 보기에 이러한 붕괴에서 더욱 치명적인 것은 개인들의 죽음과 함께 일어날 와해를 극복하기 위한 곳인 공동체가 파괴됨으로써 삶의 의미가 개인의 죽음을 넘어서지 못하고 무의미함 속으로 사라져 버리게 되었다고 사람들이 느낀다는 점이다. 그는 공동체를 거론하는 자리에서 그것의 붕괴로 인한 삶과 죽음의 무의미화를 언급한다.

19세기 말 니체는 무리 본능을 지닌 '최후의 인간'들의 집단적 시도를 대지가 앓고 있는 '질병'으로 파악하면서 위대한 실존으로서의 '주권적 개인'의 중요성을 강조했다. 그는 공동체의 붕괴를 현대사회의 지배적인 병리 현상으로 진단하기보다는 과도한 공동체적 활동이 지닌 위험을 고발하고 경고하는 것을 자신의 주된 철학적 과제로 삼았다. 이러한 문제의식은 현대 철학의 흐름 속에서 계속 이어지고 있다. 그러나 낭시는 나치즘과 사회주의라는 두 종류의 상이한 공동체 운동들이 가져온 참혹한 결과를 하나의 트라우마로 경험한 유럽인들이 어떤 공동체 운동의 시도에 대해서도 주저할 수밖에 없다는 점과 그로 인해 현대 유럽 사회와 그 지적 담론이 처하게 된 곤경을 설명하고자 한다. 이런 관점에서 보자면 공동체주의적이고 집단적인 정치적·사회적 흐름들에 대한 니체의 강력한 경고는 시대적 효력을 다한 것처럼 느껴진다. 공동체 상실의 위기라는 또 다른 현대적 경험을 그의 문제 제기 속에서는 구성해 내기 힘들기 때문이다. 그렇다면 공동체 붕괴 이후의 병리적 시대를 진단하고 그에 대해 적절한 처방을 내리는 데 있어서 니체의 사유는 철 지난 것인가?

혹자는 이 물음의 출발점이 되는 시대 진단 자체가 잘못되었다고 반박할 수도 있을 것이다. 왜냐하면 1980년대 사회주의권 붕괴 이후 우리는 발칸전쟁과 동유럽 국가들의 분열 속에서 강력한 민족주의 운동과 근본주의적 종교 운동의 흐름을 경험하고 있으며 이 흐름 속에서 발생한 학살과 내전, 인종 청소를 떠올린다면 대지의 질병, 즉 무리 본능을 지닌 집단주의적 운동의 소멸을 말하기가 무색하기 때문이다. 따라서 공동체의 붕괴라는 진단 자체가 허구적인 것일 수 있으며[1] 니체의 말대로 당면한 과제는

---

1 이 점과 관련해 낭시의 진단에 대한 상세한 설명이 필요하다. 그는 두 가지 측면에서 이 문제에 접근한다. 먼저 근대 이래 존재했던 공동체적이고 집단주의적 운동은 사실 공동체가 상실되었다는 거짓 관념으로부터 비롯되었다. 모든 이가 사랑과 우애로 하나 되는 공동체는 역사상 존재하지 않았기에 사실 우리는 그러한 공동체를 상실할 수조차 없다. 낭시에 따르면 이런 상실의 관념은 기독교적이다(장-뤽 낭시, 『무위의 공동체』, 박준상 옮김, 인간사랑, 2010, 38쪽). 그리스도

집단주의적 정치나 운동들을 거부하고 그것에 대항하는 주권적 개인의 정치와 운동을 활성화하는 것이라고 결론 내릴 수도 있다. 니체는 공동체란 그 자체로 질병이며 상실되어야 마땅한 것이며 공동체에 대한 어떠한 열망도 퇴락의 징후라고 생각하는 듯 보인다.

그러나 니체의 사유가 이렇게 이해될 때 그가 말했던 주권적 개인의 정치와 그것을 일컫는 또 다른 말인 '위대한 정치'는 소박하고 낭만적인 한계를 지닌 것으로 평가될 수밖에 없다. 니체가 그토록 중시했던 몸의 생리학이 공동체의 촘촘한 정치적·경제적·문화적 맥락 속에서 구성되고 개인들의 사적 생활조차도 사회 외부라고 부를 만한 고독한 영역으로 남아 있지 않은 시대를 살아가면서 공동체적 지평의 구성을 염두에 두지 않는 개인성의 정치[2]란 달콤한 거짓말처럼 들리기 때문이다. 특별히 주권적 개인의 정치학이 이런 소박한 의미로 축소되는 것은 그가 주권적 개인의 실존의 방식을 종종 예술적-미학적 현상과 연관시키는 점과 무관하지 않다. 일반적으로 예술적이고 미학적인 현상이란 개인적 주관성의 영역과 결부되거나 그 영역의 현존을 보장해 주는 증거처럼 여겨진다. 이런 측면만을 강조한다면 '주권적 개인'이나 그것의 다른 표현인 '예술가적 실존'은 모

의 신비한 몸 가운데서 이루어지는 연합의 이 이미지를 상실했다고 가정하고 다시 되찾으려는 거짓된 운동의 흐름이 새로운 집단주의의 현장을 만들어 내고 있다. 따라서 낭시는 공동체의 상실이라는 관념 자체의 허구성을 지적한다. 다른 한편으로 역사적 실패의 경험 속에서 사르트르처럼 공산주의는 '우리의 넘어설 수 없는 지평'이라고 보면서 공동체를 향한 시도 자체를 불가능한 것으로 확정해 버리는 니힐리즘적 흐름이 존재한다. 이 경우 공동체는 불가능한 것일 뿐만 아니라 그것의 붕괴는 환영할 만한 것이다. 공동체라는 상상적 물질성은 오히려 제거되어야 할 것이다. 낭시는 이런 관점을 비판하면서 "어떤 공산주의에 대한 요구는 우리로 하여금 모든 지평보다 더 멀리 나아가게 만드는 몸짓으로 이어진다는 명제를 강조"해야 한다고 주장한다 (같은 책, 36쪽).

2 임건태는 니체적인 의미의 주권적 개인들의 삶은 공동체적 삶과는 상충될 수밖에 없다고 보는 관점의 대표자로 한나 아렌트를 들고 있다. 아렌트의 견해에 대해서는 임건태, 「주권적 개인들의 공동체를 향하여」, 『니체연구』 18집, 2010, 134쪽 참조.

두 탈공동체적 상태를 지칭하는 말이 된다. 그러나 그의 견해는 전혀 다른 방식으로 사유될 수 있다. 니체가 말하는 주권적 개인의 정치는 모든 공동체적 비전을 거부하는 개인주의적 시도가 아니며, 주권적 개인들에 대한 그의 열망은 오히려 공동체에 대한 새롭고 충실한 이미지를 담고 있다. 이를 이해하기 위해서는 공동체 운동의 다양한 지평을 탐구하는 현대 철학자들의 여러 논의를 따라가면서 예술과 개인과 공동체의 관계에 대한 니체의 사유를 검토해야 한다.

2. '작품'으로서의 공동체와 예술가-형이상학

한나 아렌트에 따르면, 공동체에 대한 서양의 고전적이고 독특한 사유 방식 중 하나는 인간의 불멸성과 공동체의 문제를 연결시키는 것이다. 그리스인들은 인간을 "불멸하지만 영원하지 않는 우주 속에서 유일하게 죽어야 하는 존재"로 규정했다. 그렇게 "'죽을 수밖에 없는' 인간의 과제이자 잠재적 위대성은 존재할 가치가 있고 어느 정도 영속적으로 존재하는 것을 산출한다는 것, 즉 작업, 행위, 언어의 능력을 가진다"라는 점이다.[3] 니체는 서양의 형이상학적 전통과 대결하기 위해 그리스인들의 사유에서 예술가-형이상학이라 부를 만한 견해를 찾아낸다.[4] 인간이 생성·변전하는 세

---

3 한나 아렌트, 『인간의 조건』, 이진우·태정호 옮김, 한길사, 1996, 68~69쪽.

4 니체가 생성의 무죄를 입증하는 '기묘한 길'로 불렸던 '예술가-형이상학'(Artisten-Metaphysik)에 대해서는 프리드리히 니체, 『유고(1885년 가을~1887년 가을)』, 이진우 옮김, 책세상, 2005, 142~144쪽 [Friedrich Nietzsche, *Nietzsche Werke Kritische Gesamtausgabe III-1*, eds. Giorgio Colli and Mazzino Montinari, Berlin & New York: Walter de Gruyter Verlag, 1974, p.113, 2[110]. 이하 이 전집은 KGW로 약칭하고 권호를 병기한다]을 참조하라. 또한 다음을 참조하라. "예술가-형이상학은 인간의 삶과 세계에 대한 니체의 예술적 정당화 프로그램에 대한 명칭이다. 이 프로그램은 니체가 『비극의 탄생』(1872)을 중심으로 수행한 것으로, 그는 이 프로그램을 곧 포기하며, 1881년 이후의 후기 사유에서는 이 입장에 대한 비판적 분석을 시도한다. (……) 예술가-형이상

계 속에서 무의미의 공포를 느낄 때 그 공포로부터 벗어나면서도 내세나 이데아의 세계와 같은 형이상학적 거짓 위로에 자신을 의탁하지 않을 수 있는 방식을 그들에게서 배우고자 한 것이다.

그리스인들은 무엇인가 지속적이고 기억될 수 있을 정도로 위대하다 면 그것이 작업이든 행위든 언어든 전부 '작품'erga이라고 불렀다.[5] 그리고 개인들은 작품에의 헌신을 통해서 불멸성을 획득하고 무의미한 생성 세 계로부터 개별적인 실존을 미학적으로 구제받으려고 했다. 그런데 여기서 주목할 만한 점은 이들이 산출할 수 있는 최고의 작품으로 간주된 것이 독 특한 주관성의 영역이 아니라 그 반대의 영역인 폴리스였다는 것이다. 펠 로폰네소스 전쟁에서 죽은 병사들을 기리는 페리클레스의 유명한 추도사 는 이 점을 잘 보여 준다. "지금 여기에서 편안히 쉬게 될 사람들의 최후는 먼저 그 덕에 명성을 주고, 이어서 그것을 영원히 움직일 수 없는 것으로 만들었다고 나는 생각합니다. 조국을 위해 싸운 무용이야말로 사람의 단

학의 과제가 '인간과 삶의 세계를 예술적으로 정당화하는 것'으로 설정된 것은 인간의 삶과 세 계가 정당화를 필요로 하는 것으로 고찰되기 때문이다. (……) 인간 삶과 세계를 형이상학적 초 월 세계(존재)를 상정하여 정당화하는 일의 허구성을 인식하면서, 다른 대안을 찾고 싶어 한다. 그에 의해 선택된 대안이 바로 예술이다"(백승영, 『니체, 디오니소스적 긍정의 철학』, 책세상, 2005, 297~298쪽).

5 아렌트에 따르면 그리스어로는 작업과 행위가 구분되지 않기 때문에, 정치적 행위의 집합체인 폴리스는 그 자체로 예술작품(erga)으로 간주되었다. 작업(work)과 행위(action)가 구별되며 사 용되기 시작한 것은 철학자들이 생산하는 것(poiein)과 행위하는 것(prattein)을 구분하면서부 터였다. 아렌트는 아리스토텔레스의 포이에시스(Poïesis)와 프락시스(Praxis)의 구분을 도입하 여 정치 활동을 사유하려고 하기 때문에 정치 공동체인 폴리스를 작업의 결과인 예술작품으로 파악하지 않는다. 그녀에게 정치 활동이 예술이라면 그것은 어떤 제작 활동의 산물과 관련된 것이 아니라 그녀가 행위 수행의 특성이라고 보았던 자기-충족성(self-containedness)을 지니고 있는 일종의 예술 공연과 유사한 것이다. 그러나 니체의 예술가-형이상학은 작업/행위의 구분 을 고려하고 있지 않다. 따라서 니체는 작업의 도구성과는 무관한 자율적이고 자유로운 행위로 서의 정치라는 아렌트의 정치철학적 문제의식을 자신의 철학적 사유 속에서 보여 주지는 않는 다. 정치철학에서 두 개념을 구분하는 것의 중요성을 강조하는 아렌트의 견해에 대해서는 다나 R. 빌라, 『아렌트와 하이데거』, 서유경 옮김, 교보문고, 2000, 49~96쪽 참조.

점을 상쇄한다는 주장은 타당합니다. 요컨대 선행은 악행을 덮어 주고, 시민으로서의 장점이 개인으로서의 단점보다 더 가치가 있기 때문입니다. 이 사람들 중 어느 누구도 미래에 지닐 수 있는 부의 쾌락에 마음이 끌려 기가 꺾이거나, 가난한 상태에서 벗어나 잘살 수 있다는 희망에 죽음을 망설이지 않았습니다. 그는 부보다는 적에게 복수하길 희구하고, 이것이야말로 생명을 내던질 만한 비길 데 없는 영광이라고 믿었습니다."[6]

페리클레스는 소속된 도시 공동체를 위하여 생명을 던짐으로써 도시 국가에 대한 사랑philopolis을 보여 주는 행위야말로 개인들이 본래적인 자아로 돌아가는 최고의 방식이며 자신의 실존에 정당성을 부여하는 것임을 강조한다. 폴리스는 모든 바다와 땅을 자신들의 용기로 굴복시킨 사람들이 아무런 증언 없이 그대로 사라져 버리지 않도록 보증해 준다. 그들을 칭찬할 줄 아는 호머조차 필요하지 않다. 행위하는 자들은 시인의 도움 없이도 세상 구석구석에 이르기까지 좋은 행위나 나쁜 행위의 영원한 기념비를 세울 수 있으며 현재와 미래에 찬사를 불러일으킬 수 있다.[7] 투키디데스가 기록하고 있는 이 추도사가 보여 주듯 그리스인들에게 폴리스는 개인들의 위대한 업적을 보존시키는 '공동 기억장치'이자 하나의 작품으로서의 미학적 공동체였다.[8]

정치적 공동체를 하나의 예술작품으로 보고, 그 공동체에 소속되어 그것을 수호하려는 활동을 개인의 실존을 정당화해 주는 것으로 여기는 그리스적 견해는 니체의 초기 텍스트에서 명확하게 표현된다. 니체는 1870~1873년경의 유고들 중 하나인 「씌어지지 않은 다섯 권의 책에 대한

---

6 투키디데스, 『펠로폰네소스 전쟁사(상)』, 박광순 옮김, 범우사, 2011, 177쪽.
7 아렌트, 『인간의 조건』, 260쪽; 투키디데스, 『펠로폰네소스 전쟁사(상)』, 176쪽.
8 이와 관련해서는 진은영, 『니체, 영원회귀와 차이의 철학』, 그린비, 2007, 49~52쪽을 참조하라.

다섯 개의 머리말」의 '그리스 국가'에서 이 점을 분명히 하고 있다. 국가가 경악스러운 기원을 가지고 있음에도 불구하고 국가에 종속된 많은 이들은 기원에는 관심을 기울이지 않으며 무의식적으로 국가의 마법에 빠져든다. 거의 모든 이들이 국가를 개인들의 희생과 의무의 목표와 정점으로 생각하고 있는 것을 보면 국가는 엄청난 필연성을 지닌 것이 틀림없다고 니체는 말한다. 개인이 생성·변전의 무의미에서 벗어나 구원을 이룰 수 있기 위해서는 국가라는 가상이 필요하다는 것이다. 니체는 이러한 가상의 구원을 역사상 가장 위대한 방식으로 완성한 이들이 그리스인들이라고 본다. 그들은 모두에게 내재한 국가 본능이 가장 활발하게 움직여서 다른 모든 관심이 이 본능에 희생될 정도로 가공스러운 정치적 공동체를 이룬 '정치적 인간들 자체'이다. 니체는 국가 본능에 전념하여 형성된 그리스 도시국가들에는 천진한 야만성이 있다는 점도 지적한다. 도시국가들은 끊임없이 크고 작은 전쟁의 살인적 탐욕에 시달렸고 트로이전쟁에서의 공포스러운 장면들을 재현하고 있었다. 그럼에도 불구하고 국가는 예찬할 만한 것이다. 그 국가의 야만적 수호를 통해 그들이 헬레나와 같이 "찬란하게 피어나는 여인, 즉 그리스 사회를 손에 이끌고 나"오기 때문이다.[9]

니체는 국가가 찬란한 문화 공동체를 생산하게 하기 위해서는 소수의 고귀한 존재들이 필요하다고 강조한다. 그들은 다른 사람들과 달리 민족 본능과 국가 본능을 지니고 있지 않다. 그들은 무의식적으로 국가의 의도적 힘에 영향을 받는 다수의 사람들과 달리 국가를 일종의 수단으로 이해하며, 그런 만큼 국가에 영향을 행사하고 또 국가로부터 실존의 위대하고

---

9 프리드리히 니체, 『유고(1870년~1873년)』, 이진우 옮김, 책세상, 2001, 318쪽 [KGW III-2, pp.265~266].

아름다운 수호신을 끌어낼 수 있다. 그러나 일반적인 의미에서 "모든 인간은 그의 전체 활동을 포함하여, 그가 의식적이든 무의식적이든, 수호신의 도구인 한에서만 존엄을 갖는다. 여기서 즉시 도출될 수 있는 윤리적 결론은 '인간 자체', 즉 절대적 인간은 결코 존엄도 권리도 의무도 소유하지 않는다는 것이다. 무의식적 목적에 종사하는, 완전히 결정된 존재로서만 인간은 자신의 실존을 용서할 수 있다는 것이다."[10] 니체는 이미 플라톤이 말했던 것처럼 국가는 일반적 개념의 수호신이 아니라 지혜와 지식의 수호신이며 이런 수호신의 도구가 됨으로써만 개인은 자신의 실존을 존엄한 것으로 정당화할 수 있다고 본다.

이러한 초기 사유에는 통찰과 동시에 커다란 한계가 존재한다. 니체는 국가가 개인들의 생명과 안전을 수호하려는 목적으로 맺어진 계약 공동체라는 근대적 사유를 거부함으로써 현대 국가 속에서 일종의 수단으로 개인들이 난폭하게 다루어지는 야만적 사태의 필연성을 드러낸다. 따라서 특정 국가 제도의 도입을 통해서 개인의 존엄성이나 노동의 존엄성을 보장해 줄 수 있다고 믿는 이들이란 "자비를 베푸는 권력에 눈먼 노예들"처럼 "마치 바퀴에 밟혀 거의 으스러지면서도 '노동의 존엄!' '인간의 존엄!'이라고 외쳐"[11] 대는 어리석은 자들이다. 그러나 다른 한편으로 니체는 지혜와 지식의 수호신으로서 작동하는 문화적 공동체를 국가나 민족과 동일시함으로써, 낭시의 표현을 빌리자면, 공동체에 대한 '내재주의적 관념'에 빠져들었다.

낭시는 '내재주의'immanentisme라는 용어를 통해, 개인들이 인간적 본질

---

10 같은 책, 322~323쪽 [Ibid., p.270].
11 같은 책, 314쪽 [Ibid., p.263].

을 구현하고 그들의 죽음에 의미를 부여하기 위해 자발적으로 참여하는 하나의 연합, 즉 실존의 구제나 완성으로서의 공동체 관념을 비판한다. "인간의 공동체라는 목표", 즉 "고유의 본질을 본질적으로 만들어 내는 것을 자신의 과제로 여기며 더 나아가 자신의 본질을 **공동체로** 만들어 내려는 인간존재들의 공동체라는 목표"[12]만큼 의심스러운 것은 없다. 여기에는 인간이 자신이 속한 공동체의 절대적 내재성에서만 자기를 실현할 수 있다는 내재주의적 사유가 들어 있다. 이러한 사유는 오직 '인간은 인간 안에 있다'는 점에서 폐쇄적인 휴머니즘이기도 하다. 낭시는 그동안 전체주의라고 표현되어 왔던 이러한 관념을 '내재주의'라는 용어로 다시 명명한다.[13]

니체의 초기 견해는 분명히 휴머니즘적이고 내재주의적이다. 니체는 인간의 본래적 존엄성을 부정함으로써 휴머니즘적 논리를 배척하면서도, 다른 한편으로 국가라는 공동체의 수단이 되어 공동체 전체의 목적에 봉사할 때에만 인간의 존엄이 가능하고 인간의 실존이 변호될 수 있다고 말함으로써 낭시가 비판한 휴머니즘의 논리를 도입하고 있기 때문이다. 물론 니체가 국가는 예술과 같은 일종의 가상일 뿐이며, 아무 가상에나 헌신하는 것이 인간의 실존을 정당화해 준다고 주장하는 것은 아니다. 위대한 문화국가라는 아름다운 가상에 헌신할 때만 인간의 실존은 정당화될 수 있다. 그렇지만 아무리 아름다운 가상일지라도 그 가상 전체의 내부에서 "완전히 결정된 존재"로서만 인간의 존엄성이 가능하다는 것을 받아들이는 한, 전체로서의 공동체에 헌신한다는 내재주의적 성격을 피하기는 어렵다.

---

12 낭시, 『무위의 공동체』, 23쪽.
13 낭시에게 부정적 의미로 사용되는 '내재주의'는 외부와의 '무관계'를 강요하는 사유를 가리킨다. 내재주의에 대한 그의 비판으로는 같은 책, 21~49쪽을 참조하라.

3. 예술가-형이상학의 가상적 구제와 탈공동체적 실존

후기에 니체는 예술가-형이상학을 생성의 무죄에 이르는 '기묘한 길'이
라고 말함으로써 예술가-형이상학의 실패를 자인한다. 『비극의 탄생』*Die
Geburt der Tragödie*의 출간 이후 16년이 지난 뒤 이 책의 서문으로 덧붙여진
「자기비판의 시도」나 그와 비슷한 시기에 작성된 유고들, 그리고 『이 사
람을 보라』*Ecce Homo*에서 이루어진 『비극의 탄생』에 대한 평가 등에서 그
러한 사실이 거듭 확인된다.[14] 특히 국가에 대한 관점에서 두드러진 변화
가 나타난다. 초기에 국가 기원의 야만성을 날카롭게 통찰하면서도 국가
에 대한 헌신이 인간의 실존을 미학적으로 정당화할 수 있다고 주장했던
것과 달리, 1885년에 출간한 『차라투스트라는 이렇게 말했다』*Also sprach
Zarathustra*에서는 매우 격렬한 어조로 국가에 대한 헌신을 비판한다.

> 지옥이라는 요지경이, 거룩한 영예로 치장을 하고는 쩔렁쩔렁 방울 소리
> 를 내는 죽음의 말[馬]이 고안된 것이다! 그렇다, 그 스스로가 생명에 이르
> 는 길이라도 되는 양 떠벌리는, 그런 죽음이 많은 사람들을 위해 고안된 것
> 이다. 진정 그것은, 죽음을 설교하는 모든 자들에게는 진심에서 우러나온

---

14 이에 대한 자세한 고찰로는 다음을 참조하라. "예술가-형이상학은 '낭만적 취향에 젖어 있는
청년기의 멜랑콜리로 가득 찬 작품'이자 '생성에서 고통받는 자들이 만들어 낸 아름다움'이
다. 인간이 '예술적 능력을 가지고 누리는 성공은 단지 예술가적 승리이자 가상적 구제(Schein-
Erlösung)'다. 『비극의 탄생』의 배후에서 마주치는 세계 구상은 괴이할 정도로 암울하고 불편
하다' 등 예술가-형이상학에 대해 수없이 많은 비판이 가해지고 있다. [……] 니체 자신의 평가
를 우리가 신뢰한다면, 예술가-형이상학은 쇼펜하우어 및 헤겔의 영향으로부터 결코 자유롭
지 못한 내용을 담고 있는 셈이다. 쇼펜하우어와 헤겔의 형이상학을 극복하지 못한 예술가-형
이상학의 핵심은 세계는 매 순간 영원한 변화와 고통을 겪는 근원일자(Ureine)가 영원히 가상
을 창조하고, 그 가상 창조의 기쁨에 의해 스스로를 구원한다는 형이상학적 가정에 있다"(백승
영, 『니체, 디오니소스적 긍정의 철학』, 628~629쪽).

봉사렸다! 선량한 사람 고약한 사람을 가리지 않고 모든 백성이 독배를 들어 죽어 가는 곳을 나는 국가라고 부른다. 선량한 사람 고약한 사람 가리지 않고 모두가 자기 자신을 상실하게 되는 곳을 나는 국가라고 부른다. 그리고 모두가 서서히 자신의 목숨을 끊어 가면서 "생"은 바로 그런 것이라고 말하는 곳, 그곳을 나는 국가라고 부른다. 〔……〕 국가라는 것이 무너지는 곳, 거기에서 잉여적Überflüssig이지 않은 사람들의 삶이 시작된다.[15]

국가라는 가상적 공동체 속에서 인간의 실존이 정당화될 수 있다던 주장은 이제 국가가 중지되어야 잉여가 아닌 삶, 남아도는 실존이 아닌 삶이 시작될 수 있다는 반대 주장으로 변모한다. 니체가 초기의 예술가-형이상학을 벗어나 생성의 무죄에 이르는 방법을 모색하고 있음을 암시하는 변화이다. 이러한 변화를 이해하기 위해서 우리는 가상적 공동체를 통해 생성을 변호하는 길이 '기묘한 길'로 빠져들어 참혹한 결과에 이르게 되는 방식과 그에 대한 니체의 자각을 먼저 파악할 필요가 있다.

죽음을 무릅쓰고 공동체에 헌신하는 것을 통해 존재의 무의미성을 극복하려는 시도는 매우 기묘한 것이다. 일반적으로 공동체는 개인의 생존을 수호하고 생존 가능성을 높이려는 욕구에서 결성된 것으로 가정되기 때문이다. 맹수들과 비교해 인간 개별자가 갖는 허약성에서 오는 동물적 필요에 따라 인간이 집단적 삶의 방식을 고안해 냈다는 것은 공동체의 기원에 대한 가장 무리 없는 설명 방식이다. 따라서 죽음과 공동체를 연결시켜서 고찰하는 사유는 앞서 언급한 그리스인들의 관점처럼 삶의 의미를

---

15 프리드리히 니체, 『차라투스트라는 이렇게 말했다』 개정2판, 정동호 옮김, 책세상, 2007, 81~83쪽[KGW VI-1, pp.58~59]. 번역은 수정.

따져 묻는 근원적이고 형이상학적인 차원에서나 가능한 것으로 보일 수 있다. 생의 단순한 보존을 넘어서 가치 있고 본질적인 차원으로 삶을 격상시키려는 욕망, 즉 '가상적 구제'의 욕망이라는 차원에서 죽음과 공동체의 관계를 묻는 것은 지나치게 사변적으로 느껴지는 것이다. 20세기 이후의 역사에서 수많은 이들이 처한 실존의 상황은 본래적이고 고귀한 삶으로의 고양은 고사하고 생존 자체가 위협당하는 참혹한 경우가 대부분이라는 점을 상기해 본다면 더욱더 그러하다.

그러나 조금만 더 사태를 면밀히 주시한다면 가상적 구제의 욕망은 근대인의 실존 전체를 결정하는 실제적 계기가 되었음을 알 수 있다. 이 욕망은 19세기 이래 집단적 자살 공동체의 발현 동기가 되었다. 모든 사람이 "독배를 들어 죽어 가는 곳"이자 "자기 자신을 상실하게 되는 곳"인 근대 국가 공동체로 인해 세계의 많은 지역들이 전쟁과 학살로 황폐해졌다. 니체는 가상적 구제에 대한 개인들의 강렬한 욕망을 문제화하면서 당대에 그것이 낳는 폐해를 정확히 자각했으며 그것이 더 거대한 규모로 끔찍한 미래적 사건을 만들어 낼 것임을 예견했다. 그렇다면 개인의 생명을 봉헌하는 죽음의 방식으로 가상적 구제를 이루는 것 이외에 다른 식으로 생의 긍정을 이루는 길은 없을까? 우리는 니체의 초기 사유와 반대 방식으로 죽음과 공동체의 문제를 다루는 하이데거의 『존재와 시간』*Sein und Zeit*에서 새로운 길을 발견할 수 있다.[16]

---

16 니체가 초기의 '예술가–형이상학'을 폐기한 후 삶의 새로운 긍정을 향해 나아가며 취한 견해와 하이데거가 『존재와 시간』에서 개진하고 있는 사유의 유사점을 찾아볼 수도 있다. 이에 대해서는 박찬국의 논의를 참조하라. 하이데거에게 죽음은 돈, 명예, 조국이나 민족, 계급 등의 "우상들이 진정한 안식을 주는 것이 아니라 한갓 미봉적인 도피처에 불과할 뿐이라는 사실을 자각하게 해주는 사건이다". 하이데거는 "형이상학적인 세계 구성이나 종교적인 피안에 의존함으로써 죽음에 대해서 승리하려는 것이 아니라 죽음이 현존재에게 항상 임재하고 있음을 보여 주면서 우리를 결단의 칼날 위에 세우려고 한다". 이러한 철학적 시도는 "신의 죽음"을

하이데거는 인간을 현존재現存在, Dasein, 거기 있음라고 부르면서 이 현존재가 두 가지의 등근원성等根源性, Gleichursprunglichkeit을 지닌다고 말한다. 현존재는 세인世人, das Man으로서의 비본래적 자아인 동시에 본래적 자아로서의 자기를 지닌다. 여기서 세인이란 세간의 사람들, 즉 남들이 사는 대로 살아가는 실존 양태를 의미한다. 세인은 다른 타자와 함께 살아가는 공존재共存在, Mitsein라는 점에서 인간의 실존 양태 가운데 하나이지만 동시에 퇴락을 가져오는 것이다.[17] 따라서 세인의 삶에서 벗어나 진정한 삶의 의미를 찾기 위해서 우리는 죽음이라는 현존재의 "가장 고유하고 가장 극단적이며, 다른 가능성들에 의해서 능가될 수 없고, 가장 확실한 가능성"으로 먼저 달려가야 한다. 그리고 그 가능성 앞에서 자기의 본래적 자아로 살아가기를 결단해야 한다. 죽음으로의 선구라고 불리는 이 실존적 결단은 개개인에게 고유한 개별성을 보장해 준다.

개인의 죽음은 진정한 삶을 달성하기 위해 공동체에 봉헌되어야 할 것이 아니다. 하이데거에 따르면 죽음은 오히려 진정한 삶을 위해서 공동체로부터 벗어나는 중요한 실존적 결단의 계기가 된다. 이런 사유에서 희망할 만한 죽음이란 공동체로부터 완전히 벗어난 개인의 고유한 죽음이다. 따라서 니체가 가상적 구제의 거부 이후에 취할 수 있는 태도 역시 하이데거가 갔던 길, 공동체로의 투신을 거부하며 독자적이고 고유한 실존으로 남는 것뿐이라고 결론짓기 쉽다. 하이데거가 재현하는 길을 거부할

주창하면서 모든 종류의 우상을 파괴함으로써 인간에게 은폐되어 있는 풍요로운 실존 가능성을 구현"하려는 니체의 시도와 비슷하다. 이런 점에서 박찬국은 『존재와 시간』이 "니체의 철학적 작업을 반복하는 것"이라고 본다(박찬국, 『들길의 사상가, 하이데거』, 그린비, 2013, 128쪽).

17 세인의 양태에 대해서는 하이데거의 『존재와 시간』 27절을 참조하라. "우리는 남들이 즐기는 것처럼 즐기며 좋아한다. 우리는 남들이 보고 판단하는 것처럼 읽고 보며 문학과 예술에 대해서 판단한다. 우리는 또한 남들이 그렇게 하듯이 '군중'으로부터 물러서기도 한다. 남들이 격분하는 것에는 우리도 '격분한다'"(마르틴 하이데거, 『존재와 시간』, 이기상 옮김, 까치, 1999, 177쪽).

경우 도달하게 되는 현실적 사태는 일종의 파국catastrophe임이 역사적으로도 이론적으로도 판명된 듯 보이기 때문이다. 반反하이데거적인 죽음에의 선구를 주장하면서 하이데거의 본래적이고 고유한 실존을 비판하는 일본 철학자 와쓰지 데쓰로和辻哲郞의 논의에서 우리는 이 점을 분명하게 확인할 수 있다.

4. 죽음 공동체의 한 경우

와쓰지 데쓰로는 미학적인 죽음 공동체를 정당화하는 과정에서 하이데거의 『존재와 시간』에 대해 비판을 가했다. 하이데거는 죽음을 개인이 따로 공동체의 전체성에 자기를 연루시킬 필요 없이 자기 존재의 '전체로 존재할 수 있음'Ganzseinkönnen, 전유 가능성을 가질 수 있는 유일한 계기로, 즉 본래성의 본질적 계기로 여겼다. 그러나 와쓰지 데쓰로가 보기에 이러한 사유는 인간존재의 공간성을 무시함으로써 인간을 원자적 개인으로만 파악하는 한계를 지닌다.

> 인간존재의 전체성은 단지 종말로서의 죽음에 의하여 접근할 수 없다. 〔……〕 부정의 부정을 본질로 하는 절대적 전체성은 인간의 전체성을 떠나서 어딘가 바깥에 있는 것이 아니라, 인간의 전체성으로서만 자기를 실현한다. 따라서 인간존재의 전유 가능성은 '죽음에 있어서의 존재'로서가 아니라, 절대적 전체성의 방향으로서 자타불이自他不二에서 발견되지 않으면 안 된다. 그래서 이 자타불이는 주체적 공간성을 근원적으로 인정함이 없이는 정당하게 문제화될 수 없다. 그런데도 하이데거는 자타 간의 주체적인 확장을 전혀 염두에 두지 않고, 죽음의 현상을 통하여 다만 '나'의 전유

가능성만 보고 있다. 따라서 거기에서 인간존재의 본래성과 비본래성에 관한 완전히 전도된 견해가 생겨났던 것이다.[18]

　와쓰지 데쓰로는 비본래적 자아와 본래적 자아에 대한 하이데거적 구분을 자신의 고유한 개념인 '아이다가라'間柄, 관계성를 통해 변형한다. 인간은 '사이[間]에 있는 존재[人]'로서 아이다가라 바깥에서는 존재할 수 없다. 하이데거 식의 본래적 자아란 공동체적 존재로서의 인간을 무시하고 전체의 부정으로서 존재하는 인간 개별자만을 강조한다. 전체의 단순한 부정인 개인은 다시 한 번의 부정을 거쳐 전체성으로서의 공동성으로 회귀해야만 한다. 그러한 공동성이야말로 인간 본질에 내재하는 것이기 때문이다. 이런 논리 아래서 개별성 혹은 개인성은 "인간의 내재적인 것으로부터의 일탈로만 이해될 수 있다. 그래서 일차적으로 개별성은 각자의 주체 위치에 따라서 정해지는 의무에 따른 현존하는 관계성에 대한 침범으로 이해되는 것이다".[19] 따라서 부정적 개인성을 극복한 자아의 본래성은 다음과 같이 이해된다. 그것은 공동체에 의해 내재적으로 규정된 인간성에서 벗어나려는 비본래적인 개인성(이기성)의 흐름을 부정하고 다시 절대적 전체성으로 돌아가려는 절대적 부정성을 통해서만 가능해지는 윤리적 실존의 상태이다.[20]

　또한 인간은 무엇보다도 풍토적이고 공간적 존재이기 때문에 인간이 돌아가야 할 절대적 전체성은 주체의 공간성에 바탕한 전체성이다.[21] 그의

18　와쓰지 데쓰로, 『인간의 학으로서의 윤리학』, 최성묵 옮김, 이문출판사, 1993, 237쪽. 번역은 수정. 자타불이의 논리에 입각한 그의 전체론적 공동체 사상에 대한 비판으로는 이이화, 「무상과 무상법: 와쓰지 데쓰로의 국가론을 둘러싼 고찰」, 윤상인·박규태 엮음, 『'일본'의 발명과 근대』, 이산, 2006을 참조하라.
19　사카이 나오키, 『번역과 주체』, 후지이 다케시 옮김, 이산, 2005, 168쪽.
20　같은 책, 162~168쪽.

풍토론적 도덕철학과 연결된 이러한 논리를 통해 절대적 전체성은 특정한 역사적 공간을 점유한 유한한 전체성이 된다. 여기서 개인들이 이기성을 극복하고 회귀해야 할 절대적 전체성, 또는 인류적인 전체란 바로 "민족의 살아 있는 전체성"을 통해 존재하는 국가이다. 이와 달리 하이데거 식의 "죽음에 의하여 전체성을 드러내는 존재는 어디까지나 개인존재이지 인간존재는 아니다. 〔……〕 인간존재의 전체성은 그의 손에서 누락되었다. 따라서 그는 시간성의 장소를 개인존재까지 파 내려 간 것에 머물고, 인간존재까지는 파 내려가지 않았다".[22]

이렇게 자타불이의 관점 아래에서 풍토적 지역 공동체에의 절대적 기투를 요구하는, 반反하이데거적인 죽음에의 선구는 근대 국민국가 특유의 '국민개병'國民皆兵의 이념과 직결되어 있다. 사카이 나오키酒井直樹는 국민개병의 이념을 "함께 죽이고 함께 죽는 이념"으로 규정한다. "적으로 간주된 일군의 사람들을 죽이는 행위에 참여하는 의지에 의해 국민에 대한 귀속은 곧바로 촉진된다. 물론 살해할 가능성은 항상 살해당할 가능성을 동반한다. 그래서 살해함으로써 국민 공동체에 귀속될 가능성은 또한 살해당함으로써 공동체에 귀속될 가능성을 동반할 것이다."[23] 이 점에서 국민개병의 이념은 대중이 죽음의 고유한 가능성을 통해 국민에 귀속될 수 있

---

21 이에 대해서는 고야스 노부쿠니, 『일본근대사상비판』, 김석근 옮김, 역사비평사, 2007 참조. 독일에 유학 중이던 와쓰지 데쓰로는 자신의 풍토론 구상이 "1927년 초여름 베를린의 한 호텔에서 하이데거의 『존재와 시간』에서 인간존재 구조로서의 시간성에 대한 해석학적인 서술을 접하고서, 어째서 공간성은 인간의 존재 구조로 파악되지 않는가, 하고 의문을 품은 데서 시작되었다"라고 술회했다(166쪽). 일본으로 돌아온 후 1935년의 저술 『풍토』(風土)에서 그는 다음과 같이 말한다. "우리는 집을 유추함으로써 국민의 전체성을 자각하려는 충효일치(忠孝一致) 주장에 역사적 의의를 충분히 인정할 수 있다. 그야말로 일본인이 특수한 존재 양식을 통해서 인간의 전체성을 포착하는 특수한 방식이라 할 수 있겠다"(168쪽에서 재인용).
22 와쓰지 데쓰로, 『인간의 학으로서의 윤리학』, 234쪽.
23 사카이 나오키, 『번역과 주체』, 184쪽.

음을 지시하며, 제2차 세계대전의 막바지에 일본의 전 영토에 울려 퍼진 '일억옥쇄'—億玉碎[24]는 자국민 모두가 자살로 죽음을 맞이하는 마지막 순간을 궁극적인 영적 합일communion의 심미적 경험으로 상상하게끔 하였다. "죽음은 연대와 우애에 대한 상상의 표현으로 변용되었으며 고유한 죽음을 향한 결단성은 전체성과의 동일화를 향한 결단성으로 번역"된다.[25] 사카이 나오키는 최근까지도 국민국가가 이러한 죽음 공동체로서의 규정에서 벗어나지 못했다고 진단한다.

그렇다면 공사公死의 논리 바깥에서 개인과 공동체의 관계를 사유할 수는 없을까? 죽음의 고유한 가능성을 통해 어떤 공동체로부터도 벗어나 개인적 실존의 삶을 지키는 하이데거적 방식이나 죽음에의 결단을 통해 내재주의적 전체성으로 나아가는 와쓰지 데쓰로의 가상적 구제의 방식, 이 양자택일 외에 다른 가능성은 없는 것일까? 죽음의 문제를 공동체와 연관시켜 사유하려 할 때 우리의 선택은 이 둘 사이에서 악순환하고 있는 것처럼 보인다. 전자를 선택하는 것은 일억옥쇄의 자살적 공동체[26]라는 경악할 만한 현실을 가져올 것이다. 후자를 선택하면 개인주의적이고 비정치적인 소박성 속에 함몰되거나, 좀더 사유를 진전시킨다 해도 그저 개인성의 숭고한

---

24 '옥쇄'는 중국의 『남사』(南史), 「왕승달전」(王僧達傳)에 나오는 "대장부는 차라리 옥처럼 부서져야 하리라. 어찌 이름을 남기지 않고 살기를 구하리오!"(大丈夫寧當玉碎, 安可以瓦全求活)에서 온 말로, 이후 '부서지지 않은 기왓장보다 산산이 부서진 옥이 더 아름답다'는 의미로 사용되었다.
25 사카이 나오키, 『번역과 주체』, 188쪽.
26 이에 대한 흥미로운 지적으로는 다음을 참조하라. "어떤 절대적 내재성의 의지에 좌우되는 정치적이거나 집단적 기획에서 진리는 죽음의 진리이다. 내재성에, 연합적 융합에 감춰져 있는 논리는, 그 진리를 따르고 있는 공동체를 자멸에 이르게 하는 논리와 다른 것이 아니다. 그래서 나치 독일의 논리는 타자를, 피와 땅의 연합 밖에 있었던 열등 인간을 전멸시키자는 논리일 뿐만 아니라, 또한 잠재적으로는 '아리안족' 공동체에서 순수한 내재성의 기준을 충족시키지 못하는 자들을 희생시켜야 한다는 논리였던 것이다. 그에 따라 — 분명 그러한 기준들은 철회될 수 없었기에 — 그 논리를 그럴듯하게 확대 적용한 결과는 독일 민족 자체의 자멸로 나타났을 것이다"(낭시, 『무위의 공동체』, 41~42쪽).

표상을 통해 공동체의 부정성을 고발하고 전체성이 가져올 재앙을 예견하는 묵시록적 지평에 머물게 될 것이다. 니체는 자살적 죽음 공동체와 탈공동체적 실존, 이 양자의 문제를 충분히 인식하고 있는 것처럼 보인다. 그는 인간의 사멸성과 세계의 변전 앞에서 가상적 불멸성을 창조하여 생성을 구제하려는 예술가-형이상학이 가져올 부정적 결과를 깨달았다. 따라서 후기에는 생성 자체를 긍정하는 방식, 즉 디오니소스적 긍정의 철학을 통해 공동체와 개인이 관계 맺는 새로운 방식을 사유하고자 했던 것이다. 디오니소스적 긍정은 아무런 가상에 의존함 없이 죽음과 관계를 맺고 생성의 매 순간에 직면해야 한다는 점에서 얼음과 같은 냉정함을 가지고 있지 않으면 안 된다. "깨침의 얼음이란 것으로 그는 우리까지 추위에 떨게 만든다!"라는 비난과 불만이 그를 따르지만 그는 자신이 겪고 있는 "겨울과 그 겨울의 한파를 숨기지 않는" 것이 "내 영혼의 지혜로운 방자함이자 호의"라고 정직하게 대응한다.[27] 국가나 민족 공동체가 하나의 가상이라면, 혹은 공동체 자체가 하나의 가상이라면 이런 가상들에 의탁하지 않은 채 존재하는 자들이 '주권적 개인'이다. 그러나 이 주권자는 탈공동체적 실존의 형상을 갖지 않는다. 니체의 주권자는 앞서 고찰한 두 길과는 전혀 다른 방식으로, 죽음을 피할 수 없는 인간존재가 공동체와 만나는 다른 가능성을 열어 준다.

5. 죽음과 예술가적 주권

니체는 전체성의 가상을 욕망하는 이들에게 말한다. "늘 길을 묻고는 했지만, 마지못해 그렇게 했을 뿐이다. 물어물어 길을 가는 것, 언제나 내 취향

---

27 니체, 『차라투스트라는 이렇게 말했다』, 290쪽 [KGW VI-1, p.217].

에 거슬렸으니! 그래서 나 차라리 직접 그 길에게 물어 가며 길을 가려 시도해 보았던 것이다. 〔……〕 '이제는 이것이 나의 길이다. 너희의 길은 어디 있지?' 나는 내게 '길'을 묻는 자들에게 이렇게 대꾸해 왔다. 그런 길은 존재하지도 않으니!"[28] 생성의 디오니소스적 존재는 전체성으로 환원되지 않는 고유한 실존을 만들라는 창조의 정언명법을 따른다는 점에서 예술가적이다. 그는 여전히 무언가 창조하는 자이며 다른 개별자들로는 환원될 수 없는 고유하고 독특한 자다. 그는 예술가-형이상학 시기의 예술가처럼 공동체적 가상을 창조하는 자가 아니다. 따라서 후기 사유에서는 예술 표상의 주관성과 내밀성이 강조되고, 예술가는 개인성의 지평에서 개별적 역량의 최고치를 독립적으로 수행하는 자로 간주될 것이다.

그러나 이런 식으로 이해된 예술가 모델은 디오니소스적 생성철학의 주된 개념들인 '영원회귀'와 '힘에의 의지'와의 연관성 속에서 볼 때 정합적이지 못한 것으로 드러난다. 후기 사상의 핵심적 문제의식 중 하나는 원자론적 개인관에 대한 철저하고 근본적인 비판이기 때문이다. 니체의 디오니소스적 예술가 모델은 후기의 생성철학의 관점에서 재사유되어야 할 필요가 있다. 예술가 모델을 원자론적 개인성을 넘어서는 어떤 존재의 형상으로서, 그리고 예술을 단지 개인성에 기반한 미학적 상태라는 규정을 넘어서는 활동으로 자리매김할 수 없다면, 우리는 후기 생성철학의 실존 모델로서 더 이상 예술가적 실존이라는 말을 사용할 수 없을 것이다. 그러나 이와 관련된 니체의 언급들은 시적이고 모호한 아포리즘적 스타일로 표현되었기 때문에 그 함축을 이끌어 내기가 쉽지 않다.

블랑쇼와 낭시는 니체의 원자론적 개인성을 넘어서는 예술/예술가

---

28 니체, 『차라투스트라는 이렇게 말했다』, 322~323쪽 [KGW VI-1, p.241].

모델에 대해 중요한 아이디어를 주는 사상가들이다. 단독성singularité, 단수성을 지닌 예술가와 예술작품, 단독성을 지닌 죽음, 그리고 공동체에 대한 그들의 논의는 풍부한 함축을 갖는다. 낭시는 예술작품과 공동체를 제대로 사유하기 위해서는 개인이라는 개념을 넘어서서 단독성의 물음을 제기해야만 한다고 주장한다. 낭시가 말하는 단독성은 "개인성의 본성도, 개인성의 구조도 결코 갖지 않는"[29] 것으로서 일종의 탈자태extase, Ekstase와 연관된다. 단독성이란 개별자가 홀로 자족적으로 존재하는 상태가 아니라 타자와 외부를 향해 자기를 벗어나는 탈자태다. 개인에 대한 개인주의적인 관념에서 비롯되는 개별성은 탈자태적 단독성을 무시하면서, 완전히 닫힌 채 세계와 아무 관계가 없는 "분리된-유일한"ab-solu 절대적인 주체를 상정하며, 이로써 공동체에 대한 물음을 완전히 삭제해 버린다. "이 분리된-유일한 자는 이념·역사·개인·국가·과학·예술작품 등의 형태를 갖고 현전할 수 있다"라고 가정되지만 낭시가 보기에 어떤 외부와도 관계 맺지 않는 내밀한 개인, 그리고 그 내밀성의 표현으로서의 예술작품은 존재하지 않는다.[30] 그렇다면 내밀한 개인과 개인적 예술작품의 가능성은 어디로부터 유래하는가? 이에 대한 하이데거적인 대답은 이것이다. 개인이 지닌 개별적인 내밀성과 절대성은 개인이 오로지 자신의 죽음과 고유한 관계를 맺을 때에만 가능하다. 그러나 낭시가 보기에 자기 자신의 죽음과 관계하는 가운데 드러나는 본래적 자아는 단독성과 무관한 것이다. 와쓰지 데쓰로가 비판하듯이 확실히 하이데거의 죽음에의 선구에는 개인이 공동체와 관계할 수 있는 방식에 대한 고려가 없다. 그렇다고 해서 와쓰지 데쓰로가 취했던 길

---

29   낭시, 『무위의 공동체』, 31~32쪽.
30   같은 책, 26쪽.

을 따라 개인성을 규정하는 것은 위험하다. 개인의 내밀성을 벗어나는 단독성을 사유하기 위해서는, 그와는 다른 방식으로 죽음에의 선구와 변별되는 죽음을 사유하지 않으면 안 된다. 이러한 사유는 나의 죽음이 나 자신과만 고유한 관계를 맺고 있다는 전제를 회의함으로써만 시작될 수 있다.

낭시는 하이데거의 대응을 전적으로 부정하지는 않는다. 그는 하이데거가 말하는 죽음에의 선구에 내재성 상실의 모티프가 이미 존재한다고 본다. 다만 죽음과 공동체의 관계에 대한 성찰을 통해 하이데거의 모티프를 더욱 철저하게 사유해야 한다는 것이다. 이와 달리 블랑쇼는 비인칭적이고 중성적인 죽음에 대해 선명한 관점들을 제시함으로써 하이데거의 죽음론에 전면적으로 반대한다. 이런 차이에도 불구하고 낭시의 '단독적인 죽음'과 블랑쇼의 '비인칭적이고 중성적인 죽음'은 유사한 함의를 갖는다.

단독적인 죽음이란 무엇인가? 하이데거에 따르면 우리는 타자의 죽음 곁에 존재할 뿐 타자가 겪는 존재 상실에 접근할 수는 없다. 우리에게 죽음은 오직 나의 죽음으로서만 경험되고 나만이 인수할 수 있는 것이다. 하이데거는 타자의 죽음이 나에게 일으키는 작용에 대해서는 큰 관심을 갖지 않는다. 그러나 낭시는 타자의 죽음과 접촉하는 순간 내가 변화한다는 사실을 강조한다. 타자의 죽음이란 그 어떤 것이든지 그것을 목격하는 나를 소멸시키며 새로운 '나들'로 존재하게 하는 것이기에 사실상 나의 죽음을 의미한다. 그런 점에서 하이데거의 말대로 내가 경험할 수 있는 (타인들의 모든) 죽음은 오직 나의 죽음이고 나는 타자들의 죽음을 나의 죽음으로서 고유하게 인수한다고 말할 수 있다. 어떤 죽음도 타인의 죽음이 아니다.[31] 타인의 죽음은 나의 변모를 가져오므로 타인의 죽음이야말로 곧 나의 죽

---

31 낭시, 『무위의 공동체』, 46쪽.

음이다. 그러므로 낭시가 보기에 하이데거의 죽음론은 결국 타인의 죽음을 통해 무수한 나의 죽음이 발생하는 사태를 표현하는 것이며, 이로 인해 결국 '나는 주체가 아니다'라는 선포에 다름 아니게 된다. 이렇게 주체가 아닌 '나들'의 끊임없는 죽음이 바로 단독적인 죽음이며 이런 죽음을 통해 단독성이 탄생한다. 낭시는 하이데거처럼 나의 죽음을 강조하면서도 '나'와 '주체'의 구분을 통해서 하이데거의 결론을 역전시키고 있다고 할 수 있다.

블랑쇼는 비인칭적이고 중성적인 죽음에 대해 사유한다. 그는 『문학의 공간』에서 "나는 죽을 수 있는가? 나는 죽을 수 있는 능력을 지니고 있는가?"라고 반문한다. 우리 자신 안에 죽음의 가능성과 죽음의 역량이 과연 존재하는지를 묻는 것이다.[32] 그는 이 가능성의 보잘것없음을 강조하기 위해 "죽음보다 더 시시한 것도 없다"라는 니체의 말을 인용한다. 『즐거운 학문』*Die fröhliche Wissenschaft*에 나오는 이 말은 기독교적인 최후의 심판이 주는 죽음의 무게를 거부하기 위한 것이었지만 에피쿠로스의 권고와도 통하는 데가 있다. "네가 있다면 죽음은 있지 않고, 죽음이 있다면 너는 없다."[33] 이 권고는 죽음이 일어나는 순간 죽음 전의 나와 동일하다고 말할 만한 죽음 후의 나는 부재한다는 것을 강조한다. "그리하여 결코 나는 죽지 않는다."[34] 다시 말해 죽음은 나에게는 시시하며 불가능한 사건이다. 그것이 가능하려면 죽음 전의 나와 죽음을 맞이한 후의, 나라고 부를 수조차 없는 나

---

32 블랑쇼는 죽음을 역량으로 파악하는 사유에 대해 다음과 같이 설명한다. "그에게 있어서 죽을 수밖에 없다는 것으로는 충분치 못하고, 그는 죽을 수밖에 없는 존재가 되어야 한다는 것을, 두 번에 걸쳐 죽을 수밖에 없는 존재, 즉 존엄하게 극단적으로 죽을 수밖에 없는 존재가 되어야 한다는 것을 이해하고 있다. 여기에 그의 인간으로서의 소명이 있다. 인간적 지평에서 죽음이란 주어지는 것이 아니다. 죽음은 행해야 하는 것, 즉 하나의 임무, 우리가 능동적으로 쟁취하는 것, 우리의 활동과 우리의 기량의 원천이 되는 것이다"(모리스 블랑쇼, 『문학의 공간』, 이달승 옮김, 그린비, 2010, 127쪽).
33 같은 책, 135~136쪽.
34 같은 책, 353쪽.

를 동일시해야 하는 것인데 이런 동일시란 기묘한 착각에 불과할 뿐이다. 따라서 나는 나의 죽음을 경험할 수 없고 오직 타인의 죽음만을 경험할 수 있을 뿐이다. 그런데 낭시가 주장했던 대로 내가 타인의 죽음이라는 극단적 사건을 통해 동일한 주체로 남지 못하고 다른 '나'로 이행하는 탈자태의 과정을 겪는다면 나는 타인의 죽음조차 경험할 수가 없다. 그러므로 죽음의 경험은 타자의 죽음이든 나의 죽음이든 경험할 수 있는 가능성의 사건이 아니라 '불가능성'의 사건이다. 이렇듯 나의 죽음도 타인의 죽음도 불가능하다면, 죽음은 오직 중성적이고 비인칭적인 죽음으로서만 가능하게 된다.

블랑쇼의 비인칭적 죽음은 죽음이 개인성의 지평을 넘어서는 다른 지평을 가리키는 하나의 사건, 즉 익명의 사건으로만 발생할 수 있음을 의미한다. 이러한 죽음은 "자기 자신, 끝까지 유일하게 나뉘지 않은 개인으로서, 개별의 죽음을 죽는다는 것, 여기서 부스러지기를 바라지 않는 단단한 씨"로서의 원자적 죽음과는 다른 것이다.[35] 익명적인 죽음은 공동체를 드

---

35 블랑쇼, 『문학의 공간』, 170쪽. 그런데 블랑쇼는 이 글에서 니체를 단독적인 죽음의 사상가로 보기보다는 오히려 자의적인 죽음에서 탁월함을 발견하는 사상가로 보면서 비판적으로 논의하고 있다. 니체가 자의적인 죽음에서 탁월성을 찾고 있는 것으로 간주될 수 있는 부분은 『차라투스트라는 이렇게 말했다』의 「자유로운 죽음에 대하여」의 구절이다. 그는 "존재할 가치가 없는 자들조차 자신들의 죽음만은 대단하게 받아들인다. 더없이 속이 텅 빈 호두 주제에 그래도 제대로 깨뜨려지기를 바라고 있는 것이다. (······) 나 너희에게 내 방식의 죽음을 기리는 바이다. 내가 원하여 찾아오는 그런 자유로운 죽음 말이다"(니체, 『차라투스트라는 이렇게 말했다』, 119~120쪽 [KGW VI-1, pp.89~90]). 이 구절은 죽음의 독배를 들게 하는 새로운 우상인 국가에 대한 진술 뒤에 나오는 만큼, 이 자유로운 죽음은 공동체와의 합일을 위한 자발적인 죽음과는 무관하다. 또한 이것은 블랑쇼가 해석하듯이 개인적 고유성을 보존하려는 죽음과도 거리가 있는 것으로 보인다. 니체는 자유로운 죽음은 인간과 대지에 대한 모독이 되지 않는 것임을 강조한다. 자유로운 죽음을 염세적인 자살 예찬과 연결하지 않는다면 이때 '원하여 찾아오는' 죽음이란 니체가 말하는 끊임없이 몰락하고 극복하는 활동의 긍정을 의미한다. "불멸의 존재, 한낱 비유에 불과하다! 시인들이 너무도 많은 거짓말을 하고 있다. 최상의 비유라고 한다면 마땅히 불멸이 아니라 시간의 흐름과 생성에 대하여 이야기해 주어야 한다. 그런 비유는 일체의 덧없는 것들에 대한 찬미가 되어야 하며 정당화가 되어야 한다! (······) 그렇다, 창조하는 자들이여. 너희 삶에는 쓰디쓴 죽음이 허다하게 있어야 한다! 그래야 너희는 덧없는 모든 것들을 받아들이고 정당화하는 사람이 되는 것이다"(같은 책, 142쪽 [Ibid., pp.106~107]).

러내는 고귀한 사건이다. 그러나 이러한 익명성은 전체주의자들이나 군국주의자들이 강조하는 무명용사들의 죽음, 와쓰지 데쓰로 식의 죽음을 통한 영적 합일이 지닌 익명성이 아니다. 그것은 죽음의 사건을 통해 나와 타자가 만나는 순간, 나는 그 누구(다른 사람)가 되어 죽고 타자 역시 그 자신과 다른 사람으로 변모하기 때문에 명료한 방식으로는 이름을 붙이거나 밝힐 수 없는 하나의 공간이 열린다는 의미일 뿐이다. 블랑쇼가 '중성적 형태'의 죽음이 열어 주는 공간, '익명적 비인칭'의 권능으로 열리는 공간이라고 명명한 이 공간은 관계의 공간이며 소통이 발생하는 공동체적 공간이다.

죽음에 대한 이러한 논의로부터 예술과 예술가에 대한 독특한 이해가 발생한다. 죽음의 비인칭적 성격으로부터 죽음의 개인적 내밀성이 부정되듯이 예술의 토대로서 개인적 내밀성도 부정된다. 예술은 "인간이 자신이 할 수 있는 것의 바깥으로 그리고 가능성의 모든 형태 바깥으로 던져지는 그곳, 인간의 내밀성도 한계도 없는 바깥에의 소속을 긍정하는"[36] 탈자태적인 것이다. 우리가 예술작품을 접하면서 자신의 바깥으로 던져지는 전복적 경험을 한다는 것은 쉽게 받아들여진다. 그렇지만 이러한 경험이 이해되는 방식이란 흔히 다음과 같다. 선구적 예술가는 자신이 발견한 위대한 내밀성을 예술작품 속에 그대로 형상화한다. 그리고 우리는 작품 속에 표현된 그 내밀성을 공유함으로써 기존 경험의 한계 밖으로 도약한다. 이때 바깥의 경험이란 예술가가 자신의 독창성을 통해 기존의 예술과 세계를 넘어서는 경험으로서 우리 독자들이 따라가야 할 새로운 것이다. 그러나 이런 예술적 경험은 차라투스트라가 자신에게 길을 묻는 자들에게 되

---

36 블랑쇼, 『문학의 공간』, 352쪽.

물었던 '너희들의 길'을 열어 주는 경험이 아니다. 왜냐하면 그것은 여전히 독창적 예술가가 우리에게 지시해 주는 삶의 '길'을 따라가는 것이 되고 말기 때문이다.

블랑쇼는 예술가의 내밀성을 기반으로 하여 존재하는 작품의 자족적 고유성이라는 통념을 거부한다. 아울러 그는 세계와 거리를 둔 채 철저하게 세계의 바깥에 존재하는 절대적(분리된-유일한) 예술작품의 존재를 부정한다. 일반적으로 작품은 작가의 것이라는 점에서 작가의 고유성을 표현하며 작가는 작품과 본질적인 관계를 맺는다고 이야기되지만, 블랑쇼는 책의 소유와 작품의 소유를 구별한다. 작가는 책을 소유할 수는 있지만 작품을 소유할 수는 없다. 작품은 독서라는 사건을 통해 작가의 내밀성, 또는 이미 결정된 본질을 독자에게 전달하는 형식이 아니다. 오히려 "모든 독서는 작품을 작품 자체로, 그 익명의 현전으로, 있는 그대로의 격렬한 비인칭의 긍정으로 돌려주기 위해 작가를 무효화시키는 놀이이다".[37] 작품에는 독자에게 전달되기 위해 세계와 분리된 채 고독하게 보존된 예술가의 독창적 본질과 같은 것은 들어 있지 않다.

작품에 대한 블랑쇼의 이런 이해를 참조할 때, 예술작품으로서 '너희들의 길'을 시도하라는 차라투스트라의 대답은 자족적이고 내재적인 자율성을 가진 삶에의 호소가 아니라 비인칭의 삶을 창조하라는 요청이다. 비인칭의 삶은 누구와도 분유할 수 없다는 점에서 유일한 개별성이라고 불리는 어떤 속성을 소유하게 되는 삶과는 다른 것이다. 그것은 어떤 작품, 어떤 사물, 어떤 타자와의 접촉을 통해 새로운 존재로 분유되는 소통의 삶이다. 그리고 여기서 소통이란 소통되어야 할 본질을 이미 전제한 채 어떤

---

37 블랑쇼, 『문학의 공간』, 282쪽.

것을 매개로 그 본질 속으로 진입하는 그런 과정과는 무관하다. 소통은 그 자체로 소통에 참여하는 모든 존재자들이 익명의 '그 누구'로 분유되며 변모하는 생성과 같은 것이다.

낭시와 블랑쇼의 이러한 사유는 니체의 '주권적 개인'에 대한 조르주 바타유Georges Bataille의 견해에서 발전해 나온 것이다. 『니체에 대하여』 *Sur Nietzsche*에서 바타유는 탈자태와 익명성이라고 불릴 어떤 상태를 표현하면서 그 상태들이 주권적 개인의 실존을 드러내는 중핵임을 밝히고 있다. "주권적 욕망이 우리의 고뇌를 먹어치우면서 살아갈 때 원칙적으로 이 것은 우리 자신을 넘어서려는 시도 속으로 우리를 끌어들인다. 나의 존재의 넘어섬은 무엇보다도 無이다. 이것은 찢겨진 상처 속에서, 그리고 결핍의 고통스러운 감정들 속에서 깨닫게 되는 부재이다. 그것은 다른 사람의 현전을 드러낸다. 그러나 그것은 타자도 마찬가지로 무의 가장자리 너머로 몸을 기울이거나 그 속에 빠질 때(죽을 때)에만 온전히 드러난다. '소통'은 오로지 자신을 위태롭게 하는 두 사람 사이에서만 발생한다. 두 사람은 각자 찢겨져 나가 공중을 부유하다 공동의 무에 내려앉는다." 간단히 말해 "존재자들의 주권적 욕망은 존재 너머에 있는 것이다".[38] 그것은 공동의 무, 즉 아무것도 아닌 것을 향해 가는 것, 아무것도 아닌 것 가운데 자기-밖에 있으려는 것으로서의 탈자태적 운동 그 자체이다.[39] 주권성은 자기 아닌 비인칭적 '그 누구'로 변모함으로써 내재성으로 환원되지 않는 방식으로 존재하는 능력, 자신을 초과하며 존재하는 능력을 의미한다. 이런 점에서 우리가 굳이 내적 자아 또는 본래적 자아라고 부를 만한 것이 있다

---

38 Georges Bataille, *On Nietzsche*, trans. Bruck Boone, St. Paul, MN: Paragon House, 1992, pp.20~22.

39 낭시, 『무위의 공동체』, 54쪽.

면 그것은 초과의 능력 이외에 다른 것이 아니다. 이 초과의 경험을 바타유는 내적 경험이라고 부른다. 그러나 아이러니하게도 이 내적 경험은 내적으로 소유되는 내밀성과는 다르며, 자신을 통제하거나 지배하는 것을 통해 세계를 통제하고 지배하는 능력과도 무관하다.

바타유와 블랑쇼가 탈자태를 규정하기 위해 사용한 초과 또는 극복의 관념은 하이데거의 비판과는 달리 니체의 주권적 개인이 통제와 지배의 관념과 구별될 수 있음을 보여 준다. 블랑쇼는 '극복'에 다른 의미를 부여함으로써 주권성과 서양 형이상학에 뿌리 깊은 '세계 주인-되기'의 욕구를 동일시하는 시각을 교정한다. 극복한다는 것은 넘어섬을 의미하지만 그것은 우세하고 지배적인 힘의 일방통행적인 행사를 의미하는 것이 아니다. 오히려 우리는 항상 우리 자신을 넘어서는 어떤 것과 마주하며 그것을 견뎌 내야 하고, 그것으로부터 벗어나기 위해 "그 너머로 어떤 것을 겨냥하지도 않"아야, 즉 초월적 세계나 가상적 구제와 같은 것을 상정하지 않아야 한다. 그러한 넘어섬이 바로 극복이다. 니체가 "인간은 극복되어야 할 그 무엇"이라고 말했을 때 의미했던 것이 정확히 이것이라고 블랑쇼는 덧붙인다. "인간은 인간 너머의 것에 도달해야 하는 것이 아니다. 인간에게는 도달해야 할 아무런 것도 없고, 인간이 자신을 초과하는 것이라면, 이 과도함은 그가 가질 수 있는 그 무엇도 아니고, 그가 될 수 있는 그 무엇도 아니다. 그러므로 '극복하다'는 또한 '다스리다'라는 것과도 아주 멀다. 자의적 죽음의 가장 큰 실수들 중의 하나는 자신의 마지막의 주인이 되고자 하는 욕망, 이 마지막 움직임에 여전히 자신의 형태와 자신의 한계를 부과하고자 하는 욕망 속에 있다."[40]

---

40 블랑쇼, 『문학의 공간』, 166~167쪽. 강조는 인용자.

6. 문학적 코뮤니즘을 위하여

삶의 무의미를 극복하기 위해 죽음을 무릅쓰고 공동체에 투신하려는 욕망은 고대 그리스인들의 폴리스적 삶의 방식으로부터 21세기의 테러리즘에 이르기까지 광범위하게 새겨져 있으며, 이런 가상적 구제에는 내재주의적 공동체관에 근거한 미학적 정당화가 수반된다. 니체는 초기 사상에서 나타나는 내재주의적 공동체 관념을 극복하고 후기의 디오니소스적 생성 긍정의 철학 속에서 새로운 미학적 공동체의 관념을 제시한다. 이는 국가관의 변모에서 가장 분명하게 감지할 수 있는 것이다. 초기에 그는 전체성의 가상에 대한 개인의 헌신을 통해 문화국가라는 문화의 열매를 실현해야 한다고 보았지만, 후기에는 주권적 개인 자체를 문화의 열매로 보며 가상적 구제의 시도를 거부한다.

일반적으로 니체의 후기 사유는 하이데거의 『존재와 시간』에서 드러나는 논의와 유사하게 이해되어 왔다. 하이데거는 죽음에의 선구를 통해 전체성의 가상에 구속되어 있는 세인의 삶을 비판하며 개인적 고유성을 회복하려고 했다. 전체성을 거부하고 개인의 주권성 자체를 강조하면서 예술가적 실존을 부각시키려는 니체의 후기 견해는 하이데거가 말했던 개별적 실존의 기투와 동일시되기 쉽다. 그러나 하이데거의 죽음론과 실존론에 대한 낭시와 블랑쇼의 비판적 해석은 니체의 후기 사유를 다른 시각에서 접근할 수 있는 길을 열어 준다. 죽음을 개인이 본래적 자기와 관계하게 되는 결정적 계기로 파악하는 하이데거와 달리, 낭시와 블랑쇼는 죽음을 탈자태적이고 소통적인 경험으로 규정한다. 그리고 이에 입각해서 개인성의 관념을 대체하는 단독성의 관념을 들여온다. 이런 단독성의 차원에서 보면 더 이상 예술적 실존으로서의 주권적 개인성은 탈공동체적 실존이 아니라 공동체적 활동의 과정이자 결과물이다. 물론 이때 공동체적 활동이란 초기의 니체 자신의 견해나 와쓰지 데쓰로의 견해에서 보이는 국가나 사회로의 전체주의적 투신과는 무관하다.

이처럼 죽음에 대한 탈자태적 관점과 단독성 개념을 통해 주권성을 이해할 때, 우리는 주권적 개인들의 미학적 공동체에 대해 다음과 같이 규정할 수 있다. 첫째, 주권적 개인들의 공동체는 높은 문화적 수준의 내재적 자율성을 지닌 개개인들의 단순 총합이 아니다. 그것은 탈유기적이고 반목적론적인 소통 공동체로 규정되어야 한다. 주권적 개인의 실존을 예술작품의 탈자태적 삶에 비유할 수 있다면, 주권성의 경험이란 사실상 소통적이고 공동체적인 경험 이외의 다른 것이 아니기 때문이다. 이런 점에서 최근 관심의 대상이 되고 있는 '문학적 코뮤니즘'communisme littéraire에 대한 낭시와 블랑쇼의 논의는 '주권적 개인들'의 공동체를 사유하는 니체의 문제의식과 맥이 닿아 있다고 할 수 있다.

문학적 코뮤니즘은 하나의 구체적인 표상을 지닌 공동체 개념이 아니라 공동체에 대한 독특한 질문의 방식을 표명하는 용어다. 문학적 코뮤니즘은 예술 또는 문학을 통해 이루어지는 "공동체의 분유인 어떤 것에 대한 물음"[41]이라는 낭시의 말은 이 점을 분명하게 보여 준다. 그들이 공동체의 문제를 다시 제기하면서 '문학적'이라는 어휘를 사용하는 이유는 다음과 같다. 예술을 통한 공동체의 분유가 '이미 존재하는 공동체'의 유지와 보존을 위해 유기체를 조직화하거나, 미래의 이상적 공동체의 실현이라는 '이미 존재하는 목적'을 위해 개인들에게 역할을 분배하는 행태를 방지할 수 있다고 보기 때문이다. 낭시와 블랑쇼가 추구하는 문학적 코뮤니즘은 탈

---

41 낭시, 『무위의 공동체』, 68쪽.

유기체적 공동체 운동이다. 그것은 "완성되어 가고 있는 목적으로 주어진 최후의 어떤 실재성"을 가지고 있지 않다.[42] 니체가 격렬히 비판했듯이, 그런 실재성이란 "단 한 번의 도약, 죽음의 도약으로 끝을 내려는 피로감, 그 어떤 것도 더 이상 바라지 못하는 저 가련하고 무지한 피로감"으로 하나의 이상적 공동체라는 "신" 또는 "저편의 또 다른 세계"를 꾸며 내려는 시도에 불과하다.[43] 따라서 그러한 시도를 거부하는 문학적 코뮤니즘은 반목적론적인 공동체 운동에 대한 사유이다.

둘째, 주권적 개인들의 공동체(문학적 코뮤니즘)는 분유를 통한 단독성의 끊임없는 탄생 활동에 의해 구성되며, 죽음 공동체로의 함입과는 무관하다. 단독성의 탄생 과정에는 기존의 개인성들이 서로 부딪치며 몰락과 죽음을 맞이하는 장소가 드러난다. 이 '장소'는 니체의 풍토론에 대한 오해로부터 시작된 와쓰지 데쓰로의 풍토철학과는 반대의 의미를 지닌다. 주권적 개인성, 즉 단수성이 태어나는 장소는 정확히는 탈-장소(탈-공간, 탈-풍토)의 공동성이다. 이러한 탈-장소에의 의지는, 니체의 용어로 '사랑에의 의지'라고 부를 수 있는 것이다. "아름다움이란 것은 어디에 있는가? 내가 의지를 다 기울여 의지하지 않을 수 없는 곳에 있다. 하나의 형상이 단지 하나의 형상에 그치는 일이 없도록 내가 사랑하고 몰락하고자 하는 그런 곳 말이다. 사랑하는 것과 몰락하는 것, 이것들은 영원히 조화를 이루어 왔다. 사랑을 향한 의지, 그것은 기꺼이 죽음조차 서슴지 않는 것이다."[44] 사랑의 의지는 종종 악의적으로 해석되듯이 민족이나 인종주의적 공동체의 파시즘적 자살의지를 보여 주는 것이 아니라 단독성에 대한 적극적인

---

42 같은 책, 161쪽.
43 니체, 『차라투스트라는 이렇게 말했다』, 47쪽 [KGW VI-1, p.32].
44 같은 책, 208쪽 [Ibid., p.153].

고려를 보여 준다. 매 순간 수행되는 나의 기꺼운 죽음은 인간의 위대함을 "하나의 과정"이자 "몰락"으로 보는 관점에서만 가능한 것이기 때문이다. 과정이자 몰락인 활동만이 단독성을 형성할 수 있다. 그러나 이 몰락의 과정은 목적을 향한 더 높은 단계로 가는 변증법적 발전의 과정과도 다른 것이다. 이 과정을 작동시키는 계기는 종교와 같은 우상이나 국가와 같은 새로운 우상과의 만남이 결코 아니다. 그 몰락의 계기는 모든 만물이다. 그것은 "하찮은 사건으로도 파멸할 수 있는 자"가 전혀 "자신을 보전하려 하지 않기 때문"에 가능하다.[45] 그렇다면 니체가 '과정'이라고 부르는 것은 사실상 어떤 지향점을 향해 나아가는 과정과는 무관하다고 할 수 있다. 모든 계기를 통해 변화한다는 것은 인과관계를 추론할 수도, 특정 기반으로부터의 유래를 밝힐 수도 없는 것이기에 목표를 향하는 특정한 국면의 단계적 경로를 상정하는 과정 개념과는 다를 수밖에 없다.[46] 그가 말하는 과정은 자기보존의 포기이며 자아의 몰락, 탈자태적 활동이다. 그러한 활동을 통해서만 새로운 공동성의 운동이 발생할 수 있는 것이다.

셋째, 니체의 주권적 개인들의 공동체는 저항적 공동체로서의 성격을 지닐 수 있다. 즉 내재주의적 공동체에 맞서는 저항을 수행할 수 있다. 저항은 개별적으로 탈존을 시도하는 고독한 개인성의 차원에서 가능한 것이 아니라 공동체적 지평에서 가능한 것이다. 물론 이것은 탈개인적 저항 활동이 선결정된 특정의 집단적 주체에 의해 수행된다는 것을 의미하지는 않는다. 오히려 새로운 집단적 주체성은 탈자태적 저항의 활동 속에서 발현되는 단독성을 통해서 구성되는 것이다. 니체는 그러한 저항적 실존에

---

45 니체, 『차라투스트라는 이렇게 말했다』, 20~22쪽 [KGW VI-1, pp.11~12].
46 정확히 이런 맥락에서 낭시는 단수화(singularisation)는 과정을 갖지 않는다는 점을 지적한다 (낭시, 『무위의 공동체』, 71쪽).

예술가라는 이름을 부여한다. 낭시와 블랑쇼에게도 문학과 예술이란 그러한 단독성의 활동 이외의 다른 것이 아니기에 그들은 이런 활동을 문학적 코뮤니즘이라고 부르기를 주저하지 않는다.

모든 실존들의 예술가적 주권성에 근거해서 내재주의적 공동체에 저항을 기입하는 활동이 진정한 예술적 또는 문학적 공동체를 가져온다. 낭시는 다음과 같이 덧붙인다. "그 사실에 대해 아무것도 말하기를 원하지 않는 문학은 하나의 오락이거나 하나의 거짓말이다."[47] 낭시가 말한 거짓말로부터 벗어나는 존재를 니체는 주권적 개인이라고 불렀다. 주권적 개인은 별처럼 빛나는 이상적 공동체 대신에 대지 위의 진정한 공동체로서 단독성의 공동체를 건설하는 자, 즉 위버멘쉬übermensch이다. "나는 사랑하노라. 왜 몰락해야 하며 제물이 되어야 하는지, 그 까닭을 먼저 별들 뒤편에서 찾는 대신 언젠가 이 대지가 위버멘쉬의 것이 되도록 이 대지에 헌신하는 자를."[48]

---

47 같은 책, 179쪽.
48 니체, 『차라투스트라는 이렇게 말했다』, 21쪽 [KGW VI-1, p.11].

9장

문학의 아나크로니즘: 작은 문학과 소수 문학

시인들은 현실을 변화시키기 위해 인간에게 다른 눈을 넣어 주려고 애쓰고 있어요. 그래서 시인들은 본래 국가를 위협하는 요소예요. 변혁을 원하기 때문이죠. 반면 국가와 국가의 모든 충복들은 오직 현 상태가 지속되기만을 원하죠. _ 프란츠 카프카[1]

1. 예술의 동시대성 대 예술의 반시대성?

예술의 동시대성contemporaneity이란 무엇인가? 가장 손쉬운 답변은 예술이 한 시대의 풍경과 고유한 문제의식을 거울처럼 잘 비추는 것을 뜻한다고 말하는 것이다. 이런 답변을 택하는 이들은 예술작품이 예술만의 독립적이고 자율적인 시·공간의 논리에 머물지 않고 그것이 처한 현실의 사회·정치적 맥락을 반영하고, 또한 그 맥락에 충실하게 읽힐 때 그것의 동시대성이 입증된다고 생각한다. 이와 같은 관점에서 보자면 예술의 반시대성을 추구하고 고유한 자율성을 강조하는 태도는 예술에 대한 몰이해나 편

---

1 구스타프 야누흐, 『카프카와의 대화』, 편영수 옮김, 지만지, 2013, 291쪽.

견에서 비롯된 것에 불과하다. 우리는 이 글에서 카프카의 '작은 문학'kleine Literatur에 대한 서로 다른 두 입장을 다루며 예술의 동시대성과 반시대성에 대해 사유해 볼 것이다.

'작은 문학'은 카프카가 1911년 12월 25일 자신의 일기에서 쓴 표현이다. 이 표현을 적극적으로 사용하여 카프카의 문학을 설명하려는 시도는 1999년에 발표되어 큰 관심과 반향을 일으켰던 파스칼 카사노바Pascale Casanova의 『문학의 세계공화국』Le Republique mondiale des lettres에서 찾아볼 수 있다. 이 책에서 카사노바는 카프카의 명명에 따라, 뛰어난 거장이 부재하여 문학적 유산이 곤궁한 약소민족들의 문학을 '작은 문학'이라고 설명한다. 작은 문학은 그녀가 경쟁과 전복이 발생하는 불평등한 세계문학 공간에 대한 모델을 정립하는 데 중요한 역할을 하는 개념이다. 이 모델에 따르면 세계문학의 공간에는 그리니치 자오선처럼 문학의 표준시가 있고 이에 따라 중심부와 주변부가 나뉜다. 중심부는 표준시의 관점에서 문학적 수도들로 자리매김할 수 있는 파리나 런던 같은 도시들이다. 그리고 이곳으로부터 멀리 떨어진 약소민족의 문학적 공간은 주변부이다. 물론 주변부의 문학은 언제나 주변부로 남아 있는 것이 아니라 투쟁과 전복을 통해 중심으로의 진입이 가능하다. 그러나 중심으로 진입하기 이전까지 주변부 문학은 그 공간이 지닌 정치적 종속성 때문에 작은 문학의 특징들을 보인다는 것이다. 이 작은 문학에서는 문학적 자율성이 확보되기 어렵다. 카프카가 지적했던 대로 작가 개인의 관심이 공동체적 관심사, 즉 민족적 관심을 향해 나아가는 경향이 있기 때문이다. 카사노바는 작은 문학의 이러한 특징을 고려하지 못할 때 유럽 중심적 비평가들이 종종 그래 왔듯, 작은 문학의 민족적 경향을 평가절하하거나 그것이 당대의 시대적 맥락 속에서 표현하려고 했던 것을 엉뚱하게 오독하는 시대착오적 해석을 하게 된다고 지적한다. 그리고 그 문학적 아나크로니즘anachronism의 대표적인 사례로 들뢰즈와 가타리가 카프카의 문학을 다루면서 사용한 개념인 '소수 문학' littérature mineure을 들고 있다.[2]

　　카사노바의 견해는 세계문학 공간에 존재하는 불평등성을 지적하고 세계의 주변적 공간들에서 창조되는 문학작품의 경향들을 정당하게 평가하려는 선한 의도에서 비롯된 것이다. 그러나 그 의도와 무관하게, 그녀는 작은 문학의 동시대성을 과도하게 강조함으로써 결과적으로는 그 문학이 자율성의 관점에서는 최고 수준에 도달하지 못한 낮은 단계의 문학이라고 선언하는 셈이 되고 만다. 이는 그녀가 문학적 자율성이라는 관점에서 문학의 중심과 주변을 나눈 데에서 오는 필연적 귀결이다. 그 관점에서 주변의 문학은 문학 내적인 논리에 충실한 추상적 형식 실험이라는 미학적 모더니티를 달성하는 데에로 나가야 한다고 가정된다.[3] 문학은 미학적 모더

2　Pascale Casanova, *The World Republic of Letters*, trans. M. B. Debervoise, Cambridge, MA: Harvard University Press, 2004, pp.154~157, 200~204, 269~273. 카사노바는 들뢰즈와 가타리가 프랑스어판 카프카 일기의 오역된 구절을 채택함으로써 소수 문학의 범주를 고안해 냈다고 비판한다. 그녀는 카프카의 '작은 문학'에서 '작은'(klein)이 마르트 로베르(Marthe Robert)에 의해 '소수 문학들'로 오역되었고 이것을 두 철학자가 가져다 쓴 것이라고 밝히고 있다. 그녀는 들뢰즈와 가타리가 소수 문학을 카프카에게서 기인한 것으로 만들기 위해서 "악명 높은 역사적인 시대착오와 제1차 세계대전 이전에는 그의 것일 수 없는 선입견을 통해" 논의를 구성하였다고 공격한다(파스칼 카사노바, 차동호 옮김, 「세계로서의 문학」, 『오늘의 문예비평』 74호, 2009, 133~134쪽).

3　백낙청은 카사노바의 세계문학론을 평가하면서 이러한 맥락에서 그 의미와 한계를 지적한 바 있다(백낙청, 「세계화와 문학: 세계문학, 국민/민족문학, 지역문학」, 『문학이 무엇인지 다시 묻는 일』, 창작과비평사, 2011, 95~101쪽). 그는 카사노바에게서 ① 기존의 세계문학 논의에서 간과되어 온 "세계문학 시장의 위계적 권력관계를 집중적으로 분석한 공로", ② 전 지구화된 자본주의의 불평등한 "실물 공간과 깊은 연관을 가지되 일정한 독자성을 지닌 '문학 공간'(literary space)을 따로 설정하는 미덕", ③ 중심부의 세계문학 연구들과 달리 "정치적, 언어적 또는 문학적 피지배자 위치에서 출발하는 문학들에 대한 그녀의 관심" 등은 높이 평가한다. 카사노바 자신이 『문학의 세계공화국』에서 밝히고 있듯이 중심부의 "종족중심주의적 무지의 오만한 시선은 보편주의의 틀에 맞춘 인증 아니면 대대적인 축출 선고를 낳는다"라는 분명한 문제의식 아래, "이 저서가 문학세계 주변부의 모든 빈한하고 지배받는 작가들에게 도움이 될 일종의 비평적 무기가 되었으면 하는" 희망을 품고 세계문학론을 구상하고 있음은 분명하다. 그러나 백낙청에 따르면,

니티를 실현하기 위해서 먼저 정치적 독립을 획득하는 데 기여해야 하지만, 정치적 자유의 공간이 열리는 단계에 이르면 정치적 종속성을 벗어나 순수한 문학 실험을 전개해야 한다는 것이다.

그러나 그녀의 주장을 따라가다 보면, 이렇게 이해된 문학적 자율성에 입각해서 문학작품을 평가하는 것이 과연 타당한 것인가라는 의문이 생긴다. 특히 주변부 세계의 문학, 즉 작은 문학으로 분류되는 공간에 속한 우리 입장에서는 쉽게 동의하기 힘든 부분이 있다. 우리는 카사노바를 통해서 예술의 동시대성을 특정한 방식으로 해석한 뒤 시대성을 초과하는 반시대적 자율성이라는 관점에서 우리 문학을 열등한 것으로 타자화하는 시선을 경험하게 된다. 이 경험은 우리가 손쉽게 받아들이는 예술의 자율성 개념에 대해 재검토하는 계기를 제공하며, 문학을 비롯한 여러 예술 장르에서 나타나는 자율성과 동시대성, 혹은 예술과 정치의 관계를 새롭게 사유해 볼 수 있는 가능성을 열어 놓는다.

2. 작은 문학의 동시대성

어린 작가 지망생 구스타프 야누흐Gustav Janouch는 자연주의적 경향이 강한 러시아 농민소설가 알렉산드르 네베로프Alexandr Neverov의 소설 『빵이 풍부한 도시, 타슈켄트』Tashkent: gorod khlebnyi[4]를 읽고서 "이 책은 예술작품이

카사노바가 표준시의 구체적 내용을 이룬다고 보는 '모더니티' 개념은 "근대 전체에 대한 근본적 성찰을 젖혀 둔 채 특정한 영역에서의 새로움이라는 한정된 의미의 현대성에 집착하는 태도를 초래하기 쉬운" 편향성을 지니고 있다는 점에서 심각한 문제가 있다.

4 네베로프는 1920년대 소련의 작가로 빈농이나 농촌 지식인의 비참한 생활상을 다룬 농민소설을 썼다. 『빵이 풍부한 도시, 타슈켄트』에 대한 자세한 논의로는 다음을 참고하라. 이 책이 사실주의적 기록이기만 하다는 야누흐의 감상과 달리 마르크 슬로님(Marc Slonim)은 이렇게 논평한다. "혁명 이전의 농민 출신 작가였던 그는 '사실학'을 유머와 민속과 결합시켰다. 그의 가장 잘

라기보다는 기록으로 생각됩니다"라고 말한다. 이에 대해 네베로프의 소설을 흥미롭게 읽었던 카프카는 야누흐에게 다음과 같이 답변한다. "진정한 예술은 모두 기록이며 증언이죠."[5] 예술이 시대의 기록이며 증언이라는 카프카의 관점은 그의 표현을 이용하여 주변부 세계의 문학을 설명하려는 카사노바의 '작은 문학' 개념 안에도 그대로 수용된다.

카사노바의 '작은 문학'의 특징을 정확히 이해하기 위해서는 그녀가 작은 문학의 중요한 사례로 들고 있는 아일랜드의 문예부흥 운동과 아일랜드 작가들의 작품 경향을 먼저 살펴보아야 한다. 카사노바에 따르면 아일랜드 문예부흥 시기의 문학은 정치에 대한 문학의 종속성과 문학적 자율성의 부재를 가장 큰 특징으로 한다.[6] 아일랜드가 영국의 식민 치하에 있던 정치적 종속의 상황에서 아일랜드 문학은 아일랜드만의 고유한 정신세계를 지키며 정치적 독립에 복무하려는 경향을 지니고 있었다. 잘 알려져 있다시피 민족극장 애비Abbey를 거점으로 한 연극 운동은 아일랜드인들의 민족의식을 고취시키는 데 큰 역할을 했다. 예이츠William Butler Yeats, 싱John Millington Synge, 하이드Douglas Hyde와 같은 민족극 작가의 작품들을 애독하고 그 공연을 관람한 젊은이들은 1916년 부활절 봉기의 주역들이 되

된 작품 『빵의 도시 타슈켄트』는 병든 어머니의 식량을 구하기 위해 볼가의 고향을 떠나 길고 위험한 여행을 시작하는 10대 소년 미슈카를 주인공으로 하고 있다. 혁명과 내전의 혼란에 휩싸이고, 코믹한 상황과 어린이다운 엉뚱한 장난이 뒤섞인 비극적인 모험과 죽음에 직면하면서 미슈카는 사명을 성공적으로 달성한다. 네베로프는 사실 그대로만을 보고하려 하였으나 애상적이고, 감상적이고, 풍자적일 수밖에 없었다. 그리고 이러한 사실이 그의 작품을 감동 있고 생기 있게 해주었다"(마르크 슬로님, 『소련 현대문학사』, 임정석·백용식 옮김, 열린책들, 1989, 176쪽).
5 야누흐, 『카프카와의 대화』, 211쪽.
6 카프카에게 독일 문학은 위대한 재능들에 의해 만들어진 풍요로운 전통을 가진 것이며 이 전통 속에서 고상한 주제를 다루는 고유한 문학적 자율성을 형성해 온 것이다. 이와 달리 역사가 짧은 민족문학은 고유한 예술적 전통이나 관심으로 이루어진 자율적 문학 문화가 존재하지 않는다. 이러한 신생 문학의 현존 상태가 민중과 민족에 대한 집중적 관심으로 이어질 수밖에 없다고 카프카는 결론짓는다(Casanova, *The World Republic of Letters*, p.202).

었다.[7] 20세기 초의 애비극장은 아일랜드의 정치적·사회적 스캔들이 발생하는 장소였으며 일상적으로 민족정신의 열기를 확인할 수 있는 곳이었다. 1905년 아일랜드민족극협회 감독을 맡았던 싱은 「서쪽 지방의 플레이보이」The Playboy of the Western World라는 색다른 작품을 초연했는데 그의 작품에 분노한 관객들로 인해 난동이 벌어졌다. 민족적 영웅주의의 신화와 위대한 민족 서사에 심취한 가톨릭계 대학생들이 벌인 난동이었다. 이 작품에서 싱은 아일랜드 농촌 지역에서 관습적으로 벌어지던 사랑 없는 결혼 문제를 다룬다. 극 중에 등장하는 시골 처녀는 이방인과 사랑에 빠져 아버지를 살해한다. 이 연극을 본 관객들은 아일랜드 처녀는 낯선 남자와 같이 밤을 지새우는 일이 없을 뿐 아니라 부권에 도전하는 일도 없다고 분개했다. 영국의 식민지라는 정치적 상황에서 아일랜드 농부는 조국에서 뿌리를 내리고 살아가는 반식민지 저항의 문학적 상징물이었으므로 거칠고 무절제한 농민의 모습을 그린 작품은 아일랜드인을 폄하하고 모욕했다는 반감을 불러일으켰던 것이다. 그곳에서는 당면한 정치적 이해에 복무하지 않는 예술작품은 모두 비난받을 정도로 직접적인 정치성이 요구되었다.

아일랜드 문예부흥의 당대적 성격을 보여 주는 또 다른 사례는 1923년 애비극장에서 오케이시Seán O'Casey의 「총잡이의 그림자」The Shadow of a Gunman가 상연되었을 당시 경고문이 삽입되었던 일이다. "상연 중에 들리는 모든 총소리는 대본의 일부입니다. 관객들께서는 상연시간 동안 자리에서 일어나지 마십시오."[8] 당시는 시민전쟁이 끝나지 않은 상황이었다. 이 경고문은 공연 중의 음향효과를 진짜 총성으로 착각하고 동요할 수도

---

7 *Ibid.*, p.190.
8 *Ibid.*, p.292.

있는 객석을 진정시키기 위한 것이었다. 이처럼 시대의 한복판에서 현실과 극의 혼동이 일어날 정도로 정치적이고 민중적이었던 극들은 민족 작가들의 의식적 예술 행위의 결과물이기도 했다. 오케이시는 "시인과 극작가는 인간의 권리를 위해 민중과 함께 투쟁의 대열에 동참해야 하며 인간의 무절제, 무지 및 폐습으로부터 영구히 벗어날 수 있도록 민중을 도와주어야 한다"라고 주장했으며 그러한 자신의 예술관에 입각하여 노동운동과 민족운동에 적극 참여했고 또한 민족적·민중적 주제들을 극화했다.[9] 아일랜드 문예부흥의 이런 현상들을 살피면서 카사노바는 작은 문학의 두 가지 과제를 상정한다. 첫째는 민족에 하나의 국가적 실존을 부여하고 하나의 독립국가로서 인지되도록 하는 정치적 독립의 과제이다. 이는 식민지 상황은 아니지만 정치적으로 불안정한 주변부 국가의 경우에는 독재정권의 검열과 억압에서 자유로운 정치적 공간을 확보하는 과제로 나타난다. 둘째는 자신들의 고유한 민족적·민중적 언어로 자기 나라의 문학적 부를 산출하는 문학적 독립의 과제이다. 신생국 작가들의 경우 그들의 문학적 과업은 정치적 과업에 부수적인 것이 된다. 왜냐하면 문학적 자율성을 위한 예술적 투쟁과 노력들이 수행되는 것은 일단 정치적 자원의 최소량이 축적되어 정치적 독립의 최소량을 획득한 뒤에나 가능하기 때문이다.[10]

이러한 고찰은 예술의 동시대성을 이해하는 하나의 관점을 보여 준다. 이 관점에서 예술은 시대의 정치적 상황을 반영하며 당대의 문학 외적 문제를 일단 해결해야 한다고 이야기된다. 안정된 사회정치적 환경이 만들어진 뒤에야 문학적 자유의 공간이 형성되고 그 자유의 공간에서 문학

---

9 Casanova, *The World Republic of Letters*, p.193.
10 *Ibid.*, p.193.

적 보수주의에 대한 전복이나 혁신의 실험들이 수행될 수 있다. 자율적 예술 공간이 보장되는 시대에 중심부 작가들이 문학적 실험을 수행하는 것은 예술적 시대성의 발현이 되지만 그들이 민족주의적 성향을 보인다면 그것은 시대착오적인 것이다. 그러나 주변부의 작은 문학의 경우 민족주의 성향은 시대착오가 아니라 민족 투쟁의 정당한 기록이며 증언으로서 그들의 '진정한 예술'의 동시대성을 보증한다. 그들에게는 자율적 예술의 시대가 도래하지 않았기 때문이다. 예술의 동시대성을 이렇게 이해할 경우 작은 문학의 민족적 경향에 주목하지 않는 작품 비평은 오류를 범하는 것으로 평가될 수 있다. 카사노바는 카프카에 대한 형이상학적이거나 정신분석학적인 접근에서 이런 시대착오적 비평의 대표적 사례를 발견한다.

3. 카프카 문학의 동시대성

카사노바는 프랑스 비평가들이 창조해 낸, 역사의 외부에 존재하는 신성한 '프렌치 카프카'를 신생 체코슬로바키아의 프라하에서 민족문학적인 고민에 휩싸여 살아간 유대인 작가 '프란츠 카프카'로 되돌려 놓아야 한다고 주장한다.[11] 카프카는 중세 독일어에 히브리어가 섞인 이디시어語 순회 연극을 열심히 관람했고, 순회극단의 감독인 이차크 뢰비Yitzchak Lowy와도 교류하며 이디시어 연극 운동의 민족 정체성에 대해 사유한 '유대인 작가'였다.[12] 그는 유대화된 독일어인 이디시어로 말하고 연기하는 것을 유대인

---

11 *Ibid.*, p.155.
12 소수민족 유대인으로서 카프카가 지닌 다문화적 정체성에 대한 연구로는 김연수, 「카프카의 유형지에서 만난 유럽인과 비유럽인」, 『카프카연구』 16집, 2006 참고. 프라하에서 태어나 오스트리아-헝가리 국적과 체코슬로바키아 국적을 차례로 지녔던 카프카를 유대 작가로 보는 관점은 1934년 『유대평론지』(*Jüdische Rundschau*)에서 벤야민이 이미 제기한 것이다. "자신의

의 실존 자체를 드러내 주는 활동으로 간주했다. 어린 청년 야누흐가 빈 궁정극장 유대인 배우 루돌프 쉴트크라우트Rudolph Schildkraut의 연극을 보고 왔다고 말했을 때 카프카는 그가 위대한 배우이지만 위대한 유대인 배우라고 볼 수는 없다고 대꾸한다. "쉴트크라우트는 유대인 극에서 유대인 역을 맡고 있어요. 하지만 그는 오직 유대인을 위해서 유대어로 출연한 것이 아니라, 모든 사람을 위해서 독일어로 출연하기 때문에 결코 진짜 유대인 배우가 아니에요. 그는 하나의 부수 현상이며, 유대인 삶의 은밀한 것을 보게 해주는 중개자죠. 그는 비유대인의 시야를 넓혀 주기는 하지만, 유대인의 실존을 설명하지는 않아요. 이것은 오직 유대인을 위해서 유대어로 연기하는 가난한 유대인 배우들이 하고 있어요. 이들은 예술을 통해 타인의 삶의 침전물을 유대인의 본질에서 없애 버리고, 망각 속에 가라앉은 숨겨진 유대인의 얼굴을 밝고 온화한 빛에 드러내고 시대의 불안에 떨고 있는 인간을 안정시켜 주죠."[13] 이처럼 카프카에게는 유대화된 독일어인 이디시어로 말하고 연기한다는 것은 유대인의 실존 자체를 드러내는 활동으로 간주되었다.

일화가 보여 주듯 카프카는 민족어의 중요성에 대해 예민한 의식을 지니고 있었으며 언어와 그 언어를 사용하는 민족적 실존의 관계에 대해 깊이 사유한 작가였다. 그래서 야누흐가 자신이 읽고 있던 연극 작품의 이

작품들에서 거의 유대 문제를 거론하지 않는 프란츠 카프카를 '유대' 작가라고 칭할 수 있는가라는 문제 제기는 오늘날 무의미하다. 독일 내 상황의 발전[나치 정권을 의미]이 독일어로 글을 쓰는 유대 핏줄의 작가는 유대인으로 간주되는 경향을 부추기고 있다. 우리가 여기서 외부에서 유대인으로 우리에게 정해 주는 작가 모두를 받아들일 수는 없다. 카프카의 경우에는 우리가 받아들인다. 왜냐하면 그는 항상 우리의 작가였기 때문이다. (……) 그는 병석에서 히브리어를 배웠고, 태곳적 유대인의 정신, 사상 및 언어 유산의 여운이 그의 작품에서 의심의 여지없이 울리고 있다"(같은 글, 34쪽에서 재인용).

13 야누흐, 『카프카와의 대화』, 147쪽.

념에 대해 장황하게 설명했을 때 카프카는 사물에게 생명을 불어넣는 것은 이념보다는 그 희곡의 비유적 언어들임을 강조한다. "언어를 수단처럼 다루어서는 결코 안 되며, 언어를 체험하고 언어에 시달려야만 해요. 언어는 영원한 애인이죠."[14] 그러나 유대의 민족어는 이미 그가 상실한 언어이며 그의 실존은 독일어로 불완전하게 '번역'되었다. 민족어에서 다른 언어로 번역되는 언어적 환경과 민족적 실존은 한 개인의 실존의 형성에 깊이 영향을 미친다. 그는 '번역된 사람'의 곤경에 대한 분명한 자의식을 종종 표현하곤 한다. 카프카는 일기에서 어머니에 대한 자신의 사랑이 불완전하다고 고백하기도 했다. 대체로 이 일기는 정신분석학적인 맥락에서 분석된다. 그러나 카사노바는 이 문단에서 잃어버린 모국어가 형성한 사유의 공간과 이디시어에 대한 그의 열망을 읽어 내야 한다고 강조한다.

카사노바는 카프카가 살았던 민족적이고 국제적인 당대의 환경을 고려할 때에만 상호 민족적인 문학의 권력관계들 속에서 발생하는 그의 고뇌들을 제대로 이해할 수 있다고 주장한다. 누군가의 재산을 훔쳐 온 것 같은 느낌 속에서 독일어로 글을 쓰는 작가의 불안감, 문화적·언어적 종속화의 상황에서 동화된 채로 존재하면서 그로 인해 발생한 문화적 빈곤 상태를 자각하게 된 사람의 자의식 등이 카프카의 작품에 녹아 있다. 이런 것들을 염두에 두지 않는다면 "그때까지 고려되지 못했던 일련의 문학적·정치적·사회적 문제들을 문학적 용어들로 제기하기 위해서"[15] 독일어로 작업했던 카프카의 문제의식을 포착하는 데 실패하고 그의 작품의 동시대성을 이해할 수 없게 된다. 그것을 제대로 보기 위해서는 카프카가 '이디시어로

---

14 같은 책, 290쪽.
15 Casanova, *The World Republic of Letters*, p.271.

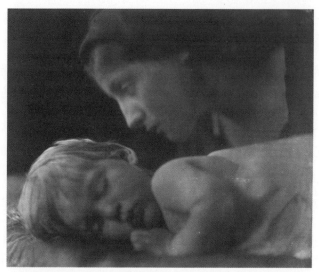

줄리아 마거릿 캐머론(Julia Margaret Cameron), 「나의 손자」(My Grandchild), 1865.
카프카는 다음과 같은 일기를 남겼다. "어제 내가 나의 어머니가 응당 받아야 할 만큼, 그
리고 내가 할 수 있는 만큼 어머니를 늘 사랑한 것은 아니었다는 사실이 나에게 떠올랐
다. 그 유일한 이유는 독일어가 그것을 방해했기 때문이다. 유대인 엄마는 'Mutter'가 아
니다. 그녀를 'Mutter'라고 부르는 것은 그녀를 다소 코믹하게 만든다. (그녀 자신 때문
이 아니라 우리가 독일어로 살아가고 있기 때문에) 우리는 유대인 여성에게 독일 어머
니라는 이름을 부여한다. 그러나 훨씬 더 많이 무겁게 감정들에 스미는 모순을 잊는다.
'Mutter'는 특별히 유대인에게는 독일적이다. 그것은 무의식적으로 기독교적인,냉정함
만큼이나 기독교적 광채를 가지고 있다. 그러므로 'Mutter'라고 불리는 유대인 여성은 우
스꽝스러울 뿐 아니라 이상하다"(Casanova, *The World Republic of Letters*, p.217에서
재인용).

부터 번역된 카프카'로 이해되어야 한다.[16]

들뢰즈와 가타리 역시 정신분석학적이거나 형이상학적인 접근 대신 '소수 문학'이라는 개념을 통해 카프카를 시대 상황에 예민했던 정치적 작가로 규정하려고 한다. 그러나 카사노바는 이들이 주장하는 '정치'는 정치 자체에 대한 시대착오적 관심에서 도출되었다고 비판한다. "소수적인 문학들은 완전히 날조된 채 자유롭게 카프카에게 귀속된다. 카프카에 대한 그들의 해석은 아나크로니즘이 텍스트에 그들 자신의 미학적·정치적 범주를 적용하는 데 사용되는 문학적 자민족중심주의의 형식이라는 사실을 한층 더 증명한다."[17]

들뢰즈와 가타리는 카프카의 정치적 특징을 다음과 같이 설명하고 있다. "창조적인 탈주선은 그것을 모든 정치·경제·관료제 및 사법 장치와 연결한다. 탈주선은 그 모든 것을 흡혈귀처럼 빨아들여 아직까지 알려지지 않은, 하지만 가까운 미래에 닥쳐올 그런 소리를 울리게 한다. 파시즘과 스탈린주의·아메리카주의 등. 문을 두드리는 악마적 세력들의 소리를."[18] 카프카의 정치학은 미래에 닥쳐올 소리를 듣는 정치학이다. 카사노바는 이

---

16 카사노바는 카프카가 독일어에 동화되어 버린 자신들의 비극을 상기조차 못하는 유대 민중에게 독일어로 쓴 작품을 통해 동화의 비극을 전달하려고 했다는 점을 강조한다. 카사노바에게 민족적 문제와 민중적 문제는 크게 구분되지 않는 것처럼 보인다. 카프카는 민족적 독립운동의 출현을 통해서 자신들이 식민화된 상태임을 발견하게 된 식민지 작가와 유사하게 파악된다. 그는 세속적 민족운동인 이디시어 공동체의 부재 상태를 지배 언어인 독일어를 가지고 서글프게 번역하고 있는 작가이다. 그러므로 카프카의 작은 문학의 과제는 민족 공동체의 언어를 확산시키며 민족 공동체와 민족 언어를 확립하고 활성화하는 것이다. 카사노바는 그러한 활성화의 첫 단계로서 동화의 비극을 독일어로 고발하는 카프카의 위상을 강조한다. 그리고 민족 공동체의 언어가 하나의 주류 언어로 안착되는 일종의 문학적·정치적 독립의 공간이 열리면 그곳으로부터 새로운 예술적 자율성의 언어가 창조되기 시작할 것이라고 믿는다 (Casanova, *The World Republic of Letters*, p.271).

17 *Ibid.*, p.204.

18 질 들뢰즈·펠릭스 가타리, 『카프카: 소수적인 문학을 위하여』, 이진경 옮김, 동문선, 2001, 99쪽.

러한 정치학에서 그들의 카프카 비평이 지닌 아나크로니즘을 발견한다. 그가 보기에 이런 류의 정치학은 결국 작가를 미래를 점치고 예언하는 바테스Vates, 고대의 시인을 지칭하던 라틴어로 악마에 홀린 사람, 신들린 사람, 헛소리하는 사람로 보는 구식의 사유를 전제함으로써 가능한 것이기 때문이다. 또한 그들이 말하는 정치학의 내용은 민족주의에 대한 정치적 확신을 지녔던 카프카에 게서는 나올 수 없는, 너무 앞선 정치학적 사유이다. 이런 점에서 두 저자의 카프카론은 이중의 아나크로니즘을 전제한다. 그것은 문학에 대한 너무 낡은 사유를 기반으로 해서만 가능한, 너무 성급하게 도래한 미래의 사유라는 점에서 시대착오적이다.[19] 그러나 우리는 여기서 다시 물을 수 있다. 가까운 미래에 대한 증언, 즉 예언으로서의 정치학, 그리고 그런 정치학의 구현인 예술작품은 정말 시대착오적인가? 혹은 이런 종류의 시대착오성은 과연 동시대성과 대립하는가? 이에 답하기 위해 우리는 소수 문학의 개념을 고찰해 볼 것이다.

4. 카프카 문학의 아나크로니즘

들뢰즈와 가타리의 논의는 카사노바가 간과하고 있는, 예술에 대한 카프카의 또 다른 관점에 충실한 것으로 볼 수 있다. 카프카는 어느 미술 전시회에서 야누흐가 피카소의 그림을 보며 일부러 기형화하는 화가 같다고 불평하자, 이 그림들은 "아직 우리의 의식 속에 들어오지 않은 기형들을

---

19 카사노바는 이를 다음과 같이 분명하게 언급한다. "시대착오는 양방향에서 모두 작동한다. 한편으로 예언자와 견자로서의 시인의 형상을 불러내어 도래할 사건을 신성화하고 고지할 수 있도록 하면서, 들뢰즈와 가타리는 시적 신화들의 고풍스러움을 되찾아오기 위해 과거로 아주 멀리 돌아간다. 다른 한편으로 정치를 혁명과 동일시하면서 그들은 근대적 견해를 그것을 공유하지 않았던 과거의 작가에게 부과한다"(Casanova, *The World Republic of Letters*, p.204).

기록"한 것이며 이 점에서 "예술은 시계처럼 가끔 앞서가는 거울"이라고 대답한다.[20] 예술은 앞서가는 시계처럼 우리의 의식에 들어오지 않는 것을 비추는 거울이다. 다시 말해 예술이란 의식의 거울이 제공하는 단순한 기록과 증언이 아니라, 아직 지배적 흐름으로 가시화되지 않은 것들, 도래할 세력들에 대한 기록이며 증언이다.

들뢰즈와 가타리는 이러한 관점에서 소수 문학의 중요한 테제 두 가지를 들고 있다. 첫째는 앞서가는 시계로서의 문학이며, 둘째는 민중의 문제로서의 문학이다. 전자의 관점에서 모든 예술은 인접한 미래의 소리이며 "우리의 장래에 관한 여행"이어야 한다. 이 미래의 소리는 악마가 문을 두드리는 것처럼 끔찍하고 공포스러운 소리이다. 그렇다면 어떤 불길한 소리 혹은 소음이 미래적이라는 사실을 우리는 어떻게 알아차리는가? 다시 말해 "언제 우리는 하나의 언표가 새롭다고 말할 수 있는가?"[21]

이에 대한 답변으로 그들은 카프카의 단편 「만리장성의 축조」Beim Bau der Chinesischen Mauer에 나타난 새로 도착한 너무 늦은 소식에 대해 언급한다. 한 거지가 어느 지방에서 일어난 봉기자들의 유인물을 가져온다. 그런데 거기에 쓰인 내용은 너무 오래전의 것이다. 중국은 너무 큰 나라여서 소식을 전달하기에는 시간이 너무 많이 걸리고 또한 그 과정에 장애물이 너

---

20 야누흐, 『카프카와의 대화』, 297쪽. 야누흐는 이런 카프카의 생각을 정확히 이해했고 다시 이 견해를 카프카 앞에서 반복하기도 한다. 야누흐는 아르바이트해서 번 돈으로 카프카의 단편을 가죽 장정본으로 제본한 뒤 카프카에게 선물했다. 그러자 그는 자기 작품은 서툴러서 인쇄할 가치가 없다고 괴로워하며 말한다. 그 말을 듣고서 야누흐는 카프카의 비유를 다시 반복한다. "예술은 잘못 조정된 시계처럼 앞서가는 거울이라고 당신이 말씀하셨습니다. 당신이 쓴 글은 아마 오늘날 '장님들의 영화관'에서는 단지 미래의 거울에 지나지 않을지도 모릅니다." 이 말을 듣고 그는 얼굴을 두 손에 묻고는 번민하며 다시 말했다고 한다. "확실히 당신 말이 맞아요. 그래서 아마 내가 완성할 수 있는 것이 하나도 없을지도 몰라요. 나는 진리를 두려워했어요. 내가 달리 행동할 수 있을까요?"(같은 책, 309~310쪽).
21 들뢰즈·가타리, 『카프카』, 191쪽.

무 많기 때문이다. 이 봉기는 실패로 끝났을 수도 있고 혹은 성공해서 봉기의 주역들이 또 다른 지배의 권좌에 올랐을지도 모른다. 이 유인물의 소식은 방금 도착했지만 너무 과거의 소식이어서 현재의 상황에 대해 제대로 된 것을 전하지 못한다. 그것은 지금 막 도착한 것이지만 과거의 것이다.[22] 이와 달리 아직 집 안으로 들어오지 않고 문 밖에서 문을 두드리고 있어 정체를 확인할 수 없는 존재들이 내는 소리가 있다. 집 안으로 아직 들어오지 않았기에 그것은 여기에 현존하지 않지만 바로 들이닥칠 존재라는 점에서 가까운 미래의 존재가 내는 소리이다.

예술가가 듣는 미래의 소리는 "그 자체로 욕망·기계·언표인 새로운 배치의 소문, 낡은 배치 속으로 침투하거나 그것과 절연하는 새로운 배치의 소문"[23]으로서 집합적이라는 특징을 갖는다. 다시 말해 미래의 소리는 ① 공동체에 관한 소리이며, ② 그것의 욕망과 기계와 언표의 배치가 바뀌는 새로운 소리이다. 두 철학자가 강조하는 것은 개인적인 발화 속에서 표현되는 집합성이다. 그들은 카프카의 견해를 따라 소수적 문학의 공간에서 "모든 것은 정치적"이고 "각각의 개인적인 문제는 직접 정치적인 것으로 연결"됨을 강조한다.[24] 따라서 가장 사적인 영역으로 간주되는 가족관계에서의 소소한 언표들조차 다양한 세력들의 욕망과 언표가 이루는 배치

---

22 들뢰즈·가타리, 『카프카』, 191쪽.
23 같은 책, 192쪽.
24 같은 책, 44~45쪽. 그들은 이 견해가 카프카 자신의 것임을 밝히기 위해 그의 일기(1911년 12월 25일자)를 인용한다. "개인적인 문제가 종종 조용히 성찰되는 경우에도, 사람들은 그것들이 다른 유사한 문제와 연결되는 그 경계선까지는 이르지 못한다. 사람들이 도달하는 곳은 차라리 문제를 정치로부터 분리하는 그런 경계다. 하지만 사람들은 문제가 거기에 있기 전부터 그것을 감지하고자 애를 쓰며, 모든 곳에서 그 경계가 좁혀지고 있음을 발견하고자 애를 쓴다……. 거대한 문학에서 밑에 가려진 채 이루어지고 있는, 구조물에 꼭 필수적인 것은 아닌 지하실 같은 것이, 여기(소수적인 문학)에서는 충만한 빛을 받으며 조명된다. 거기서는 몇 사람의 스쳐 가는 듯한 관심을 끄는 그런 문제가, 여기서는 생사가 걸린 핵심적인 문제가 된다"(같은 책, 45쪽).

를 드러낸다. 억압적인 아버지는 "스스로 복종하며 아들에게 복종을 권유하는 모든 세력들의 응집체"로서 발화하며 "가족이 가지고 있는 것은, 언젠가 미친 듯이 기뻐하며 닥쳐올 '악마적인 세력들'이 처음부터 두들겨 대는 문들뿐이다".[25] 불화를 일으키는 아들의 발언은 카사노바 역시 지적하듯이 억압적인 아버지에 대한 개인적인 오이디푸스적 저항이 아니다. 카프카에게 그것은 아버지의 동화된 정신과의 불화이며,[26] 또 아버지의 상업적·경제적 삶을 되풀이해서 살아가라는 요구와의 불화였다. 아버지는 유대 민족의 정신을 고수하고자 애쓰지 않는다. 그는 경제적으로 안정된 부르주아 유대인의 삶을 원하고 따라서 독일적인 것으로의 동화를 갈망한다. 또한 그의 아들이 자신과 같이 그런 경제적 지위와 문화적 위치를 받아들이기를 강요한다. 그러나 아들은 복종을 거부하는 모든 세력들의 응집체로서 아버지를 거부한다. 카사노바의 지적대로 프라하서클 동료들과의 교류, 시온주의자인 펠릭스 벨취Felix Weltsch와의 우정, 무정부주의자 그룹에 대한 개인적 독서, 사회혁명적인 믈라디히 클럽Klub Mladých과 노동자 연맹인 필렘 쾨르버Vilem Körber에의 참여, 이디시어 유대인 극단의 이차크 뢰비와의 친교 등등의 활동을 통해 아들에게 응집된 다양한 세력들이 부르주아 계급의 동화주의자인 아버지에게 저항하고 거부하는 것이다.[27]

---

25 같은 책, 35쪽.
26 아버지와의 불화가 카프카의 문학에 결정적인 영향을 미쳤다면 그것은 바로 아버지의 동화된 정신과의 불화에서 그렇다는 점을 막스 브로트(Max Brod)에게 보낸 1921년 6월의 편지는 정확히 보여 준다. "심리 분석보다 더 내 마음에 드는 것은 이 경우, 많은 사람들이 거기에서 정신적으로 자양을 취하는 이 아버지 콤플렉스가 순진한 아버지가 아닌 아버지의 유대 정신에 해당된다는 인식이라네. 독일어로 글을 쓰기 시작한 대부분은, 그들은 그것을 원했지, 유대 문학에서 멀리 떨어져 있고자 했네, 대개는 아버지들의 막연한 동의와 더불어(이 막연함이 치미는 분노였어), 그러나 뒷발로는 여전히 아버지의 유대 정신에 들러붙어 있고, 앞발로는 새로운 땅을 발견하지 못했지. 그에 대한 절망이 그들의 영감이었어"(프란츠 카프카, 『행복한 불행한 이에게: 카프카의 편지 1900~1924』, 서용좌 옮김, 솔출판사, 2004, 669~670쪽).

미래의 소리는 집합적인 동시에 새로운 욕망이자 언표로서의 소문이다. 체코 민족주의, 시온주의와 유대인노동자연맹(분트Bund)의 정치 프로그램, 그리고 러시아와 폴란드를 떠나 미국에 정착한 유대 이민자들의 소식 등은 파시즘과 스탈린주의와 아메리카니즘이 문을 두드리는 소리처럼, 혹은 가까운 미래의 육중한 문짝이 열리면서 내는 소음처럼 당대의 프라하를 가득 채우고 있었다. 아나크로니즘에 대한 이러한 강조는 예술의 동시대성을 위반하는 것이 아니라 도래할 가까운 미래를 들여다보면서 현존하는 과거의 흐름 속에서 새로운 배치를 만드는 운동으로의 당대적 참여를 가능하게 함으로써 우리를 진정으로 동시대적 활동 속에 불러들인다고 볼 수 있을 것이다. 정치학적으로 정의된 예술의 동시대성은 기미를 포착하는 활동이다. 문 두드리는 악마적 소리를 듣는 예술의 활동은 아직 가시화되지 않은 요소들을 느끼고 미리 증언함으로써, 그대로 방치하면 기계적으로 실현되고야 말 악마적 배치를 새로운 배치로 바꾸려는 정치학의 활동으로 이어지기 때문이다. 그것은 예언이면서 동시에 예언이 아니다. 예언의 고지는 하나의 원인으로 작동하면서 예언의 실행을 중지시키는 활동을 수행한다. 만일 카사노바의 주장대로 두 저자의 카프카론에 전제된 것이 예언이라면, 그 예언은 인식론적 예언이 아니라 실천적이고 정치학적인 예언이자 반反예언으로 이해되어야 한다.

---

27 이에 대해서는 클라우스 바겐바하, 『카프카』, 전영애 옮김, 한길사, 2005, 103~130쪽 참조. 바겐바하가 전하는 바에 따르면 반관민(半官民)이 되어 버린 유대인들은 폴란드의 유대인 극단을 경멸했다. 배우들은 '배고픔에 시달리는 사람들, 부랑자 같은 유대인' 취급을 받았고 극작품은 싸구려 극으로, 상연 장소는 수상한 곳으로 여겨졌다. 아버지에 대한 반항심에서가 아니라 히브리어와 독일어가 결합한 이디시어에 대한 관심으로 그는 정기적으로 공연을 보러 갔으며 거기서 극단 대표인 이차크 뢰비와 친해져 아버지의 진노를 샀다. 그러나 그는 굴하지 않고 유대 문학 강연의 밤을 조직해서 프라하의 유대인들에게 뢰비를 소개했고 몇 년간 그와 서신 교환을 하기도 했다(같은 책, 125~126쪽).

바로 이 점에서 들뢰즈와 가타리는 미래의 소리로서 유독 불운하고 악마적인 소리를 강조한다. 그러한 강조는 묵시록적이고 암담한 미래에 대한 정직하고 정확한 예견, 다가올 사태에 대한 인식으로서 의미를 갖는 것이 아니다. 그것은 도래할 곤궁을 확인하고 그것으로부터 탈출하기 위한 실천적인 관심과 모색이며, 그런 점에서 매우 정치학적인 강조이다. 그러므로 악마적 소리는 정치학의 비관과는 아무런 상관도 없다. 정치학의 낙관이란 꿈같은 유토피아적 미래에 대한 희망과 확신을 통해서 만들어지는 것이 아니라 잘못되어 가고 있는 조짐에 대한 예민한 감각, 그 감각을 통해 열리는 전혀 다른 활동의 역량을 통해 이루어지는 깃이기 때문이다. 이런 점에서 아직 없는데도 비추는 예술의 기묘한 거울 기능에 대한 들뢰즈와 가타리의 언급을 작품에 대한 몰이해에서 비롯된 아나크로니즘이라고 평가하는 카사노바의 지적은 한계가 있다. 그녀의 주장과 달리 아나크로니즘은 예술, 나아가 정치에 본질적인 것이다. 그리고 이러한 아나크로니즘은 예술적 자율성의 문제로 이어진다. 흔히 이해되듯이 예술적 자율성이란 정치와 무관한 영역에서 예술이 제 스스로의 살림을 꾸려 가는 것이 아니라, 새로운 배치의 가능성을 포착하여 기계적 인과법칙 속에서 신현될 일들에 또 다른 하나의 원인을 부과하는 것이다. 예술은 기계적 인과의 사태로부터 벗어나면서 자신의 자율성을 확보한다. 그리고 예술은 사건과 체험[28]의 시간을 지금-여기에 만들어 내면서 정치의 활동과 접속된

---

28 '경험'(Erfahrung)과 대비되는 의미의 '체험'(Erlebnis)에 대해서는 김홍중, 「이미-아직의 결합으로서의 지금」, 2012년 남산연극포럼 '동시대성, 동시대적 텍스트, 동시대적 연극' 자료집, 2012, 13쪽을 참고하라. 김홍중은 칸트적인 의미의 종합적 경험과 충격의 경험 혹은 사건적 경험에 대한 벤야민의 구분을 언급하면서, 근대인들은 종합적 경험이 파괴되고 불가능하게 되며 지각적 사건들이 하나의 인식으로 통합되지 않는 시간 체험을 하게 된다는 점을 강조한다. 그러나 나는 여기서 체험 개념을 종합적 인식의 불가능성과 시간 체험의 인식적 파편화를 표현하고 있는 것으로 사용하기보다는 정치적이고 실천적인 함축을 강조하여 사용하였다. 그리고

다. 소수 문학은 정치적 독립 뒤에 열리는 자율성의 호젓한 공간을 문학에 부여하는 것이 아니라 가장 새로운 방식으로 기성의 배치를 위반하려는 흐름을 만들어 내면서 자율성의 공간을 즉각적으로 형성하려는 것이다.

이것은 소수적인 문학의 두번째 테제인 '민중의 문제로서의 문학'과 연관된다. 카사노바의 언급대로 카프카는 유대 민족으로서의 자의식을 가지고 있었으며 동화주의를 통한 내적 식민화의 문제를 자각했던 작가였다. 그렇지만 그는 당대의 유대 지식인들이 가장 쉽게 택할 수 있는 양자택일, 신흥 유대 국가를 건설할 것이냐 아니면 이주민으로서 철저히 동화될 것이냐로 문제를 환원하지 않았다. 만일 카사노바가 말한 대로 카프카의 당대 인식이 단순히 약소민족의 민족주의적 관심과 고민의 지배적인 형태를 반영하는 것이었다면 그는 정통 시온주의자의 노선을 걸으면서 히브리어 학습에 치중해야 했을 것이다. 그러나 그는 근대 유대 지식인의 민족주의적 시선에 대해 고민하면서도 늘 그것을 넘어서려 했다. 들뢰즈와 가타리는 다음을 강조한다. "독일어는 괴테적인 지평을 갖는 소통적인 동시에 문화적 언어라는 이중의 역할을 잘 수행했다. [……] 그가 히브리어를 배운 것은 나중의 일이었다. 카프카와 이디시어의 관계는 복잡하다. 거기서 그가 주목하는 것은 유대인의 일종의 언어적 영토성보다는 독일어를 공부하는 (유대인의) 유목적 탈영토화 운동이다. 그로 하여금 이디시어에 매료되게 한 것은 그것이 종교적 공동체의 언어라기보다는 민중극의 언어라는 사실이었다."[29] 카프카가 소수적인 문학을 통해서 희망한 민중의 공동체

독일어 Erfahrung/Erlebnis는 하이데거나 가다머(Hans-Georg Gadamer)의 해석학적 논의를 소개하는 연구의 일반화된 용법을 따라 각기 (이해)경험/체험으로 옮겼다. 'Erlebnis'는 보통 살아 있는 경험 또는 체험(lived experience)으로서 번역된다. 체험 개념에 대한 다양한 견해로는 로버트 베르나스코니, 『하이데거의 존재의 역사와 언어의 변형』, 송석랑 옮김, 자작아카데미, 1995, 213~226쪽 참고.

는 막스 브로트의 주장과 달리 유대 민족 공동체에 관련된 것이 아니라는 뜻이다. 그의 작품은 "유대 사회의 종교관과 윤리를 기록하는 서류"라기보다는 "유대 사회라는 역사적 유래의 조건을 뛰어넘고" 있는 것이다.[30]

그러므로 카프카가 고민한 민중의 문제는 현존하는 민중이 아니라 도래할 민중의 문제다. 이때 도래할 민중, 혹은 새로운 배치는 "도래할 악마적 힘들로서만, 혹은 구성될 혁명적인 힘들로서"만 존재한다.[31] 이러한 민중은 소수 문학이 지닌 탈정체화disidentification의 운동을 통해서 형성되는 것이다. 기존의 정체성에 자신을 동일시하는 대신 현실의 양자택일로부터 벗어나 새로운 정체화의 과정을 수행하는 아나크로닉한 활동 속에서 도래할 민중이 구성된다. 바로 이 점에서 들뢰즈와 가타리는 카프카가 프라하의 체코식 독일어로 작품을 썼다는 사실에 주목한다. 카프카는 히브리어나 이디시어와 같은 디아스포라적인 민족 언어를 지배어가 차지하고 있는 주류적 위치에 이르도록 활성화하는 작업을 하려 했던 것이 아니다. 주류 문학이나 거장적 문학이 되는 것, 그리고 지배적 언어가 되는 것은 소수 문학의 목표나 욕망이 아니다. 그들이 보기에 카프카가 관심을 가진 것은 "자기 자신의 언어 — 그것이 단일하며 다수적이거나 다수적이었다고 해도 — 를 소수적인 방식으로 사용할 수 있는 가능성", 즉 "자기 자신의 언어 안에서 이방인처럼 되는 것"이다.[32] 그리고 이러한 내부의 이방인-되기를 통해 그들은 도래할 민중의 문제를 정식화한다.

---

29 들뢰즈·가타리, 『카프카』, 64~65쪽.
30 편영수, 「카프카에 있어 개인과 공동체」, 한국카프카학회 엮음, 『카프카문학론』, 범우사, 1987, 205쪽.
31 들뢰즈·가타리, 『카프카』, 47쪽.
32 같은 책, 67쪽.

1906년의 카프카(위) / 프라하 유대인 묘지의 카프카 무덤(아래)
"진리에 도달하는 길은 프로그램을 갖고 있지 않아요. 오직 끊임없이 인내하
며 헌신하는 모험만이 유효할 뿐이죠. 진리에 도달하는 특별 처방이 있다면
그것은 이미 굴복이고 불신인 동시에 오류의 시작이에요. 우리는 모든 것을
인내하며 불안에 떨지 않으면서 수용해야 해요"(야누흐, 『카프카와의 대화』,
322쪽).

5. 아나크로닉한 거울 속의 이방인을 위하여

자기 자신의 언어 안에서 항상 이방인이 된다는 것은 무엇인가? 들뢰즈와 가타리는 많은 소수어의 문학 운동들이 언어활동의 다수적 기능이 되기를, 즉 국가의 언어, 공식적 언어로서 복무하길 꿈꾸고 있다는 점을 언급하면서 소수적 문학은 정확히 그 반대의 꿈을 꾼다고 말한다. 그들은 지배 언어에 균열을 내고 낯선 사용법을 만들면서 모든 공식화와 준거화를 피해 가는 예술 운동의 꿈을 자기 언어 안에서 이방인-되기라고 부른다. 그리고 그런 한에서 소수적 문학은 기지의 사태로부터 벗어나는 문학의 자율성을 구현하며 위대하며 혁명적인 정치가 된다는 것이다.[33]

---

33 소수 문학이 지닌 정치성에 대한 비판적 언급으로는 윤지관, 「'경쟁'하는 문학과 세계문학의 이념」, 『안과밖』 29권, 2010을 보라. 윤지관은 백낙청과 달리 카사노바가 "물질적 차원의 세계체제의 불평등 구조를 그것과는 독립되어 움직이는 문학 장의 논리로 환원하여 그 물질성을 희석"한다고 본다. 나아가 "그런 희석을 통해서 도달하는, 다시 말해 그 구체적인 지역성을 탈피함으로써 획득되는 세계문학의 보편성을 그것대로 긍정"함으로써 서양중심주의를 교묘하게 재생산하고 변혁 지향성을 희석화한다고 비판한다. 윤지관은 이와 달리 주변에 의한 중심의 전복과 변혁의 해체 담론이 세계문학의 재구성이라는 문제의식과 이어지는 흥미로운 예의 하나로 소수 문학론을 검토한다. 그러나 그는 들뢰즈와 가타리의 소수 문학론 역시 언어의 혁신에 초점을 두면서 "언어의 혁신과 해체에 기반하고 있는 모더니즘의 논리를 되풀이하고 있다"라고 평가한다. 서구 바깥의 제3세계적인 지역 현실 속에서는 혁명적 실천의 문제가 언어적 재현(representation)의 문제와 긴밀하게 결합할 수밖에 없는 것인데, 이들의 소수 문학론은 언어의 재현적 기능을 비판함으로써 실제로 소수 문학의 집단성과 정치성을 실현하는 데 한계를 띤다는 것이다(같은 글, 46~49쪽). 그러나 나는 재현의 문제에 대해서는 조금 더 섬세한 접근이 필요하다고 본다. 들뢰즈와 가타리가 언어의 기능으로서 재현을 거부하는 맥락은 언어적 재현 속에서 수행되는 모든 종류의 정체화를 거부한다기보다는 기존 질서에서 확인되는 정체성의 재생산을 비판하는 데 맞추어져 있기 때문이다. 기지의 민족 정체성을 재생산하는 재현 작업은 일방적으로 긍정되기는 어려울 것이다. 이런 재현 방식은 방어적 자기보호에서 타 민족에 대한 공격으로 돌아서는 경향이 매우 크기 때문이다. 시오니즘은 근대사에서 가장 지속적으로, 가장 잔혹하게 핍박받았던 약소민족의 자기방어로 시작했지만 그것은 오래지 않아 힘없는 타 지역 민중에 대한 대대적인 공격과 박해로 귀결되었다. 이 점을 상기할 때 민족 구성원들이 공유하는 고통과 원한의 체험을 공유하는 동시에 그것에 균열과 구멍을 내면서 보다 개방적 변혁성을 지닌 민중 집단의 구성을 사유할 필요가 있음을 소수 문학의 저자들이 강조하는 것으로 판단된다.

그러나 카사노바는 소수 문학의 정치성을 절대적으로 강조하는 들뢰즈와 가타리의 견해가 문학의 상대적 자율성을 보지 못한 채 "문학적인 것을 정치적인 것으로 부단히 환원"[34]하는 것에 불과하다고 비판한다. "세계 문학 공간의 역사 전체는 —— 총체적으로 보나 그것을 구성하는 민족적 문학 공간 각각의 내부에서 보나 —— 민족 정치적 관계들에 대한 시초적 의존 이후, 자율화의 과정을 통한 그것들로부터의 점진적인 이탈에 다름 아니다."[35] 이러한 관점에서 보면 예술가의 이방인-되기에는 두 가지 방식이 존재하며, 이것이야말로 예술의 동시대성을 입증해 주는 것이다. 첫째는 민족 공간에서 예술적 독립을 가능하게 해주는 정치적 독립에 복무하는 민족적 성격의 문학을 우선 수행하는 것이다. 이것이 작은 문학이 예술의 동시대성을 달성하는 방식이다. 그러한 달성 뒤에 예술가는 자율성을 보장해 주는 문학적 실험들을 통해 오직 미래의 민족문학 공간에서 이방인이 된다.[36] 둘째는 예술가의 공간 이동, 달리 표현해 일종의 문학적 망명

---

34 카사노바, 「세계로서의 문학」, 133쪽.

35 같은 글, 135쪽. 카사노바의 이러한 문학적 견해에 대해 비판적인 입장을 피력하고 있는 이가 에드워드 사이드(Edward Said)이다. 그는 『문학의 세계공화국』의 전반적 성취를 모순적이라고 말한다. 그녀가 주변부 문학의 정치적 의존성을 언급하는 대신 "세계화된 체제로서의 문학은 완전한 자율성을 갖는다고, 즉 정치적 제도나 담론이라는 거친 현실 너머에 있다고 말하는 것"처럼 보인다는 것이다. 따라서 그녀는 아도르노의 문제의식, 즉 "근대성의 특징 가운데 하나는 매우 깊은 수준에서 미적인 것과 사회적인 것이 화해할 수 없는 긴장의 상태에 있을 필요가 있다는 것, 종종 의식적으로 그런 긴장 상태에 있게 되는 것"이라는 점을 놓치고 있다(에드워드 사이드, 『저항의 인문학』, 김정하 옮김, 마티, 2008, 180쪽).

36 이런 식으로 카사노바가 문학적인 자원과 가치의 편향된 분배를 문제 삼으며 세계문학 공간의 불평등성을 비판하고 주변부의 민족문학을 파악하는 방식에 대해 황정아는 다음과 같이 평가한다. "오히려 많고 적은 분배의 문제를 떠나 애초에 세계문학적인 보편이 세계 대부분의 지역에서 동일한 형태로 적용될 수 없다는 사실을 강조하는 편이 더 적절한 비판일 수 있다"(황정아, 「보편주의의 재구성과 한국의 민족문학론」, 제1회 '세계인문학포럼' 자료집, 2011, 455쪽). 황정아는 브라질의 비평가 호베르투 슈바르스(Roberto Schwarz)가 "바로크는 어디건 상관없이 바로크이고, 신고전주의는 어디서나 신고전주의이며 낭만주의 등등도 마찬가지이고, 주어진 조건이 어떻든 이런 순서대로 온다"(같은 글, 455쪽)라는 발상에 대해 의문을 제기한 점을 언급하면서 문학에서 보편적 형식이나 기법, 사조 등이 시간차를 두고 보편적으로 실현되고 통용

이다. 소수민족의 식민화된 공간에서 비정치적 언어로의 탈출을 꿈꾸는 작가는 이미 존재하는 문학적 자율성의 공간인 중심부로 이동한다. 아일랜드의 문예부흥이 지닌 민족적 성격을 거부했고 그 공간의 지배적 문학 스타일에 대하여 자신을 이방인으로 느꼈던 사뮈엘 베케트는 조국을 떠났다. 그는 파리로 와서 가장 문체실험적이고 추상형식적인 글쓰기를 실행했고 프랑스어로 작품을 쓰면서 자기 언어(아일랜드 문학)의 이방인이 되었다. 이는 파리에 정착한 루마니아 작가 에밀 시오랑이나 런던에 정착한 제임스 조이스의 경우도 마찬가지다. 카사노바의 관점에서 두 방식을 제외한 이방인 되기는 전부 시대착오적인 것으로 간주된다.

카사노바의 사유는 그동안 한국에서 문학과 정치를 둘러싸고 벌어진 논쟁의 몇몇 입장과 유사한 패턴을 보여 준다. 첫째는 정치적으로 엄중한 시기임을 강조하면서 민족·민중문학적인 이슈들을 특정한 스타일로 형상화해야 한다고 주장하는 입장이다. 둘째는 작가의 시민적 위치와 시인으로서의 위치를 구분하면서 시민적 참여로 정치적 자유의 공간을 여는 것의 중요성을 강조하지만 시인으로는 정치적 주제를 다루기보다는 비정치적이고 자율적인 형식적 실험에 몰두해야 한다는 입장이다. 두 입장 모두

될 수 없다는 점을 강조한다. 같은 맥락에서 유희석은 카사노바의 기획이 "전체적으로 중심부에 도전하는 주변부 문학의 의의를 너그럽게 인정하는 정도지 근대주의의 극복을 지향하는 문학과 거리가 있다"라고 평가하면서(유희석, 「세계문학의 개념들」, 『영미문학연구』 17권, 2009, 72쪽) 더 나아가 근대주의 극복의 진정한 가능성을 주변과 중심 사이의 반주변부 지역에서 찾을 수 있다고 본다. "반주변부 특유의 문화적 잠재력과 연동한다면 중심부나 주변부와도 다른 종류의 상승 효과가 문학 창작의 영역에서도 일어날 수 있다. (……) 서구가 선점한 새로움으로서의 모더니티에 대해 그가 비판적 거리를 두지 못하는 것도 새로움에 대한 매혹과 저항이 동시에 존재하는 반주변부의 특수성을 (……) 충분히 고려하지 않은 탓"이라는 것이다(같은 글, 73~74쪽). 여기서 유희석의 논점은 중심/주변 구분을 보다 정치하게 하는 일환으로 반주변부를 상정하자는 것이라기보다는 반주변부의 잠재력을 상정함으로써 미적 근대성의 새로움을 향한 주변에서 중심으로의 이행을 당연시하는 카사노바의 논리 자체를 문제 삼으려는 것으로 보인다.

에서 문학적 자율성은 매우 단계론적으로 사유되며 일종의 미학적 근대화론을 형성하는 최상의 정점에 놓인다. 그린버그 식의 순수모더니즘과 유사한 방식으로 문학은 예술사의 형식적 전복을 실험하는 자율성의 고차원적 단계를 향해 나아간다고 간주되는 것이다. 물론 두 입장의 차이는 있다. 전자의 민족적 민중문학이 주장하는 것은 자율적인 '그날'이 오기 전까지 문학이 특정한 방식의 정치적 형상화에만 기여해야 한다는 것이다. 후자의 주장은 세계문학 공간에서 주변부와 중심부가 분할되듯이 우리의 공간에서 정치 투쟁이 발생하는 정치 공간과 문학적 자율성이 실현되는 문학공간을 분할해야 할 필요가 있다는 것이다. 그러나 양자는 모두 문학의 상대적 자율성을 시간의 독립적 분할을 통해 실현하거나 서로 상이한 시간성을 담보하고 있는 동시적 공간들의 분할을 통해 실현하려는 시도이다.

이와 달리 예술의 아나크로니즘을 통해 동시대를 사유한다는 것은 문학을 상대적 자율성을 지닌 것으로 파악하지 않는다는 뜻이다. 문학의 자율성은 언제나 가능하고 어디에서나 가능하다는 점에서 절대적이다. 그것은 문학이 정치의 간섭을 받는 것으로부터 벗어난 단계에서 상대적으로 주어지거나 세계의 다른 타율적 공간들(주변부)의 틈새에서 고귀하게 존재하는 공간(중심부)을 차지하고 있는 것이 아니다. 오히려 문학의 자율성은 예상치 못한 시간과 공간에서 불쑥 솟아오르는 것이며, 느닷없이 등장하여 아들 햄릿과 치안의 질서를 확립해 가던 덴마크 왕국 전체를 혼란과 사건의 소용돌이 속에 빠뜨리는 햄릿 왕의 유령과 같이 출현하는 것이다. 기지의 것을 비추는 거울 속에 등장한 유령-이방인은 그 등장을 통해 비춰진 풍경 전체를 현재가 아닌 시간으로 바꾸면서 도래할 세계의 풍경을 비춘다. 그의 등장은 (경험) 인식의 거울을 체험의 거울이자 실천적 정치학의 거울로 변환시켜 버린다.[37]

예술의 동시대성은 순수모더니즘의 상투적 자율성 개념과 결별할 때
만 예술 특유의 아나크로니즘 — 시대의 지배적 질서나 관념에 부합하지
않으면서 다가올 시대의 감각적 질서로 미리 뛰어오르는 도약 활동 — 과
필연적으로 연관을 맺는다. 예술이 삶의 양식으로 되어 가는 예술의 타율
적 운동 속에서 다시 기지의 삶을 넘어서는 예술적인 어떤 것으로 솟아오
르기. 이렇게 이해된 예술의 두 극인 타율성과 자율성의 이중운동은 소수
적 정치학의 두 운동과 유사하다. 들뢰즈와 가타리는 탈주가 언제나 권력
의 선으로부터의 탈주이며 그 탈주선은 지배적 양식으로 포획되는 권력의
왕복운동 속에 존재한다는 점을 분명히 한다. 권력의 포획 작용으로부터
영원히 자유로운 탈주의 현실적 운동은 없다. 물론 이것은 탈주를 수행하
는 소수적minor 흐름을 중심의 규범에 진입하려는 주변적marginal 운동과 동
일시하려는 주장은 아니다. 카프카는 독일어의 지배를 대체하는 히브리어
의 제국을 꿈꾸지 않았을뿐더러 프라하 독일어를 대체하는 이디시어의 프

---

37 문학적 자율성에 대한 이러한 사유는 랑시에르의 사유와 흡사한 것이다. 그는 미학의 두 극 사
    이의 긴장감을 설명하면서 예술의 자율성과 타율성 사이에 해소되지 않는 긴장과 그 사이의
    운동이 예술에 내재한다는 점을 강조한다. 랑시에르에게 예술이 자율성은 기지의 삶의 감각적
    배치에 의해 배제되고 비가시화된 것들을 가시화하는 활동이다. 예술의 타율성은 예술의 자율
    성을 통해 제기된 새로운 감각들이 기지의 감각에 파열을 가져오면서 단순히 예술의 고유한
    영역에 남아 있는 것이 아니라 삶의 영역이 되어 가는 운동을 의미한다. 이러한 규정은 예술이
    다른 영역의 힘들에 영향을 받고 종속된다는 의미로서의 부정적인 타율성 개념, 그러므로 진
    정한 예술은 절대로 타율성을 지녀서는 안 된다는, 예술에 대한 매우 수세적이고 방어적인 규
    정과는 다르다. 오히려 타율성은 예술적 자율성의 귀중한 양식이 된다. 예술은 나뭇잎을 갉아
    먹으며 나비로 변신하는 애벌레와 같은 것이다. 그것은 이 세상에는 결코 존재한 적 없는 새로
    운 나뭇잎을 창조한 뒤 그 속에 거주하지 않는다. 오물의 찌꺼기, 죽은 동류들의 시체들, 세계
    와 삶의 갖은 배설물을 먹고 자라나는 벌레처럼 예술은 세계 속에서 거주하며 발생한 기지의
    일들에서 자양분을 흡수한다. 이처럼 예술의 자율성과 예술의 타율성은 연루되어 있으며 예술
    의 두 극으로서 불편한 긴장 관계를 형성하고 있다. 이것이 바로 랑시에르가 '미학 안의 불편
    함'이라는 개념을 통해 표현하고자 했던 것이다. 미학의 자율성과 타율성에 대해서는 자크 랑
    시에르, 「미학 혁명과 그 결과: 자율성과 타율성의 서사 만들기」, 페리 앤더슨 외 지음, 『뉴레프
    트리뷰 1』, 김정한 외 옮김, 길, 2009 참고.

라하를 꿈꾼 것도 아니었다. 그는 주변 언어의 중심화를 욕망하지 않았다.

카사노바의 카프카론은 카프카 문학의 이러한 파열 지점을 보지 못한 채 소수민족의 예술을 정치·사회적 영향 관계를 그대로 작품 속에 반영하는 인식적 거울로 국한시켜 버린다. 그리고 그 결과 인식의 거울을 넘어서는 고유한 문학적 시도들을 작품 속에서 찾아내는 견해들을 아나크로니즘이라고 비판한다. 이것은 예술의 동시대성을 비-사건으로 만들어 버리는 사유이다. 거기서 예술은 바늘이 멈춘 시계처럼 그 예술이 만들어진 순간에 붙들려 있다. 이와 달리 앞서가는 시계로서의 예술은 시대착오를 일으키는 정치와 실천의 거울이다. 이 앞서가는 거울은 니체의 유명한 표현대로 '반시대적인'unzeitlich 것이 된다. 그것은 스스로를 반시대적인 것으로 만듦으로써 가장 격렬한 동시대성을 획득한다.

10장

소통, 그 불가능성의 가능성

1. 소통과 공동 식사

중년을 넘긴 독신남의 생활방식에 대한 가장 강력한 이의 제기는 이렇다. 그는 혼자 식사한다는 것이 그것이다. 혼자 식사하게 되면 조잡하고 엉성해지기 쉽다. 혼자 식사하는 데 익숙해져 버린 사람은 초라해지지 않으려면 스파르타 식으로 살아야 한다. 단순히 이러한 이유에서였는지는 몰라도 은둔자들은 검약한 생활을 했다. 먹는다는 것은 공동생활 속에서만 정당한 의미를 갖기 때문이다. 음식은 나누고 함께할 때만이 비로소 음식다워진다. 음식을 함께 나누는 사람이 누구라도 상관이 없다. 옛날에는 식사할 때마다 걸인이 하나 합류해 식탁을 화기애애하게 만들었다. 서로 나누어 주는 것이 무엇보다 중요하며, 한자리에 둘러앉아 나누는 사교상의 대화 같은 것은 중요하지 않다. 그에 반해 놀랍게도 음식이 없으면 화기애애함이 사라지게 된다. 대접은 사람들을 비슷하게 만들어 주고 결속시켜 준다. _ 발터 벤야민, 「셀프서비스 레스토랑 '아우게이아스'」[1]

---

1 발터 벤야민, 『일방통행로』, 조형준 옮김, 새물결, 2007, 141쪽.

의사소통에 대해 가장 잘 알려진 정의는 발신자와 수신자 사이의 방해 없는 메시지 전달이라는 것이다. 이런 정의하에서는 방해 없는 전달, 즉 성공적 소통이 가능하려면 그 방해 요소를 찾아내어 제거하는 것이 중요하다. 이때 주로 방해 요소로 언급되는 것은 소통 활동 이전에 수신자와 발신자를 이미 정향시키고 있는 사적인 이해利害나 편견들이다. 이 소통의 주체들 사이에서 벌어지는 이해관계와 편견의 충돌은 소통의 장을 무산시켜 버리는 가장 큰 원인으로 간주되어 왔다. 따라서 소통하려는 이들은 무엇보다 자신의 편견이나 사적 이해로부터 거리를 두고 소통에 임해야 한다는 원리가 강조되기도 하고, 나아가 이런 원리가 공적인 장에서 규제력을 갖기 위해서는 소통의 주제를 한정해야 한다는 주장이 제기되기도 한다. 즉 자기 이해로부터 벗어나기 힘든 경제적 사안들이나 민족, 성 등과 관련된 문제들은 정치적인 소통의 주제로 다루는 것이 부적합하다는 것이다.[2] 그러나 정작 공동체 내에서 소통의 문제가 중요하게 떠오르는 순간들은 이런 주제들과 관련되어 있는 경우가 대부분이다.

함께 식사함에 대한 벤야민의 아포리즘은 공동체의 소통에 대한 다양한 논의들과 사유들을 검토하는 데 의미 있는 착안점을 제공한다. '먹는다는 것은 공동생활 속에서만 정당한 의미를 갖는다'는 말은 먹는 일과 공동생활의 밀접한 관련성을 암시한다. 이것은 단순히 인간이 다른 동물들과 달리 생활에 필요한 재화를 획득하기 위해 공동의 협업을 필요로 한다는 의미가 아니다. '함께 먹는다'는 것에는 '먹는다'는 행위에는 존재하지 않

---

2 존 롤스(John Rawls)는 "인종이나 민족, 성 등의 문제가 서로 다른 정의의 원칙들을 요하는, 다시 말해서 포괄적인 원리를 찾을 수 없는 문제들임을 인정한다. 롤스는 정치철학의 핵심적 문제를 사회의 '안정'에 두었다. 그래서 그는 포괄적 원리를 찾을 수 없는 차이의 문제들 사이에 벌어질 수 있는 갈등을 정치적 영역에서 배제하고 서로의 중첩적 합의가 큰 영역에서 정치가 이루어져야 한다고 주장한다"(고병권, 『니체, 천 개의 눈, 천 개의 길』, 소명출판, 2001, 291쪽).

던 어떤 새로운 의미가 있다. 함께 먹는다는 것은 생물학적 인간이 종種적인 삶을 유지하기 위해 수행해야 하는 불가피한 물질적 활동이 아니라, 인간적 가치를 드러내고 확인하는 활동이라고 할 수 있다. 이런 관점에서 보자면 경제적 사안과 관련된 문제야말로 공적 소통의 핵심적인 주제로 도입되어야만 한다. 그러나 이것을 공적 소통의 핵심적 주제로 재도입하기 위해서는 경제적 사안들을 소통의 주제에서 배제해야 한다고 보는 종래의 입장이 가진 문제의식을 이해하고 그에 대해 비판적으로 고찰할 필요가 있다.

2. 소통의 규범성과 환상: 아렌트와 하버마스의 소통 이론

아렌트가 『인간의 조건』The Human Condition에서 고대 그리스적 사유에 기초해서 강조하고 있는 인간 활동에 대한 구분은 벤야민의 아포리즘의 논점과 대비된다. 아렌트의 견해는 인간 공동체의 진정한 소통은 언제나 식탁과는 무관하게, 식탁 밖에서 이루어져야 한다는 것으로 보인다. 혼자 먹든 함께 먹든 먹는 것의 분배에 대한 모든 말과 활동은 인간의 좋은 삶이나 진정한 의미의 행위와는 무관한 것이다. 경제적 활동은 생명을 지속하기 위한 생산과 소비 활동에 불과한 '노동'이며, 이러한 노동은 사적 영역에서만 존재하는 활동이다. 이러한 동물적 활동으로 이루어진 삶은 그리스어로 '조에'zoe라고 불린다. 이 삶의 영역에서는 타자가 중요하게 고려되지 않는다. 이와 달리 사적인 영역 밖에서 이뤄지는 '비오스'bios는 경제적 필연성으로부터 벗어나 공동의 문제를 다루는 공적이고 정치적인 삶이다. 이 삶은 개인의 차이와 다양성에서 비롯된 자유로운 언어활동의 영역으로서 근본적으로 타자를 전제하는 활동이다. 언어활동은 근본적으로 청자로서의 타

피터르 브뤼헐(Pieter Bruegel), 「죽음의 승리」(De Triomf van de Dood) 부분,
1562.

아렌트는 식탁 주변에서 인간에 대한 비애를 느끼는 사유자인 듯하다. 그녀는 식
탁에 오른 빵들, 과일들은 소비물로서 어떤 지속성을 지니지 못한다고 생각했다.
이런 소비재를 생산하는 노동이 인간의 삶에 필수적이기는 하지만 그것은 인간
의 동물적 실존성을 환기시켜 주는 것에 불과하다고 보았다. 식탁 주변에서는 늘
빵을 둘러싼 싸움이 벌어진다. 식탁 주변만큼 인간사의 아수라장이 벌어지는 곳
도 없다. 특히 근대는 경제적 이해관계를 둘러싸고 '먹는 입들'이 생사를 건 각축
을 벌이는 통에 모든 공적 장소들이 식탁화되었다고 표현할 수 있다. 인간이 오직
노동하고 소비하는 동물로서 "공론 영역을 가지는 한, 진정한 공론 영역은 존재할
수 없으며 단지 공개적으로 이루어지는 사적 활동만이 존재할 수 있다"(한나 아
렌트, 『인간의 조건』, 이진우·태정호 옮김, 한길사, 1996, 191쪽).

자를 요구하며 동시에 청자였던 타자가 다시 화자로 등장하여 타자를 청자로 요구한다는 점에서 타자 지향적이며 상호적인 활동이다. 아렌트는 이런 인간 활동을 노동과 분리하여 '행위'라고 부른다. 소통은 오직 행위하는 삶, 즉 비오스의 차원에서만 수행 가능한 인간 활동이다.

아렌트가 이처럼 소통을 경제적 필연성의 영역으로부터 분리시키려는 것은 기본적으로 근대 이후의 정치와 공적 공간에 대한 그녀의 비판적 관점에서 비롯된 것이다. 그녀는 사적인 문제가 공적 영역에 진입하여 공공의 관심으로 자리 잡은 것을 사회적인 것이라고 명명한다. 사회적인 것의 강화는 소통의 장인 공적 영역을 오염시켜 그녀가 정치적인 것이라고 부르는 타인과의 소통 활동을 불가능하게 만들어 버린다. 근본적인 복수성 plurality을 지닌 개인들 사이의 공간in-between space에서 일어나는 소통의 활동이었던 정치 행위는 사회적인 영향력 아래에서는 경제적 분배를 둘러싼 이권의 각축이나 타협의 활동으로 전락한다는 것이다. 아렌트의 이러한 주장은 공적 관심이 자본의 유지와 존속에 몰두하는 경향이 큰 현대자본주의 정치체에 대해 강력하게 비판하고 불편부당성을 담지한 공공성의 관점을 획득하려는 규범적 의도를 지닌다는 점에서는 의미를 갖는다.

그러나 사적인 것과 공적인 것의 구분에 기초하여 소통을 규범적으로 정초하려는 시도는 모종의 난점에 직면할 수밖에 없다. 사회적인 것과 정치적인 것, 또는 사적인 것과 공적인 것은 개념적으로는 구분 가능하지만 현실적 차원에서는 매우 복합적으로 연루되어 있거나 구분이 불가능한 지대가 존재하기 때문이다.[3] 따라서 아렌트의 공/사 영역의 개념적 구분

---

3 아렌트의 정치적인 것과 사회적인 것의 연관성을 해명한 논의로는 김선욱, 「한나 아렌트의 정치 개념: "정치적"인 것과 "사회적"인 것의 관계를 중심으로」, 『철학』 67집, 2001을 참고하라.

에 입각하여 문자 그대로 모든 공적 심의 과정에서 경제적인 문제를 제거하려고 한다면, 이는 현실적으로 불가능한 일이 될 것이다. 경제적인 문제와 조금도 연루되지 않은 고유하게 정치적인 문제란 현대사회에서는 상상하기조차 힘들다. 자본의 유지와 증식을 위한 맹렬한 운동이 정치와 문화 전반에 광범위하게 퍼져 있는 사회현상에 대한 각성으로부터 출발해서 물질적 생산성의 증대라는 유일한 척도를 거부하고 개인들의 복수성을 살려내기 위해서라도 경제적 문제에 대한 공적 담론화는 필수적이다. 그렇지 않을 경우 아렌트의 주장은 역설적으로 경제적 문제에 대한 어떤 공적 개입도 효율적이지 못하므로 경제는 시장의 논리에 맡기자는 신자유주의와 구별 불가능하게 되기 때문이다. 그러므로 참다운 소통으로서의 정치에 대한 아렌트의 주장은 경제적 논의를 공적 영역에서 제외하자는 의도라기보다는 정치를 경제적 목적을 실현하기 위한 일종의 수단으로만 이해하는 입장에 대한 강력한 비판으로 보는 것이 더 타당할 것이다.

더욱이 아렌트가 『혁명론』*On Revolution*에서 시민권자들이 절대적 빈곤에서 해방될 수 있도록 기본적 평등을 실현하는 일이 정치의 실현을 가능하게 한다고 한 것을 상기한다면 오히려 사적 영역의 보장을 공적 차원에서 확보하는 것은 그녀 자신에게도 중요한 문제일 것이다. 김비환이 주장하듯이 "공적인 삶에 대한 아렌트의 예찬이 공적인 영역과 사적인 영역의 상보적 관계를 전제하고 있다는 분석이 옳다면 공적인 참여의 삶을 뒷받침하는 헌법적 기본권은 사적인 삶의 영역을 보호해 주는 헌법적 기본권 ── 법의 지배에 의해 보호되는 ── 을 전제하지 않으면 매우 비현실적인 것이 된다".[4] 그런데 이러한 경제적·물질적 기본권의 보장과 관련하여

---

4 김비환, 「아렌트의 '정치적' 헌정주의」, 『한국정치학회보』 41집 2호, 2007, 107쪽.

아렌트의 입장에는 다소 모호한 지점이 있다. 가령 복지권적 기본권을 헌법적으로 보장하는 것은 아렌트의 정치관과 부합한다고 확언할 수 없다. 왜냐하면 이런 기본권들을 헌법적으로 보장할 경우 그 기본권의 내용과 범위, 보호 방법에 관한 공적 심의의 여지는 줄어들고, 따라서 아렌트적인 의미에서 정치가 실현될 수 있는 범위는 축소될 것이기 때문이다.[5]

그러나 실제로 복지권적 기본권들에 대한 심의에서는 규범 형성적 참여가 진행되기보다는 이해관계에서의 현실적 영향력에 입각한 협상이 이루어지고 있는 것이 현실이다. 심의의 과정에 참여하여 결정적 영향력을 미칠 수 있는 능력이나 기회는 개인들에게 평등하게 주어지는 것이 아니라 개인들이 처한 경제적·정치적 불평등을 반영하는 경향이 크기 때문이다. 고대 그리스의 식탁에서처럼 식탁을 차리고서 조용히 물러나 남성 가부장들이 자유로운 정치적 소통에 몰두할 수 있도록 했던 여성들과 노동자들은 근대의 식탁에서는 전면에 나서서 자기 몫을 확인하고 분배받으려 하며 다양한 공동체적 문제들의 심의 과정에 참여하려고 한다. 그렇지만 심의 과정의 주도권은 여전히 식탁에 앉은 이들에게 있고 식탁 근처에서 서성거리는 여성들, 노동자들, 사회적 약자들이 식탁에 앉을 가능성, 즉 사적인 삶을 공적으로 보장받을 수 있는 가능성은 크지 않다. 아렌트는 '사적인'private이라는 용어는 그리스어로 '박탈된'이라는 의미를 가지고 있으며 이는 인간에게 최상의 것인 공적인 활동이 박탈되었음을 뜻한다고 주장하기도 하지만,[6] 실제로 오늘날 사회적 약자들에게는 사적 삶(박탈당한 삶) 자체가 박탈당한 채로 남아 있다.

---

5 같은 글, 109쪽.
6 한나 아렌트, 『인간의 조건』, 이진우·태정호 옮김, 한길사, 1996, 90~91쪽.

물론 아렌트가 현대의 정치적 토의나 심의 과정에서 불평등성이 제거되고 자유가 실현되었다고 믿는 것은 아니다. 또한 정치적 소통의 과정을 대의제의 절차적 과정과 단순하게 동일시하지도 않는다. 오히려 아렌트는 정치적 자유를 보다 적극적인 활동으로 규정하고자 하며 이 때문에 인민들이 직접 공동의 관심사를 논의하고 처리하는 평의회 운동에 관심을 가졌던 것도 사실이다. 그럼에도 불구하고 아렌트의 입장은 그녀가 사적 삶의 보장을 이야기할 때 사용하는 시적인 수사들[7]과 경제적 불평등에 대한 그녀의 모호한 태도 때문에, 오이코스oikos, 가정경제의 영역에서 노동의 문제를 해결하려 하고 그것을 공적 영역으로 가져오는 것을 배제하고 있다거나,[8] 사적 공간을 이데올로기적으로 중립적인 어떤 영역으로 이해하고 있다는 비판으로부터 자유롭기 힘든 것 역시 사실이다.

아렌트의 입장에 대한 비판적 논평들이 정치적 담론에서 공적 관점을 유지해야 한다는 규범적 요구의 중요성을 부정하는 것은 아니다. 다만 아렌트의 말대로 그러한 공적 관점이 어떤 절대적이고 선험적인 기준에 의해 미리 결정되어 있는 것이 아니라 개인들의 심의와 토의에 열린 채로 있는 것이라는 입장을 견지하려 한다면, 그 심의와 토의의 과정에 개입하는 불균등한 세력 관계의 영향력에 대한 보다 적극적이고 비판적인 검토가 수반되어야 한다는 것이다. 그렇지 않을 경우 그녀의 주장은 이상주의적

---

7 아렌트는 "사적 소유의 네 울타리가 공적 세계로부터 숨을 수 있는 유일한 장소를 제공"하며 이러한 장소 없이 "타인들이 있는 곳에서만 보내는 삶은, 흔히 말하듯이, 천박해진다"라고 말한다. 즉 "공공성의 빛으로부터 은폐할 필요가 있는 이 어두움을 보장할 수 있는 유일한 곳"으로서 사적 영역을 중시한다. 그런데 이런 식의 비유적 표현들은 경제적 영역에서의 불평등을 문제적 상황으로 고려하기보다는 각자의 사적 영역들을 아무런 갈등 없이 중립적인 차원으로 존재할 수 있는 어떤 상태인 것처럼 간주한다는 인상을 지우기 힘들다(아렌트, 『인간의 조건』, 124~125쪽).
8 이진경, 『외부, 사유의 정치학』, 그린비, 2009, 178~180쪽.

요청과 현실을 혼돈한 것에 지나지 않기 때문이다. 현실 비판의 척도이자 이상적 규범으로서 그것이 갖는 중요성을 인정한다 하더라도, 결과적으로 이상주의를 통해 현실을 이데올로기적 환상으로 채색한다는 비판을 면하기는 어렵다. 이런 비판자들은 현실에서 이루어지는 소통의 과정을 사회과학적으로 탐구하여 그 이데올로기를 폭로하는 **소통의 과학**이 필요하다고 역설한다.

아렌트가 비오스와 조에의 구분을 통해 정치적 소통의 삶을 확립하려고 한 것은 달리 말하자면 먹는 입과 말하는 입의 구별을 도입함으로써 소통의 문제에 접근하려는 것이다.[9] 인간은 먹는 활동과 분리하여 말하는 행위를 수행할 수 있으며, 다양성을 지닌 주체들의 공적 담론은 말하는 입의 차원에서 가능해진다. 고대 폴리스의 탄생에 대한 분석을 통해 두 입의 분리가 가능함을 보이려 했던 아렌트의 기획과 유사한 기획이 하버마스 Jürgen Habermas에게서도 발견된다.

하버마스에게 말하는 입은 언어활동의 상호 이해적인 보편성에 기반해 작동하는 것이다. 그는 이것을 '의사소통적 합리성'으로 규정한다. 화자의 발화 내적인illocutionary 의미가 청자에게 전달된다는 것은 화자와 청자 사이에 형식화용론의 세 가지 타당성 요건, 즉 진실성과 진리 및 정당성이 모두 충족됨을 의미한다. 청자는 화자의 의도가 진실하고 그 발화의 의미가 객관적 진리이며 사회적으로도 정당하다는 것을 받아들이고 신뢰할

---

9 서구 정치의 기원에 존재하는 먹는 입과 말하는 입의 분열에 대해서는 김항, 『말하는 입과 먹는 입』, 새물결, 2009, 25~42쪽을 보라. 김항에 따르면, 아렌트처럼 폴리스 바깥에 존재하는 삶을 사적인 삶(private life), 즉 박탈당한 삶으로 보는 것은 "밥에 대한 말의 우위, 즉 지배(밥)에 대한 자유(말)의 우위라는 위계의 설정"이며(26쪽), "위계화된 분할을 통해 정치 공간의 고유한 대상과 행위를 결정"하는 것이다. 그는 또한 이러한 위계 설정을 통해 먹는 입과의 연루를 끊어 버리려는, 사실상 불가능한 시도가 서구 정치의 아포리아를 이루고 있다고 비판한다. 말하는 입의 공동체인 폴리스에는 먹는 입의 말소될 수 없는 흔적이 항상 남아 있다는 것이다(36쪽).

유진 스미스(Eugene Smith), '시골 의사'(Country Doctor) 시리즈 중에서, 1948.

시골 의사 체리아너는 조금 전 환자 한 사람을 잃었다. 그는 커피를 들고 망연자실하게 서 있다. 사정을 모르는 아내가 급히 들어와 그에게 "커피 한 잔만 줘"라고 말했다고 치자. 그는 이 말의 발화 내적 의미를 안다. 그것은 자신이 들고 있는 것과 비슷한 용기에 지금 자신이 마시려던 음료를, 두 잔이 아닌 한 잔만 가져다 달라는 의미이다. 그녀는 진심으로 커피를 마시고 싶어 한다. 그리고 그녀가 남편에게 커피를 부탁한 것이 부당한 일도 아니다. 그녀는 문장의 의미(발화 내적 의미)에 대해 남편과 토론하길 원하는 게 아니라 특정한 수행적 행위(커피 가져다주기)가 이루어지기를 원한다. 상심한 체리아너가 발화 내적 의미를 파악하고도 발화 효과에 따른 수행적 행위를 하지 않을 수 있다. 그는 지금 누구에게 커피를 가져다줄 기분이 아니기 때문이다. 그러나 그가 예전부터 취직하고 싶었던 대도시의 병원장이 그를 방문하여 거만하게 커피를 청한다고 하자. 그는 여전히 상심한 상태이고 이 병원장의 언행이 불쾌하지만 이직을 위해 들고 있던 커피를 줄 수 있다. 이러한 의사소통 과정이 권력관계나 이해관계와 무관하다고 볼 수는 없다.

때에만 화자와 소통할 수 있다.[10] 하버마스에 따르면, 이러한 의사소통의 상호 이해적 합리성은 비전략적인 대화 상황에서만 존재하는 것이 아니라 모든 언어생활과 사회 활동에 근본적인 것이다. 이해관계에 입각한 전략적 언어 행위들조차도 의사소통적 합리성에 기초하지 않으면 성공할 수 없기 때문이다. 심지어 소통을 방해하는 전략적 언어 행위들도 의사소통적 활동에서 파생되었고 그것에 기생한다.[11]

하버마스는 우리의 언어생활과 사회생활에 근본적인 것으로 가정한 이 의사소통적 상황을 이상적인 담화 상황으로 간주한다. 그러나 이 이상적 상황은 언어의 실질적인 맥락 의존성과 언어와 권력의 연관 관계를 회피함으로써 달성되는 것이다. 이 때문에 이상적 상황이 달성된다 하더라도 그 속에는 소통 이론의 출발점이 되었던 현실의 성차나 권력관계의 불평등은 여전히 해결되지 않고 있다는 비판이 제기될 수 있다. 이런 문제점은 언어의 발화 수행적perlocutionary 차원에 대한 소극적 고려에서 비롯된 것이다. 언어는 발화 내적 의미를 단지 이해시키는 차원에 머무는 것이 아니라 특정 행위를 수행하게 하려는 발화 수행적 차원을 갖는다. 만일 화자와 청자 사이에 영향력 행사의 의향이 존재한다면 상호 이해적 행위의 요

---

10 이에 대한 구체적 설명으로는 김선욱, 『정치와 진리』, 책세상, 2001, 89~90쪽을 보라.
11 김선욱은 기업체의 상품 광고를 전략적 언어 행위의 대표적 사례로 들면서 다음과 같이 설명한다. 소비자는 회사가 소개하는 상품의 정보가 객관적이며 특별히 소비자를 속이려는 의도를 가지고 있지 않다는 것을 받아들인다. 실제로 그 광고가 허위광고일 수는 있다. 그렇지만 소비자가 그것이 허위과장광고라는 것을 안 순간, 전략적 행위는 성공할 수 없다. 그 때문에 그 행위의 성공은 의사소통의 세 조건이 충족되었다는 것을 전제한다. 거짓말에 대해서도 동일한 설명이 가능하다. "거짓말은 평소의 신뢰를 바탕으로 이루어진다. 평소에 신뢰가 형성되지 않는 관계에서는 거짓말쟁이의 말을 신뢰할 수 없기 때문에 그의 말을 믿지 않게 되고, 따라서 거짓말을 통해 획득하려 했던 발화 수반적 목적, 즉 거짓말의 내용을 이룰 수 없게 된다." 이 점에서 하버마스는 언어의 의사소통적 사용은 언어의 전략적 사용에 우선한다('우선성 테제')고 본다는 것이다(김선욱, 「하버마스 언어철학의 전체론적 특성」, 『사회와철학』 10호, 2005, 78쪽).

건을 충족시킨다고 해서 이익 관심이나 권력관계와 무관한 상황이라고 볼 수는 없다. 상호 이해의 상황은 청자의 적극적이고 자발적인 수용이라는 공모 관계를 통해 지배의 메커니즘을 생산하고 구축하는 상황이 되기도 한다. 이런 의미에서 의사소통적 합리성은 "합의와 불일치, 이해와 오해, 해방과 지배에 각각 등근원적인 것이다. 이 중 하나의 담론 양상을 논리와 권리상 '원본적 양상'으로 정립하고 그것에 우선권을 줄 근거는 없다".[12] 따라서 말하는 입에 내재한 상호 이해적 보편성을 통해서 경제적 분배 문제를 비롯한 다양한 공적 문제들을 소통시키고 해결하려는 입장은 아렌트에게 제기된 비판으로부터 역시 자유롭지 않다.

3. 소통의 텅 빔과 메움: 한 몸 이미지의 의미와 한계들

말하는 입과 먹는 입의 구별, 먹는 입에 대한 말하는 입의 우위를 통해 소통의 가능성을 확보하는 일이 성공적이지 않다면, 둘 사이의 구별보다는 소통의 방해 요소로 여겨진 것을 직접적으로 제거하면 될 일이다. 즉, 먹는 입들 사이의 이해관계에 직접적으로 관여해서 그 사이의 평등성을 확보하고 이를 통해 말하는 입들이 서로 대등한 위치에서 자유롭게 소통할 수 있게 하면 된다.

　직접적 관여의 원리를 소통에 도입하자는 입장에서 빈번히 나타나는 것은 가족 또는 한 몸 이미지에 대한 의존이다. 여기서 식탁은 가족이나 형제들의 식탁으로 간주된다. 이 식탁의 주인은 가장이나 맏형이다. 이러한

12　정호근, 「의사소통적 합리성과 권력 그리고 사회구성」, 김재현 외, 『하버마스의 사상: 주요 주제와 쟁점들』, 나남, 1996, 135쪽.

282 · 문학의 비시간

가족의 식탁은 서로 다른 이익 관심을 가지고 충돌하는 개인들이 둘러앉은 것이 아니라 평등하게 나누어 먹고 평등하게 말하는 이들이 모여 있다. 이처럼 가족이나 한 몸의 표상에 따라 공동체의 자유롭고 평등한 소통을 도모하려는 입장은 오랜 역사를 가지고 있다. 그중 가장 유명하고 큰 영향력을 미쳐 왔던 것은 기독교의 공동 식사의 전통이다. 예수의 사역에서 공동 식사를 통한 사귐과 음식의 나눔은 중요한 역할을 했다. 예수와 그의 사도들은 바리새인들이 금식 기간으로 정한 때에도 가난한 자들과 지체장애인들을 불러 함께 식사했다. 이러한 공동 식사의 중요성을 신학적으로 다시 부각시키고 가족 공동체의 표상으로 확고하게 자리 잡도록 한 사람은 사도 바울이다. 그는 고린도 교회에 보내는 서한들에서 한 몸 이미지를 통해 기독교 공동체가 하나의 가족이라는 점을 강조했다. 기독교 공동체 안에서 한 성령을 마시는 자들은 한 몸으로서 모든 것을 평등하게 나누고 믿음을 통해 소통하는 형제자매들이라는 것이다.

> 몸은 하나인데 많은 지체肢體가 있고 몸의 지체는 많지만 한 몸임과 같이, 그리스도도 그러합니다. 우리는 〔……〕 세례를 받아서 한 몸이 되었고, 또 모두 한 성령을 마시게 되었습니다. 〔……〕 그래서 몸에 분열이 생기지 않게 하시고, 지체들이 서로 같이 걱정하게 하셨습니다. 한 지체가 고통을 당하면, 모든 지체가 같이 고통을 당합니다. 한 지체가 영광을 받으면, 모든 지체가 함께 기뻐합니다. 여러분은 그리스도의 몸이요, 한 사람 한 사람은 그 지체입니다. _「고린도전서」, 12장 12~27절

이와 유사한 표상은 사회주의적 유토피아 이론들에서도 발견된다.[13] 공동체 내부에는 절대적 평등의 원리가 존재하며 물질적 재화들은 능력이

나 기여도와 무관하게 필요에 따라 평등하게 분배되어야 한다. 소통의 과정은 개인적 필요를 밝히거나 도움을 요청하고 그것을 수락하는 과정에 다름 아니다. 자신이 더 많이 노동했으나 다른 자들이 더 많이 가져간다고 불평하는 사람은 나쁜 형제이거나 형제가 아니다. 그런 갈등이 있다면 가장이나 맏형이 나쁜 형제를 벌하거나 형제가 아닌 자를 공동체로부터 추방하면 된다. 따라서 가족 표상에 의거해 소통의 문제를 해결하려고 할 때 소통은 "교환과 갈등, 신호와 응답"으로 환원된다.[14] 그런데 이런 환원이 발생할 경우, 아감벤Giorgio Agamben이 우려하듯 소통은 사라진다. 그가 벤야민의 통찰을 빌려 표현하고 있듯이 "모든 소통은 무엇보다 [이미 현실태로 있는] 공통된 것의 소통이 아니라 [잠재적인] 소통 가능성의 소통"이기 때문이다.[15]

가족적 공동체에서는 사랑에 기초한 평등이 유일한 소통 원리로서 제시되며, 이에 입각해 제도들이 수립되고 물질적·언어적 분배가 이루어진다. 소통의 원리를 선포하고 그것에 따라 구성원들의 평등한 자리를 분배하는 절차를 확립하는 자는 가족의 신뢰를 얻는 가장 혹은 가장에 준하는 사람이다. 대중에 의해 권위를 인정받은 지도자나 종교 엘리트, 정치 엘리트 등등. 그 소통의 절차 속에서 언어와 물질의 교환이 이루어질 때 공동체의 소통은 원활하게 진행된다고 간주된다. 그러나 이 가족적 표상에 의거

---

13 사람들의 관계가 가족 모델에 의존하여 형성되고 표상되는 경향은 종교적 영역을 비롯해 여러 영역에서 광범위하게 발견된다. 그것은 유토피아 이론뿐만 아니라 세속적 영역인 중세의 길드나 초기의 상업회사에서도 나타났다. 회사(company)의 라틴어 어원은 '콤파니아'(compagnia)인데 이것은 '모두 함께'라는 의미의 접두사 'com'과 먹는 빵을 의미하는 'panis'가 결합된 단어이다. 즉 원래 회사는 '하나의 빵을 먹는 사람들', '하나의 빵과 포도주를 함께 먹는 사람들'과 같은 결합가족을 의미하는 것이었다(아렌트, 『인간의 조건』, 87쪽 참조).

14 조르조 아감벤, 『목적 없는 수단』, 김상운·양창렬 옮김, 난장, 2009, 106쪽.

15 같은 책, 21쪽. 여기서 언급되는 벤야민의 통찰에 대해서는 발터 벤야민, 「언어 일반과 인간의 언어에 대하여」, 『발터 벤야민 선집 6』, 최성만 옮김, 길, 2008, 79쪽을 참조하라.

해 지속되는 소통 공동체는 너무 쉽게 소통 불가능한 공동체로 귀결되는 경향이 있다.[16]

가족과 한 몸의 표상 속에서 구성된 공동체가 소통 불가능한 공동체로 귀결될 여지는 첫째, 그 표상이 평등의 원리가 아닌 불평등의 원리를 강화하기도 한다는 사실에 있다. 예컨대 플라톤은 한 몸의 지체라는 이미지에 기대어 위계의 원리가 도입될 수 있음을 잘 보여 준다. 『국가』에서 개인의 신체는 세 종류의 영혼을 담고 있다고 이야기된다. 머릿속에는 지혜가 있고 가슴에는 용기가 있으며 배에는 욕망 및 그것에 대한 절제가 존재한다. 이와 유사하게 공동체는 통치자, 전사, 생산자라는 세 계급으로 구성되어 있으며 그 계급들은 각기 성향에 따라 지혜, 용기, 절제라는 세 종류의 덕을 지닌다. 개인과의 유비를 통해 공동체는 하나의 신체로 보이게 된다. 공동체의 각 계급이 각자의 역할에 충실할 때 공동체는 하나의 신체와 같은 조화로움을 가질 수 있다.[17]

이러한 공동체에서 소통은 어떻게 이루어지는가? 통치자들은 통치와 지혜의 언어를, 전사들은 보호와 명령의 언어를, 그리고 생산자들은 그들의 생산과 관련된 기술적 언어를 사용하며, 그것들은 공동체 내부에 상호적으로 전달될 것이다. 그러나 이 언어들 사이에는 위계가 존재하며, 세 가지 언어가 대립할 경우 문제를 최종으로 해결하는 것은 결국 지혜의 언어이다. 이 경우에 소통한다는 것은 다음을 의미한다. 이미 하나의 공동체 내에서 주체들은 점유하고 있는 위치가 있으며 점유의 영역에 따라 해당 언

---

16 이런 가능성은 이미 가족 공동체에 대한 아렌트의 부정적 견해에서 확인되는 것이다. 그에게 가정은 "가장 엄격한 불평등의 장소"이며 그러한 불평등의 질서를 지칭할 수 있는 표상이기도 했다. 그는 지배, 피지배와 같은 개념들은 가장이 자신의 가족과 노예에게 행사하는 전(前)정치적인 힘을 표현하는 것이라고 보았다(아렌트, 『인간의 조건』, 84쪽).

17 조지 세이빈·토머스 솔슨, 『정치사상사 1』, 성유보·차남희 옮김, 한길사, 1997, 120쪽.

콘라트 폰 조스트(Konrad von Soest), 「예수 탄생」(Christi Geburt), 1403.

소크라테스는 이런 말을 한 적이 있다. "이 나라에 있는 여러분은 실은 모두가 형제들입니다. 그러나 신은 여러분을 만들면서, 여러분 중에서도 능히 다스릴 수 있는 이들에겐 탄생 시에 황금을 섞었는데, 이들이 가장 존경받는 것은 이 때문입니다. 반면에 보조자들에겐 은을 섞었습니다. 하지만 농부들이나 다른 장인들에게는 쇠와 청동을 섞었습니다. (……) 대개는 여러분 자신들을 닮은 자손들을 낳지만, 때로는 황금의 자손에서 은의 자손이, 그리고 은의 자손에 서는 황금의 자손이, 그러므로 그 밖의 모든 자손이 이처럼 서로의 자손에서 탄생되는 때가 있습니다. 그러므로 통치자들에게 신은 무엇보다도 첫째로 지 시하기를, 통치자들은 그들의 자손들의 혼에 그것들 중의 무슨 성분이 혼합되 어 있는지부터 지켜보는 것에 있어서 훌륭한 수호자가 될 것이며, 또한 무엇 보다도 이를 예의주시하도록 하라고 했습니다"(플라톤, 『국가·정체』 개정증 보판, 박종현 옮김, 서광사, 2005, 249쪽, 415a~b). 그렇다면 성가족에서는 쇠 의 영혼을 가진 목수 아버지에게서 황금보다 귀한 영혼의 아이가 태어난 셈 이다. 신성의 금을 가지고 난 어린 예수에게 요셉이 해줄 수 있는 일은 마구간 을 덥히고 젖먹이를 돌볼 아내에게 따뜻한 음식을 내주는 일뿐이었다. 그 아 이를 길러 황금의 자손으로 만드는 일은 신 혹은 통치자의 소관이지 쇠의 영 혼을 가진 아비의 소관은 아니다. 그것이 소크라테스의 입을 빌려 플라톤이 하려고 했던 이야기다.

어의 의미를 지배적으로 확정할 권리를 지니고 있다. 그리고 한 영역의 주체들은 그 확정된 언어의 의미를 다른 영역의 주체들로부터 방해 없이 전달받는다. 여기서 방해가 없다는 것은 다른 영역의 이의 제기가 없다는 뜻이다. 이처럼 한 몸의 표상을 지닌 위계적 공동체에서 소통은 배당받은 주체 위치에 대한 수용이자 전달받은 의미에 대한 순종이다.

한 몸 공동체의 이러한 위계화를 방지하기 위해서는 특정한 방식의 역할 배분이 고착화되지 않아야 하며, 새로운 의미들을 새로운 방식으로 소통할 수 있는 가능성이 항상 열려 있어야 한다. 이런 점에서 아감벤의 표현대로 '소통적 텅 빔'으로서 소통 가능성이 소통되어야 한다. 소통의 텅 빈 공간이란 확증된 의미로 채워지지 않아 이질적 의미들이 발생하고 흘러 다닐 수 있는 불확정적 공간이다. 그러나 "정치가들과 미디어 통치가들은 이 텅 빈 공간을 확실하게 통제하려고 애쓴다".[18] 그들은 소통되는 현행의 지배적 의미와는 다른 것들이 소통되려고 할 때 이를 왜곡된 표상으로 규정한다. 그들은 소통의 현행 방식이 공동체 전체를 위한 것이라고 설득하고, 소통의 빈 공간을 메운다. 이 메움의 작업들은 크게 두 가지 방향을 갖는다.

티투스 리비우스의 『로마사』에 수록된 아그리파의 우화는 그 첫번째 방향을 보여 주는 사례이다. 사지四肢가 서로 모여 불평을 했다. 그들이 노동하며 위胃를 먹여 살리는데, 위는 아무것도 하지 않고 사지가 가져다주는 쾌락을 즐길 뿐이라는 것이다. 화가 치민 이들은 위를 응징하기로 했다. 팔다리는 음식을 마련하지 않고 손은 음식을 입에 가져가지 않으며 입은 음식물을 먹지 않고 이는 씹지 않기로 한다. 위를 굶기려 했던 행동은 몸

---

18 아감벤,『목적 없는 수단』, 107쪽.

전체가 힘이 빠져 기진맥진하게 되는 결과를 가져왔다. 사지는 위가 하는 기능이 쉽지 않음을 깨닫고 다시 제 역할을 다하기로 한다. 위는 사지에 영양분을 공급하는 중요한 역할을 하고 있었던 것이다. 이 우화의 논리에 따르면 불평등은 실재하지 않는다. 사지의 '불평등한 현실'이라는 의견이 문제일 뿐이다. 여기서 불평등은 오해로 인해 참된 사태가 잘못 전달된 것에 불과하다. 이런 논리 속에서 소통이란 참된 사태를 사회 구성원들에게 전달하고 교육함으로써 달성되는 것으로 이해된다. 소통에 대해 이와 같은 이해를 고수하는 한, 이질적인 의미들을 만들고 다른 방식으로 물질적·언어적 질료들을 분절할 가능성을 찾아보기는 힘들다.[19]

두번째 방향은 불평등한 상황을 인정하면서도 그것이 정당하다고 주장하는 것이다. 불평등은 공동체의 소통 방식의 정상성을 훼손하지 않는다. 누군가 불평등한 대우를 받는다면 그것은 그가 소통 주체로서 그 과정에 참여할 권리가 없음을 의미할 뿐이다. 여기서 가족이나 한 몸의 표상은 불평등함의 현존을 통해 파열되는 대신 표상의 권리를 위해 불평등한 현

---

19 아그리파의 우화에 대한 브루스 링컨의 설명은 기성의 의미망을 강화하고 사회 통합적인 효과를 노리는 이야기들조차도 이질적 의미의 도입을 통해서 성공을 거둘 수 있다는 흥미로운 시사점을 제공한다. 로마 공화정 초기부터 귀족과 평민 간에는 갈등이 있었다. 기원전 494년 경, 로마의 평민들은 아벤티누스 언덕을 거점으로 귀족과 대립한다. 중재자로 파견된 아그리파는 이 우화로써 평민들을 설득하는 데 성공한다. 이 우화가 설득력을 가질 수 있었던 것은 의미의 이중 전도가 있었기 때문이다. 아그리파는 귀족을 머리에 비유하던 당대의 일반적 상징을 폐기하고 귀족을 배에 비유했다(전도inversion). 배는 신체의 위치상 가장 높은 곳에 있지 않으며 일반적으로는 탐욕스러운 기생 기관으로 여겨졌기 때문에 '귀족=배'라는 새로운 은유는 평민들에게 큰 호소력을 지녔다. 물론 이 우화는 수직적 신체 비유를 폐기하는 대신 배를 필수불가결한 중요 기관으로 상정하는 신체의 비유를 통해 귀족들의 지배적 위치를 재승인하며(대항전도counterinversion), 결국 사회 통합을 완수하였다. 그러나 다른 한편으로 이 은유가 지닌 전복성을 통해 평민들은 호민관 제도를 도입할 수 있었다. 우화에 대한 이러한 설명은 최소한의 새로운 의미 형성도 없이 기성 의미를 전달하거나 유통시키는 소통 행위란 가능하지 않다는 점을 보여 준다. Bruce Lincoln, *Discourse and the Construction of Society*, New York: Oxford University Press, 1989, pp.145~147을 참조하라.

존을 정당화하는 방향으로 나아간다. 공동체 내에서 누군가 불평등을 겪는다면, 그것은 바로 그가 우리 가족이 아니며 우리와 한 몸이 아님을 반증하는 것이다. 이러한 논리의 귀결은 다음과 같다. 불평등한 처우를 받는 자는 아마도 도둑이거나 암적인 존재일 것이다.

어떤 방향이든 불평등한 현실은 평등한 소통의 원리가 가족적 공동체 안에서 잘 실행되고 있다는 표상을 파괴하지 못한다. 불평등은 전자에서는 공동체의 현실에 대한 부적절한 인식이며, 후자에서는 공동체의 현실이 아니라 공동체에 속하지 않은 자들의 현실이기 때문이다. 그러므로 두 경우 모두 공동체 내에 불평등의 표상은 가시화되지 않는다. 소통이 두 주체 사이에서 확정된 의미가 컨베이어벨트를 타고 전달 또는 교환되는 것과 같다고 보는 관점에서 다른 가능성을 소통시키려는 시도는 불평등의 해소가 아니라 공동체의 균열로 간주될 뿐이다. 따라서 이 불평등을 가시화하려면 현행 방식과 상이한 소통 절차를 원하는 주체들이나 소통 자격에 대한 재고를 요구하는 이들이 소통 과정으로 진입할 수 있는 가능성, 즉 어떤 열림의 과정이 필요한 것이다.

이러한 개방성이 부재할 때 소통의 장에서는 역설이 발생한다. 불평등을 가시화하며 평등을 실현하려는 주체는 자신에게 할당된 자리를 파기하면서 발언해야 한다. 즉 소통의 개방성을 욕구하는 순간 기성의 주체는 사라진다. 그러나 주어진 룰을 고수하려는 다른 주체의 입장에서 이것은 곧 대화 상대자의 상실을 의미한다. 이때 그가 목격하는 것은 대화 상대자로 인정할 수 없는 새로운 주체의 탄생이다. 이러한 탄생을 거부할 때 소통은 불가능해진다. 따라서 소통의 욕구나 필요가 최대치에 이르는 순간 매번 확인되는 것은 소통의 불가능성이다. 이는 소통 가능성의 소통을 제거하는 공동체는 항상 소통의 불가능성에 직면할 수밖에 없음을 뜻한다.

4. 소통의 윤리와 권리의 구별: 타자의 윤리와 타자의 말할 권리

랑시에르는 바울의 텍스트에 나타난 한 몸 이미지에 대한 일부 주석들의 맹점을 지적한다.[20] 바울은 영적 공동체의 성원들은 신의 은총(카리스마)에 따라 서로 다른 달란트를 받았지만 모두 평등하며 한 몸 안의 사지들처럼 제 몫을 다한다고 설명한다. 이에 대해 나지안조스의 그레고리우스는 다음과 같이 주석을 붙인다. "한 부분은 명령하고 주재한다. 다른 부분은 인도되고 지도된다. 모두가 혀일 필요는 없고, 모두가 예언자, 사도, 주석가일 필요는 없다."[21] 이 주석은 한 몸 이미지가 교회 내 위계를 정당화해 주는 정식으로 얼마나 쉽게 뒤바뀔 수 있는지를 보여 준다.[22] 따라서 영적 공동체의 분업을 설명하는 달란트들의 관계를 평등주의적으로 해석하려면 교부들의 오랜 주석적 전통으로부터 거리를 두어야 한다. 이러한 비판이 보여 주듯이 가족이나 한 몸의 이미지는 공동체 내의 분업적 위계성

---

20 가족이나 한 몸 이미지의 문제점은 아렌트에 의해 이미 지적된 바 있다. 아렌트는 가족적 표상이 지닐 수 있는 위계성을 문제 삼았을 뿐 아니라 가족적 공동체를 폴리스적 삶에 가장 대립하는 형태로서 간주한다. "그리스인들은 폭력으로 사람을 강제하며, 설득하기보다 명령하는 것을 전정치적으로(pre-political) 사람을 다루는 방식이라고 생각한다. 이 방식은 폴리스 밖의 생활, 즉 가장이 전제적 권력을 휘두르는 가정과 가족생활에 특징적이며 또는 아시아의 야만적인 제국의 생활에 특징적인 것이다. 이 제국의 전제주의는 흔히 가정 조직체와 유사하였다"(아렌트, 『인간의 조건』, 78~79쪽).

21 자크 랑시에르, 『정치적인 것의 가장자리에서』, 양창렬 옮김, 길, 2008, 160쪽에서 재인용.

22 같은 책, 159~160쪽 참조. 한 몸 이미지를 통해 사회적 불평등을 정당화하는 것은 중세의 교부들뿐만 아니라 최근에도 쉽게 발견할 수 있다. 현재 북미 신보수주의 신학자 중 한 사람인 노박(Michael Novak)은 "인간은 존엄성의 측면에서는 평등하지만 재능의 면에서는 불평등"하다고 본다. 따라서 사회정의나 분배 윤리를 추구하기보다는 생산 윤리를 통해 주어진 재능을 충분히 발휘하여 교역하고 이윤을 추구하는 것이 "신이 주신 소명을 이행하는 길"이라고 강조한다. 이 교역과 생산이야말로 "그리스도의 몸이라는 신비의 실질적 표현"이라는 것이다. 이러한 맥락에서 노박은 기업을 "그리스도의 몸에 대한 가장 훌륭한 은유"로 본다. 노박의 이런 입장과 이에 대한 비판적 고찰로는 장윤재, 「이름뿐인 초월, 허울 좋은 성육신」, 『세계화 시대의 기독교 신학』, 이화여자대학교 출판부, 2009를 보라.

을 차단하지 않는 한 평등한 소통의 모델을 구성하기 힘들다. 그러나 한 몸 이미지에는 위계화의 문제만큼이나 심각한 다른 문제점이 내장되어 있다. 그것은 소통이 일어나는 공동체의 폐쇄성이다. 이 소통 모델은 식탁에 앉아 있는 사람들 사이의 평등한 관계와 소통을 정의할 뿐, 식탁에 앉지 못한 이들, 초대받지 않은 사람들과의 소통에 대해서는 말하는 바가 없다.

벤야민처럼 식탁에 걸인을 합류시켜야 한다고 제안하는 것은 이러한 문제의식으로부터 나온다. 우리는 이에 대한 철학적 해결을 레비나스의 타자의 윤리나 데리다Jacques Derrida의 환대hospitalité의 윤리에서 찾아볼 수 있다. 이 윤리는 빈자들을 환대하고 타자에게 열려 있는 선하고 자비로운 주인의 이미지를 공동체에 도입함으로써 식탁에 앉지 못한 자들과의 소통을 가능하게 하려고 한다. 환대할 줄 아는 주인은 타자에게 제 몫과 동일한 몫을 나눠 줄 것이며, 어쩌면 제 몫의 전부를 낯선 타자에게 주기도 할 것이다. '초대'하지 않았으나 '방문'한 이들은 주인이 진정한 환대자인지를 시험하는 자들이다. 느닷없이 방문한 자들이 악한 에일리언인지 선한 에일리언인지 알 수 없는 상태에서 그들을 환대한다는 것은 주인에게 상처와 고난의 위험, 극단적으로는 죽음의 위협을 무릅쓸 것을 요구한다. 이 점에서 환대하는 자는 레비나스의 표현대로 '박해'를 당하는 자이다. 타자의 고통받는 모습이 끝까지per 따라와secui 나의 양심을 괴롭힌다는 점에서 그것은 일종의 박해persecution, 끈질기게 졸라 댐인 것이다. 레비나스는 타자의 이 끈질기게 졸라 댐으로 인해 우리에게 '무한 책임'이 발생한다고 말한다. 타자의 윤리는 주체의 윤리적 책임을 강조하는 책임의 윤리이며, 주체의 책임이 소통 공동체의 폐쇄성을 극복하고 개방성을 보존할 수 있는 근거로서 간주된다.[23]

그러나 우리가 타자의 고통스런 실존에 직면하여 박해받는 것에 이를 만큼의 책임감을 가지고 타자를 배려한다고 하더라도, 그 타자 자신이 환대받을 '권리'와 그것에 기초해서 말할 권리를 갖는 것은 아니다. 이 점은 책임의 윤리를 통해 소통의 개방성과 평등성을 확보하려는 시도의 한계를 말해 주는 것이기도 하다. 아렌트는 난민의 처지를 통해 권리의 문제를 다루면서 다음과 같이 지적한다.

> 보통의 전제정치 아래서 사는 것보다 민주국가의 포로수용소에서 더 큰 의사 표현의 자유를 누린다는 것은 의문의 여지없이 분명하다. 그러나 육체적 안전 —— 국가나 사적인 자선단체의 도움으로 먹고살면서 보장되는 —— 이나 의사의 자유는 권리 상실이라는 그들의 근본적인 상황을 전혀 바꾸지 못한다. 그들의 생명 연장은 자선에 의한 것이지 권리에 의한 것이 아니다. 왜냐하면 그들을 먹여 살리라고 국가에게 강요할 수 있는 법은 존재하지 않기 때문이다. 설령 그들이 이동의 자유가 있다고 하더라도 이 자유는 그들에게 심지어 감옥에 갇힌 죄수들이 당연히 누리는 거주의 권리를 부여하지 않는다. 의사의 자유는 바보의 자유이다. 왜냐하면 그들이 생각하는 것은 전혀 중요치 않기 때문이다.[24]

난민의 처지는 노예의 처지와 비슷하다. 그가 만일 선한 주인을 만난

---

23 강영안, 『타인의 얼굴』, 문학과지성사, 2005, 182쪽. 레비나스는 『존재와 다르게 또는 존재 사건 저편에서』(Autrement qu'être ou au-delà de l'essence)에서 도스토옙스키의 "우리들 각자는 각 사람에 대해서 각 사람에 앞서 잘못이 있고 나는 다른 사람보다 잘못이 더 많다"라는 말을 인용하면서 나 자신은 타인보다 언제나 여분의 책임을 더 가짐을 강조한다(같은 책, 186쪽에서 재인용). 타자의 윤리의 중요성과 그 한계에 대해 지적하고 있는 글로는 김애령, 「이방인의 언어와 환대의 윤리」, 이화인문과학원 엮음, 『젠더와 탈/경계의 지형』, 이화여자대학교 출판부, 2009, 41~71쪽 참조.
24 한나 아렌트, 『전체주의의 기원 1』, 이진우·박미애 옮김, 한길사, 2006, 532쪽.

다면 그는 식탁에 앉을 수 있으며 혜택을 누릴 수 있다. 그러나 악한 주인을 만난다면 그는 굶거나 심지어 죽을 수도 있다. 이렇게 우연이나 은총에 의거해서만 존재를 보장받을 수 있는 이들에게는 진정한 의미에서 무언가를 발언하고 소통할 권리가 없다. 그들에게는 조금 먹건 많이 먹건 간에 식탁에 앉아서 함께 말할 수 있는 권리, 즉 시민의 권리가 없기 때문이다. 아우구스티누스처럼 '네가 존재하기를 원한다'라고 말하는 이가 보여 주는 사랑의 은총은 위대하지만, 이 은총은 사적 영역에 존재하는 호의나 우정과 같은 것일 뿐, 공적인 사안에서는 타자가 아무런 자격이 없는, 특성 없는 존재로 남는 것을 막지 못한다.[25] 이 점에서 권리는 소통의 권리이든 인간의 권리이든 윤리학의 차원을 넘어서 정치학의 차원에서 사유되어야만 하는 것이다.[26]

뿐만 아니라 타자의 윤리가 전제하는 절대적 타자의 형상 역시 비판적인 검토가 필요하다. 이 윤리가 완전히 관철되고 진정한 소통의 윤리로서 어떤 폭발적 힘을 가질 수 있으려면, 다시 의심해 보아야 할 것이 바로 절대적 타자의 형상이다. 환대는 타자의 요구를 온전히 받듦으로써 타자를 타자가 아닌 존재로, 공동체의 일원으로 받아들이는 것으로 완성되는 동시에 해소되는 것이기 때문이다. 절대적 타자의 형상은 가족 이미지의 배타성을 계속 보존하고, 가족/타자라는 이분법적 분할의 고정성을 유지할 때만 가능한 것이다. 따라서 절대적 타자의 형상이 지워지고 초대받은 자들이 공동체의 한 구성원으로서 말할 수 있을 때, 타자는 평등한 소통의 영역으로 들어올 수 있다. 현실적 경계물들의 논리는 종종 환대를 사적인

---

25 같은 책, 539쪽.
26 이 점에 대해서는 황정아, 「묻혀버린 질문: '윤리'에 관한 비평과 외국이론 수용의 문제」, 『창작과비평』 144호, 2009 참조.

차원이나 윤리적 담론 속에서만 작동하게 함으로써 그 진정한 폭발력을 억제하는 효과를 만들어 낸다. 가령 국가와 같은 공적이고 제도적인 경계는 타자에 대한 평등주의적 처우 개선을 법적으로 보장하는 일을 가로막으며 환대의 윤리를 제한하기 위한 이중 전략을 수행한다. 정부 주도이기는 하지만, 공적인 성격을 지닌다기보다는 사적이고 문화적인 교류에 가까운 다문화주의 문화제를 개최하는 동시에 이주노동자에 대해서 무자비한 불법체류 단속을 실시한다. 이러한 정책 수행의 이중성에서 우리가 주목해야 할 것은 단순히 이주 정책의 비인간성을 은폐하려는 위선적 몸짓과 그 밑에 숨겨진 이주자의 가혹한 현실이 아니다. 중요한 것은 국가가 이 이중적 활동을 통해 시민사회에서 자발적으로 발생한 환대의 윤리와 각성적 행위들을 적극적으로 관리함으로써 환대의 사유와 행동이 정치적 영역으로까지 확산되는 것을 방지하려는 목적을 달성하고 있다는 점이다. 다양한 이유에서 우리의 공동체에 초대받은 타자들을 환대하는 시민적·종교적 활동들은 장려되고 시민의 미덕들로 칭송되며 일정한 국가 지원을 받을 수도 있다. 그렇지만 그들의 권리가 정치적 입안 사항으로 제기되는 것은 극도로 제한된다. 이를 통해 국가가 확보하려는 것은 끊임없이 변동하는 사회적 상황에서 자신의 필요에 따라 타자를 초대하거나 추방할 수 있는 유연성이다. 그리하여 타자는 초대받은 자와 초대받지 못한 자 사이에서 끊임없이 유동하며 어떠한 말할 권리도 갖지 못한다.

5. 소통 이론의 이중화: 소통의 과학과 소통의 시학

자비로운 가족과 이방인이 함께하는 평등한 식탁의 이미지는 아름답지만 이상주의적인 아우라를 지닌다. 종교적이거나 윤리적인 호소에도 불구하고, 현실에서 이방인들은 끊임없이 차별과 위협을 겪고 있고, 공동체의 구성원들조차도 일상적 불평등을 경험하면서 소통의 장에서 종종 배제되고 있는 것이 현실이다. 이 때문에 가족 식탁 이미지의 허구성을 폭로하는 일은 크게 어렵지 않다. 이 허구성에 대한 폭로와 비판은 신화에 맞서 객관적 진리를 밝히는 것을 책무로 삼는 사회과학에서 지속적으로 이루어져 왔다. 그것과 일견 대립하는 흐름으로 보이는 탈근대 철학 담론 역시 계몽·평등·보편과 같은 거대 서사는 환상을 생산할 뿐이며 보편주의는 실상 유럽적 부족주의에 불과하다고 비판한다는 점에서는 탈신비화에 복무하는 소통의 과학과 유사한 임무를 수행하는 듯이 보인다.

프레드릭 제임슨Fredric Jameson은 탈신비화 담론들이 가진 중요성에도 불구하고 이 담론들은 '승자는 패배자'라는 아이러니에 빠져 있다고 언급하면서 그 한계를 다음과 같이 지적한다. "여기서 발생하는 것은 총체적인 어떤 체계나 논리의 비전이 강력하면 할수록 — 감옥에 대해 다룬 푸코의 책이 그 분명한 예이다 — 독자가 더욱더 큰 무기력함을 느끼게 된다는 것이다. 그러므로 더욱 밀폐되고 끔찍한 기계를 구축함으로써 이론가가 이기는 한에서 그는 바로 그만큼 진다. 왜냐하면 그의 작품의 비판적 능력은 그에 의해 마비되고, 사회 변혁의 충동들은 말할 것도 없고 부정과 반란의 충동들까지 그 모델 자체 앞에서 점차 헛되고 사소한 것으로 생각되기 때문이다."[27]

탈신비화의 담론이 지닌 한계는 부르디외에 대한 랑시에르의 비판에서도 확인된다. 부르디외는 자본주의 사회에서 평등한 교육제도는 하나의

---

27 Fredric Jameson, *Postmodernism, or, The Cultural Logic of Late Capitalism*, Durham: Duke University Press, 1991, p.5.

허구라는 점을 고발한다. 그에 따르면, 학교는 하위계층의 아이들에게 모두가 평등하고 재능과 노력에 따라 평가받는 장소이므로 그들이 성공하지 못하는 것은 개인적 재능과 노력 때문이라고 믿게 만든다. 그래서 그들이 자신의 무능함이 증명되었다고 느끼면 다른 곳으로 가는 게 더 낫겠다고 판단하게 한다는 것이다.[28] 평등한 교육제도의 이상 아래서 되풀이되는 계급 재생산을 설명하는 이 사회학적 비판은 은폐된 불평등의 현실을 가시화시켜 준다. 그런데 이 비판의 현실적 효과는 프랑스에서 다양한 계층의 학생들을 일률적으로 교육하는 형식주의에 반대하고 빈곤 계층에 특수한 사회화의 방식을 고려하는 것으로 나타난다.

부르디외와 파세롱Jean-Claude Passeron의 비판에서 교육자들과 개혁 정치가들은 주로 다음의 세 가지 관념을 채택했다. 암묵적인 불평등 요인들을 명시할 필요, 대규모 학생들을 일률적으로 교육하는 형식주의에 맞서 싸워야 할 필요, 사회적인 것의 무게, 곧 빈곤 계급에 고유한 아비투스, 사회화 방식을 고려할 필요. 적어도 프랑스에서는 이 정책들의 결과에 더는 반론이 제기되지 않았으며, 결국 불평등을 명시한다고 주장하면서, 그 불평등을 견고하게 만들어 버린 꼴이 되었다. 한편으로, 사회문화적 차이의 해명은 그 차이를 운명으로 전환하고, 학교 제도를 보조 제도의 의미로 바꾸곤 했다. 특히 그것은 이민자 자녀들을 학업 실패의 위험이 없는 하급 직업 전문 과정 쪽으로 진로 지도하고 그에 맞게 학급을 다시 편성하는 것과 함께 간다. 다른 한편, '암묵적인' 기준들의 색출은 가장 명시적인 기준들

---

28 교육제도에 대한 부르디외의 비판에 대해서는 피에르 부르디외, 『재생산』, 이상호 옮김, 동문선, 2000을 보라.

의 무게를 더했다. 즉 유치원 때부터 시작되는 아이들에게 내면화된 미친 경쟁, 그것은 좋은 초등학교에 가도록 만들고, 또다시 좋은 중학교에 갈 수 있는 권리를 부여하며, 마침내 수도 파리의 좋은 구역에 위치한 좋은 사회 문화적 환경 속에 있는 좋은 고등학교의 좋은 학급에 갈 수 있는 길을 열어 준다.[29]

탈신비화의 담론이 가져오는 이 역설적 효과는 불평등에 대한 폭로가 허무주의로 귀결되는 것을 방지하기 위해서 또 다른 노력들이 필요하다는 점을 보여 준다. 소통의 과학이 고발하는 이상주의의 위험만큼이나 현실 주의의 위험 역시 크다. 소통의 문제에서 규범성을 추구하는 입장들을 전 폭적으로 승인하는 것이 어렵게 느껴질 때조차도 그 입장들을 쉽게 무시 할 수 없는 것도 그 때문이다. 이 점에서 랑시에르는 지식과 현실의 이중적 관계 맺음을 강조한다. 지식은 현실에 대해 정확히 진단하는 비판의 임무 와 더불어 아름다운 허구를 입증할 생산적 임무를 갖는다. "역사학자와 사 회학자가 우리에게 특정한 삶이 그 삶을 표현하는 특정한 사고를 생산해 내는 방식을 알려 주는 반면에, 철학자의 신화는 이 필연성을 임의의 아름 다운 거짓말에서 기인하는 것으로 보는데, 아름다운 거짓말은 대다수 인 민들의 삶에서는 거짓말인 동시에 현실성인 것이다."[30] 그 아름다움의 내 용이 무엇이든 아직은 실현되지 않았다는 점에서 거짓말이었던 것을 현실 화시키려는 우리의 분투를 통해서 거짓말의 현실성이 존재하게 된다. 소 통의 과학이 현실적 불통의 지점들을 정확하게 학문적 대상으로 포착하고

---

29 랑시에르, 『정치적인 것의 가장자리에서』, 122~123쪽.
30 Jacques Rancière, "Thinking between Disciplines: An Aesthetics of Knowledge", *Parrhesia* 1, 2006, p. 10.

연구하게 하는 데 기여하는 것은 분명하다. 그러나 우리는 이로부터 더 나아가 평등한 식탁에 대한 믿음, 즉 평등에 대한 보편적 믿음 속에서 그 믿음들을 실행하는 활동들을 상상하거나 발명하고, 또 현실에서 벌어지는 다양한 평등한 소통의 운동들을 의미화하여 학문적 장 속으로 기입하는 작업을 수행해야 한다. 이것을 우리는 '소통의 시학poetics'이라고 부를 수 있을 것이다.[31] 소통의 과학의 성과들을 수용하면서도 그것과 거리를 두면서 소통의 시학으로 나아가기. 여기서 우리는 소통의 인문학이 수행해야 할 이중화의 과제를 발견하게 된다.

이러한 제안은 이미 파산한 보편주의를 다시 불러들인다는 비판에 직면하기도 한다. '모두에게 평등한 식탁'에 대한 믿음은 불가능한 평등성과 보편주의에 호소하는 것으로 보이기 때문이다. 이에 대한 랑시에르의 대응은 중요한 시사점을 제공한다. 그는 평등을 토대가 아니라 **입증해야 할 전제**로 상정하자고 주장한다. 평등은 인간의 보편적 본성이나 본질과 같은 실체적 근거로부터 주어지는 것이 아니다. 평등은 평등을 실행하는 그 순간에만 존재하며 그것을 입증하려는 실행들을 통해서만 **보편주의적 효과**를 낼 수 있다. 가령 '모든 인민은 법 앞에 평등하다'라는 프랑스혁명의 「인권선언」은 보편주의적 주장을 담고 있지만, 현실적으로는 공허한 주장이었다. 이 선언이 선포되던 당시 여성들과 하층계급 노동자들은 선거권조차 보장받지 못한 상황이었기 때문이다. 그러나 랑시에르는 이런 현실을

---

31 나는 폭로와 비판으로 환원되지 않는 인문학의 특징을 소통의 시학으로 명명하면서 두 사람의 입장을 참조하였다. 랑시에르는 '지식들의 시학'(poetics of knowledges)이라는 표현을 쓰면서 다음과 같이 설명한다. "지식의 시학은 기술(descriptions)과 논증(arguments)이 갖는 힘을 대상들과 이야기들 및 논증들을 발명하는 공통 언어와 공통 능력의 평등성에 재기입하는 담론이다"(Rancière, "Thinking between Disciplines", p.12). 2008년 이화여자대학교 탈경계인문학연구단 워크숍에서 김은령은 탈경계인문학의 새로운 방법론으로 시학적 방법론을 제기한 바 있다.

참조해 「인권선언」의 보편성을 의심하거나 그것의 한계를 비판하기보다는 진정한 보편주의의 입증을 위해서 이 선언을 일종의 반문 형태로 다시 제기해야 한다고 말한다. "최초의 프랑스 여성운동가들은 그것을 다음과 같이 정식화할 수 있었다. 프랑스 여자도 프랑스인인가? 이러한 정식은 부조리하거나 터무니없어 보일 수 있다. 그렇지만 이러한 종류의 '부조리한' 문장들이 노동자는 노동자고 여성은 여성이라는 식의 단순한 단언보다는 평등 과정에서 훨씬 더 생산적일 수 있다. 이 문장들은 단순히 사회적 불평등의 책략들을 그 자체로 폭로하는 논리적 균열을 드러낼 수 있게 하는 데 그치지 않는다."[32] 그 반문이 수행된 장소에서 발견되는 것은 단순한 균열이 아니라 자신들의 평등성을 논쟁적으로 증명하려는 여성들의 운동들이며 이를 통해 비로소 현존하게 되는 평등의 사례들이다.

'우리는 평등한가?'라는 반문을 통해 평등한 실존을 상상하고 발명하는 소통의 시학은 사회과학과는 다른 방식으로 소통 주체의 자리를 재사유한다. 사회과학은 이미 주어진 자리에 놓인 주체와 집단들이 그 지정된 자리에 따라 발언한다는 점에 주목한다. 특정한 정체성들은 특정한 사회적 방식으로 생산되며 개인들은 그 주어진 정체성에 자신을 동일시하며 발언한다는 것이다. 이와 달리 소통의 시학은 불가능한 주체를 상상한다. 기존의 질서에 따라 부여된 정체성과의 동일시를 거부하면서 정치적으로 주체화하는 일련의 과정들이 있으며, 다른 이들이 그 과정을 더 이상 부인할 수 없을 때 소통은 발생한다. 이런 점에서 소통은 부인 불가능의 가능성이다. 소통의 순간은 그것이 입증되기 전에는 불가능하다고 간주되었던 주체가 가능한 존재로 변모하는 순간이며, 그 새로운 주체의 현존을 부인

---

32 랑시에르, 『정치적인 것의 가장자리에서』, 139쪽.

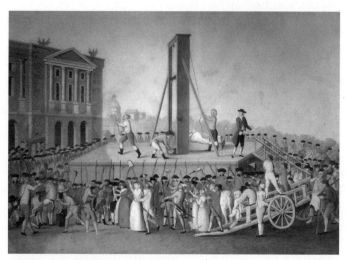

작자 미상, 「마리 앙투아네트의 처형」, 1793.

프랑스혁명 당시 전투적인 여성주의자 올랭프 드 구주(Olympe de Gouges)는 「여성과 시민 여성의 권리선언」을 공표하면서 여성들도 시민으로서의 특권을 반드시 누려야 한다고 주장했다. '프랑스 여자도 프랑스인인가?'라는 보편주의적 물음에 답하기 위해 그녀는 다음과 같은 논변을 펼쳤다. "여성은 교수대에 오를 수 있는 권리가 있다. 그렇다면 여성은 의회에 갈 권리 또한 가져야 한다." 마리 앙투아네트와 귀족 부인들은 반혁명 세력으로서 단두대에 올라 처형당했다. 이처럼 여성이 남성과 '동등하게' 처형당했다면 여성 역시 공적인 삶에 참여할 권리가 있다.

불가능하다고 느낄 하나의 가능성이 발생하는 순간이기 때문이다.

랑시에르는 이러한 정치적 주체화를 불가능한 동일시identification라고 명명한다. 이것은 기존의 정체성을 벗어나는 방식으로 발생한다는 점에서 탈정체화disidentification이며 일종의 정치이다. 랑시에르는 1961년 파리에서 일어난 알제리인 학살 사건을 겪으면서 프랑스 지식인들에게 일어난 정치적 주체화에 대해 다음과 같이 회고한다. "내가 속한 세대에게 정치란 하나의 불가능한 동일시에 바탕을 두었다. 그것은 1961년 10월, 프랑스 국민의 이름으로 프랑스 경찰에게 맞아 죽고 센 강으로 던져진 알제리인들의 신체와의 동일시였다. 우리는 우리를 이 알제리인들과 동일시할 수 없었다. 그렇지만 우리는 그들을 죽음으로 몰아간 이름인 '프랑스 국민'과 우리 스스로를 동일시하는 것에 대해 문제 제기할 수 있었다. 따라서 우리는 우리가 그 어느 것도 받아들일 수 없었던 두 정체성 사이의 틈새 혹은 균열 속에서 정치적 주체들로서 행동할 수 있었다."[33] 여기에는 3중의 불가능성이 존재한다. 프랑스인으로서, 프랑스로부터 독립하려는 알제리인과 자신을 동일시하는 일의 불가능성. 알제리인을 학살하는 프랑스 경찰을 자신과 동일시하는 일의 불가능성. 그리고 그 사이에서 이전에는 없었던 주체, 즉 동일시를 통해서 이제 막 탄생하려는 주체와 자신을 동일시하는 동일시 자체의 불가능성. 세번째의 불가능성은 동일시의 언어적 역설에서 기인한다. 왜냐하면 동일시란 언제나 무엇과의 동일시이므로 그 무엇이 존재하지 않는 한 동일시는 불가능한 동일시일 수밖에 없는 것이다.

이 3중의 불가능성은 소통의 새로운 가능성을 만들어 낸다. 한 주체가 자신의 지정된 가능한 자리에 남아 있으려고 하는 한, 소통을 위한 새로운

---

33 랑시에르, 『정치적인 것의 가장자리에서』, 142쪽.

가능성이란 필요하지도 가능하지도 않기 때문이다. 소통은 한 주체가 자신의 주체 자리에서 이전에는 없었던 자리로 자리바꿈을 하려는 그 순간 발생하는 것이며 그 순간에만 가능해지는 것이다. 상대 주체 역시 그 탈정체화의 사건을 받아들이면서 새로운 주체의 자리로 이동하게 되는 것이기에 소통은 새로운 소통 주체의 탄생과 동시에 발생한다. 이러한 발생의 과정은 이전과 다른 소통 가능성이 사회체에 소통되며 사회체를 갱신하는 순간이라고 표현할 수 있다.

6. 소통의 인문학: 환대에서 연대로

평등한 소통에 대한 인문학적 담론은 먹는 입과 말하는 입의 엄격한 구분을 통해 먹는 입의 흔적을 지우려고 하기보다는 인간이 먹는 입으로 말하기도 할 뿐 아니라 말하는 입으로 먹기도 한다는 사실에서 출발해야 한다. 예컨대 비정규직노동자들의 불평등한 현실을 외면하는 대가로 대기업 정규직노동자들이 사용자와의 협상에서 자신들의 몫을 챙기며 경제적 투쟁에 몰두할 때 그들은 오직 먹는 입으로만 말하는 것이다. 그들은 이익집단의 사회적 정체성에서 벗어나지 못하고 그들의 발언은 이미 정해진 사회적 의미 유통의 선을 따라 순환할 뿐이다. 그러나 이 노동자들이 현존하는 경제적 재분배 방식의 정당성을 파열시키는 방식으로 표현될 때, 즉 그들이 여성·비정규직·이주 노동자들에 대해 말하고 그들과 함께 말할 때, 그들은 단순히 먹는 입으로 말하는 것이 아니라 사회 공통의 문제에 대해 말하는 것이 된다. 모든 먹는 입들의 평등성에 대해 말하는 것은 먹는 활동인 동시에 말하는 활동이다. 먹는 입들에 대해 말하기, 식탁에 초대받지 않은 자들에 대해 말하기, 식탁을 차렸지만 정작 식탁에 앉지 못하는 자들의 식사에 대해 다시 말하기, 이것이 진정한 의미의 보편주의적 소통이며 정치이다.

그러나 소통의 인문학이 모색하는 보편주의는 탈경계적 보편주의여야만 한다. 이를 위해 사람과 사람, 사람과 자연의 참다운 소통을 보장하기 위해 종종 거론되는 가족 또는 한 몸 이미지에 대해 주의 깊은 분석과 비판적 고찰이 수반되어야 한다. 하나의 전체, 유기체로서의 신체 이미지는 폐쇄적이고 위계적인 요소를 담고 있다. 이를 극복하는 방식의 하나로 고려해 볼 수 있는 것은 한 몸의 이미지에 대한 원경적 접근이다. 즉 신체 이미지를 무한히 확장하여 우주적 차원으로까지 상승시킴으로써 경계에 대한 사유를 해체해 버리는 것이다. 이것은 달리 말하면 협소한 맥락의 보편주의를 확장하여 '탈경계적인 보편주의'를 확립하는 것이다. 이렇게 무한히 확장된 보편적 신체는 기관적 분화를 내적 원리로 가져서는 안 된다. 기관적 분화에 대한 강조는 언제나 위계주의를 불러들이기 때문이다. 따라서 '탈경계적인 보편주의'란 외부 경계의 해체와 더불어 내적 경계들의 부단한 해체 작업을 수반하는 것이다.

이러한 경계의 해체를 위해 소통의 인문학은 절대 타자의 형상에 대해 재고할 필요가 있다. 절대 타자의 형상은 그에 대한 환대를 이야기할 때조차도 이미 우리/타자라는 경계를 전제한다. 식탁에 앉지 못한 이들은 종종 이야기되는 만큼 절대적 타자는 아니다. 이주노동자, 다문화 가정의 현실은 불평등의 상황을 포착하는 데 순수한 타자성의 형상이 효과적이지 않음을 보여 준다. 보레일Jean Borreil의 개념을 빌려 랑시에르가 표현했듯이 그들은 준-타자quasi-autre이다. "준-타자는 동일자의 타자적 형상의 가치를 갖기엔 충분히 타자적이지 않다. 우리는 준-타자를 '그의 집'으로 돌려보낼 수 없다."[34] 타자는 우리 곁에서 극단적 근접성을 갖고 존재한다. 이 말은 단순히 그들을 동네나 거리에서 쉽게 마주친다는 뜻이 아니다. 그들이 비정규직노동자로, 산업재해의 희생자로, 성폭행당하는 여성노동자로, 또는 매 맞는 아내로, 우리와 충분히 비슷한 고통을 겪고 있는 빈자로 존재하며 이 때문에 환대가 아니라 다양한 방식의 연대가 가능하다. 이런 근접성을 무시한 채 다양한 조건의 타자들을 이방인이라는 단일 타자의 형상으로 단순화시키는 것은 오히려 이웃들과의 소통에 장애가 될 수 있다. 소통의 인문학은 절대적 타자성의 전제가 어떻게 새로운 연대의 운동 속에서 해체될 수 있는지를 연구할 필요가 있다.

　　이러한 타자성 형상의 해체는 한편으로 **정체성 정치**로부터의 거리 두기를 의미한다. 정체성 정치는 소통의 주체를 미리 가정한다는 측면에서 난점을 지닌다. 여기서 가능한 소통이란 이미 정립된 정체성의 보호나 인정이다. 이러한 모델로는 인종주의와 종교근본주의를 사후적으로만 다룰 수 있다. 이미 확정적인 민족·문화·종교 공동체를 전제한 후에 그 독립된 공동체들이 상호 간의 평화로운 승인 관계로 나아가야 한다고 말하기 때문이다. 이때 우리는 딜레마에 빠지곤 한다. 보편주의를 주장할 경우 그것은 서구중심주의의 혐의를 받게 되며, 특수주의를 주장할 경우 소수 부족주의에 입각하여 분리주의를 조장한다는 공격을 받는다. 그리하여 우리는 큰 공동체와 작은 공동체 사이에서 어떤 것과의 동일시를 택할 것인가라는 딜레마의 회로를 끊임없이 순환하게 되는 것이다.[35] 중요한 것은 현존

34　랑시에르, 『정치적인 것의 가장자리에서』, 211쪽. 랑시에르의 이러한 주장은 2009년 갑자기 추방된 이주노동자 미노드 목탄의 발언에서 생생하게 확인된다. 그는 1997년 IMF 사태로 다니던 공장이 어려워지자 네팔로 돌아가려 했다. 한국 사람의 일자리를 자신이 빼앗는다는 죄책감이 들었기 때문이다. 그런데 그는 집으로 돌아가지 못했다. 공장 형편이 어려워지자 임금은 절반 이하로 삭감되었고 한국 노동자들은 그 수준의 임금으로 일을 할 수 없었기 때문에, 사장은 네팔로 떠나려는 미노드에게 남아 달라고 사정했다. "결국 사장과 사장 사모님, 그리고 나 세 사람이 공장을 꾸려 갔어요"라고 그는 말한다(「17년 8개월」, 『지식채널e』, EBS, 2009.11.23).

하는 문제적 공동체와의 동일시보다는 탈정체화의 과정을 통해서 불가능한 동일시를 이루며 새로운 주체화로 나아가는 것이다.

만일 폐쇄적이고 독단적인 주체철학의 횡포에 대응하기 위해 절대적 타자 개념을 계속 고수하려고 한다면, 우리는 절대적 타자의 관념을 타인뿐만 아니라 우리 자신에게도 적용시켜야 할 것이다. 우리가 타자에게 가 닿을 수 없을 뿐만 아니라, 타자조차도 그 자신에게 가닿을 수 없다. 이것은 우리가 우리 자신에게 가닿을 수 없다는 의미이기도 하다. 우리가 타자와 만나는 순간 우리도 타자도 모두 자신이 아닌 것으로 변모한다. 양자는 만남을 통해, 혹은 연대를 통해 모두 자기 자신의 타자가 되어 버린다. 타자와 나의 소통은 고정된 정체성들 사이의 소통이라기보다는 만남을 계기로 기존의 정체성으로부터 탈주함으로써 각자가 가닿을 수 없는 자아와 공동체들을 발명하는 사건이다.

사건의 발명을 통해 증식되는 탈경계적인 보편주의를 확립하기 위해서는 현존하는 보편주의적 주장들의 협소성과 경계적 함축을 폭로하는 비판적 과학과 더불어 탈정체화의 상상력을 고양시키는 계기가 필요하다. 이런 의미에서 소통의 인문학은 소통의 시학을 가져야 한다. 경계를 지우는 작업은 경계에 대한 폭로에서가 아니라 외적 경계를 횡단하는 연대의 상상력, 그리고 위계화된 내부의 경계를 횡단하는 탈주의 활동에서만 완수되기 때문이다. 이 시학적 작업은 보편주의의 기획하에서 실행된다. 이

---

35 이는 'Global'과 'Local'의 대립으로도 표현될 수 있다. 이 대립의 극복 과정에서 우리가 직면하는 딜레마 역시 기존 정체성과의 동일시를 전제로 함으로써 발생한다. 따라서 'Glocality'(지구지역성)에 대한 연구는 유럽 부족 대 소수 부족이라는 이분법적 양자택일을 넘어 모든 부족주의에 대항하는 탈정체화의 정치적 활동을 서술하고 발명하는 데 주력해야 한다. 이와 유사한 문제의식에서 로컬리티의 문제에 접근한 글로는 김수환, 「전체성과 그 잉여들: 문화기호학과 정치철학을 중심으로」, 『사회와철학』 18호, 2009 참조.

는 우리가 먹는 입으로 말할 수 있을 가능성, 즉 함께 먹는 것에 대해 말할 수 있는 가능성을 믿는다는 뜻이기도 하다. 이 가능성에 대한 믿음은 인간이 먹는 것을 제외하면 그 밖의 모든 것에 대해서는 자유롭게 말할 수 있는 존재라는 주장에 반대한다. 함께 먹음에 대해 함께 말하는 것은 먹는 일에 먹는 것 이상의 의미를 부여하는 것이다. 그 말은 먹는 일에 대한 말인 동시에 우리의 공동 존재에 대한 말이기 때문이다. 이러한 보편주의는 수행됨으로써만 입증되는 것이다. 따라서 소통의 시학은 정치적·사회적 운동 속에서 현실적으로 벌어지고 있는 탈정체화의 유의미한 사례들을 학문적으로 기입하고 소망할 만한 탈정체화에 대한 상상력을 촉진시키는 사유들을 발명해야 한다. 이를 통해 불가능하다고 판정된 실존의 가능성을 끊임없이 열어 주는 것, 그것이 소통의 인문학이다.

어떤 가능성에 대한 끈질긴 사랑
2008년 이래의 진은영

신형철

1. 이명박, 랑시에르, 진은영

이 책의 저자인 진은영이 학자로서의 '연구'와 시인으로서의 '창작'과 시민으로서의 '참여'라는 세 가지 일을 어느 하나 소홀함 없이 밀고 나가면서 세 영역 모두에서 의미 있는 성과들을 일궈 내는 모습을 경탄과 존경의 감정으로 지켜본 사람은 나뿐만이 아닐 것이다. 덕분에 그는, 좁게 잡아도 이명박 정권 5년 동안만큼은, 문단의 동료들로부터 가장 많은 관심을 받는 문인으로 살아야 했다. 다시 떠올리고 싶지 않은 전직 대통령의 이름을 굳이 적은 것은 이 책의 탄생 과정을 말하기 위해서다. 2008년 2월 25일에 출범한 이명박 정권은 독선적인 국정 운영으로 출범 초기부터 국민적 저항에 부딪쳤거니와 다들 기억하고 있는 대로 2008년은 '촛불집회의 해'라고 할 만했다. 문단에서 '문학과 정치'라는 오래된 이슈가 다시 부상한 것은 그해 가을 무렵이었는데, 진은영이 『창작과비평』 2008년 겨울호(통권 142호)에 발표한 평문 「감각적인 것의 분배」는 향후 논쟁 전체의 기조 발제문 역할을 했다고 해도 과언이 아니다. 한국에서 막 토론의 대상이 되기 시작한 자크 랑시에르의 '미학적 정치학' 혹은 '정치학적 미학'을 친절하게 소개하고 그로부터 지금 우리에게 필요한 물음을 시의적절하게 이끌어 낸 글이었다.

인상적인 것은, 앞의 글이 제기한 논제에 이후 가장 성실한 토론자로 임한 사람이 바로 진은영 자신이라는 점이다. 그 결과 이 책에 수록된 여러 편의 수일한 논문들이 잇달아 씌어졌는데, 주요 문예지가 아니라 각종 관련 학회들의 학술지에 발표된 것이어서 충분히 널리 읽히지 못했다. 먼저 읽고 감히 말하자면, 이 역저는, 2008년 이후 한동안 지속된 '문학과 정치' 논쟁이 허망한 탁상공론이 아님을 입증하는 가장 강력한 증거로 남을 것이다.

사실 발문이 필요한 책은 아니다. 평론가인 내가 주로 감당해 온 것은 시나 소설에 잠재돼 있는 인식을 개념적·논리적 언어로 변환해 내는 산파의 역할인데, 이미 거의 아름답다고 해야 할 정도로 명징한 논증을 구사하고 있는 이 책에는 덧붙일 말이 별로 없을뿐더러, 용케 덧붙인다 한들 그것이 이 책 본문에 비해 얼마나 초라해 보일까 싶어 오랫동안 글을 시작할 수가 없었다. 고민 끝에, 이 책의 가장 중요한 기여로 보이는 부분들의 핵심 취지를 도식적으로나마 요약해 보려고 한다. 본문으로 진입하기 전에 읽기에는 약간의 쓸모가 있을지 모르나, 본문을 먼저 읽은 독자에게 이 글은 아름다운 생명체의 살을 발라내고 남은 뼈다귀처럼 보일 것이다.

2. 문학이 진정으로 정치적인 것이 되는 데 실패하는 세 가지 방식

이명박 정권이 출범하고 생겨난 부정적 변화들이 직접적인 촉매가 되기는 했으나 문학과 정치에 대한 진은영의 고민은 오래된 것이다. 어느 인터뷰에 따르면 그는 대학 시절 노동문제를 연구하는 동아리에서 활동했고 토요일이면 구로공단에서 노동자 신문을 팔았으며 게다가 결정적으로 시를 썼다. 그러나 박노해나 백무산처럼 쓸 수는 없었다. 2000년에 등단하여 시인이 된 이후로도 마찬가지였다. "사회참여와 참여시 사이에서의 분열, 이것은 창작 과정에서 늘 나를 괴롭히던 문제이다"(16쪽). 2008년에 이 "문제"가 다시 한 번 불거졌을 때 진은영이 예전과는 달리 자신의 저 개인적 딜레마를 공적으로 의제화할 수 있게 된 데에는 같은 해에 출간된 랑시에르의 책 『감성의 분할: 미학과 정치』가 기여한 바가 컸다. 제목만으로도 이 책은 그에게 "먼 친척 아저씨가 보내온 달콤한 과자 상자"(17쪽)처럼 여겨졌던 모양인데, 진은영에게도 그러했듯이 우리에게도, 이 상자를 열고 가장 먼저 해야 할 일은 '감성의 분할' 혹은 '감성적 분배'라는 까다로운 개념을 이해하는 일이다.[1] 이를테면 다음 문장의 의미를 이해하게 된다면 랑시에르의 책은 물론이려니와 진은영의 이 책도 절반 이상 이해한 것이나 다름없다.

> ① 그[랑시에르]에게 정치는 감각적인 것을 새롭게 분배하는 활동, 즉 감성적 혁명을 가져오는 활동에 다름 아니다. (26쪽, 대괄호와 방점 강조는 인용자, 이하 동일)

---

1 랑시에르가 사용한 원어는 'le partage du sensible'이다. 영어권에서는 처음에 'partition of the sensible'로 옮겨지다가 'distribution of the sensible'로 정착된 것으로 보인다. 한국어판에서도 이와 유사하게 처음에는 '감성의 분할'로 옮겨졌는데(자크 랑시에르, 『감성의 분할』, 오윤성 옮김, 도서출판b, 2008), 이후에는 대체로 '감각적인 것의 분배', '감각적인 것의 나눔' 등으로 옮겨지는 추세다(이에 대해서는 특히 자크 랑시에르, 『정치적인 것의 가장자리』, 양창렬 옮김, 길, 2008의 「수정 증보판 서문」 역주2를 참조할 것). 한편 진은영은 이 책에서 '감성적 분배'라는 표현을 더 자주 사용하고 있으며, (랑시에르의 '감각적인 것의 지도'라는 표현을 받아들여) "감성적 지도"(31쪽)라는 표현을 사용하기도 한다.

어떤 주장에 익숙해지는 일과 그 주장을 이해하는 일은 같지 않다. 이제는 얼마간 익숙해진 이 주장을 충분히 정확하게 이해하는 것은 쉬운 일이 아니다. 우리가 갖고 있는 '정치'에 대한 관념과는 썩 다른 주장이기 때문이다. 우리는 대체로 정치란 공동체의 기존 질서를 유지·관리하는 일이거나, 그 일을 떠맡는 집단 주체 혹은 그 일을 조직화하는 체제의 교체/이행을 둘러싼 일련의 과정을 가리킨다고 생각한다. 그러나 랑시에르는 그런 것이라면 '치안'이라고 부르는 게 더 정확할 것이라고, '정치'라고 불러야 할 것은 그것보다 더 심원한 어떤 일로서의 "감성적 분배", 즉 감성에서의 어떤 분할 구도를 바꾸는 일이어야 한다고 주장한다. 예컨대 1789년의 프랑스대혁명보다 더 "진정으로 새로운 가능성을 보여 주는"(77쪽) 일은, 이를테면, 낮에는 일하고 밤에는 쉰다는 식의 분할 구도를 스스로 파괴하고 밤에 독서와 토론을 하기로 결정한 19세기 초중반 노동자들의 시도와 같은 것이라는 식이다.[2] 요컨대 "해방은 시간과 공간의 나눔 ─ 칸트가 선험적 감성 형식이라고 말하는 것 ─ 자체를 바꾸는 것이다."[3] 정치 자체가 이렇게 규정되니까 예술의 정치성도 자연스럽게 다음과 같이 규정될 수밖에 없다.

② 랑시에르는 새로운 감성적 분배에 참여함으로써 낡은 분배 형태와 불일치하고 그와 맞서 싸우는 한에서, 예술은 정치적인 것이 된다고 주장한다. (27쪽)

---

2 이에 대한 더 자세한 논의는 랑시에르의 『프롤레타리아들의 밤』에 나와 있으나 이 책은 아직 번역되지 않았다. Jacques Rancière, *La Nuit des prolétaires*, Paris: Fayard, 1981. 간단한 설명으로는 랑시에르, 『정치적인 것의 가장자리에서』, 118~119쪽의 역주를 참조.
3 같은 책, 같은 곳.

①과 ②는 사실상 같은 말이다. 즉 랑시에르는 정치를 미학(감성론)적으로, 미학(감성론)을 정치적으로 규정하고 있는 셈이다. 아니, 처음부터 정치와 미학(감성론)은 구별되지 않는다. 그러므로 우리에게 남겨지는 임무는 결국 이것이다. '새로운 감성적 분배에 참여해야 한다.' 랑시에르가 (그리고 진은영이) 다음과 같은 문장들을 쓸 때 이것은 결국 다 같은 것을 의미한다. '감성적 지도에 변화를 가져와야 한다', '감성적 불일치를 구성한다', '감성적 조직을 교란시킨다', '낡은 감각적 분배를 파괴해야 한다' 등등. 이 문구들을 다시 한 번 줄이면 결국 '감성적 혁명'이 된다. "감각적인 것을 새롭게 분배하는 활동, 즉 감성적 혁명"(26쪽). 이제 "감성(적)"이라는 말의 취지가 오해되기는 어려울 것이다. '감성'은 혁명의 수식어가 아니라 목적어다. 감수성이 풍부한 이들이 주도하는 혁명이면 좋겠다는 뜻이 아니라, 감성에 대한, 감성에서의 혁명이 필요하다는 뜻이다. 예술은 어떤 방식으로 정치적일 수 있는가 하는 물음에 대한 랑시에르의 이와 같은 관점은 2008년의 진은영에게 결정적인 영감을 주었던 것 같다.

양자택일 구도는 본래 별로 좋은 것이 아니지만, 그것이 오랫동안 지속되면 될수록 더 나빠진다. 새로운 모험을 시도하기보다는 둘 중 하나에 자리 잡고 안주하게 만들기 때문이고 그런 흐름을 거스르는 일을 점점 더 어렵게 만들기 때문이다. 그런데 거기에 제3의 무언가가 개입해 들어오면, 그 제3의 것이 옳건 그르건, 고착화된 구도가 흔들린다. 진은영이 마치 프로이트적인 의미에서의 가족로망스Familieroman를 쓰기 시작한 꼬마처럼 새로운 과자 상자를 보내 준 "먼 친척 아저씨"가 나(예술)의 친부모일지도 모른다고 상상하기 시작하자, 지금-여기에 있는 부모(예술의 정치성을 바라보는 기존의 양대 관점)의 입지는 흔들리기 시작했다. '양대 관점'이란 무엇인가. 첫째, 정치적 발언을 포함하는 예술이 정치적 예술이라는 오래된 통념. 그러나 "랑시에르에게 예술의 정치성이란 기존의 지배적 담론 체계에서 특정한 이데올로기를 옹호하거나 공격하는 내용의 유무에 있는 것이 아니라, 실제로 그 지배적 담론 체계를 파열시켜 새로운 종류의 감성적 분배를 가져올 삶의 형식을 만들어 내는 데 있다"(29쪽). 이로써 '작품의 내용'을 기준으로 삼는 논의들은 기각된다.[4] 둘째, 자본주의하에서의 예술은 '잘 읽혀서 쉽게 소비되는' 일이 벌어지지 않도록 가독성을 포기하고 일종의 노이즈가 되어야만 정치적일 수 있다고 믿는 입장. 이에 대해서도 랑시에르는 회의적이다. "제 생각에 예술적 실천은, 상품화되어서는 안 된다는 식의 부정적인 토대를 근거로 정의하기는 상당히 힘듭니다. 왜냐하면 모든 것은 상품화될 수 있거든요"(33쪽). 과연 초현실주의의 기법은 광고에 활용됐고 개념미술은 '개념' 자체를 팔았으니 틀린 말은 아니다.

적어도 90년대 이후 문화예술계에 뛰어든 세대들에게 '부모'의 이런 타성에 젖은 모습은 익숙한 것이다. 어느 쪽도 만족스럽지 않은 상태에서, 그러나 아버지의 방식을 되풀이할 수는 없다는 생각에, 어머니의 방식에 어정쩡하게 동조하거나 어머니의 방식을 더 만족스러운 것으로 만들려는 노력 정도를 했을 뿐이다. 확실히 랑시에르는 제3의 대안이지만, 그것이 우리에게 주어진 최초의 대안인 것은 아니다. 이미 20년도 더 전에 먼저 날아온 '과자 상자'의 이름은 포스트모더니즘이다. 리오타르의 『포스트모던의 조건』(1979)에서부터 프레드릭 제임슨의 『포스트모더니즘, 혹은 후기 자본주의의 문화 논리』(1991)에 이르기까지, 무수한 입론과 반론이 한꺼번에

---

4 물론 이것이 80년대의 숱한 정치적 문학론에 대한 전면적 탄핵으로 오해되어서는 안 된다. 80년대를 경험하지 않은 (나 자신을 포함한) 후속 세대들은 80년대의 '문학과 정치' 담론을 무슨 암흑시대의 절대악처럼 간주하는 경향이 있지만, 랑시에르를 꼼꼼히 읽은 이라면 80년대를 매도할 것이 아니라 오히려 적극적으로 재해석할 필요가 있다고 느낄 가능성이 높다.

소개되면서 우리는 그 과자 상자를 제대로 풀어 보지도 못했다. 혹시 랑시에르는 뒤늦게 도착한 포스트모더니즘론의 일부인가. 그렇지 않다. 우리는 70~80년대 이래로 리얼리즘론과 모더니즘론의 오랜 대립이 남겨 둔 좁은 통로에서 랑시에르를 만나 해방감을 느낀 것이지만, 정작 랑시에르 자신에게는 근過과거의 지배적 입장이었던 포스트모더니즘론이 더 섬세하게 논파해야 할 적수였을 것이다. 즉, 랑시에르의 관점이 정확히 무엇인지를 알기 위해서라도 우리는 포스트모더니즘을 다시 돌아볼 필요가 있게 됐다.

리오타르의 포스트모더니즘 미학-정치학은 칸트에게서 흘러나온 두 개의 지류 중 하나다. 첫째, 아렌트의 길이 있다. 취미(취향)에 대해서는 논쟁하지 말라는 격언이 있지만, 우리는 취미(취향)를 드러내고 논쟁하고 또 합의를 추구하기까지 한다. 이해관계와 무관한(='무관심적인') 지평에서 이루어지는, 취미판단이라는 이 자유로운 공적 합의에서 정치 활동의 모델을 본 것이 아렌트였다. 이것을 '미의 미학-정치학'이라고 하자. 둘째, 리오타르의 길이 있다. 리오타르는 칸트의 (미가 아니라) '숭고'를 재해석했는데, 재현할 수 없는 것 앞에서 느끼는 무력감이 숭고 경험의 핵심이라 보았다. '재현할 수 없는 것이 있음을 네거티브한 방식으로 재현할 뿐인' 숭고의 미학이 거기서 나오고, 그런 미학적 태도로부터 "표현할 수 없는 것의 증인"[5]이 되기를 고집하는 어떤 정치적(더 정확히는 윤리적) 태도가 따라 나온다. 이를 '숭고의 미학-정치학'이라고 하자. 요컨대 두 갈래의 길이란 아렌트의 '미의 미학-정치학'과 리오타르의 '숭고의 미학-정치학'이다.

랑시에르는(그리고 진은영은) 후자를 비판하면서 전자를 재구성한다.

---

5 장-프랑수아 리오타르, 『포스트모던의 조건』, 유정완·이삼출·민승기 옮김, 민음사, 1992, 191쪽.

그는 숭고의 미학-정치학이 미학과 정치학을 동시에 윤리화하는 경향이 있다고 지적한다. "예술과 정치의 문제를 윤리의 문제로 변환시킴으로써 오히려 예술과 정치, 그리고 그 양자의 만남이 지닌 가능성을 제거하는 결과를 낳을 수 있다"(79쪽). '사회적 관계를 재건하고 공동체의 연대감을 강화하려는 예술'과 '재앙에 대한 끝나지 않는 증언에 전념하는 예술'이라는 현대의 두 경향은 바로 '미학의 윤리학화'를 보여 주는 사례이고, "첨예한 정치적 문제를 모호한 윤리적 문제로 흐리는"(126쪽) '정치의 윤리학화' 현상도 이와 결부돼 있다는 것.[6] 결국 진은영의 이 책은 랑시에르의 입론을 꼼꼼하고 유려하게 해석하면서 세 단계의 토론을 수행했다고 말할 수도 있을 것이다. 세 명의 토론 상대자는 다음과 같다. 한국에서는 특히 리얼리즘이라는 방법론과 제휴하고 있는 전통적 참여문학론, 이와 오랫동안 대립하며 '문학의 자율성'론을 고수해 온 전위예술론, 그리고 한국에서는 특정한 문학 집단의 활동으로 구체화되지는 않았지만 강력한 세계사적 기

---

6 덧붙이자면 나는 랑시에르가 행한 이와 같은 비판이 충분히 섬세한 것이라고 생각하지 않는다(자크 랑시에르, 「미학과 정치의 윤리적 전환」, 『미학 안의 불편함』, 주형일 옮김, 인간사랑, 2008). 진은영이 짚어 둔 대로 "흔히 탈근대적 사상가들이 모럴이라는 단어보다는 호감을 가지고 사용하는 윤리 개념을 그는 전혀 다른 의미로 사용한다"(133쪽). 그의 비판은 그가 겨누고 있는 대상과 현상에는 적실할지 모르나, '윤리'라는 명칭을 함께 사용하고 있는 다른 사유들에도 그대로 적중하는 것은 아니라는 점을 지적해 두어야 할 것이다. 스타벅스에서 판매되는 생수 이름이 '에토스'라는 사실을 조롱하는 것은(133~134쪽) 이미 얼마간 단순화·희화화·무력화된 '윤리'에 대한 비판일 수 있을지언정, 예컨대 레비나스나 데리다의 '윤리' 개념, 혹은 라캉 이후 지젝이나 바디우가 '윤리'라는 명칭과 함께 세공해 온 사유에 제대로 된 대화를 시도한 것이라고 평가해 줄 수는 없을 것 같다. 급진적인 윤리학적 사유들은, 지배 세력의 어떤 이해관계 때문에 오염된 선악 관념의 좌표를 해체하고 세계의 진실과 삶의 의미를 찾기 위한 필사적인 노력이지, 랑시에르가 비판하는 바처럼 첨예한 정치적 현안을 순진한 윤리적 호소로 해결하려는 한가한 고담준론이 아니다. "정치는 진실되고 헌신적인 여자 가정교사인 윤리에 의해 어떤 추악함을 교정하고 선하게 되는 말썽쟁이 어린아이와 다르다"(103쪽). 물론 정치는 "말썽쟁이 어린아이"가 아닐 것이다. 그러나 (진정한 의미에서의) 윤리 역시 "진실되고 헌신적인 여자 가정교사"는 아니다. 더 집요한 토론이 필요한 문제일 것이나 이 지면에서 하기에 적당한 일은 아닌 것 같다. 다른 곳에서 다시 말할 기회가 곧 있기를 바란다.

반을 갖고 있는 포스트모더니즘적인 숭고 미학-정치학.

　이런 반문이 응당 나올 법하다. "자, 좋다. 랑시에르의 주장이 이론적
으로는 납득이 된다. 그러나 현실적으로도 그러한가? 소위 '감성적 혁명'
이 시스템을 정말 바꿀 수 있기는 한 것인가? 이것은 넌더리가 나는 이론
수입 경쟁의 또 다른 사례가 아닌가?" 꽤 많은 토론이 이루어졌다. 앞서 지
적했듯이 진은영은 이 토론의 제안자일뿐 아니라 가장 성실한 참여자이기
도 했다. 그러나 진은영은, 다른 많은 토론자들처럼 랑시에르를 성실히 해
석하고 자신의 논리를 정련하는 일도 했지만, 한 가지 일을 더 했기 때문에
그들과는 달랐다. 그가 한 것은 맑스적인 의미에서의 실천에 대한 실천이
었다. 맑스는 「포이어바흐에 대한 테제」의 두번째 테제에서 다음과 같이
말했다. "인간의 사유가 대상적 진리를 포착할 수 있는지의 여부의 문제는
결코 이론적인 문제가 아니라 '실천적인' 문제이다. 인간은 실천을 통해 진
리를, 즉 그 사유의 현실성과 힘과 현세성을 증명하지 않으면 안 된다. 사
유의 현실성 혹은 비현실성에 대한 논쟁은, 그것이 실천과 유리돼 있다면,
단지 공리공론적인scholastische 문제에 불과한 것이다." 다음 문장을 한번
더 적자. "인간은 실천을 통해 진리를 (……) 증명하지 않으면 안 된다." 하
지 않으면 안 되는 그 일을 한 결과물이 이 책의 중반부에 담겨 있다.

3. '실험과 참여'라는 이분법을 넘어서는 세 가지 방법: 침입의 모럴, 공간의
##　　연인, 관계적 예술

돌이켜 보면 2008년 이후의 한국 사회의 정치적 후퇴와 그에 대한 예술가
들의 대응이 열어젖힌 공간들은 공리공론에 그칠 가능성이 높은 '문학과
정치' 논쟁을 실천적으로 검증할 수 있는 기회를 제공했고 진은영은 그 기

회를 마다하지 않았다. 주의해야 할 것은 이 실천이 뜻하는 바가 문학의 정치성을 '내용의 정치성' 혹은 '문인의 정치성'으로 환원하는 과거식 '참여문학론'으로의 복귀가 아니라는 사실이다(이미 진은영은 랑시에르와 함께 이에 동의하지 않음을 분명히 한 터다). 정확히 말하면 진은영의 실천은 (정치와 미학은 하나라는 랑시에르의 주장대로) '예술과 정치'에서 '과'라는 벽을 뚫기 위한 것이었고, 그 결과 그는 '문학적 실험'과 '현실적 참여' 사이의 구별이 무의미해지는 지점, 즉 '예술=정치'인 지점에 도달할 수 있었다. 이 실천의 출발점에는 물론 랑시에르가 있었지만, 그 도착점은 랑시에르는 물론 진은영 자신도 예측하지 못한 곳이었고(물론 이는 동료 예술가들과의 교감과 연대 덕분에 가능했던 일이다), 그런 의미에서 이 책은 바로 그 누구도 아닌 진은영의 책이 되었다. 이 책의 백미라고 할 수 있는 5, 6, 7장이 그와 관련된 보고서다. '실험과 참여'라는 오래된 이분법을 넘어설 수 있는 단서를 거기서 얻을 수 있다. 핵심적인 대목을 음미해 보기로 한다.

1) 문학의 방언성과 '침입의 모럴'

"랑시에르는 기존의 모든 감각적 경계들을 파괴하고 새로운 감각적 분배를 수행하는 데 기여하는 활동을 침입의 모럴에 입각한 것으로 본다"(149쪽). 무슨 말일까. 2009년 여름 문지문화원 사이에서 기획한 'Media@Text Fest'에서 6명의 시인들은 상대방의 시에서 추출한 단어들로 새로운 시를 써내는 작업을 했다.[7] 그리고 같은 시기에 '작가선언69'를 중심으로 많은

---

7 진은영은 심보선과 단어들을 교환했고 「멜랑콜리 알고리즘」을 써서 『자음과모음』 6호(2009)에 발표했다. 이 외에도 두 사람은 상대방에게서 가져온 단어들로 쓴 시를 각자의 시집에 수록한 바 있다. 심보선은 진은영의 「비평가에게」에서 추출한 36개의 단어로 쓴 「Stephen Haggard

문인들이 용산참사에 분노하고 정부에 항의하는 글을 릴레이 형식으로 발표하는 일을 했다. 이 두 작업에 참여한 뒤에 진은영은 다음과 같은 인식에 도달했다. "일반적으로 규정하자면 전자는 문학적 실험으로, 후자는 현실참여로 '분류'될 수 있을 것이다. 그렇지만 시인의 실제 창작 과정 속에서 두 작업은 쉽게 구분되지 않는다"(141쪽). 둘 다 실험인 동시에 참여이기도 하다는 것. 일종의 "제한" 속에서 이루어지는 일이라는 점에서 둘 다 실험이고(실험이란 본래 무한한 자유의 구가가 아니라 모종의 제한에 대한 창조적 돌파이므로), 또 타자의 언어를 내 안으로 들여놓기 위한 치열한 대화라는 점에서 둘 다 참여라는 것이다. 이렇게 실험이자 참여인 작업들은 '실험/참여'라는 감성적 분할(선)을 파열시키는 "침입"인데, 이런 침입을 통해 우리는 자신의 '방언성'을 극복할 수 있게 된다. 오래 곱씹어야 할 다음 대목이 이 거친 요약의 마무리가 되어 줄 것이다.

어떻게 방언성을 넘어설 것인가? 그 방법은 랑시에르가 말라르메의 시학을 분석하며 도출해 낸 시의 모럴, 즉 침입의 모럴에서 찾을 수 있다. 젊은 시인들은 이런 말라르메적 모럴을 가지고 자기 신체의 배치를 바꿔야 할 과제에 직면해 있다. 노동자 시인이 예술가의 시간과 혁명가의 시간에 자기 신체를 침입적으로 기입하듯이, 미학적 아방가르드를 추구하는 젊은 시인은 철거민의 시간, 황폐해진 강과 산 등 자연물의 시간 속으로 자기 신체를 기입할 수 있다. 이러한 침입의 틈새가 그의 문학적 사투리를 넘어서는 중요한 순간을 구성하게 된다. (152쪽)

의 죽음』을 두번째 시집 『눈앞에 없는 사람』(문학과지성사, 2011)에, 진은영은 심보선의 시 「웃는다, 웃어야 하기에」에서 추출한 36개의 단어로 「N개의 기억이 고요해진다」를 써서 세번째 시집 『훔쳐가는 노래』(창비, 2012)에 수록했다.

2) 문학의 장소성과 '공간의 연인'

부르디외를 경유하여 진은영은, 고유의 법령과 체제를 갖고 있다는 점에서 자율성을 갖는 공간이라고 간주되는 문학이 실은 세계 내의 다른 공간들과 결코 분리된 것이 아니며 언제나 외부 세계의 감정적 역학으로 오염돼 있는 장소임을 주장한 다음, 그 반대의 경우는 어떠할 것인지를 묻는다. 즉, "문학이 포착하여 드러내고 표현하는 개인들 사이의 감정적 인력과 척력이 문학의 바깥 공간들에까지 작동하며 그것들의 장소성에 영향력을 행사하고 변화시킬 가능성은 없는 것일까?"(164쪽) 말하자면 "문학적으로 형성된 감응의 전염과 확산이 기존의 사회구조를 파괴하고 변화시키며 새로운 공간의 창출에 기여할 수 있음"(166쪽)을 입증하고 싶어 한다. 그에게는 체험적 근거가 있다. "우리 사회의 예술적 공간과 정치적 공간의 이음매에서 발생했던 최근의 활동들"(171쪽), 즉 철거 예정 식당 '두리반'에서 열렸던 '불킨 낭독회'와 홍대 클럽 '빵'에서 매달 열렸던 콜트콜텍 노동자를 위한 문화제가 그것이다. 그런데 너무나 정치적일 것만 같은 그곳에서 너무나 문학적인 낭독회가 열렸고, 그로 인해 '규정할 수 없는 공간 혹은 그런 공간의 특징, 더 나아가 그 비非공간에 대한 매혹'을 뜻하는 아토포스a-topos가 탄생할 수 있었다. 이런 곳에서 예술과 정치 혹은 실험과 참여를 분별하는 일은 얼마나 어색한 일이 될 것인가. 진은영의 결론은 다음과 같다.

정체가 모호한 공간, 문학적이라고 한 번도 규정되지 않은 공간에 흘러들어 그곳을 문학적 공간으로 바꿔 버리는 일. 그럼으로써 문학의 공간을 바꾸고 또 문학에 의해 점유된 한 공간의 사회적-감각적 공간성을 또 다른 사회적-감각적 삶의 공간성으로 변화시키는 것이 문학의 아토포스이다. 이렇게 떠도는 공간성, 그리하여 결코 확정할 수 없는 방식으로 순간의 토포스를 생성하고 파괴하며 휘발시키는 일에 예술가들이 매혹될 때 우리는 그들을 공간의 연인이라 부른다. 이 연인-작가들에 의해 작동하는 문학의 아토포스는 우리가 미학의 정치라고 불렀던 것의 또 다른 이름이다. (180쪽)

3) 문학의 공공성과 '관계적 예술'

니콜라 부리오의 평론집 『관계의 미학』(1998)에 따르면, 예술은 "특수한 사회성을 생산하는 장소"(196쪽), 더 구체적으로는, "이 체계 안에서 지배적인 교환 가능성과는 다른 만남의 가능성이 존재할 수 있음을 알려 주는 인간관계의 공간"(197쪽)이 될 수 있다. 이런 가능성을 개시하는 유형의 작업을 '관계적 예술'relational art이라 부른다(태국 출신 작가 티라바지나의 무료 급식 퍼포먼스 같은 것이 그 사례다). 그런데 혹시 이런 유형의 예술은 유대감을 강화하여 공동체의 균열을 보완하는 것에 그치는 것은 아닌가? 일리가 있는 비판이지만 언제나 옳지는 않다. 공동체라는 환상을 파괴하는 예술만 급진적인 것인가? 파괴만 할 것이 아니라 무언가를 건설하기도 해야 하지 않나? 바로 그런 작업을 위해서 관계적 예술이 갤러리나 공연장을 벗어나 공장과 거리와 광장으로 나온다면 어떨까? 오늘날의 싸움들은 자주 장기화된다. "내전의 상황을 방불케 하는 급박한 순간도 있지만, 음식을 나누고 편지를 쓰고 시를 읽으면서 싸움의 공간에서 지리멸렬하게 생활해야 하는 순간들이 더 중요해지는 경향이 나타난다"(200쪽). 그 싸움의 공간에서 필요한 것은, 그 긴 싸움을 버텨 낼 수 있게 하고 또 싸움 이후를 행복하게 예감하게 하는, 새로운 삶의 형식을 발명해 내는 일이다. 이것은 관계적 예술이 기꺼이 시도해 봄 직한 일이며 이는 결국 '감성적 혁명'이라는 랑시에르의 비전을 구현할 수 있는 또 한 가지 방법이 될 것이다. 마지막으로 다음 대목을 옮긴다. 이것은 언젠가 내가 "아름답고 정치적인"[8]이라는 형용사로 지칭한 시공간을 진은영 식으로 묘사한 인상적인 사례들 중 하나다.

재건축 철거에 맞서 투쟁 중인 건물에서 아방가르드 시인들의 작품을 낭송하기, 학습지 노동자들이 농성 중인 광장을 향해 떠오르는 달을 보면서 왕유와 소동파를 베껴 쓰기, 투쟁 기금으로 마련한 백설기를 먹으며 카프카의 소설들과 말레비치의 「검은 사각형」과 만난 첫인상에 대해 쓰기. 어쩌면 낭만적으로 들릴 수도 있는 이런 상황들을 열거하는 것은 이런 예술 활동들로 즉시 아름다운 삶의 유토피아가 지상에 건설될 것이라고 믿어서는 아니다. 다만 종종 이야기되듯이 숭고한 예술이 싸움이 일어나는 지상 근처에라도 내려오면 정치의 미학화라는 파시즘적 경향에 휩쓸리거나 미학적 유토피아의 환상에 빠지고 말 것이라는 이상한 강박들과 거리를 두기 위해서이다. (203쪽)

4. 예술과 정치, 양자가 만나면 벌어질 수 있는 최대한의 일을 믿기

이 책이 스스로 떠맡은 과제를 "예술과 정치, 그리고 그 양자의 만남이 지닌 가능성"(79쪽)에 대한 탐구라고 정리해도 틀리지 않을 것이다. 이 책을

---

8 신형철, 「아름답고 정치적인 은유의 코뮌: 진은영의 『우리는 매일매일』 읽기」, 『문학동네』 58호, 2009.

덮으면서 해볼 만한 일은 이 '가능성'이라는 아름다운 말을 최선을 다해 음미하는 일이다. 내가 이 책에 경탄하는 것은 진은영이 자크 랑시에르라고 하는 이국의 정치철학자 겸 미학이론가를 누구보다 빨리, 누구보다 정확히 소개했기 때문이 아니다. 그로 하여금 랑시에르를 연구하게 만든 필연성이 그의 내부에 먼저 있었고, 그가 그것에 대해 충실하기를 포기하지 않았다고 생각하기 때문이다. 그의 내부에 있었을 그것을, 나는 어떤 이들의 습관과도 같은 냉소를 무릅쓰고, 결국 '사랑'이라고 부르지 않을 수가 없다. 더 정확히 말하면 그것은 어떤 가능성에 대한 사랑이다. 시 쓰기를 사랑하는 진은영은 자신이 사랑하는 그 일이 (미학적으로뿐만이 아니라 정치적으로도) 얼마나 깊은 곳까지 또 먼 곳까지 갈 수 있는지를 궁금해했고, 또 그 가능성이 100% 발현될 수 있는 방법이 무엇인지 고민하기를 멈추지 않았다. 그를 통해 내가 새삼 알게 된 것은, 사랑이란, 내가 사랑하는 그 대상의 어떤 가능성에 대한 고집스러운 믿음이기도 하다는 사실이다. 또 그 가능성의 마지막 1%까지도 현실화시키기 위해 끝까지 곁을 떠나지 않는 지구력이 그 사랑의 가장 중요한 성분이라는 사실이다.

랑시에르나 문학을 공부하려는 이들 외에도 이 책을 읽으면 좋을 사람들이 있다. "아직도 푸코를 이야기하나. 언제 적 들뢰즈인가. 라캉과 지젝이라면 이제 신물이 난다." 이런 말을 자주 해온 사람들이라면 어디선가 이미 이런 말도 했으리라. "진은영 이후로 죄다 랑시에르 얘기더군. 랑시에르라면 이제 지겨워." 언제나 상황을 가장 황폐하게 만드는 것은 이렇게 '지겹다'라고 말하는 사람들이다. 피상적으로 읽고 자기도취적으로 인용하다가 경박하게 싫증 내는 사람들도 물론 문제지만, 그 못지않게 문제인 것은, 정확히 이해하고 충분히 토론하고 용감하게 활용해 보기도 전에 누구보다 먼저 지겹다고 선언하는 일이 꽤 멋져 보일 거라고 믿는 사람들이다. 내가 그랬듯이 그들도 이 책을 읽고 알게 되리라. 어떤 대상의 가능성을 끝까지 밀고 나가는, 끈질긴 사랑의 튼튼한 근육으로 씌어진 책이 세상에는 있다는 것을. 그리고 2000년대 한국 문학사를 정리해야 될 때 나는 이명박 정권의 등장과 더불어 벌어진 2000년대 후반의 어떤 중요한 사건에 대해서 이렇게 말할 것이다. '문학과 정치'라는 주제에 대해서만큼은 은퇴한 오디세우스 같았던 한국 문학이 진은영의 저 끈질긴 사랑 때문에 테니슨의 오디세우스처럼 다시 여행을 떠날 수 있게 되었다고.

나는 여행을 쉴 수가 없으니
인생을 그 찌꺼기까지 다 마시련다.
_ 앨프리드 테니슨, 「율리시스」 중에서

참고문헌

● 국내 문헌

강연호, 「김수영 시에 나타난 내면 의식 연구: "위대의 소재"와 사랑의 발견」, 『현대문학이론 연구』 22권, 2004, 34~60쪽.

강영안, 『타인의 얼굴』, 문학과지성사, 2005.

강웅식, 『김수영 신화의 이면』, 웅동, 2004.

고병권, 『니체, 천 개의 눈, 천 개의 길』. 소명출판, 2001.

고야스 노부쿠니, 『일본근대사상비판』, 김석근 옮김, 역사비평사, 2007.

구갑우 외, 「좌담: 18대 총선평가와 진보의 새길 찾기」, 『시민과세계』 13호, 2008, 166~204쪽.

구스타프 야누흐, 『카프카와의 대화』, 편영수 옮김, 지만지, 2013.

김광명, 「리오타르의 칸트 숭고미 해석에 대하여」, 『칸트연구』 19집, 2006, 121~152쪽.

김기수, 「부리오의 '관계미학'의 의의와 문제」, 『미학예술학연구』 34권, 한국미학예술학회, 2011, 281~316쪽.

김미경, 「다니엘 뷔렝의 '제안'에 대하여」, 이화현대미술연구회 엮음, 『현대미술의 동향 2』, 눈빛, 1994, 335~351쪽.

김병익, 「4·19 50년을 말한다(2)」, 『한국일보』, 2010.2.4.

김비환, 「아렌트의 정치사상에서 정치와 법의 관계: 민주공화주의 체제에서의 법의 본질을 중심으로」, 『법철학연구』 6권 2호, 한국법철학회, 2003, 93~118쪽.

_____, 「아렌트의 '정치적' 헌정주의」, 『한국정치학회보』 41집 2호, 2007, 99~120쪽.

_____, 「현대 자유주의-공동체주의 논쟁의 정치적 성격에 관한 고찰」, 『철학연구』 45집, 철학연구회, 1999, 101~121쪽.

김상봉, 「칸트와 숭고의 개념」, 한국칸트학회 엮음, 『칸트와 미학』, 민음사, 1997, 223~273쪽.

김선욱, 『정치와 진리』, 책세상, 2001.

_____, 「하버마스 언어철학의 전체론적 특성」, 『사회와철학』 10호, 2005, 65~89쪽.

_____, 「한나 아렌트의 정치 개념: "정치적"인 것과 "사회적"인 것의 관계를 중심으로」, 『철학』 67집, 2001, 221~239쪽.

김수영, 『김수영 전집』 1~2권, 민음사, 2003.

김수환, 「전체성과 그 잉여들: 문화기호학과 정치철학을 중심으로」, 『사회와철학』 18호, 2009, 71~98쪽.

김애령, 「이방인의 언어와 환대의 윤리」, 이화인문과학원 엮음, 『젠더와 탈/경계의 지형』, 이화여자대학교 출판부, 2009, 41~71쪽.

김연수, 「카프카의 유형지에서 만난 유럽인과 비유럽인」, 『카프카연구』 16집, 한국카프카학회, 2006, 31~50쪽.

김영나, 「클레멘트 그린버그의 미술이론과 비평」, 『서양미술사학회 논문집』 8집, 시공사, 1996, 51~71쪽.

김영애, 「길 위에서 길을 묻다, 다니엘 뷔렝」, 『웹진 북키앙』, 2001.1.15, http://blog.naver.com/PostView.nhn?blogId=yaikim&logNo=60007262517에서 재인용.

김유중, 「김수영 시의 모더니티⑨ ─ 불온시 논쟁의 일면: 김수영을 위한 변명」, 『정신문화연구』 28권 3호, 2005, 147~173쪽.

김진영 편역, 『땅 위의 돌들』, 정우사, 1996.

김춘식·서동욱·조강석·조연정·진은영 좌담, 「우리 문학의 이전과 이후: 2000년대 이전과 이후의 우리 시」, 『사이버문학광장 웹진』 2010년 1월호, http://webzine.munjang.or.kr/archives/3836.

김항, 『말하는 입과 먹는 입』, 새물결, 2009.

김홍중, 「이미-아직의 결합으로서의 지금」, 2012년 남산연극포럼 '동시대성, 동시대적 텍스트, 동시대적 연극' 자료집, 2012.

남경희, 『말의 질서와 국가』, 이화여자대학교 출판부, 1997.

남기혁, 「웃음의 시학과 탈근대성: 전후 모더니즘 시를 중심으로」, 『한국현대문학연구』 17집, 2005, 319~358쪽.

남진우, 『미적 근대성과 순간의 시학』, 소명출판, 2001.

니꼴라 부리요, 『관계의 미학』, 현지연 옮김, 미진사, 2011.

다나 R. 빌라, 『아렌트와 하이데거』, 서유경 옮김, 교보문고, 2000.

로버트 베르나스코니, 『하이데거의 존재의 역사와 언어의 변형』, 송석랑 옮김, 자작아카데미, 1995.

롤랑 바르트, 『사랑의 단상』, 김희영 옮김, 동문선, 2004.

류지미, 「영화 도그빌 속의 연극성에 대한 고찰」, 『한국콘텐츠학회논문지』 8권 11호, 한국콘텐츠학회, 2008, 103~114쪽.

마르크 슬로님, 『소련현대문학사』, 임정석·백용식 옮김, 열린책들, 1989.

마르틴 하이데거, 『존재와 시간』, 이기상 옮김, 까치, 1999.

모리스 블랑쇼, 『도래할 책』, 심세광 옮김, 그린비, 2011.

_____, 『문학의 공간』, 이달승 옮김, 그린비, 2010.

_____, 「밝힐 수 없는 공동체」, 모리스 블랑쇼·장-뤽 낭시, 『밝힐 수 없는 공동체, 마주한 공동체』, 박준상 옮김, 문학과지성사, 2005, 9~98쪽.

박시하, 『눈사람의 사회』, 문예중앙, 2010.

박준상, 『바깥에서: 모리스 블랑쇼의 문학과 철학』, 인간사랑, 2006.

박찬국, 『들길의 사상가, 하이데거』, 그린비, 2013.

발터 벤야민, 「기술복제시대의 예술작품」(제3판), 『발터 벤야민 선집 2』, 최성만 옮김, 길, 2008, 97~150쪽.

_____, 「언어 일반과 인간의 언어에 대하여」, 『발터 벤야민 선집 6』, 최성만 옮김, 길, 2008, 69~96쪽.

_____, 『일방통행로』, 조형준 옮김, 새물결, 2007.

_____, 「초현실주의」, 『발터 벤야민 선집 5』, 최성만 옮김, 길, 2008, 143~167쪽.

백낙청, 「세계화와 문학: 세계문학, 국민/민족문학, 지역문학」, 『문학이 무엇인지 다시 묻는 일』, 창작과비평사, 2011, 87~107쪽.

_____, 「현대시와 근대성, 그리고 대중의 삶」, 『창작과비평』 146호, 2009, 15~37쪽.

백승영, 『니체, 디오니소스적 긍정의 철학』, 책세상, 2005.

백지은, 「"문학과 정치" 담론의 행방과 향방: 2000년대 중후반의 비평 담론을 중심으로」, 『비평문학』 36호, 2010, 103~127쪽.

베르톨트 브레히트, 「서푼짜리 가극」, 임한순 옮김, 『사천의 선인: 브레히트 회곡선』, 한마당, 1987, 7~114쪽.

볼프강 벨슈, 『미학의 경계를 넘어서』, 심혜련 옮김, 향연, 2005.

사카이 나오키, 『번역과 주체』, 후지이 다케시 옮김, 이산, 2005.

서준섭, 「김수영의 후기 작품에 나타난 '사유의 전환'과 그 의미: '힘으로서의 시의 존재'와 관련하여」, 『한국현대문학연구』 23집, 한국현대문학회, 2007, 483~525쪽.

소영현, 「캄캄한 밤의 시간을 거니는 검은 소떼를 구해야 한다면: 비평의 형질 변경 혹은 비평의 에세이화에 대하여」, 『작가세계』 81호, 2009, 268~281쪽.

수전 손택, 『우울한 열정』, 홍한별 옮김, 시울, 2005.

스테판 말라르메, 『시집』, 황현산 옮김, 문학과지성사, 2005.

슬라보예 지젝, 『까다로운 주체』, 이성민 옮김, 도서출판b, 2005.

_____, 『시차적 관점』, 김서영 옮김, 마티, 2009.

신형철, 「가능한 불가능: 최근 '시와 정치' 논의에 부쳐」, 『창작과비평』 147호, 2010, 369~386 쪽.

_____, 「아름답고 정치적인 은유의 코뮌: 진은영의 『우리는 매일매일』 읽기」, 『문학동네』 58호, 2009, 396~415쪽.

심보선, 『눈앞에 없는 사람』, 문학과지성사, 2011.

_____, 「우리가 누구이든 그것이 예술이든 아니든」, 『자음과모음』 6호, 2009, 115~127쪽.

심보선·이현우·오은·이문재 좌담, 「'촛불'은 질문이다」, 『문학동네』 56호, 2008, 25~52쪽.

아리스토텔레스, 『시학』, 천병희 옮김, 문예출판사, 2002.

안병진, 「공화주의적 민주주의」, 주성수·정상호 엮음, 『민주주의 대 민주주의』, 아르케, 2006, 79~100쪽.

알랭 바디우, 『베케트에 대하여』, 서용순·임수현 옮김, 민음사, 2013,

_____, 『비미학』, 장태순 옮김, 이학사, 2010.

_____, 『투사를 위한 철학: 정치와 철학의 관계』, 서용순 옮김, 오월의봄, 2013,

앙투안 콩파뇽, 『모더니티의 다섯 개 역설』, 이재룡 옮김, 현대문학, 2008.

양은희, 「"식사하세요!": 리크리트 티라바니자의 태국요리 접대와 세계공동체 만들기」, 『현대미술사연구』 20권, 현대미술사학회, 2006, 145~180쪽.

양창렬, 「민주주의에 대한 증오에 맞서라」, 『교수신문』, 2008.3.10.

에드워드 사이드, 『저항의 인문학』, 김정하 옮김, 마티, 2008.

에밀 시오랑, 『독설의 팡세』, 김정숙 옮김, 문학동네, 2004.

에티엔 발리바르, 『우리, 유럽의 시민들?』, 진태원 옮김, 후마니타스, 2010.

오영주, 「19세기 계몽 담론과 문학의 자율성」, 『한국프랑스학논집』 66집, 2009, 195~230쪽.

오희숙, 「칸트의 음악미학」, 『음악이론연구』 9집, 2004, 130~154쪽.

와쓰지 데쓰로, 『인간의 학으로서의 윤리학』, 최성묵 옮김, 이문출판사, 1993.

유성호, 「타자 긍정을 통해 '사랑'에 이르는 도정: 김수영의 후기시를 중심으로」, 『작가연구』 5호, 1999, 214~227쪽.

유희석, 「세계문학의 개념들: 한반도적 시각의 확보를 위하여」, 『영미문학연구』 17권, 영미문학연구회, 2009, 55~83쪽.

_____, 「2010년대의 "참여문학 구상": 2009년 겨울, 시와 정치」, 『실천문학』 96호, 2009, 233~254쪽.

윤지관, 「'경쟁'하는 문학과 세계문학의 이념」, 『안과밖』 29권, 2010, 34~55쪽.

이경수, 「'국가'를 통해 본 김수영과 신동엽의 시」, 『한국근대문학연구』, 6권 1호, 2005, 115~153쪽.

_____, 『불온한 상상의 축제』, 소명출판, 2004.

이기성, 『모더니즘의 심연을 건너는 시적 여정』, 소명출판, 2006.

이이화, 「무상과 무상법: 와쓰지 데쓰로의 국가론을 둘러싼 고찰」, 윤상인·박규태 엮음, 『'일본'의 발명과 근대』, 이산, 2006, 83~106쪽.

이장욱, 「시, 정치 그리고 성애학」, 『창작과비평』 143호, 2009, 294~314쪽.

이주헌, 「냉전 문화전쟁의 무기로 이용된 '전위'」, 『한겨레신문』, 2009.3.16.

이진경, 『외부, 사유의 정치학』, 그린비, 2009.

이찬, 「우리 시대 시의 '예술적 짜임'과 '미학적 고원들'」, 『현대시』 2012년 6월호, 104~127쪽.

_____, 『20세기 후반 한국 현대시론 연구』, 고려대학교 박사학위논문, 2005.

이철성 외, 『소리 소문 없이 그것은 왔다: 문학과지성사가 주목하는 젊은 시인들』, 문학과지성사, 2000.

임건태, 「주권적 개인들의 공동체를 향하여: 니체의 '위대한 정치'의 현재적 의의」, 『니체연구』 18집, 한국니체학회, 2010, 123~151쪽.

임마누엘 칸트, 『판단력비판』, 이석윤 옮김, 박영사, 2005.

자크 랑시에르, 『감성의 분할: 미학과 정치』, 오윤성 옮김, 도서출판b, 2008.

_____, 「감성적/미학적 전복」, 랑시에르 방한 홍익대학교 강연문, 양창렬 옮김, 2008.12.3.

_____, 『문학의 정치』, 유재홍 옮김, 인간사랑, 2009.

_____, 『미학 안의 불편함』, 주형일 옮김, 인간사랑, 2008.

_____, 「미학 혁명과 그 결과: 자율성과 타율성의 서사 만들기」, 페리 앤더슨 외 지음, 『뉴레프트리뷰 1』, 김정한 외 옮김, 길, 2009, 467~493쪽.

_____, 「민주주의와 인권」, 랑시에르 방한 서울대학교 강연문, 박기순 옮김, 2008.12.2.

_____, 『정치적인 것의 가장자리에서』, 양창렬 옮김, 길, 2008.

장-뤽 낭시, 『무위의 공동체』, 박준상 옮김, 인간사랑, 2010.

_____, 「숭고한 봉헌」, 장-뤽 낭시 외, 『숭고에 대하여』, 김예령 옮김, 문학과지성사, 2005, 49~102쪽.

장윤재, 「이름뿐인 초월, 허울 좋은 성육신: 맥스 스택하우스의 '공공의 신학' 비판」, 『세계화 시대의 기독교 신학: 편견을 넘어서 소통으로』, 이화여자대학교 출판부, 2009, 77~104쪽.

장-프랑수아 리오타르, 「숭고와 관심」, 장-뤽 낭시 외, 『숭고에 대하여』, 김예령 옮김, 문학과지성사, 2005, 197~236쪽.

_____, 「타자의 권리」, 스티븐 슈트·수잔 헐리 엮음, 『현대사상과 인권』, 민주주의법학연구회 옮김, 사람생각, 2000, 173~186쪽.

_____,『포스트모던의 조건』, 유정완·이삼출·민승기 옮김, 민음사, 1992.

전병준, 「김수영 시에 나타난 사랑의 의미 연구」,『국제어문』43집, 2008, 247~275쪽.

정동란, 「브레히트 서사극에 있어서 '성격'과 '플롯': 도살장의 성 요한나」,『브레히트와 현대 연극』8권, 한국브레히트학회, 2000, 122~140쪽.

정윤석,『아렌트의 공화주의의 현대적 전개』, 서울대학교 박사학위논문, 2001.

정호근, 「의사소통적 합리성과 권력 그리고 사회구성」, 김재현 외,『하버마스의 사상: 주요 주제와 쟁점들』, 나남, 1996, 123~146쪽.

제프 베닝턴, 「포스트의 정치학과 국가 제도」, 호미 바바 엮음,『국민과 서사』, 류승구 옮김, 후마니타스, 2011, 185~206쪽.

조르조 아감벤,『세속화 예찬』, 김상운 옮김, 난장, 2010.

_____,『목적 없는 수단』, 김상운·양창렬 옮김, 난장, 2009.

조지 세이빈·토머스 솔슨,『정치사상사 1』, 성유보·차남희 옮김, 한길사, 1997.

진은영, 「감각적인 것의 분배: 2000년대의 시에 대하여」,『창작과비평』142호, 2008, 67~84쪽.

_____,『니체, 영원회귀와 차이의 철학』, 그린비, 2007.

_____, 「다문화주의와 급진적 인권」,『철학』95집, 2008, 255~283쪽.

_____,『순수이성비판, 이성을 법정에 세우다』, 그린비, 2004.

_____, 「숭고의 윤리에서 미학의 정치로: 자크 랑시에르의 미학의 정치」,『시대와철학』20권 3호, 2009, 403~437쪽.

진태원, 「평등의 원리에 대한 옹호」,『대학신문』, 2007.11.10.

질 들뢰즈,『비평과 진단』, 김현수 옮김, 인간사랑, 2000.

질 들뢰즈·펠릭스 가타리,『천 개의 고원』, 김재인 옮김, 새물결, 2001.

_____,『카프카: 소수적인 문학을 위하여』, 이진경 옮김, 동문선, 2001.

최원, 「불화의 철학자, 랑시에르」, 임경용·구정연·현시원 엮음,『공공도큐멘트』, 미디어버스, 2007.

카렐 차페크,『별똥별』, 김규진 옮김, 지만지, 2012.

클라우스 바겐바하,『카프카』, 전영애 옮김, 한길사, 2005.

투키디데스,『펠로폰네소스 전쟁사(상)』, 박광순 옮김, 범우사, 2011.

파스칼 카사노바, 차동호 옮김, 「세계로서의 문학」,『오늘의 문예비평』74호, 2009, 114~142쪽.

페터 뷔르거,『아방가르드의 이론』, 최성만 옮김, 지만지, 2009.

편영수, 「카프카에 있어 개인과 공동체」, 한국카프카학회 엮음,『카프카문학론』, 범우사, 1987, 196~208쪽.

podo, 「관계적 미학을 향한 디자인의 반응들」, 2009.12.22, http://www.podopodo.net/

article/critics/detail.asp?seq=1.

폴 발레리,『말라르메를 만나다』, 김진하 옮김, 문학과지성사, 2007.

프란츠 카프카,『행복한 불행한 이에게: 카프카의 편지 1900~1924』, 서용좌 옮김, 솔출판사, 2004.

프리드리히 니체,『유고(1870년~1873년)』, 이진우 옮김, 책세상, 2001.

_____,『유고(1885년 가을~1887년 가을)』, 이진우 옮김, 책세상, 2005.

_____,『차라투스트라는 이렇게 말했다』개정2판, 정동호 옮김, 책세상, 2007.

플라톤,『국가·정체』개정증보판, 박종현 옮김, 서광사, 2005.

_____,『법률』, 최민홍 옮김, 상서각, 1973.

피에르 부르디외,『구별짓기: 문화와 취향의 사회학(상)』, 최종철 옮김, 새물결, 2005.

_____,『예술의 규칙』, 하태환 옮김, 동문선, 1999.

_____,『재생산』, 이상호 옮김, 동문선, 2000.

하워드 진,『오만한 제국』, 이아정 옮김, 당대, 2001.

하인리히 하이네,『독일. 겨울동화』, 홍성광 옮김, 창비, 1994.

한나 아렌트,『과거와 미래 사이』, 서유경 옮김, 푸른숲, 2005.

_____,『인간의 조건』, 이진우·태정호 옮김, 한길사, 1996.

_____,『전체주의의 기원 1』, 이진우·박미애 옮김, 한길사, 2006.

_____,『칸트 정치철학 강의』, 김선욱 옮김, 푸른숲, 2002.

황정아,「묻혀버린 질문: '윤리'에 관한 비평과 외국이론 수용의 문제」,『창작과비평』144호, 2009, 100~120쪽.

_____,「보편주의의 재구성과 한국의 민족문학론」, 제1회 '세계인문학포럼' 자료집, 2011, 451~459쪽.

황진미,「「복수-영화」를 통해 본 폭력의 구조: 박찬욱, 연쇄살인, 9·11」,『당대비평』28호, 2004, 244~252쪽.

황현산,「김수영의 현대성 또는 현재성」,『창작과비평』140호, 2008, 177~192쪽.

_____,「말라르메의 언어와 시」(옮긴이 해설), 스테판 말라르메,『시집』, 황현산 옮김, 문학과지성사, 2005, 11~45쪽.

● 외국 문헌

Bruce Lincoln, *Discourse and the Construction of Society*, New York: Oxford University Press, 1989.

Fredric Jameson, *Postmodernism, or, The Cultural Logic of Late Capitalism*, Durham: Duke University Press, 1991.

Friedrich Nietzsche, *Nietzsche Werke Kritische Gesamtausgabe III-1, III-2, VI-1*, eds. Giorgio Colli and Mazzino Montinari, Berlin & New York: Walter de Gruyter Verlag, 1974, 1973, 1968.

Georges Bataille, *On Nietzsche*, trans. Bruck Boone, St. Paul, MN: Paragon House, 1992.

Jacques Rancière, *The Politics of Aesthetics*, trans. Gabriel Rockhill, London: Continuum, 2004.

_____, "Thinking between Disciplines: An Aesthetics of Knowledge", *Parrhesia* 1, 2006, pp.1~12.

_____, "Who is the Subject of the Rights of Man", *South Atlantic Quarterly*, vol.103, no.2-3, 2004, pp.297~310.

Jean-François Lyotard, "The Sublime and the Avant-garde", ed. Andrew Benjamin, *The Lyotard Reader*, Oxford, UK & Cambridge, MA, USA: Blackwell, 1989, pp.196~211.

Katharine Wolfe, "From Aesthetics to Politics: Rancière, Kant and Deleuze", *Contemporary Aesthetics*, vol.4, 2006, http://www.contempaesthetics.org/newvolume/pages/article.php?articleID=382.

Max Blechman, Anita Chari and Rafeeq Hasan, "Democracy, Dissensus and the Aesthetics of Class Struggle: An Exchange with Jacques Rancière", *Historical Materialism*, vol.13, no.4, 2005, pp.285~301.

Oliver Marchart, *Post-Foundational Political Thought*, Edinburgh: Edinburgh University Press, 2007, pp.1~33.

Pascale Casanova, *The World Republic of Letters*, trans. M. B. Debervoise, Cambridge, MA: Harvard University Press, 2007.

Pierre Bourdieu, *The Rules of Art: Genesis and Structure of the Literary Field*, trans. Susan Emanuel, Stanford, CA: Stanford University Press, 1996.

● 기타

「문학, 빼앗긴 공간에 채움의 불을 켜다. 1월 11일 동인의 <불킨 낭독회>」, 『E-MAGAZINE』, 2011.2.25, http://www.vmspace.com/kor/sub_emagazine_view.asp?category=art ndesign&idx=11130&pageNum=1.

「17년 8개월」, 『지식채널e』, EBS, 2009.11.23, http://www.ebs.co.kr/replay/show?courseI
   d=BP0PAPB0000000009&stepId=01BP0PAPB0000000009&lectId=3036719.
「우리는 기타노동자다 "콜트콜텍 기타노동자와 음악인이 함께만드는 공장락페스티벌"」, 『스
   스로넷뉴스』, 2012.7.25, http://www.ssronews.com/news/view.html?section=79&c
   ategory=91&no=59340.
「자크 랑시에르와 Chto delat 대담: 폭발을 기대해선 안 돼요」, 임경용·구정연·현시원 엮음,
   『공공도큐멘트』, 미디어버스, 2007, 126~145쪽.
「초대: 드로잉30. 함성호 <두 집 사이> 전시 오프닝파티」, 2011.12.21, http://apple.neolook.
   com/zb/view.php?id=post2005&no=91979.
「희망버스 송경동 시인을 응원하는 '두근두근 반작용 낭독회' 개최」, 『민중의소리』, 2011.11.
   27, http://www.vop.co.kr/view.php?cid=A00000461865.

● **초본 출처**

1장 「감각적인 것의 분배: 2000년대의 시에 대하여」, 『창작과비평』 142호, 2008, 67~84쪽.
2장 「한 진지한 시인의 고뇌에 대하여」, 『창작과비평』 148호, 2010, 15~31쪽.
3장 「나의 아름답고 가난한 게니우스, 너는 말이야」, 심보선, 『눈앞에 없는 사람』, 문학과지성
   사, 2011, 132~148쪽.
4장 「숭고의 윤리에서 미학의 정치로: 자크 랑시에르의 미학의 정치」, 『시대와철학』 20권 3
   호, 2009, 403~437쪽.
5장 「시와 정치: 미학적 아방가르드의 모럴」, 『비평문학』 39호, 2011, 470~502쪽.
6장 「문학의 아토포스: 문학, 정치, 상소」, 『현대문학의연구』 48권, 2012, 91~116쪽.
7장 「시, 숭고, 아레테: 예술의 공공성에 대하여」, 『비교문학』 61집, 2013, 73~96쪽.
8장 「니체와 문학적 공동체」, 『니체연구』 20권, 2011, 7~37쪽.
9장 「문학의 아나크로니즘: '작은' 문학과 '소수' 문학을 중심으로」, 『인문논총』 67권, 2012,
   273~301쪽.
10장 「소통, 그 불가능성의 가능성」, 『탈경계인문학』 3권 2호, 2010, 59~89쪽.

찾아보기

【ㄱ, ㄴ, ㄷ】

가상적 구제(Schein-Erlösung) 221,
223~224, 238~239
『감정교육』(L'Éucation sentimentale)
160~161, 164
개념미술 33
게니우스(Genuis) 66
경험(Erfahrung)/체험(Erlebnis) 261
고티에, 테오필(Théophile Gautier) 162
공동 식사 271, 283
공동체(주의) 116, 212~213
관계적 예술 97, 196~199
교육제도 296~297
9·11 테러 79, 105, 112
국민개병 227
그린버그, 클레멘트(Clement Greenberg)
40, 91, 93, 190~191
김수영 38~54, 195
　~과 모더니티 40
　~과 이어령 45
　시 무용론 41~42
나치즘/파시즘 116, 189~190, 213
난민 120~123, 292~293
낭시, 장-뤽(Jean-Luc Nancy) 205, 231~233
　공동체의 붕괴 212~213
　내재주의 219~220
　『무위의 공동체』(La Communauté
　déoeuvré) 212

숭고의 미학 201~202
죽음과 단독성 231~233, 239~243
네베로프, 알렉산드르(Alexandr Neverov)
247
니체, 프리드리히(Friedrich Nietzsche)
212~215, 217~222, 229~230, 234
　예술가-형이상학(Artisten-Metaphysik)
215~216, 221
　위버멘쉬(Übermensch) 243
　주권적 개인 214~215, 229, 237~243
데리다, 자크(Jacques Derrida) 291
「도그빌」(Dogville) 102~109, 112
「도살장의 성 요한나」(Die heilige Johanna der
Schlachthöe) 102~103
두리반 171~173
뒤샹, 마르셀(Marcel Duchamp) 93
드 구즈, 올랭프(Olympe de Gouges) 300
들뢰즈, 질(Gilles Deleuze)/펠릭스 가타리
(Felix Guattari) 51, 79~80, 151, 179
　~와 칸트 80
　~의 카프카 읽기 246, 255~257,
261~263
　감염 167~168, 179
　소수 문학(littérature mineure) 246, 255,
257, 265~266
　『천 개의 고원』(Mille plateaux) 165~166
　탈주 269

【ㄹ, ㅁ】

라쿠–라바르트, 필립(Philippe Lacoue-
Labarthe) 145
란츠만, 클로드(Claude Lanzmann) 98
랑시에르, 자크(Jacques Rancière) 27~29,
102~105, 107, 109, 112, 122~123, 132~133,
137~138, 194, 269, 290
　　~와 김수영 38~39
　　~의 개념미술 비판 33
　　~의 리오타르 비판 117~118
　　~의 말라르메 분석 144~152
　　~의 부르디외 비판 86~87, 295~297
　　~의 숭고의 미학 비판 94~96
　　~의 정치 개념 75~79
　　~의 현대예술 비판 96~101
　　『감성의 분할』(Le Partage du sensible)
　　17~18
　　예술의 세 가지 체제 19~26
　　윤리적 공동체 115~116
레비나스, 에마뉘엘(Emmanuel Levinas)
130, 291~293
록웰, 노먼(Norman Rockwell) 192
롤스, 존(John Rawls) 272
뢰비, 이차크(Yitzchak Lowy) 251, 259~260
르네, 드니즈(Denise René) 181
『리바이어던』(Leviathan) 114~115
리오타르, 장 프랑수아(Jean-François Lyotard)
47, 78, 186~187, 194, 200~201
　　랑시에르의 ~ 비판 117~118
　　비인간(타자)의 권리 118, 123~124
　　숭고의 미학 87~94, 100, 206~207
　　재현 불가능성 97~99
리펜슈탈, 레니(Leni Riefenstahl) 187~189
말라르메, 스테판(Stéphane Mallarmé)
144~148, 153, 204
말레비치, 카지미르(Kazimir Malevich) 27,

92~93
맑스, 칼(Karl Marx) 196~197
맑스주의 28, 76, 191
모럴(moral) 42~43, 133~134
무한 정의(Infinite Justice) 105, 117
문학
　　~과 방언성 151~152
　　~과 장소 176~179
　　~의 공간 159~163
　　~의 우편물 모델 167, 169~171
　　~의 장 이론 163
　　~적 코뮤니즘 240~241, 243
　　소수 ~(littérature mineure) 246,
　　265~266
　　작은 ~(kleine Literatur) 245
　　전위~ 48
미노드 목탄(Minod Moktan) 304
미니멀리즘 91, 93
미메시스(mimesis) 23
「미스틱 리버」(Mystic River) 109~112
미학 17, 76~77
　　~과 윤리 96~97, 100, 128~131
　　~과 정치 83
　　~적 아방가르드 139
　　~적 자율성/타율성 39~44

【ㅂ, ㅅ】

바그너, 리하르트(Richard Wagner)
146~147
바디우, 알랭(Alain Badiou) 5, 7, 153~154
바르트, 롤랑(Roland Barthes) 179
바이예, 외젠(Eugène Vaillé) 170
바타유, 조르주(Georges Bataille) 237~238
발레리, 폴(Paul Valéry) 144~145
버든, 크리스(Chris Burden) 96
베닝턴, 제프(Geoff Bennington) 170

베케트, 사뮈엘(Samuel Beckett) 5~6, 267

벡, 울리히(Ulrich Beck) 116

벤야민, 발터(Walter Benjamin) 95, 130~
131, 134, 158~159, 171, 201, 251~252, 271

벨레로폰 168~169

벨슈, 볼프강(Wolfgang Welsch) 128~131

보들레르, 샤를(Charles Baudelaire)
161~164, 167~168

볼탄스키, 크리스티앙(Christian Boltanski)
97~98

부르디외, 피에르(Pierre Bourdieu)
182~183, 185

　~와 문학 159~163

　~의『감정교육』분석 160~161, 164

　~의 칸트 비판 83~86, 161

　랑시에르의 ~ 비판 86~87, 295~297

부리오, 니콜라(Nicolas Bourriaud) 196,
198~199, 208

불킨 낭독회 171~172

뷔렝, 다니엘(Daniel Buren) 92~93

브레히트, 베르톨트(Bertolt Brecht)
102~105

블랑쇼, 모리스(Maurice Blanchot) 57~59,
106, 129~131, 204~206, 232~238

사도 바울 283

사르트르, 장-폴(Jean-Paul Sartre) 144, 160,
164, 214

사이드, 에드워드(Edward Said) 266

사카이 나오키(酒井直樹) 227~228

사회계약론 115

「서쪽 지방의 플레이보이」(The Playboy of the
Western World) 249

「서푼짜리 오페라」(Die Dreigroschenoper)
103

세잔, 폴(Paul Cézanne) 91, 93

손택, 수전(Susan Sontag) 189~190

송경동 179

「쇼아」(Shoah) 98~99

순수모더니즘 39~40

숭고(Erhaben)

　~와 탁월성 204~206

　~의 탈근대적 역전 185~187

　낭시의 ~의 미학 201~202, 208

　랑시에르의 ~의 미학 비판 94~96, 132,
135~137

　리오타르의 ~의 미학 47, 78~79, 87~94,
99~100, 185~187, 206~207

　예술과 ~ 90~95, 191~194, 199~203

　칸트의 ~ 89, 100

쉴트크라우트, 루돌프(Rudolph Schildkraut)
252

슈바르스, 호베르투(Roberto Schwarz) 266

스노비즘 183~184, 206

시냐프스키, 안드레이(Andrei Sinyavsky) 43

시뮬라크라(simulacra) 21

시오랑, 에밀(Emil Cioran) 35, 74, 267

『시학』 23~25, 106

실러, 프리드리히(Friedrich Schille) 40, 42

심보선 61~71, 177~179

싱, 존 밀링턴(John Millington Synge)
248~249

【ㅇ, ㅈ, ㅊ】

아감벤, 조르조(Giorgio Agamben) 284, 287

아나크로니즘 246, 255~256, 260~261,
269~270

아도르노, 테오도어(Theodor W. Adorno)
33, 88, 200

아렌트, 한나(Hannah Arendt) 203~204,
214~216

　~에 대한 비판 87~88

　~와 칸트 78~83

~의 가족 공동체 비판　285, 290

경제활동과 정치　273~279

인권　118~122, 292

정치적인 것　275

아리스토텔레스　23~25, 129, 131, 216

아방가르드　131~132, 139, 206, 548

아비투스(habitus)　87, 296

아일랜드 문예부흥　248~250

아토포스(atopos)　179

애비(Abbey)극장　248~249

야누흐, 구스타프(Gustav Janouch)
247~248, 252, 256~257

에치오니, 아미타이(Amitai Etzioni)　116

예술

　~과 기술　22

　~의 공공성　208~209

　~의 동시대성　244, 250~251, 260,
266~267, 269

　~의 세 가지 체제　19~26

　~의 위기　33

　~의 윤리화　96~100, 132

　~의 자율성/타율성　26, 39~41, 269

　~의 정치성　29~31, 77~79, 94~96

　관계적 ~　97, 196~199

　신체 ~　93

예이츠, 윌리엄 버틀러(William Butler Yeats)
248

오케이시, 션(Seán O'Casey)　249~250

와쓰지 데쓰로(和辻哲郎)　225~227,
231~232, 241

의사(擬似)정치(para-politics)　50

「의지의 승리」(Triumph des Willens)　187

이주노동자　294, 303~304

인권　118~123

「인권선언」　298~299

인도주의　117, 123~125

일억옥쇄(一億玉碎)　228

1월 11일 동인　171~172

자타불이(自他不二)　225

작가선언69　172, 175~176

「잠자는 헤르마프로디토스」　20~21

정치

　~와 미학　83

　~와 치안　49, 55, 75, 138

　정체성 ~　304

제임슨, 프레드릭(Fredric Jameson)　295

조에(zoe)/비오스(bios)　273, 279

조이스, 제임스(James Joyce)　267

죽음(과 공동체)　221~235

　니체 초기 사유에서의 ~　222~223

　단독인 ~　232

　비인칭적이고 중성적인 ~　232~234

　와쓰지 데쓰로에서의 ~　225~227

　하이데거에서의 ~　224~225

지구지역성(glocality)　305

지젝, 슬라보예(Slavoj Žižek)　98, 104, 125

초현실주의　130

「총잡이의 그림자」(The Shadow of a
Gunman)　249

추상표현주의　191

【ㅋ, ㅌ, ㅍ, ㅎ】

카사노바, 파스칼(Pascale Casanova)
245~246, 255, 260~261

카산드라　193~194

카프카, 프란츠(Franz Kafka)　167, 244~245,
264

　~와 유대 정체성　251~252, 259,
262~263

　~와 이디시어　252~255

　「만리장성의 축조」(Beim Bau der
Chinesischen Mauer)　257

아버지와의 불화 259

칸트, 이마누엘(Immanuel Kant) 78~81,
100, 161, 185, 186

　무관심성 81, 83~84, 160

　미적 공통감각 79~81, 161

　부르디외의 ~ 비판 83~86, 161

　상상력 81, 89, 100

　숭고 89, 100

　아렌트의 ~ 읽기 78~83

　인식판단 78

　지성/이성 80

　취미판단 78~81, 83~84

콜트콜텍 174

클리나멘(clinamen) 197

타르드, 가브리엘(Gabriel Tarde) 165~166

타자

　~의 권리 118, 123~124

　~의 윤리 291, 293

　~의 죽음 232~233

　절대적 ~ 293

　준(準)~ 303

트로츠키, 레프(Leon Trotsky) 190

티라바니자, 리크리트(Rirkrit Tiravanija)
197~199

파스테르나크, 보리스(Boris Pasternak)

8~9, 43

페리클레스(Pericles) 216~217

포스트모던 90

포이어바흐, 루트비히(Ludwig Feuerbach)
106

폰 트리에, 라스(Lars von Trier) 102, 109

폴록, 잭슨(Jackson Pollock) 27~29

폴리스(polis) 216~217, 279

프랑스 이민법 개정 139

플라톤 20, 22~23, 42, 285

플로베르, 귀스타브(Gustave Flaubert) 160,
162

하버마스, 위르겐(Jürgen Habermas) 279,
281~282

하이네, 하인리히(Heinrich Heine) 14~15

하이드, 더글러스(Douglas Hyde) 248

하이데거, 마르틴(Martin Heidegger)
53~54, 58~59, 223~224, 231, 239

한 몸 공동체 285~288

홀로코스트 98

홉스, 토머스(Thomas Hobbes) 114~115

환대(hospitalité) 291, 293

후기토대주의 53

휴머니즘 105~108